Os 12 signos de Valentina

RAY TAVARES

Os 12 Signos de Valentina

Doze romances, uma escolha

4ª edição

— Galera —

RIO DE JANEIRO
2021

CIP-BRASIL. CATALOGAÇÃO NA PUBLICAÇÃO
SINDICATO NACIONAL DOS EDITORES DE LIVROS, RJ

T233d
4ª ed.

Tavares, Ray
    Os 12 signos de Valentina / Ray Tavares. - 4ª ed. - Rio de Janeiro: Galera Record, 2021.

ISBN: 978-85-01-11088-6

1. Ficção juvenil brasileira. I. Título.

17-41614   CDD: 028.5
                                                                                  CDU: 087.5

Copyright © 2017 por Ray Tavares

Todos os direitos reservados.
Proibida a reprodução, no todo ou em parte, através de quaisquer meios.

Projeto gráfico e composição de miolo: Renata Vidal
Ilustrações no miolo: Flaticon (signos) e Annie Sauvage (constelação de coração)

Texto revisado segundo o novo Acordo Ortográfico da Língua Portuguesa.

Direitos exclusivos desta edição reservados pela
EDITORA RECORD LTDA.
Rua Argentina, 171 - Rio de Janeiro, RJ - 20921-380 - Tel.: (21) 2585-2000.

Impresso no Brasil

ISBN 978-85-01-11088-6

Seja um leitor preferencial Record.
Cadastre-se e receba informações
sobre nossos lançamentos e nossas promoções.

Atendimento e venda direta ao leitor
sac@record.com.br

*Aos meus pais,
a capricorniana e o taurino
que eu mais amo nessa vida.*

★ Prólogo ★

Querido Lucas,

Seis atos do nosso teatro de amor. Seis acordes dessa música que eu não me canso de ouvir. Seis palavras que você usou para me conquistar. Seis anos que você me avistou na multidão.

Eu gostaria muito de estar passando o nosso sexto aniversário ao seu lado, provavelmente fingindo que somos um casal refinado e comendo em algum restaurante chique para depois voltarmos para casa, vestirmos os nossos pijamas furados e assistirmos a algum *reality show* de orçamento bem baixo enquanto comemos pipoca com chocolate derretido — porque a comida do restaurante caro não chegaria perto de preencher os buracos negros que chamamos de estômago. Mas, infelizmente, você tem um sonho a realizar e, por mais que me parta o coração não o ter por perto nesse dia tão especial, eu sempre vou te apoiar.

A menos que você queira entrar para o *Big Brother Brasil*. Aí não tem mesmo como te defender.

Estou enviando essa carta para que ela chegue estrategicamente um dia antes do nosso aniversário aí no Rio de Janeiro, porque eu quero que você faça esse show pensando em mim; se eu for a única pessoa na sua cabeça enquanto você transforma música em arte, não ligo de ficarmos algum tempo separados.

Sei que estamos vivendo um momento meio esquisito no nosso relacionamento — você não expressou isso em voz alta, nem eu, mas nós dois sabemos que esse clima esquisito está presente, como uma nuvem carregada no meio do céu azul de verão —, só que eu também sei que vamos atravessar essa fase juntos e que tudo vai melhorar.

Em homenagem aos nossos seis anos de namoro, eu gostaria de enumerar os seis momentos mais especiais desse tempo que passamos juntos. Talvez você esteja pensando que eu sofri algum tipo de AVC por estar sendo tão fofa assim, principalmente porque o máximo do meu romantismo foi comprar uma caixa de esfirras do árabe quando a sua música tocou na rádio pela primeira vez, mas eu cheguei à conclusão de que seis anos é um ótimo marco para começar a deixar registrado tudo o que eu sinto por você.

- MOMENTO NÚMERO UM: quando nós nos conhecemos e a primeira frase que você me disse foi "caramba, moça, como você é alta", porque foi ao mesmo tempo esquisita e fofa, exatamente do jeitinho que você é; uma das coisas que fez com que eu me apaixonasse por você.
- MOMENTO NÚMERO DOIS: quando você me pediu em namoro enquanto segurava o meu cabelo longe da privada porque eu bebi demais e, nos intervalos em que eu estava vomitando as minhas tripas, perguntei se você nunca iria pedir; você riu, disse que me amava e explicou que achava que nós já estivéssemos namorando, que não era preciso de fato pedir. Você também perguntou se deveria pedir a minha mão ao meu pai, e nós rimos muito. Quando eu começo a beber muito rápido, lembro-me daquele dia e paro, porque nenhuma bebedeira nunca mais será tão especial quanto aquela.
- MOMENTO NÚMERO TRÊS: quando eu passei na USP e você me comprou aquele "kit primeiro dia de aula" ridículo só com produtos da Hello Kitty, que eu uso até hoje e que deixa os meus amigos muito constrangidos.
- MOMENTO NÚMERO QUATRO: quando viajamos juntos pela primeira vez e fomos para a praia com os seus colegas

de banda no meio do inverno; naquela noite em que ficamos esperando o nascer do sol ao lado de uma fogueira e você me disse que queria ter filhos, e então nós começamos a discutir sobre qual nome daríamos a eles — quando você sugeriu que contássemos até três e falássemos o nosso nome de menina favorito, e, no três, falamos "Valentina" ao mesmo tempo, eu comecei a chorar. Você riu muito da minha cara, mas foi um momento muito especial para mim.

- MOMENTO NÚMERO CINCO: quando você organizou um show de aniversário surpresa para mim e tocou todas as minhas músicas favoritas — foi o melhor aniversário da minha vida!
- MOMENTO NÚMERO SEIS: quando você sem querer queimou o meu dedo anelar da mão direita com as cinzas do cigarro e, logo em seguida, queimou o seu próprio dedo, alegando que não precisaríamos mais usar alianças de compromisso porque tínhamos um pacto de queimadura.

Até hoje eu agradeço pelo seu amigo do ensino médio o ter deixado sozinho no churrasco do Temaki em que nos conhecemos; talvez, se você estivesse acompanhado, nunca teria reparado em mim, e nós nunca teríamos iniciado essa linda, e muitas vezes esquisita, história de amor.

Espero que você esteja tendo uma noite maravilhosa, fazendo o que nasceu para fazer, e que volte logo para São Paulo (ou eu vou pra Madrid, rsrsrs). Te espero no próximo sábado e prometo usar até salto alto para o nosso encontro romântico anual, porque sei que te irrita a maneira como eu ando parecendo uma garça que tomou MD.

Eu te amo, meu amor.

Feliz seis anos de namoro.

Isa

13 de novembro de 2013

A noite estava quente, abafada, como se as portas do inferno estivessem abertas e o capeta prontinho para receber os convidados. Eu estava jogada no sofá da sala, assistindo a uma reprise de MasterChef e pensando nas chances de fazer algum prato parecido com aqueles utilizando apenas miojo, shoyo e queijo velho, os únicos ingredientes disponíveis na despensa.

Eu usava o meu pijama especial para dias preguiçosos, e já havia passado da hora de tomar banho. Era domingo e eu tinha faculdade no dia seguinte, só de pensar naquilo o meu corpo inteiro se arrepiava de pavor.

Eu amava o curso de jornalismo.

Eu odiava acordar cedo.

De repente, a campainha tocou. Eu me levantei, crente de que a minha mãe havia esquecido as chaves novamente. Balançando a cabeça sem acreditar, abri a porta, pronta para um sermão improvisado, mas acabei encontrando o meu namorado parado do outro lado.

Ele cheirava ao perfume que eu havia lhe dado de Natal e à poluição de São Paulo. Lucas não era muito de sorrir, mas estava fazendo um esforço.

Meu coração afundou no peito.

— O que você está fazendo aqui, Lucas? E o show?

— Eles conseguem se virar sem um guitarrista, é por isso que temos dois deles — respondeu, colocando as duas mãos quentes, familiares e cheias de calos de músico no meu rosto. — Recebi a sua carta e peguei seis horas de estrada para dizer que te amo.

♥ Os 12 Signos de Valentina ✕

OS 12 SIGNOS DE VALENTINA

14h27, 02 de março de 2015
Postado por: Valentina

Sejam todos muito bem-vindos ao primeiro post do rneu blog, criado especialmente para o trabalho final da melhor matéria do curso de jornalismo da USP, Jornalismo Online, ministrada pelo incrível, sábio e sensual professor Álvaro Varela (cinco pontos pelos elogios, professor).

Gostaria de começar explicando que o meu nome não é Valentina, esse é apenas o pseudônimo que eu escolhi para poder escrever para vocês — o porquê dessa escolha é um pouco pessoal, e prefiro não revelar.

A intenção desse trabalho final, pelo qual serei avaliada e pontuada, é demonstrar por escrito, em uma página online, o resultado de uma investigação sobre algum tema — *qualquer tema* que me interesse, o que foi bem difícil de decidir, porque, vejam só, eu gosto de muitos temas! Mas depois de muito pensar e repensar sobre o que eu gostaria de escrever, consegui finalmente chegar a um assunto que começou a me interessar bastante nos últimos dias e com o qual a grande maioria das pessoas parece simpatizar: astrologia.

Acho que sou capaz de prever o seu pensamento agora, caro leitor. *Mais um blog sobre signos? Que chatice!* Sim, sim, mais um! Mas eu tenho certeza de que o meu possui uma diferença significativa, que vai interessar tanto homens quanto mulheres (ou qualquer outro gênero com o qual você se identifique).

E que grande e majestosa diferença é essa, Valentina?

É muito simples, pessoa imaginária com quem estou travando esse diálogo! Eu pretendo oferecer as minhas experiências pessoais com cada signo!

Os 12 Signos de Valentina ✕

Quê? Como assim, Valentina? Não entendi.

Eu, assim como muitos de vocês (acredito eu), comecei a pesquisar sobre astrologia há pouco tempo, e percebi que existem muitas teorias, mas quase nada de experiências práticas sobre o assunto — existe maneira melhor de aprender algo do que vivendo e sentindo na pele?

Logo, eu, mulher, jovem, heterossexual e solteira, vou me relacionar com os doze signos do zodíaco e descrever tudo para vocês, neste blog; tim-tim por tim-tim, estereótipo por estereótipo, surpresa por surpresa.

Imagino que agora os estudiosos da astrologia devem estar me xingando e berrando que "o signo solar sozinho não significa quase nada", e eu sei disso! Sei também que os outros aspectos do mapa astral são tão importantes quanto, mas vou me limitar ao sol. Primeiro porque esta será uma pesquisa simples. Segundo porque ainda estou aprendendo sobre o assunto e não quero me meter a ser nenhuma Susan Miller da vida, e terceiro porque é mais fácil encontrar um ariano do que um cara com sol, ascendência e lua em Áries (para isso, eu teria que descer até as profundezas do inferno)!

Dadas as devidas explicações, termino por aqui esse post inicial. Assim que eu conseguir, volto para descrever o meu primeiro encontro, preferencialmente na ordem astrológica, ou seja, começando com o primeiro signo do zodíaco.

Espero que gostem do blog e que possam, pelo menos, dar boas risadas com essa pesquisa antropológica maluca! Espero também tirar um 10 na matéria, porque estou me dedicando de corpo e alma nisto (apenas deixando isso no ar, professor).

Beijos estrelados para todos vocês,

VALENTINA

★ 1 ★

Eu sempre gostei de contos de fadas.

Meu filme favorito durante a infância era Cinderela. Eu costumava assistir pelo menos uma vez ao dia, até enlouquecer a minha mãe com a cantoria alucinada e desafinada de uma criança de oito anos — talvez por isso um belo dia a fita resolveu "não rodar mais". A dona Marta disse que eu tinha usado demais e o filme havia estragado, mas nunca vou esquecer os cantos queimados do rolo quando aceitei jogar os restos mortais da minha obsessão no lixo.

Naquela época, eu acreditava que, quando crescesse o suficiente para ser imune aos germes dos garotos, um lindo príncipe encaixaria um sapato de cristal no meu pé e nós viveríamos felizes para sempre em um castelo encantado.

Então eu cresci. E descobri que o príncipe está mais para um garoto arrogante e babaca, que não conhece muito bem as regras ortográficas e gramaticais. E não é exatamente um sapato que ele quer encaixar em você.

Na pré-escola, os garotos me chamavam de "Mônica", porque a minha mãe costumava ser bastante generosa quando o assunto era a minha alimentação, e também porque os meus dentes da frente eram do tamanho de dois absorventes internos. No ensino fundamental, porém, eu passei pelo estirão do crescimento e perdi o peso sobressalente, mas, em compensação, ganhei muitos centímetros, então meu apelido carinhosamente virou "girafona"

— pelo menos o ritmo de crescimento dos meus dentes diminuiu, e logo todos eram do mesmo tamanho e proporcionais ao meu rosto. Já no ensino médio, eu passava a maior parte do tempo livre escondida na biblioteca, lendo romances e clássicos, já que a vida real não havia se mostrado o filme de comédia pastelão do Adam Sandler que eu achei que fosse ser.

Apesar dos traumas e dos buracos na minha autoestima, eu ainda acreditava que o príncipe encantado apareceria — ele talvez demorasse um pouco porque estava preso no trânsito da Rebouças, ou quiçá estivesse perdendo o tempo dele com a duquesa (e não princesa) errada. Achei até que o príncipe pudesse ser o meu primeiro namorado, com os seus lindos olhos claros e o máximo de lábia que um garoto de 16 anos é capaz de ter, com pérolas como "e aí, gatinha, posso colocar a mão embaixo da sua blusa hoje?"

O problema foi que — como era óbvio que aconteceria, já que adolescentes possuem a profundidade emocional de um cotonete — outras três meninas também acreditaram que ele era o príncipe encantado delas, e receberam as mesmas promessas apaixonadas e os mesmos amassos descoordenados atrás do ginásio da escola. Quando eu finalmente fiquei sabendo da traição, meu coração se estilhaçou com a força que só o primeiro amor e a primeira desilusão podem ter. Minha mãe tentava me consolar com filmes de comédia romântica, livros e chocolates, mas tudo o que eu queria era agir como uma maluca sem qualquer orgulho ou amor-próprio, e ligar para convencê-lo de que eu era a melhor dentre as quatro pretendentes. No fim das contas, nem eu nem as outras garotas precisamos passar pela humilhação, já que o garoto acabou escolhendo, em meio a todas as princesas, um príncipe mais velho e instrutor de academia.

Dois anos e alguns "quase-príncipes" depois, conheci o Lucas. Eu havia acabado de completar 16 anos quando ele apareceu na minha vida como um dia chuvoso no meio do verão — inesperado, mas muito bem-vindo. Nós nos conhecemos em um churrasco de aniversário, e a conexão foi imediata. Apesar da diferença de quatro anos de idade, ele pareceu encantado pelos nossos gostos em comum e pela minha facilidade em conversar sobre músicas, filmes e videogames (mesmo que eu só o estivesse fazendo para impressioná-lo). Ficamos horas e mais horas conversando e, naquela mesma noite, ele me deu uma carona para casa e me beijou na portaria do prédio, em uma cena digna de um filme romântico de baixo orçamento. Alguns meses depois, estávamos oficialmente namorando — claro que só se tornou oficial quando colocamos "namorando" no Orkut e eu pude, enfim, aceitar todos aqueles depoimentos parados na minha caixa de entrada.

Bons tempos, aqueles do Orkut.

Lucas tinha lindos olhos escuros e tocava guitarra em uma banda que já começava a fazer algum sucesso com o público pré-adolescente. Ele era muito diferente dos garotos da minha idade, começando pelo fato de que tinha um carro! Nós íamos juntos para todos os lugares, apenas para ficarmos sentados nos bancos da frente, conversando e apreciando a companhia um do outro. Eu me sentia a garota mais sortuda do mundo, vivendo um belo romance com o meu próprio *rockstar*.

Tive todas as minhas primeiras experiências com o Lucas. Primeiro namoro, primeira vez, primeira briga, primeira DR, primeiro porre. E, no meu aniversário de 22 anos, a primeira traição. E pública.

Seria mentira dizer que eu não esperava por aquilo — afinal, como dizia a minha falecida e muito sábia avó Matilde, "ninguém morre de véspera", e nós já estávamos cambaleando como casal havia alguns meses. Mas a minha estúpida e infantil esperança de que "o amor sempre prevalece" me cegou; eu o amava de verdade, com todo o meu coração, com todas as células do meu corpo, com toda a ATP que eu produzia diariamente, e achei que aquilo fosse o suficiente para que o nosso relacionamento continuasse firme e forte pelo resto de nossas vidas, até que um de nós desenvolvesse Alzheimer e tivesse de ler o diário um do outro para manter intactas as memórias do nosso amor.

É, não foi bem assim que aconteceu.

Claro que eu nunca sequer imaginei que tudo acabaria do jeito que acabou. Nos poucos momentos lúcidos que eu tive durante a nossa crise, quando a ficha de que o fim estava próximo começou a cair, eu apenas acreditava que nós nos separaríamos e viveríamos as nossas vidas, até nos reencontrarmos em um futuro não muito distante, mais maduros, com bons empregos e prontos para um relacionamento duradouro. Aquela, sim, seria uma linda história de amor, com reviravoltas dignas de Shakespeare.

Porém, a realidade foi um pouco mais dura comigo. O que de fato aconteceu foi: a minha prima e melhor amiga, Marina, junto com o seu namorado, Rodrigo, organizou uma festa surpresa para o meu aniversário em um restaurante japonês ao qual íamos sempre. Lucas passou para me buscar em casa e, mesmo que estivesse se esforçando, eu o sentia muito distante. Mesmo assim nós fomos, e, no meio do jantar, Marina anunciou que tinha uma surpresa para mim, feita por todos os meus amigos. Uma pequena retrospectiva dos meus 22 anos começou a passar no telão do restaurante. Tudo estava indo muito bem, obrigada, até que as fotos da minha infância como uma criança gorda e feliz foram substituídas por imagens de Lucas e Amanda, uma amiga da faculdade; não eram imagens muito agradáveis, algumas bastante comprometedoras, todas incrivelmente incriminadoras.

Não vou dizer que reagi com a maturidade e a graciosidade de uma dama. E também não vou mentir: os sushis que voaram para todos os lados estavam anteriormente no meu prato. Mas perdi a cabeça... em um minuto, sentia esperança, achava que poderia dar a volta por cima, fazer o meu príncipe encantado de jaqueta de couro se recordar dos motivos pelos quais havia se apaixonado por mim, e, no outro, eu estava jogando shoyo para o alto como se fosse o Silvio Santos distribuindo aviões de dinheiro para a plateia de senhoras aposentadas.

Depois da fúria, vieram as lágrimas. Pelo menos, eu já estava longe o suficiente para não dar aquele gostinho a Lucas e Amanda.

Em um táxi de volta para casa, eu encharquei a camisa fina da Marina enquanto Rodrigo tentava me acalmar com tapinhas nas costas, como se eu fosse um labrador tomando a primeira vacina — não o julguei, afinal, aquele era um gesto bastante generoso frente a sua capacidade emocional.

Os dois juraram que não sabiam o que tinha acontecido, que até um dia antes a retrospectiva estava "normal", e eu só sabia chorar e gritar que a Amanda era feia e fedia a ração de cachorro, mesmo que ela parecesse uma maldita atriz de Hollywood e cheirasse a flores do campo.

O negócio é que nenhum filme da Disney te prepara para a dor de uma traição, ou a constatação de que os seis anos que se passaram não significaram absolutamente nada para a pessoa com quem você compartilhou cada alegria e tristeza. Todos os bons momentos, todos os beijos, abraços, risadas, jantares, planos, filmes, viagens... tudo jogado na lata do lixo.

Os meses seguintes não foram nada fáceis. A cada dia uma notícia nova estraçalhava a minha alma, abrindo a ferida recente de novo e de novo e de novo, como se eu fosse um machucado, e aquela situação fosse uma criança encapetada que não ouvia a mãe dizer "quantas vezes eu vou precisar repetir que, se você arrancar a casquinha, vai sangrar e o machucado nunca vai sarar?"

Primeiro, o Lucas apareceu na minha casa com todos os meus pertences em uma caixa de papelão — ele não se desculpou, não se ajoelhou, não me pediu para voltar, nem chorou arrependido; na realidade, ele não conseguiu sequer olhar nos meus olhos, apenas chegou com aquela estúpida jaqueta de couro puída, os meus livros que haviam ficado na casa dele e o *case* da guitarra nas costas. "Estou atrasado", disse, baixando a caixa no chão. "Tenho um show aqui perto e aproveitei para devolver as suas coisas."

Coisas. Meu exemplar de *O amor nos tempos do cólera* não podia ser considerado uma coisa.

Depois, vieram os boatos de que ele e a Amanda estavam namorando. Boatos que se tornaram verdade absoluta quando o status dos dois no Facebook mudou para "em um relacionamento sério". Então recebi o último tiro: a descoberta de que quem sabotou as imagens da minha retrospectiva havia sido a própria Amanda, para que Lucas terminasse logo comigo e ficasse com ela de vez — aparentemente, eles estavam juntos pelas minhas costas havia meses.

Eu passava os dias entre faculdade e Facebook, fuçando todos os movimentos dos dois, afundada na minha própria miséria, chorando e ouvindo uma combinação altamente destrutiva de Adele, Lana Del Rey, Taylor Swift, Sam Smith e James Bay. A minha mãe tentava conversar; o meu pai, mesmo morando em outra cidade, tentava me animar, mas nada funcionava.

Eu estava destruída.

Oito meses se foram, o ano acabou, e eu passei o réveillon de 2014 para 2015 sentada na praia, bêbada, chorando e parecendo um quibe com toda aquela areia grudada no corpo, enquanto Marina tentava me fazer levantar para pular as sete ondinhas e Rodrigo berrava que eu precisava reagir.

Parecia que nunca ia terminar. As fotos dos dois nas redes sociais acabavam comigo, os vídeos dos shows de Lucas estavam fixados nas abas do meu navegador, o sorriso dele, gravado no fundo da minha memória, e eu dormia e acordava ouvindo um áudio que ele me mandara pelo Whatsapp antes de tudo acabar, dizendo "não esquece que eu te amo, Isa".

Até que, em um fatídico dia, a minha história começou a tomar um rumo completamente diferente. E isso só aconteceu porque Marina entrou no meu quarto sem autorização, mais ou menos como o furacão Katrina, tirou os meus fones de ouvido com força, olhou bem no fundo dos meus olhos e falou:

— Isadora, levanta essa sua bunda daí, toma um banho decente, coloca uma roupa ligeiramente vulgar e maquia esse rosto. Hoje nós vamos sair!

★ 2 ★

— *Eu não saio* desse quarto nem por um Stacker Triplo com Coca-Cola e batatas fritas — respondi ao me recuperar do susto, pausando Someone Like You no Spotify.

— Não é uma questão de escolha. — Minha prima, com os seus braços fortes de jogadora de handball, delicadamente colocou o meu notebook na cama e me empurrou até que eu caísse do outro lado. — Ou você sai comigo e com o Rodrigo hoje à noite, ou eu juro por Deus que quebro esse seu computador em um milhão de pedacinhos!

— Acho que o meu pai não vai ficar muito feliz com isso, Ma, ele que me deu de presente de aniversário e nem acabou de pagar ainda. — Eu me levantei, massageando o cotovelo que havia atingido o chão. — Você sabe como são essas promoções relâmpago, a pessoa fica até a terceira idade pagando por um aparelho que vai ser ultrapassado no mês seguinte da compra por outro melhor, maior, mais bonito e mais caro. Não acho que você vá querer magoar o seu tio, sabe como ele gosta de você e...

— Isadora Mônaco! — Marina me cortou, parecendo irritada com o meu monólogo. — Eu não aguento mais te ver dentro desse quarto fuçando o Facebook do seu ex-namorado, E NEM TENTE ME DIZER QUE NÃO É ISSO O QUE VOCÊ FAZ TODOS OS DIAS AQUI DENTRO! — completou ela às pressas assim que eu abri a boca para me defender. — Não sei se você reparou, mas

19

daqui a pouco essa fossa está fazendo aniversário de um ano! O Lucas já está em outra; aliás, ele já está TRANSANDO com outra há muito tempo, e você continua aí, se afogando nas próprias lágrimas amargas e solitárias. Acha mesmo que ele vale tudo isso? Querida, você merece alguém que tenha, no mínimo, um emprego fixo e uma renda mensal!

— Ele tem uma banda! — bradei.

— Uma banda e uma nova namorada. — Marina jogou uma toalha, que até então eu não havia reparado que ela segurava, em cima de mim. — Vá tomar um banho, você está fedendo a fritura e desespero.

Eu obedeci, não porque pretendia sair aquela noite, mas porque estava *mesmo* fedendo a fritura e desespero. E um pouquinho a Cheetos também. Porém, minutos depois, quando eu saí do banheiro e preenchi o quarto com um vapor quente e cheiroso, todas as minhas roupas estavam em cima da cama e Marina segurava o meu secador de cabelos com cara de poucos amigos.

Eu até entendia a revolta da minha prima; Marina nunca havia gostado de Lucas. Desde o início, dissera que ele não era bom o suficiente para mim — claro que eu nunca dei ouvidos, especialmente porque nós tínhamos a mesma idade, mas ela sempre foi muito mais responsável e madura, então eu acreditava que era só a sua chatice de "você precisa focar mais nas suas notas e esquecer um pouco os garotos" falando mais alto. No final das contas, ela estava certa desde o começo. Ainda assim, para o meu alívio, ela não havia dito "eu te avisei" em nenhum momento após o término. E aquele era um dos muitos motivos pelos quais eu a amava como uma irmã.

— Eu não quero sair, Ma — resmunguei, sentando-me ao seu lado.

— E eu não quero a minha linda prima desperdiçando a juventude, a inteligência e a beleza dentro do quarto só porque foi traída por um babaca que não sabe escrever uma frase completa sem assassinar a língua portuguesa. — Ela estendeu um vestido preto e justo em minha direção. — Agora, coloque esse que diz "estou disponível, mas não desesperada" e vamos secar essa sua linda cabeleira castanha.

Apesar de compartilharmos os mesmos genes, Marina e eu éramos completamente diferentes na aparência. Ela havia puxado o pai, cunhado da minha mãe e meu tio, com fios escuros acobreados e lisos e imensos olhos cor de mel, os lábios cheios e o nariz arrebitado. Uns 10 cm mais baixa do que eu e com o corpo em forma por praticar vários esportes, a minha prima era o sonho de todos os nerds do colégio que frequentamos quando éramos mais jovens. Porém, para o azar de todos eles, ela colocou na cabeça teimosa que só namoraria quando entrasse na faculdade. E foi o que fez, escolhendo Rodrigo a dedo na primeira semana de aula, dentre todos os outros engenheiros químicos da sua sala. Ela me confidenciou mais tarde que: 1) escolheu rápido daquele jeito porque o achava estupidamente bonito e divertido e porque todos aqueles hormônios reprimidos a estavam deixando com medo de se transformar em um cachorro não castrado que transa com qualquer objeto que vê pela frente; e 2) ela reconhecia a estupidez que havia sido a sua regra de "absolutamente nenhum garoto" durante os anos do colégio, já que se viu no primeiro ano da faculdade sem saber nada sobre relacionamentos, ou como se comportar com os garotos, ou ainda o que ela deveria fazer quando Rodrigo começava a roçar a braguilha da calça dele contra a dela — felizmente, o namorado da minha prima também era um iniciante na arte do amor (para não dizer completamente lesado), e os dois conseguiram lidar muito bem com as dificuldades e formavam o casal mais adoravelmente esquisito que eu conhecia.

— Com linda cabeleira castanha você quer dizer o meu incrível volume indomável? — Eu revirei os olhos, vestindo o que ela havia me empurrado e me sentando na frente da penteadeira.

Eu havia puxado totalmente à minha mãe. Branca como um rato de laboratório, com espessos fios castanhos em um emaranhado difícil de lidar que os outros costumavam chamar de "cabelo" e olhos escuros. O único aspecto que eu herdara do meu pai havia sido a altura, o que fazia com que eu tivesse todos os centímetros de uma miss, sem me parecer com uma. Eu não era feia, mas também não era linda; era mais comum do que uma nota de dois reais... talvez por isso eu tenha passado os seis anos de namoro com Lucas sem entender o que ele havia visto em mim, para ser completamente sincera. Claro, eu costumava ser vista como uma pessoa divertida, com bons papos, humor sarcástico, inteligência rápida e um ótimo gosto musical, mas, quando se tratava da minha aparência, eu tinha dias e dias: alguns em que eu me sentia mais feia do que discutir com a avó pela mistura da janta e outros em que eu conseguia sorrir ao meu olhar no espelho. Apesar disso, a minha mãe sempre havia me chamado de linda, mas eu acredito cegamente que todas as mães precisam assinar um contrato vitalício assim que os filhos nascem ditando as três regras primordiais de todas as mães:

1. Inventai que os seus filhos são bonitos e especiais, mesmo quando eles não passarem de pesos de papel e desperdícios de órgãos vitais;
2. Irritai os seus filhos abrindo a cortina quando eles ainda estão dormindo e berrando que já passam das cinco da tarde quando claramente ainda é meio-dia e;
3. Ficares eternamente ao telefone falando sobre assuntos absolutamente irrelevantes enquanto eles tentam assistir a uma série no Netflix, e não desligais nunca, mesmo que eles estejam há duas horas respondendo tudo o que você fala com uma sequência de "hum", "aham" e "sim".

— O seu cabelo é lindo, eu queria ter metade desse volume, e não esses fios lisos e sem graça que enroscam em maçanetas de portas e espirais de caderno. Agora cala a boca e presta atenção — ordenou Marina, ligando o secador e gritando por cima do barulho —, hoje é aniversário de um amigo do Rodrigo e nós vamos a uma balada na Augusta. Você vai colocar um sorriso nesse rosto triste e mostrar a todos o quão linda é!

— Ma — protestei. — Como ir a uma balada com música ruim, gente chata e bebidas caras pode melhorar o meu estado de espírito?

— Pode não melhorar, mas nada vai ser pior do que ficar enfurnada nesse quarto ouvindo a coleção fossa de 2015. — Ela puxou parte do meu cabelo para trás, provocando-me uma careta.

Eu me olhava no espelho e via no que me transformara nos últimos meses. Com alguns quilos a menos e profundas olheiras arroxeadas, eu não era mais quem costumava ser. Lucas havia arrancado metade de mim com um só golpe, e a metade que sobrou não parecia muito interessada em reagir. Logo, só me restava viver incompleta. Eu era a Pepê sem a Neném, o Chitãozinho sem o Xororó, o Charlie Sheen sem as drogas e as prostitutas.

Suspirando, desliguei o secador pela tomada e o puxei para mais perto.

— Foi mal, Ma, mas não vai rolar.

A minha prima também suspirou, sentando-se na cama às nossas costas. Eu me virei com a cadeira e tentei sorrir, mas tenho certeza de que nada além de uma careta esquisita surgiu nos meus lábios.

— Isa, por favor — implorou ela, fixando os incríveis olhos mel em mim. — Você está definhando. A sua mãe está preocupada, ela quer te levar a um psicólogo, sabia? É isso o que você quer para a sua vida? Ficar conhecida como a garota que pirou e colocou um gato no micro-ondas?

— Eu não coloquei um gato no micro-ondas! — rebati, ofendida. — Eu nunca colocaria um animal no micro-ondas! Você sabe muito bem que passo as minhas madrugadas procurando petições online de defesa aos animais para assinar e sentir que estou ajudando, mesmo quando eu sei que 90% dessas petições nunca dão em nada, como aquela pedindo para o Senado proibir as pessoas de usarem Crocs, que teve mais de cinco milhões de assinaturas e até hoje não foi colocada em prática, já que ainda vemos pessoas com essas atrocidades em público.

— Sim, eu sei de tudo isso, infelizmente não tenho coragem de te bloquear no Whatsapp, e você parece não saber muito bem como funcionam os horários comerciais das pessoas e que geralmente elas não estão interessadas em saber, às duas da madrugada, que unicórnios costumavam existir, mas entraram em extinção na Idade Média porque o sangue deles podia "prolongar a vida das pessoas" e elas começaram a caçá-los e matá-los, e que, se os seres humanos não fossem criaturas tão horríveis e mesquinhas, hoje nós poderíamos ir para o trabalho montados em unicórnios que peidam arco-íris. Mas também sei que as fofocas voam e sempre se modificam no meio do caminho. — Marina deu de ombros. — A sua tristeza após um simples término de namoro pode te transformar de "garota normal" a "psicopata dos gatos".

— Não foi um simples término de namoro. — Arfei, sentindo lágrimas se acumularem nos meus olhos de maneira estúpida e infantil, como sempre acontecia quando eu parava de fazer piadas como forma de defesa e era obrigada a falar sério. — O Lucas era e continua sendo o grande amor da minha vida. Eu sei disso.

— Se ele fosse o grande amor da sua vida, ele estaria aqui agora, querida. — Ela segurou as minhas mãos entre as delas, e uma lágrima solitária rolou pela minha bochecha. — Por favor. Só uma noite. Por mim!

Eu funguei.

Durante todo aquele tempo, Marina havia ficado ao meu lado, colocando-me para cima, dando-me forças para continuar. Eu tinha plena certeza de que estaria muito pior sem ela para me fazer sorrir com as suas mensagens diárias e os *gifs* estúpidos que me enviava pelo Twitter. Por isso, nada parecia mais justo do que lhe ceder apenas uma noite da minha tediosa e patética vida pós-Lucas.

— Tudo bem, fada madrinha. — Eu devolvi o secador a ela, que o agarrou com as duas mãos. — Só uma noite. E, à meia-noite em ponto, eu viro uma abóbora!

★ 3 ★

— **Uau, você está** linda, Isa! — exclamou Rodrigo assim que eu entrei no carro, com uma animação muito maior do que a habitual. — Linda mesmo, uma gata!

— Rodrigo, você como ator é um ótimo engenheiro. — Lancei um olhar acusativo para Marina, que levantou as mãos em sinal de rendição.

— Não me olhe assim, ele está te elogiando por livre e espontânea vontade!

Rodrigo, com o seu espesso e ondulado cabelo castanho, as sobrancelhas grossas, os olhos esverdeados, o maxilar pouco marcado e o corpo alto e esguio de lutador de judô, concordou várias vezes com a cabeça, já dirigindo para longe do meu prédio rumo ao nosso destino.

Eu não planejava ficar por muito tempo. Aliás, eu estava fazendo aquilo exclusivamente por Marina, e não por mim. Mas não posso negar que foi quase impossível não sair correndo assim que Rodrigo parou o carro em um estacionamento apertado e caro na rua Augusta, cerca de meia hora depois de sairmos da minha casa e pegarmos o trânsito rotineiro de São Paulo. Mais difícil ainda foi não vomitar no meio-fio quando nós nos enfiamos em uma imensa fila barulhenta para esperar a abertura da balada do momento. Todas aquelas pessoas, com os seus sorrisos, cigarros e a animação... aquilo não era para mim — eu não estava conectada a eles de maneira alguma, não sentia o mesmo clima, a mesma animação, e, definitivamente, não ansiava entrar em poucos instantes em um salão escuro, abafado e claustrofóbico. Para ser bem sincera, eu só queria voltar para a minha casa, colocar o meu pijama velho, abrir o Netflix e assistir a Up! Altas Aventuras pela décima oitava vez, desidratando de tanto chorar na cena em que Carl encontra a mensagem de Ellie no livro de fotografias.

Todos aqueles sentimentos ruins e toda a ansiedade de estar na porta de uma balada eram só uma prévia de que eu estava destinada a ser uma senhora dos gatos, sozinha, fedida e alimentando todos os meus felinos com os restos da minha comida congelada — não que exista algo de errado com essas senhoras, mas aquele era um destino que eu ainda não havia me acostumado a aceitar. Quero dizer, contos de fadas eram para garotas como Amanda, não para Isadoras, e eu havia demorado 22 anos para entender a mensagem divina de que eu simplesmente estava amaldiçoada a viver sozinha. Então por que continuar tentando? Por que me enfiar no meio de todos aqueles jovens que um dia encontrariam as tampas de suas panelas, as metades das suas laranjas, as carnes para as suas unhas? Só para me frustrar mais um pouco?

Por que é que a gente tem esse estranho fetiche de nos sabotar?

— Ma, eu não estou me sentindo muito legal, parece que comi uma bola de pelos e agora estou em processo de me livrar dela assim como os gatos fazem — comentei assim que Rodrigo pareceu ter encontrado os amigos e nos arrastava em direção a eles.

— Isa, para de drama, eu não vou cair nesse papinho e te deixar ir embora! Nós vamos apenas conhecer os amigos do Rô, beber cerveja, dançar e dar risada! Em uma hora você já vai ter esquecido da existência Daquele Que Não Deve Ser Nomeado! — Minha prima sorriu com animação, puxando-me pelo braço mesmo, já que não havia muito tecido no vestido cobrindo o meu corpo.

Marina não estava brincando quando sugeriu uma roupa ligeiramente vulgar.

Eu sabia que não havia muito a ser feito àquela altura do campeonato. Pegar um táxi de volta para casa estava fora de cogitação, já que quaisquer 2 km de táxi em São Paulo custava o equivalente ao PIB de um país subdesenvolvido e eu saíra do meu último estágio havia mais de um ano para ajudar Lucas com a banda, ou seja, eu tinha tudo, menos dinheiro. As tarifas flexíveis do Uber deviam estar nas alturas àquele horário, então eu podia descartar aquela opção também. Voltar sozinha de metrô também não me parecia uma boa ideia, já que a sociedade machista brasileira não me permitia pegar o transporte público à noite, sozinha e com uma saia curta. E, finalmente, procurar um abrigo pela rua Augusta poderia dar certo, mas também poderia dar terrivelmente errado e eu ia acabar a minha noite tomando whisky contrabandeado em um prostíbulo com infestação de percevejos, jogando sinuca com as prostitutas e tentando me livrar das garras de um cafetão. Por isso, optei por apenas sorrir, acenar e seguir o casal. Ainda assim, durante todo o trajeto eu tentei buscar alternativas diferentes para sumir dali, e cogitei seriamente forjar um desmaio; só desisti da ideia porque sabia que os curiosos da fila fariam um círculo ao meu redor, e eu não queria estranhos analisando as minhas habilidades de atuação.

Rodrigo enfim cumprimentou três rapazes mais ou menos da nossa idade que já estavam bem perto da entrada. Um deles era negro, tinha bonitos olhos também negros, um piercing no septo do nariz e o cabelo black power mais legal que eu já havia visto, com direito a um pente preso no topo. O outro, o mais baixo dos três, tinha os olhos claros, o cabelo escuro e um sério problema de acne facial. Finalmente, o terceiro deles era atraente de uma maneira não convencional, em que todos os seus traços separados não tinham nada de mais, porém, juntos, lhe proporcionavam uma combinação muito... interessante. Ele tinha os fios do cabelo castanhos, compridos e ondulados de maneira desigual e os olhos também escuros, um pouco escondidos pelos óculos de armação preta de acetato que ele usava; além de tudo, era mais alto do que todos na roda, inclusive eu, e usava uma camiseta preta que dizia, em verde néon, "E Já Chegou o Disco Voador". A sua postura era terrível, quase como se ele quisesse diminuir os centímetros de diferença entre ele e as pessoas ao redor, e eu imediatamente me identifiquei; passar anos da própria vida curvando-se para igualar--se aos outros fazia parte da minha história.

Assim que eu me aproximei, ele sorriu diretamente para mim, revelando os dentes de quem havia passado muitos anos com aparelho ortodôntico. Aquilo levou minha mente imediatamente de volta ao churrasco de aniversário do meu amigo Temaki, em 2009, quando Lucas se aproximou de mim perto da piscina, sorriu e disse *caramba, moça, como você é alta*. Eu ri, um pouco nervosa pelo cara mais bonito e mais velho da festa estar falando comigo, e respondi *uau, você descobriu isso sozinho?*

— Pessoal, essa é a Isadora, amiga da Ma — apresentou Rodrigo, empurrando-me delicadamente pelas costas para que eu me aproximasse.

— Isa — corrigi. — É só Isa.

— Oi "Só Isa". — O rapaz negro me deu um beijo no rosto, seguido pelo baixinho com muita acne.

O terceiro enfim se aproximou, beijando o meu rosto e dizendo em seguida, com a voz grave e um pouco divertida.

— É um prazer, Isadora.

Ele se afastou, sorrindo de maneira simpática, e eu tentei repetir o gesto, mas era difícil parecer simpática e natural perto de um cara tão esquisitamente atraente; eu queria passar uma imagem casual e quase desinteressada, mas depois de seis anos namorando estava me sentindo como um saco velho de batatas na menor possibilidade de flertar com alguém — era como se eu tivesse perdido a habilidade de me comunicar como um ser humano racional e inteligente.

— Esses são Pedro, Tubaína e Andrei — apresentou Rodrigo, desviando a minha atenção. — O Tubaína é o aniversariante da noite! 26 anos com corpo de 67!

— Oi. E parabéns, Tubaína! — Eu dei um aceno geral e um tapinha no ombro do garoto, sentindo-me incrivelmente estúpida logo em seguida por ter estapeado uma pessoa que eu mal conhecia e por estar chamando-o por um apelido tão babaca quanto "Tubaína".

Graças à Nossa Senhora dos Momentos Constrangedores Evitados, a balada abriu naquele exato momento e a fila começou a andar, entretendo os garotos instantaneamente, que começaram a falar sobre a festa daquela noite.

Eu não sabia o que mais poderia te dizer, foi o que Lucas disse depois que nós rimos da sua constatação estúpida em 2009. *Poderia só ter dito oi*, respondi, ainda sem acreditar no que estava acontecendo. *Oi me pareceu simples demais*. Ele me estendeu uma cerveja. *E você não me parece uma garota simples demais*.

— E então, Isa, você já veio nessa balada antes? — perguntou Pedro, o garoto do *black power*, me acordando dos devaneios.

— Ah, não, primeira vez. — Tentei sorrir. — Não sou muito de ir em baladas, gosto mais da famosa festa Cama com o DJ travesseiro e open bar de Netflix.

— Você vai adorar — prometeu Tubaína depois de rir da minha piadinha infame. — A música é muito boa. Você curte *rock* dos anos 80?

— Um pouco — admiti.

— Menina de bom gosto — brincou Pedro.

Pode-se dizer que sim... aliás, correm boatos pelo feudo de que eu sou louca. Eu abri a cerveja que Lucas me ofereceu em 2009, apesar de nunca ter sido muito fã de bebidas alcoólicas; eu precisava impressioná-lo de alguma maneira. *Dizem que sou louco, por pensar assim... se eu sou muito louco por eu ser feliz...*, ele cantarolou Rita Lee, ao que completei em seguida, *Mais louco é quem me diz! E não é feliz, não é feliz*. Trocamos um sorrido cúmplice e eu soube, naquele exato momento, que estava prestes a viver algo muito especial.

— Do que você gosta dos anos 80? — perguntou Andrei, logo atrás de mim. — Além das polainas e da Madonna usando sutiãs em formato de cone, é claro.

Eu me virei para olhar para ele, pois era ao mesmo tempo agradável e intimidante. Ele tinha uma expressão de diversão no rosto, como se toda aquela interação social fosse algum tipo de experimento científico — parecia o tipo de pessoa que não levava absolutamente nada a sério, ao mesmo tempo em que achava tudo fascinante.

— Joy Division, The Cure, Smiths... — Eu dei de ombros.

— Nada de Menudo? Roupa Nova? Sidney Magal? — Ele balançou a cabeça, em negativa. — Estou decepcionado, Isadora.

— Por que você não disse logo que tem um gosto musical impecável? Eu estava querendo mostrar que escuto o que o povo gosta, mas poderia ter respondido de maneira refinada, citando Reginaldo Rossi ou até Gretchen — respondi, voltando-me para a frente e arrancando uma risada rápida e genuína dele.

Marina, ao meu lado, lançou-me um sorrisinho com múltiplos significados.

Qual é o seu nome, linda donzela?, perguntou Lucas, seis anos antes daquele momento. *Isadora. Mas todos me chamam de Isa. Bom, Isadora que todos chamam de Isa, eu sou Lucas. Prazer em te conhecer.* Trocamos um aperto de mão, rindo da nossa própria formalidade. *Prazer em te conhecer, Lucas.*

Em 2015, nós apresentamos os documentos na porta da balada e passamos pelo segurança, pegando os cartões de consumação em seguida. Do lado de dentro, o salão escuro e grafitado brilhava com uma iluminação caótica e já começava a encher enquanto eu sentia as batidas da música junto às do meu coração.

E de onde você conhece o Temaki?, perguntei em 2009. *Na verdade, não conheço. Vim porque um amigo ia tocar aqui hoje, mas ele me deu o cano. Eu estava indo embora quando te vi e... bom, resolvi tentar a sorte.* Senti o meu rosto corar, abaixando a cabeça. *Que bom que o seu amigo não veio, então!*

— Vamos pegar algo para beber? — sugeriu Rodrigo, apontando com a cabeça para o bar principal que também começava a lotar.

— Vamos — concordou Andrei, virando-se para mim e perguntando de maneira casual: — Você quer uma cerveja, Isadora?

Encarei o amigo nerd-esquisito-charmoso do Rodrigo e ele olhou de volta para mim. Marina apertou o meu braço discretamente e sorriu, incentivando-me a aceitar, a conversar, a flertar, a viver.

Acho que deveríamos procurar uma mesa e brindar em homenagem ao cano que eu levei, afirmou Lucas, já me puxando pelo braço para longe da beirada da piscina. *Podemos inclusive pegar outra cerveja. Você quer?*

— Não, eu não quero — respondi repentinamente, soltando-me da mão de Marina. — E preciso ir ao banheiro.

Deixei-os para trás, sentindo meu coração a ponto de explodir. Eu não podia fazer aquilo, não estava pronta. Sentia que nunca mais estaria.

Só mais uma, por favor foi o que eu respondi em 2009 ao que viria a se tornar o meu futuro ex-namorado.

★ 4 ★

A minha atitude não foi muito nobre, e cheguei àquela conclusão depois que uma segurança ameaçou me expulsar da balada se eu não saísse da última divisória do banheiro feminino. Quando saí, ela me revistou à procura de drogas, ao que eu reagi dizendo que não precisava delas para me sentir ainda mais no fundo do poço do que eu estava. A segurança revirou os olhos e resmungou algo como "problemas de garota rica" antes de ir embora.

Já do lado de fora, depois de algumas horas desaparecida, resolvi procurar pela minha prima, que devia estar preocupada comigo; ela havia passado algumas vezes pelo banheiro, berrando desesperadamente o meu nome, mas eu apenas levantara as pernas para que ela não visse que a última cabine estava ocupada — por mim. Além disso, Marina havia me ligado mais ou menos 77 bilhões de vezes antes da bateria do meu celular acabar.

Foi egoísta, sei disso, mas eu precisava de um tempo sozinha — a saudade dilacerante de Lucas e o inédito sentimento de atração por outro cara mexeram um pouco comigo.

No meio da busca, porém, acabei sendo puxada por uma força enigmática e magnética até o bar — já que eu precisaria passar a noite inteira naquele inferninho, que pelo menos eu não me lembrasse dele no dia seguinte. Escolhi a bebida mais forte pelo preço que eu podia pagar e voltei a caminhar pela balada à procura da prima perdida.

A cada volta que eu dava pelo salão, acabava parando no mesmo bar. Na quarta vez, o bartender — que parecia a mistura perfeita de Gerard Butler no filme P.S.: Eu Te Amo com o futuro pai dos meus filhos — já estava com a minha vodca com energético preparada em cima do balcão, ao que eu agradeci imensamente, chamando-o de "Deus grego do álcool".

Conforme as horas se passavam, eu ia esquecendo completamente qual era a minha missão ali e começava a ter uma noite bastante... interessante. Dancei com um grupo de modelos esguias acompanhadas de homens de meia-idade, entrei no meio de uma calorosa discussão sobre o final de How I Met Your Mother perto do banheiro masculino, participei de uma rodada de "Eu Nunca" no fumódromo e recebi dicas de maquiagem de um grupo de drag queens. Perto das 4 horas da manhã, não havia sinal algum da minha prima e eu estava completamente bêbada.

Acabei a noite de volta ao banheiro, como uma metáfora um pouco mórbida e nojenta da minha vida — algo meio "da merda vieste, para a merda retornarás" —, sentada em cima da pia molhada e pregando que todos os homens eram porcos nojentos, recebendo diversos "amém" e "aleluia, irmã" das garotas também bêbadas que passavam por ali. Eu era praticamente a messias do toalete! Até que, em determinado momento, todas as meninas começaram a ir embora e eu fiquei sozinha.

Eu tentava realizar a difícil tarefa de descer da pia sem cair na poça de vômito localizada a poucos centímetros de mim, quando uma faxineira entrou no banheiro. Ela deveria ter uns 50 anos, com o corpo quadrado e gordo e os fios tingidos de um loiro hamster.

— A balada está fechando, querida — anunciou com a voz encorpada e entediada.

— Eu não consigo descer — respondi, e era verdade.

Acho que a faxineira ficou com um pouco de dó de mim, porque foi em minha direção e, com os braços fortes, colocou-me no chão sem nenhuma dificuldade, bem longe do vômito com cheiro do dogão prensado que vendiam na porta da balada mais cedo. Fui eternamente grata a ela, pois eu era vítima da famosa corrente do vômito, em que só o cheiro forte de um me fazia vomitar, e eu não queria começar aquele ciclo, pois sabia que uma vez iniciado, ele poderia continuar por muito tempo.

Pude ler na lapela do uniforme da faxineira que o seu nome era Marisa e notei que ela tinha um anel dourado de casamento na mão esquerda.

— Marisa, me conte o seu segredo — murmurei, escorando-me em uma das divisórias do banheiro.

— Qual segredo? Como eu aguento lidar com meninas da idade da minha filha bêbadas todas as noites? — perguntou ela com certo sarcasmo, abrindo todas as torneiras uma por uma.

— Não, como você casou? — Eu não consegui captar a ironia no estado em que me encontrava, mas me lembrei dela no dia seguinte, ao acordar em uma poça da minha própria baba e uma dor de cabeça infernal. — Não que eu queira casar agora, tenho 22 anos, sou muito jovem para assinar essa sentença de morte, mas não consigo nem manter um relacionamento sério sem ser traída!

Marisa me olhou pelo espelho, balançando a cabeça.

— Alguém partiu o seu coração, foi, querida?

— Sim — concordei, sentindo as lágrimas que eu nem percebi que haviam brotado em meus olhos rolarem livremente pelas minhas bochechas. Era cientificamente interessante a maneira como o álcool conseguia mexer tanto com as emoções de um ser humano. — *Muito*.

— Eu já estive no seu lugar, meu bem. — Ela começou a esfregar a pia com as luvas amarelas de borracha. — Toda mulher já esteve. Mas então descobri o segredo da felicidade e conheci o Roberto. Estamos casados há trinta anos.

— Trinta anos! — exclamei, como uma criança ao ser informada de que deveria comer sorvete no jantar pelo restante da vida. — E qual é o segredo?

— O zodíaco. — Marisa virou-se para mim, levantado a escova em minha direção de uma maneira bastante mística; no meu estado alcoólico, foi quase como se ela estivesse brilhando no escuro. — Qual é o seu signo, querida?

— Áries — balbuciei.

— Hum... Áries... um signo um pouco difícil... — disse a faxineira, mais para si mesma do que para mim. — E qual é o signo do seu ex-namorado?

Funguei ao ouvir a palavra "ex-namorado". Como eu poderia me acostumar a colocar Lucas no patamar de "ex" quando, por anos e anos, considerei-o presente, passado e futuro?

— Peixes.

— Está explicado, então! — Marisa se voltou para as pias como se tivesse descoberto a cura para o câncer, parecendo bastante satisfeita consigo mesma. — Você é Áries e ele é Peixes. Ele é o seu inferno astral, querida! Não estava predestinado a dar certo... Eu só acho engraçado que não foi ao contrário, a ariana traindo e o pisciano sofrendo.

— Eu não acredito muito nessa besteira de signos — resmunguei.

— Pois deveria. — Marisa deu de ombros, sem olhar para mim. — Além do mais, estou casada e você está bêbada ao lado de uma poça de vômito em um banheiro sujo da rua Augusta. Quem está mais certa nessa história?

Abri a boca para responder, mas nós ouvimos uma descarga, e uma garota muito bêbada saiu da última cabine do banheiro.

— Peixes é um signo meio merda, miga! — disse ela com dificuldade, intrometendo-se na conversa e lavando as mãos de maneira descoordenada, espalhando água para todos os lados. — Eles se magoam com qualquer coisa! Meu ex-namorado era pisciano e ficou superofendido porque eu falei que o nariz dele era feio e que ele precisava perder uns 10 quilos!

— Essa aí deve ser leonina — comentou Marisa, baixinho.

Naquele exato momento, Marina invadiu o banheiro feminino e o seu rosto se retorceu em uma expressão de ódio e alívio ao me ver parada entre as duas loucas dos signos.

— Sua MALDITA!!! — berrou, agarrando-me pelo braço. — Estou te procurando há horas!!! O Rodrigo está lá fora chamando a polícia, pensamos que você tinha sido sequestrada ou sei lá o quê!? Os seus pais estão preocupados, você tem noção do que nos fez passar essa noite??? Por que não atendeu o telefone???

— Acabou a bat... — Não tive tempo de falar mais nada, sendo rebocada para o lado de fora do banheiro aos tropeços.

Eu queria poder ficar mais tempo com Marisa e sua sabedoria milenar, mas não tive forças e nem coordenação motora para me livrar dos braços fortes da minha prima. Por isso, apenas berrei um "valeu, moça" e me deixei ser arrastada para longe dali.

No salão principal, agora com as luzes acesas, Rodrigo estava ao celular, acompanhado apenas de Andrei.

— Eu achei ela! — berrou Marina, fazendo Rodrigo soltar o ar, dizer algo pelo celular e o desligar.

— Onde diabos você esteve a noite inteira, Isa? — Ele veio em nossa direção, ajudando a namorada a me segurar, já que eu não estava em condições de parar em pé sozinha.

— Me divertindo, "esquecendo" o Lucas! — respondi meio grossa, rindo em seguida. — Não era isso o que vocês queriam? Que eu passasse algumas horas sem pensar nele? Então, foi o que eu fiz!

— Você não tinha o direito de fazer isso com a gente!

Eu reparei que a maquiagem borrada de Marina era fruto de lágrimas de preocupação, e senti uma pontada de culpa no fígado; ou ele estava apenas sobrecarregado e pedindo arrego depois de toda aquela vodca.

— Eu não quero bancar o advogado do diabo aqui, mas parece que a Isadora teve a noite mais divertida do ano. — Andrei tinha um sorrisinho divertido nos lábios e o dedo indicador entre os olhos, ajeitando os óculos.

— Sim! Sim, tive mesmo a melhor noite do ano, garoto bonito que eu não lembro o nome! — Eu apontei para ele de maneira completamente descoordenada, avistando em seguida o bartender

Deus grego que me embebedou a noite inteira. — Ei! Você! Deus Grego do álcool! Qual é o seu signo?

O homem atravessava o salão com um saco preto de lixo em cada mão, ambos lotados de garrafas, e, depois de uma noite inteira tendo que lidar com jovens bêbados e chatos, ainda teve forças para flexionar os bíceps, olhar para mim e sorrir.

— Eu sou de Escorpião! — berrou ele de volta. — Sabe o que dizem sobre os escorpianos na cama, não sabe?

Abri a boca para responder que não, eu não sabia o que diziam sobre os escorpianos na cama, mas estava mais do que disposta a descobrir, quando Rodrigo tapou minha boca com as mãos.

— Ok, chega, nós vamos te levar para casa agora, Isa... — Ele ajeitou um dos meus braços delicadamente em volta do ombro e começou a andar, com Marina me amparando do outro lado. — Antes que você assedie mais alguém.

Nós pagamos as nossas comandas — eu tive uma crise de riso escandalosa quando vi que a minha conta passou dos três dígitos, enquanto a de Rodrigo e Andrei não passaram nem da consumação por eles não terem bebido; embriagar-se estava ficando cada dia mais caro — e caminhamos vagarosamente até o carro de Rodrigo (porque eu ameaçava vomitar de três em três minutos), parado no mesmo estacionamento onde Andrei havia deixado o próprio carro.

— Boa noite, então — desejou ele a todos nós, olhando para mim ainda com o mesmo sorriso de quem estava se divertindo muito com a minha situação, como se eu fosse um daqueles gatinhos que tocam teclado e se tornam viral no YouTube. — Eu estava querendo te perguntar isso antes de você desaparecer... nós nos conhecemos de algum lugar?

— Provavelmente não — neguei, a cabeça tombada sobre o teto do carro enquanto Rodrigo procurava a chave. — Eu namorei durante seis anos, não saía de casa, era quase uma eremita.

Andrei riu, mas ele parecia achar graça de tudo o que eu falava de qualquer maneira.

— Coca-Cola gelada, Aspirina e Netflix.

— Hã? — Eu quase babei, sem conseguir manter a boca completamente fechada.

— Esse são os meus remédios para ressaca. — Ele rodou a chave do carro entre o dedo indicador. — Algo me diz que você vai precisar deles amanhã.

— Obrigado pela ajuda, cara — agradeceu Rodrigo, visivelmente envergonhado por aquela situação.

— Não tem problema! — gritou Andrei, já se afastando de nós. — Nem todas as noites são interessantes assim.

Já dentro do carro, Marina acalmava os meus pais pelo celular enquanto Rodrigo perguntava o tempo inteiro se eu não queria que parássemos em algum posto, porque ele iria me matar se eu vomitasse nos bancos de couro.

Quando a minha prima finalmente desligou o telefone, eu a abracei por cima do banco.

— Descobri porque meu namoro com o Lucas não deu certo — murmurei com a boca colada no couro gelado.

— Você teve uma epifania entre um copo de vodca e outro? — perguntou ela, mal-humorada.

— Eu sou de Áries, ele é de Peixes, não combina — respondi, antes de apagar no banco de trás.

★ 5 ★

Apesar de toda a loucura daquela noite na rua Augusta, acordei determinada — claro, depois de ficar quase cinco minutos sem saber onde diabos eu estava e passar a língua pelos lábios quinhentas vezes, sentindo-os mais secos que o bacalhau de Páscoa da minha mãe.

Quase um ano depois, eu finalmente tinha uma resposta definitiva para o término do meu relacionamento. Signos do zodíaco! Eu era de Áries, Lucas era de Peixes... nada nunca havia me parecido tão óbvio! Quero dizer, se estava escrito nas estrelas que não daria certo, quem era eu para ir contra o plano do universo?

Depois de pedir desculpas para a minha mãe durante o café da manhã — na verdade, ela tomou o café, eu apenas bebi um litro e meio de Coca-Cola gelada pelo gargalo — e receber o sermão das montanhas do meu pai pelo telefone por conta da minha bebedeira irresponsável, voltei para o quarto e, pela primeira vez em muito tempo, não abri o notebook e fucei o Facebook de Lucas; em vez disso, abri o pai de todos os burros, mais conhecido como Google, e comecei a pesquisar sobre os doze signos do zodíaco.

Primeiro, fiquei bastante fascinada com a maneira como as características de Áries se encaixavam como uma luva à minha personalidade. Briguenta, impulsiva, grosseira, fogo de palha, bastante obstinada quando queria algo, um pouco egoísta e mimada, mas bastante criativa, com um coração bom e amor pelas ideologias. Depois, passei algum tempo traçando o perfil psicológico de Lucas, e quanto mais eu lia, mais conseguia ver o porquê de não termos dado certo... um lunático de Peixes, era isso o que ele era!

A tarde passou voando. Eu resolvi fazer o meu mapa astral e fiquei encantada com todas as variações do meu ser, aprendendo mais sobre aquilo que muitos levavam tão a sério, mas que também era caracterizado como crença ou apenas loucura.

Eu poderia ter passado a noite inteira lendo sobre as doze casas do zodíaco, não fosse pelo fato de Marina ter entrado no meu quarto sem bater na porta, com cara de poucos amigos.

— Sabe, quando eu disse que queria que você se divertisse, não quis dizer sumir e se embebedar com estranhos — afirmou, sentando-se na cama sem ser convidada. — Você me deixou muito preocupada ontem, Isa.

Virando-me na cadeira giratória, eu cruzei as pernas e suspirei.

— Me desculpe por ontem, Ma, passei dos limites — admiti, oferecendo-lhe um sorriso pacificador. — Porém, se não fosse pela bebedeira, eu não saberia o real motivo do meu término! Sinto como se pudesse, enfim, superar o Lucas!

Marina arregalou os olhos, surpresa em ouvir pela primeira vez a minha intenção de tentar superar o meu ex-namorado; aparentemente, eu havia saído da fase de negação do luto. Mas depois ela suavizou a expressão — minha prima parecia estar em um dilema interno, e demorou alguns segundos para organizar os pensamentos em uma frase completa.

— Isa, por mais que eu fique muito feliz que você esteja disposta a superar o término e que esteja interessada nos signos do zodíaco, você não pode se agarrar a isso como a um bote salva-vidas — explicou, cruzando os braços na frente do corpo. — Eu entendo que você queira algum conforto, algo que tire das suas costas o peso do livre-arbítrio do Lucas em ter feito o que fez, mas não sei se transferir a sua obsessão seja um bom caminho para superá-lo.

Eu revirei os olhos; Marina e o seu irritante pessimismo. Porém, logo que aquilo me veio à cabeça, algo chamou minha atenção. Rindo um pouco, rolei pela página aberta no meu computador até Capricórnio e pigarreei.

— "Capricornianos são pessimistas por natureza" — li em voz alta. — "São pessoas mais práticas, mais 'pé no chão', e veem o mundo por uma perspectiva totalmente racional. Um pouco moralistas, bastante ambiciosos e ligados ao dinheiro, são cuidadores por natureza. Talvez seja por isso que as mães de Capricórnio costumem ser as mais zelosas."

Olhei para Marina, que estava com o rosto vermelho.

— Isso não significa nada — resmungou ela.

— Isso significa tudo, Ma! — rebati, sorrindo genuinamente pela primeira vez em muito tempo. — Isso significa tudo!

A minha prima se levantou e, em um gesto inesperado e totalmente não condizente com a sua personalidade cheia de não me toques, abraçou-me, afundando a minha cabeça contra o peito.

— Eu não me importo que você vire a louca dos signos e que todo mundo saia discretamente da roda quando você chegar com as suas miçangas e os seus incensos — murmurou ela, aparentemente controlando as lágrimas —, contanto que você volte a ser a Isadora de sempre, a boa e velha cabeça-dura briguenta e maravilhosa de antes.

Abracei-a de volta, apertando o corpo atlético dela contra o meu, desejando que aquele momento não acabasse nunca, porque eu sentia como se a minha euforia por descobrir o motivo do término pudesse passar, e tudo o que me restaria seria a dor de ter me decepcionado mais uma vez. Mas o abraço enfim acabou, e a minha recente animação não deixou o meu espírito

— Mas me diz — Marina sentou-se novamente na cama, enxugando as pequenas lágrimas embaixo dos grandes e expressivos olhos —, se Peixes é o seu problema, qual é o signo certo para você?

— Cada site fala uma coisa diferente. De acordo com alguns, os signos de fogo são os ideais para mim, mas também existe o conceito de signo complementar, que se desdobra em par perfeito, ou apenas uma pessoa diferente que pode ou não me completar. O par perfeito também pode ser o signo complementar do seu ascendente, ou o próximo signo do seu elemento na ordem astrológica. — Eu me ajeitei na cadeira. — Mas estou apostando um pouco mais nessa coisa de signo complementar, e, de acordo com essa teoria, o meu par perfeito precisa ser do signo de Libra. É uma pena que eu nunca tenha conhecido nenhum libriano, não é mesmo?

— Nós podemos tentar descobrir o signo do Andrei. — Ela piscou para mim, e revirei os olhos. — O quê? Ele parecia interessado em você ontem. Antes de você surtar, desaparecer e voltar fedendo a bode molhado.

— Bom, o fato de eu ter sumido e reaparecido mais bêbada que um gambá meio que já acaba com todas as minhas chances, não é? — argumentei, voltando os olhos para a tela do computador. — Quem iria querer uma alcoólatra lunática louca por signos que chama o bartender da balada de Deus grego do álcool?

Marina riu, deitando-se na cama e observando o teto enquanto eu fechava algumas abas que já havia lido de cabo a rabo.

— Além disso, não estou interessada em garotos no momento — continuei, pesquisando "melhores combinações do zodíaco" no Google —, apenas em signos.

Ficamos em silêncio por alguns instantes, eu clicando em todos os links que encontrava, a minha prima olhando para o teto. Até que ela se sentou subitamente, roubando a minha atenção dos textos abertos na tela.

— E se você juntasse o útil ao agradável? — exclamou, mal conseguindo se conter. — E se fizesse... um experimento antropológico?

— O que você quer dizer com experimento antropológico? — Eu semicerrei os olhos, tentando acompanhar o raciocínio.

— Você está solteira, naquela fase pós-término durante a qual não vale a pena se relacionar com ninguém, porque todo mundo que aparecer vai ser separado em duas categorias: "muito diferente do Lucas" e "muito parecido com o Lucas". — Minha prima falava com uma animação atípica à sua pose sempre discreta e um pouco rabugenta. — E se você testasse cada um dos signos e, no final, se decidisse pelo melhor?

— Mas o melhor para mim são os garotos de Libra — rebati. — Eu já sei disso. Essa corrente astrológica já me convenceu.

— Sim, mas você não vai achar um garoto de Libra embrulhado para presente com uma etiqueta de "por favor, namore comigo, eu te faço esquecer aquele babaca pau-pequeno do seu ex-namorado e ainda cozinho aos finais de semana" nesse exato momento e se casar com ele. — Marina riu do absurdo que era aquela suposição, negando enfaticamente com a cabeça. — Portanto, você pode perder o seu tempo com escorpianos, sagitarianos, aquarianos, leoninos, arianos e quaisquer outros signos que aparecerem pelo seu caminho!

— E por que eu faria isso? Você sabe que não gosto de sair por aí ficando com desconhecidos — afirmei, cruzando os braços. — Você lembra da última vez que eu beijei um estranho? Foi naquela maldita balada sertaneja para a qual você me arrastou quando tínhamos 15 anos e ele me passou herpes labial, e agora eu preciso tomar remédio pelo resto da vida e não posso tomar sol por muito tempo, porque senão o machucado eclode e as pessoas ficam me julgando por não saberem que o vírus da doença...

— ...está encubado em quase 80% da população mundial e só se revela em pessoas com a imunidade baixa. Eu sei de tudo isso, você me contou em todas as malditas vezes que teve herpes nessa vida. — Marina revirou os olhos. — Mas você não vai ficar com desconhecidos! Vai apenas testar as hipóteses que está lendo sobre os signos. Provar se a teoria condiz com a prática!

— Ou seja — eu estreitei os olhos em sua direção —, ficar com desconhecidos?

— Isa, pelo amor de Deus, você passou seis anos presa ao Lucas, não vai morrer por se divertir um pouco sem compromisso. — Ela suspirou. — E, enquanto você faz isso, nós procuramos pelo seu libriano perfeito!

— Eu já disse que não quero o libriano perfeito, não quero mais saber de homens. — Cliquei em uma página sobre o planeta Vênus no mapa astral. — Quero ficar sozinha na minha reclusão, eu, os meus signos e os meus gatos.

— Você nem tem gatos — rebateu Marina. — Você gosta mais de cachorros que de gatos.

— Os meus gatos imaginários se parecem com cachorros, e logo se tornarão realidade — retruquei. — Aliás, de onde você tirou essa ideia, Sra. Puritana? Até ontem estava dizendo que só ficaria com um cara por toda a sua vida e agora quer me atirar na promiscuidade?

— Uma pessoa moralista prefere viver as obscenidades através dos amigos e familiares. — Marina deu de ombros, fazendo-me rir. — E eu já encontrei o homem que me completa, você ainda não.

— Ma, estou chegando à conclusão de que ninguém pode nos completar. — Eu dei de ombros. — Nós não somos incompletas, para começo de conversa.

Marina suspirou e negou com a cabeça, como sempre fazia quando eu a contrariava.

— Tudo bem, a escolha é sua. — Ela voltou a se deitar na cama, encarando o teto. — Depois não diga que eu não te ofereci soluções para sair dessa seca.

— Por falar em seca — virei-me para a minha prima, que me olhou através das almofadas —, busca na cozinha uma Aspirina e uma Coca-Cola para mim?

— Meu Jesus todo-poderoso e amado, você acha que é quem, a rainha da Inglaterra para sair dando ordens assim? — reclamou ela, mas já estava se levantando.

— Não, sou só ariana — respondi com um sorrisinho presunçoso. — Eu mando e os outros obedecem.

Marina caminhou em direção à porta, mas ao ouvir isso congelou no batente e se virou para mim.

— Coca-Cola, Aspirina... — Ela sorriu com décimas quartas intenções. — Acho que alguém está levando a dica de um certo nerd bonitinho à risca.

— Ele tinha cara de inteligente. — Dei de ombros. — Por que não seguir as dicas de uma pessoa inteligente? Deve ser aquariano...

Eu me virei para o computador para voltar a pesquisar sobre a influência dos planetas no mapa astral e Marina saiu do quarto, mas eu posso jurar que a ouvi dizer "ela enlouqueceu de vez" antes de fechar a porta.

★ 6 ★

Segunda-feira era um dia horroroso para a grande maioria dos seres humanos, com as ressacas de domingo e as preguiças descomunais de encarar a semana, mas não para os alunos do terceiro ano de jornalismo da Escola de Comunicação e Arte (ECA) da Universidade de São Paulo (USP) — para nós, era o melhor dia da semana. Não porque estávamos descansados do curtíssimo período de dois dias que tínhamos para ficar em casa sem fazer nada, nem porque éramos um grupo de estudiosos engajados (afinal, éramos um bando de jovens com muitos sonhos e pouca dedicação), mas sim porque tínhamos duas horas de aula com o melhor professor da face da Terra: Álvaro Varela.

O professor de jornalismo online, além de muito inteligente, era engraçado e tinha uma didática incrível, e era justamente por todos esses motivos que estávamos sentados em nossas cadeiras às 7h58 da manhã, 2 minutos antes da chegada sempre pontual do professor.

— Bom dia — desejei, e os rostos dos meus amigos se viraram em minha direção, todos espantados, quase como se fossem cachorros e eu fosse um esquilo. "Esquilo!" — O quê?

— Você transou? — perguntou Vitor.

— Com certeza transou. — Isabela concordou com a cabeça.

— Transou a noite inteira! — Fabrízio deu risada.

— Ou pode ter sido um sexo solo à luz de velas — completou Mayara. — Às vezes é tão bom quanto.

— Eu não transei! — Joguei a mochila no chão e sentei-me no lugar de sempre. — Por que vocês estão falando isso?

— Você passa as férias inteiras trancada no quarto sem falar com a gente, o primeiro mês letivo inteiro emburrada e triste, se recusa a pular Carnaval e, em um dia qualquer, chega dando bom dia? *Bom dia?* — Isabela abriu o jogo.

— Transou! — concluiu Vitor.

— Ah, calem a boca — resmunguei, mas, antes que eu pudesse me defender, contando sobre a minha mais nova descoberta do final de semana, o professor Álvaro entrou na sala, barulhento e alegre.

— Bom dia, bom dia, bom dia, meus queridos e minhas queridas. — Ele despejou uma pilha de livros em cima da mesa, como fazia todas as segundas-feiras; eu sempre me perguntava se ele de fato lia tudo aquilo ou fazia apenas para nos impressionar. — Hoje estou de bom humor: o Corinthians ganhou ontem com um gol lindo daquele garoto Guilherme e agora nós vamos falar sobre o trabalho final!

Resmungos altos ecoaram pela sala, mas o professor não perdeu o sorriso tranquilo e quase travesso, acostumado com os muitos anos lecionando. Apoiando-se na beirada da mesa, ele cruzou os braços peludos e começou a falar mais alto que os murmúrios de lamentação.

— Um blog, crianças! Isso mesmo, um blog. "Professor, que coisa mais 2005, hoje em dia nós usamos o Tumbulêr." Bom, não me importa, vocês podem criar um Tumbulêr também. — O jeito que pronunciava a palavra "Tumblr" provocou algumas risadas. — O que eu quero é bem simples, e quem reprovar comigo é porque realmente se esforçou bastante. Talvez eu até te aprove pelo esforço feito em reprovar: um blog investigativo.

Eu abri o meu notebook e comecei a digitar as informações do trabalho em um novo bloco de notas. Primeiro, escrevi "blog", depois "pode ser Tumblr", e, por último, completei com a palavra "investigação".

— "Mas professor, como assim investigativo? Eu não sou policial nem detetive, mas vejo todos os episódios de Sherlock."

Exatamente, meus caros e brilhantes alunos com perguntas imaginárias, vocês não são detetives, mas serão jornalistas, e jornalistas precisam desenvolver a veia investigativa ou serão apenas fofoqueiros do EGO, cobrindo toda vez que Caetano Veloso estaciona no Leblon, ou profissionais medíocres que não pesquisam as suas fontes, cometem gafes e envergonham a classe profissional.

Mais risadas, e eu incluí "passar longe do EGO" no meu bloco de notas.

— O processo é simples: escolha do tema, investigação e redação. Pode ser o assassinato do seu vizinho? Pode. Pode ser a vinda do One Direction para o Brasil? Pode. Pode ser o novo caso de corrupção do Governo do Estado de São Paulo? Pode. Pode ser a nova temporada de Orange Is The New Black? Pode. Vocês podem escolher qualquer assunto, independentemente da sua seriedade, contato que me provem que foram atrás de fontes verídicas, pesquisaram, buscaram o furo jornalístico. O que eu quero é que vocês me provem que foram a fundo no tema, que saíram da superfície e chegaram até a Deep Web do assunto.

Involuntariamente, acabei escrevendo "signos do zodíaco" no meu arquivo enquanto a sala inteira ria.

— Mas é claro que esse trabalho não seria meu se não tivesse um plot twist interessante e, já que ando lendo muito *As Crônicas de Gelo e Fogo*, tive a ideia de que todos tivessem acesso ao blog de todos, mas que ninguém soubesse quem escreveu o conteúdo, quase como uma dança das cadeiras do jornalismo investigativo.

— Rapidamente, apaguei o que havia escrito sobre os 12 signos do zodíaco e olhei para trás, receosa de que alguém tivesse lido, mas estavam todos tão hipnotizados pelo professor Varela que eu não corria riscos. — Vocês terão que criar pseudônimos, e só eu vou saber quem está por trás de cada blog. O trabalho começa hoje e vai se desenvolver pelo restante do semestre. Quero conteúdo, quero gente engajada, quero paixão, quero jornalistas com faro de notícia, quero produção de novos conteúdos! Dito isso, vocês podem me enviar os seus temas e pseudônimos por e-mail até hoje à noite. Agora, vamos falar sobre o papel das redes sociais no jornalismo do século XXI; o nome parece tedioso, mas a aula vai ser divertida, como sempre.

O professor se desencostou da mesa e voltou-se para a lousa, enquanto os alunos pegavam os cadernos para anotar o conteúdo. Eu, porém, fiquei apenas encarando o meu bloco de notas.

— Você pode falar sobre a transa desse final de semana — sussurrou Isabela no meu ouvido, e eu dei risada.

— Vou falar sobre como todos os meus amigos são imbecis e... — Eu pretendia completar a frase, mas Amanda entrou na sala fazendo barulho, sem nenhuma vergonha de estar vinte minutos atrasada, e murchei na cadeira.

Era difícil olhar para Amanda, sentir o cheiro de Amanda, estar na mesma sala de aula que Amanda — antes de tudo acontecer, nós éramos seis amigos que se davam muito bem, mas, depois do que ela fez, o restante do grupo tomou as minhas dores, e agora ela andava com o lado esquerdo da sala. O que não parecia um grande problema, uma vez que ela passava grande parte do tempo no celular, trocando mensagens e sorrisinhos com quem só podia ser o meu ex-namorado.

Meu coração pesou no peito.

— Esquece isso, Isadora Mônaco — sussurrou Isabela mais uma vez, porque ela sabia o efeito que Amanda me causava.

— Está difícil esquecer agora — respondi com certo mistério, salvando o documento do bloco de notas para fechá-lo em seguida —, mas tenho um plano a longo prazo que me fará esquecer de uma vez por todas.

— Essa é a minha garota. — Ela apertou os meus ombros em sinal de incentivo e voltou a prestar atenção na aula.

Mas eu não estava mais no clima de aprender sobre as redes sociais no jornalismo do século XXI, então peguei o celular e mandei uma mensagem para Marina pelo Whatsapp.

> Eu pensei na sua ideia.

Marina visualizou poucos instantes depois e respondeu.

> Você e o seu incrível timing para me mandar mensagens quando eu estou na aula de cálculo. Uma piscada e eu perco todo o conteúdo da lousa.

Do outro lado da sala, Amanda soltou uma risadinha apaixonada, segurando o celular perto do coração, e eu respirei fundo.

> Você não quer saber sobre o que eu pensei? Porque acho que iria se interessar em ser a minha fada madrinha.

Marina demorou um pouco mais para responder, e fiquei observando o professor Álvaro arrancar risadas dos alunos com as suas piadas — se ele fosse mais novo e menos careca, talvez pudesse ser interessante para mim.

Enfim ela respondeu:

> Do que diabos você está falando?

E, em seguida:

> O professor preencheu todo o quadro nesses dois milésimos de segundo que gastei para abaixar a cabeça. Porra, Isadora!

Eu travei o maxilar para não rir em voz alta, imaginando perfeitamente a frustração nerd da minha prima em perder "conteúdo importante".

Respondi:

> Estou falando da sua sugestão de ficar com todos os signos do zodíaco.
> O meu professor de jornalismo online nos passou um trabalho de criação de um blog com conteúdo investigativo, e eu fiquei com vontade de unir o útil ao agradável: escrever sobre as minhas experiências com cada homem do zodíaco.

Marina visualizou na hora e respondeu quatro vezes seguidas, animada.

> Mentira!
> Eu sabia que você voltaria atrás.
> Você sempre volta atrás.
> Quando começamos?

Mordi o lábio inferior e respirei fundo — olhei para Amanda e, por um milésimo de segundo, ela me olhou de volta. Lembrei-me das fotos dela com Lucas, das declarações de amor dos dois nas redes sociais, de como ele jurou que nunca me trairia, de todos os nossos planos interrompidos.

Se eu iria mesmo fazer aquilo, começaria em grande estilo.

> Então.
> Você conhece algum ariano, Ma?

★ 7 ★

Foi impressionantemente rápida a resposta do amigo ariano de Marina. Ela me disse que conhecia "o garoto perfeito para a ocasião", mas não imaginei que, dois minutos depois, eu receberia a seguinte mensagem no Whatsapp:

> Oi, Isa. A sua prima me falou sobre você aqui na sala de aula, mostrou a sua foto e eu te achei incrivelmente bonita.

E depois:

> Meu nome é Augusto, aliás. Muito prazer!

Rindo sozinha e tentando fazer com que o professor Varela não percebesse a minha troca de mensagens clandestinas, respondi:

> Caramba, essa foi rápida! Prazer Augusto, eu me chamo Isadora, mais conhecida como Isa, mas isso você já sabe. Ou devo me apresentar como a prima desesperada da Marina? Não sei o que ela te contou, mas é tudo mentira!

Segundos depois, recebi duas mensagens.

> Eu sou o The Flash do Whatsapp, gata.

> Nossa, isso foi horrível. Desculpa, tá muito cedo, eu não consigo raciocinar direito.

Augusto estava digitando novamente quando decidi avaliá-lo. Adicionei-o à minha lista de contatos como "Augusto Áries" e abri a foto de perfil. Ele tinha um rosto bonito e juvenil, fios dourados e olhos esverdeados, além de um *piercing* no nariz. As características tipicamente arianas começavam pela aparência e pelo jeito de moleque hiperativo: na imagem, ele abraçava duas garotas, aparentemente no meio de uma festa, com uma garrafa de vodca em cada mão e um sorriso largo no rosto.

> Sem problemas. Eu também estou com sono, então achei engraçado.

Augusto respondeu na mesma hora:

> Gostei de você, Isa. E espero que 'estar 100% livre hoje à noite' não seja uma dessas mentiras que a sua prima conta, porque eu preciso de companhia para um evento muito importante. Me diz uma coisa: você é competitiva?

> Você mal me conhece, Augusto!

Eu tentava não rir, mas o jeito frenético dele era contagiante.

> Eu posso muito bem estar planejando o seu assassinato com a minha prima... para uma competição — eu sou competitiva assim.

Ele respondeu, digitando sem parar:

> Duvido fortemente, sua prima é organizada demais para envolver outra pessoa em um plano de assassinato. Talvez o Rodrigo, mas só como motorista.

— Eu realmente espero que você esteja no Tinder, e não no TV Revolta, Srta. Mônaco. — A voz do professor Varela me tirou da troca de mensagens, e levantei a cabeça rapidamente, sentindo o rosto corar. Ele ainda abriu um sorriso divertido, ao que respondi com um aceno constrangido de cabeça, ouvindo as risadinhas dos meus amigos.

O que eu estava fazendo? Perdendo a minha aula favorita para flertar com um desconhecido? Isso não estava certo! Mas, ao mesmo tempo, aquela conversa estava acontecendo em prol do meu futuro! Se eu queria tirar uma boa nota no trabalho final de jornalismo online e conseguir um bom emprego, precisava começar as minhas pesquisas!

Com essa desculpa barata em mente, dessas que a gente inventa para tentar nos convencer a fazer algo que queremos muito fazer, mas não temos coragem, eu me curvei uma última vez e digitei rapidamente:

> Eu topo a sua proposta. Só, por favor, não me leva para pular de paraquedas. Tenho medo de altura.

> É muito mais legal do que isso, eu prometo.

Depois que li a resposta guardei o celular na mochila.

— É a sua transa do último fim de semana? — sussurrou Vitor ao meu lado.

— Não, mas pode ser a do próximo. — Eu pisquei para ele, e o meu amigo arranhou o ar com as unhas muito bem-feitas.

Quando cheguei em casa depois da aula, Marina já me esperava na sala de estar, conversando com a minha mãe, que estava em horário de almoço do trabalho; ela era corretora de imóveis.

— Olha só se não são as minhas pessoas favoritas nesse mundo! — anunciei, jogando a mochila no chão e cumprimentando a minha prima e depois a minha mãe. — Deixa eu adivinhar... você veio aqui fofocar com a minha mãe sobre o meu encontro de hoje à noite porque eu não tenho nenhum tipo de privacidade nessa família?

— Você me conhece tão bem, Isa! — Marina simulou um suspiro, colocando a mão no peito.

— Eu estou feliz que você esteja se recuperando, meu docinho — disse a dona Marta, segurando minha mão direita como se eu ainda fosse a menininha remelenta que adorava comer sabonete e passar a noite vomitando depois. — Mas, se você voltar bêbada para casa outra vez, juro por tudo o que é mais sagrado que arrebento a sua cara.

— Mãe, que rancor é esse! — Revirei os olhos. — Tão escorpiana...

— Bom, chega de sentimentalismo barato, vamos te deixar linda para esse encontro! — Marina deu um pulo do sofá.

— Ma, são três horas da tarde — comentei.

— Por isso mesmo. — Minha prima me arrastou pela mão até o quarto. — Eu preciso de todas as horas possíveis para te livrar dessa cara de rato atropelado na Ayrton Senna.

Apesar das agressões verbais, Marina cumpriu com o prometido e, no início da noite, ela havia me deixado bem bonita. Era bom saber que eu começava a querer recuperar os pequenos prazeres que Lucas havia me tirado, como sentir-me bonita na frente do espelho, vestir uma roupa legal, maquiar o rosto... e fazer tudo aquilo por mim, para que eu me sentisse feliz, e não para agradar o meu namorado.

Durante a tarde, troquei algumas mensagens com o famoso Augusto, que descobri ser um dos melhores amigos da minha prima na faculdade e um cara incrivelmente engraçado. Um pouco impaciente em suas mensagens e investidas, mas, por experiência própria, eu não esperava menos de um ariano.

Combinamos que ele nos buscaria no meu apartamento e que Marina e Rodrigo iriam com a gente aonde quer que estivéssemos indo. Com quinze minutos de atraso, o ariano enfim chegou, e nós descemos para a entrada do meu prédio.

Augusto estava estacionado de qualquer jeito, bem longe do meio-fio, e ouvia uma música do Queen muito alto no rádio, com o braço para fora da janela e fumando um cigarro. Eu não fumava, mas também não me importava com os temidos fumantes, já que havia namorado um durante seis anos — não posso dizer que é a melhor sensação do mundo beijar um cinzeiro, mas, depois de um tempo, você acaba se acostumando, e eu até sentia falta do gosto de morte iminente quando Lucas passava um dia inteiro sem fumar.

— Abaixa essa música, pelo amor de Deus, Augusto, você vai ficar surdo! — berrou Marina ao se aproximar do carro, e ele enfim levantou os olhos do celular e pareceu reparar em nós duas.

Minha prima entrou no banco da frente, e eu atrás. Assim que me ajeitei, sentindo o banco de couro gelado contra a bunda — saias e bancos de couro nunca eram uma boa combinação —, Augusto curvou-se inteiramente para trás e beijou o meu rosto de forma teatral, segurando a minha nuca com firmeza.

— Enfim nos conhecemos, Isa — brincou ele, e eu sorri; ele era mais bonito pessoalmente. — Espero que você esteja preparada para destruir os sonhos de outras pessoas.

— Eu não sei o que você quer dizer com isso, mas eu nasci preparada — respondi, e ele riu, ajeitando-se no banco do motorista e arrancando pela rua.

Augusto dirigia feito louco, sempre no limite da velocidade e xingando grande parte dos carros que davam o azar de ficar na sua frente — ele não fazia nada ilegal ou babaca, mas também não era muito agradável. Nós fomos conversando (mais precisamente berrando por causa da música alta) e chegamos ao nosso destino um pouco roucos e descabelados.

Quando saí do carro, Augusto veio me cumprimentar "decentemente", usando as suas palavras, e me abraçou — ele era do meu tamanho, mas estava em cima do meio-fio, então foi um abraço gostoso de urso.

Nós entramos no que parecia ser um bar, mas logo eu me dei conta de que estávamos rodeados por mesas de sinuca, e alguns pôsteres na parede denunciavam um torneio de duplas mistas.

— Espero que você goste de jogar sinuca — sussurrou ele no meu ouvido, e eu me arrepiei inteira.

Fazia muito tempo que eu não tinha aquele tipo de contato meio íntimo, meio casual com outro cara — era diferente e excitante, e me custava admitir, mas foi algo que me fez falta ao longo dos seis anos de relacionamento com Lucas. Quando caímos na mesmice, tudo foi ladeira abaixo.

Encontramos Rodrigo e o restante do grupo de amigos da faculdade perto do bar, e eles pediram um balde de cerveja. Então nós nos sentamos a uma grande mesa de canto e o ariano se acomodou ao meu lado, segurando o encosto da minha cadeira despreocupadamente. Ele abriu duas long necks e entregou uma para mim.

— Eu não sou muito boa na sinuca — admiti.

— Não tem problema, posso ser ótimo por nós dois. — Ele sorriu, batendo a cerveja na minha.

Nós conversamos por algum tempo, e eu descobri que Augusto estudava administração de empresas, praticava parkour e usava frequentemente a palavra "caralho"; ele era um cara extremamente divertido, mas também um pouco hiperativo e expansivo — preciso admitir que agradeci mentalmente quando nos levantamos para jogar, porque a minha orelha já estava começando a ficar quente.

Fiquei me perguntando se, como ariana, eu era frenética daquele jeito.

Esperava que não.

Coincidentemente, a primeira dupla que enfrentamos foi Marina e Rodrigo, e Augusto os venceu com os pés nas costas, apesar das minhas péssimas técnicas e habilidades. Depois, ganhamos de outras duas duplas e acabamos chegando na final — quanto mais ganhávamos, mais Augusto bebia, e, na última partida, ele estava completamente alterado.

— Vamos ganhar, Isa! — berrou, posicionando-se na borda da mesa para fazer a primeira tacada.

— Eu duvido muito — respondi, rindo.

Apesar das minhas incertezas e do estado alcoólico de Augusto, chegamos ao final do jogo com o placar empatado, e só nos faltava a bola 8. O garoto da outra dupla havia acabado de errar e deixá-la bem perto da caçapa, e era a minha vez.

Augusto me abraçou pelos ombros, falando bem próximo do meu rosto.

— Você vai matar essa bola, Isa!

— Não, eu não vou, você viu como joguei a noite inteira? — Era difícil não rir perto dele e da sua paixão pela vida.

— Vai, sim! E sabe por que você vai? — perguntou ele, embaralhando todas as palavras, e eu neguei com a cabeça. — Porque você é foda!

Gargalhei, e Augusto me soltou. Posicionando-me perto da caçapa, eu olhei para a bola branca, depois para a preta, e respirei fundo. Augusto estava certo, eu era FODA! Era uma mulher cheia de vida, ambições e talentos, e se Lucas não conseguia enxergar aquilo, ele que fosse tomar no meio do olho da circunferência do cu!

Sentindo o sangue correr pelas veias, curvei-me para a frente, encostei o taco entre os dedos cruzados e bati na bola branca que, um pouco descoordenada, encostou na bola 8. A bola preta rodou no próprio eixo e, preguiçosamente, caiu no buraco.

A sala explodiu em gritos, e pude ouvir a minha prima e Rodrigo rindo. Sem acreditar no que eu havia feito, ajeitei a postura e voltei-me para Augusto com os olhos arregalados. Ele correu até mim e me abraçou, tirando os meus pés do chão.

— Que final maravilhoso! Quanta adrenalina, quanta emoção! Isadora vence o campeonato! — Ele me colocou no chão, segurando meu rosto entre as mãos. — É tetra!

Eu não tive como prever o que veio a seguir: seus lábios com gosto de cerveja e cigarro contra os meus. Mas estava tão feliz e renovada que nem me importei, agarrando-o pela camiseta e retribuindo com empolgação.

O primeiro beijo que eu dava em outro cara em mais de seis anos.

Nós nos beijamos ainda ao som de gritos, cambaleando de um lado para o outro e rindo. Augusto beijava com pressa e precisão, quase como se eu fosse o prêmio daquele torneio.

E talvez eu fosse mesmo.

Depois de alguns minutos, o ariano separou as nossas bocas de supetão, ainda segurando o meu rosto com as mãos.

— Você precisa me dar licença agora, Isa — anunciou —, porque eu preciso vomitar.

Augusto cambaleou para longe de mim, tropeçando nas próprias pernas, e entrou no banheiro dos homens. E eu fiquei parada no mesmo lugar, um sorriso na cara e um sentimento de vitória.

Mais tarde naquela mesma noite, Rodrigo voltou dirigindo o carro de Augusto, que foi no banco de trás comigo, a cabeça no meu colo, o álcool nas veias. Ele dizia que estava apaixonado por mim, que me ligaria no dia seguinte, que eu tinha os olhos mais lindos do mundo e que ele tinha acabado de comprar um pacote de camisinhas, caso eu quisesse dormir na sua casa.

Quando Rodrigo me deixou em casa, Augusto me beijou novamente, dessa vez com gosto de pasta de dente e Halls preta.

— Você é muito foda — comentou ele, os olhos se fechando de sono.

— Obrigada por me relembrar disso — respondi, fechando a porta do carro.

Cinco segundos depois, ele me mandou uma mensagem pelo Whatsapp que dizia:

hsje foi lega, Izad

Eu ri e entrei no prédio, sentindo-me mais viva do que nunca.

Os 12 Signos de Valentina ✕

ÁRIES
01h01, 03 de março de 2015
Postado por: Valentina

Bom dia, boa tarde e boa noite, meus queridos e minhas queridas!

Foi muito mais rápido do que eu pensei, e eu encontrei o meu ariano para estrear esse blog — agora, pensando melhor, eu vejo que era óbvio que seria rápido, afinal, estamos falando de um ariano queimador de largadas, não é mesmo?

De ontem para hoje, recebi alguns comentários perguntando qual era o meu signo, e hoje eu os respondo, caros novos leitores que não são mais imaginários e que não sei como chegaram aqui: eu sou do maravilhoso signo de Áries, regido pelo planeta do tiro, porrada e bomba, mas prometo que sou uma ariana zen, por isso não precisam ter medo de mim! Além disso, eu posso estar mentindo para vocês por medo de ser descoberta, então fica mais esse mistério no ar.

#ValentinaMentirosa

Pensei em criar uma ficha astrológica para listar os prós e contras dos signos que encontrar. E também vou inventar pseudônimos para os garotos, porque ninguém é obrigado a acordar e encontrar o nome exposto na internet, não é mesmo?

Portanto, antes de relatar o meu encontro, vamos aos dados:

> **Pseudônimo:** Vamos chamá-lo de Alex Pettyfer, porque o ariano se parece bastante com esse lindo ator de "Magic Mike" — ok, ele não se parece tanto assim, mas uma garota pode sonhar, não pode?
>
> **Idade:** 24 anos

Os 12 Signos de Valentina ✕

Aniversário: 29 de março

Música que define o signo: Bad Reputation — Joan Jett

Palavra mais usada: "Caralho!"

Turn on: A essência de *bad boy.*

Turn off: As investidas um pouco grosseiras.

Qualidades: Espontâneo, sincero, animado, divertido, engraçado, doido (de uma boa maneira), competitivo, criativo e não perde tempo com frescura, vai lá e beija.

Defeitos: Um pouco hiperativo, sincero demais, exagerado, fala muito palavrão, às vezes grosseiro e acabou a noite abraçado com a privada.

Confesso que eu estava esperando o próprio Lúcifer quando decidi me encontrar com o Alex — depois de tanto ler sobre signos na internet, preciso dizer que a fama dos arianos não é a das melhores. Mas o que eu encontrei, ao contrário disso, foi um cara muito divertido e quase infantil, que respondia a todas as minhas mensagens quase imediatamente e que me levou para um dos encontros mais divertidos que eu já tive. Eu me senti muito desejada e especial, e agradeço a esse incrível ariano por me ter feito rir e proporcionado uma noite maravilhosamente divertida — só eu sei o quanto estava precisando disso!

Além disso, e eu honestamente não sei dizer se é por causa do signo ou da pessoa, Alex fez com que eu me sentisse a garota mais foda da face do planeta Terra, a última Coca-Cola gelada do deserto, o último ingresso para o show do Wesley Safadão, e vocês querem um bom conselho de quem já quebrou a cara? Fiquem com alguém que saiba valorizar a pessoa que tem ao lado e que saiba o quão sortudo é em tê-los ou tê-las.

Os 12 Signos de Valentina ✕

Passado o momento autoajuda, claro que nem tudo são flores, e Alex perdeu a mão na bebida — tomou um balde inteiro de cerveja e, a cada garrafa, seu repertório de palavrões aumentava significativamente. Se tem algo que se provou correto do estereótipo dos arianos foi a questão da boca suja — nunca pensei que fosse ouvir tantos palavrões sendo ditos por segundo.

Porém, antes que o ariano acabasse a noite vomitando tudo o que havia bebido, ele me beijou. E deixe-me dizer algo sobre o beijo do ariano... FOGO! É só isso o que eu consigo pensar quando lembro da noite anterior. Ele não me beijou só com a boca, ele me beijou com o corpo inteiro, e, assim, os arianos saem em disparada nessa competição — 50 pontos para a Grifinória!

Em resumo, Alex era um perfeito ariano. Engraçado, desbocado, espontâneo, intenso, apaixonante, dirigia feito louco, ganhou todos os jogos que jogamos, falou alto, xingou, perdeu a linha e deu PT. Eu não esperava algo diferente do primeiro signo do zodíaco, o signo da criação, da força e do pioneirismo — ainda estou aprendendo sobre os signos e a astrologia, mas posso dizer com toda a certeza do mundo que, no meu primeiro contato, a teoria casou muito bem com a realidade.

Quando cheguei em casa, Alex já havia me mandando uma mensagem desconexa, que eu consegui decifrar depois de anos e mais anos enviando mensagens bêbadas e tentando compreendê-las no dia seguinte — afinal, não posso de fato ser tão diferente da pessoa com o mesmo signo que o meu, não é mesmo?

Será que eu sou mesmo ariana?

#ValentinaMentirosa

Gostaria de sair outra vez com o ariano só para me sentir novamente a mulher mais incrível do planeta Terra, mas eu ainda tenho onze signos para procurar e apenas um semestre para cumprir essa missão, então Alex vai precisar ser paciente.

Uma tarefa quase impossível para arianos.

Os 12 Signos de Valentina ✕

Por hoje é só, pessoal. Espero que vocês tenham gostado da minha análise e, se estiverem de rolo com um ariano, lembrem-se: nunca peçam a ele que "se acalme"; arianos nunca estão calmos.

No próximo post eu volto com a descrição do próximo encontro, preferencialmente com um fofinho de Touro.

Um beijão estrelar,

VALENTINA

★ 8 ★

— **Você ficou sabendo?** — Foram essas as palavras que me receberam naquela terça-feira quente do início de março. Isabela estava na porta da sala de aula, aparentemente me esperando, e me rebocou logo em seguida até os nossos lugares de sempre, como se eu fosse uma criança levada pega no flagra com um pote de Nutella na cabeça e um peixinho dourado morto na boca. — Ontem o professor Varela liberou uma lista no grupo do Facebook com quem já começou o trabalho final, e tem um de astrologia que é a melhor coisa que você vai ler na sua vida!

Eu me sentei e tentei desempenhar a minha melhor poker face, imaginando qualquer outra situação em que eu não fosse a dona do blog que era "a melhor coisa que você vai ler na sua vida!" — obviamente, eu não fazia ideia de que o professor Varela havia liberado os domínios, porque criei o primeiro post um pouco antes de sair com a minha prima e o ariano e o segundo depois de chegar em casa, ainda um pouco alegre das cervejas que havia dividido com Augusto; capotei na cama logo em seguida.

O mais interessante era saber que ninguém do meu ano desconfiaria de mim, porque eu havia namorado seis anos e eles não conheciam a minha faceta... *pirigótica*; para a minha turma da faculdade, eu era uma donzela presa na torre mais alta das ilusões amorosas, destinada a sofrer eternamente pelo homem que me trocou. Eu não teria a *coragem* de passar o rodo no zodíaco!

É triste pensar que, até alguns dias atrás, eu pensava a mesma coisa sobre mim mesma — não tinha vontade nem determinação para superar o meu coração partido. Mas, naquela manhã de terça-feira pós-revelação astrológica, eu estava de ressaca e o ariano da noite anterior já havia me enviado um milhão de mensagens.

E eu não pretendia responder nenhuma delas.

Quem é a donzela presa na torre agora?

— Mais um blog sobre isso? — respondi, começando a tirar o notebook da mochila. — As pessoas não se cansam do mesmo assunto?

— Você não está entendendo! — piou Isabela. — É uma ideia genial! Essa pessoa, uma garota, vai pegar todos os signos do zodíaco e descrever os encontros! Aliás, ela já começou ontem mesmo com um ariano!

— Isso que eu chamo de dedicação ao jornalismo — respondi, segurando a risada.

Vitor e os outros chegaram em seguida e, contagiados pela empolgação de Isabela, embarcaram em uma discussão calorosa sobre o meu blog. Tentei participar o mínimo possível e não dar nenhuma bandeira, agradecendo baixinho quando a professora de ética profissional entrou na sala.

Então o meu blog havia chamado a atenção dos alunos do meu ano, inclusive dos meus amigos, e eu não sabia dizer se aquilo era bom ou ruim. Por um lado, demonstrava que eu era uma boa jornalista e escritora, mas, por outro, significava que, se fosse descoberta, seria para sempre conhecida como "a garota que passou o rodo no zodíaco".

Entre esse título e o de louca dos gatos, eu não saberia dizer qual era pior; não que eu tivesse vergonha por estar me divertindo, muito menos que eu me importasse com o que qualquer garoto hétero machista e babaca tinha a dizer sobre mim. Não! O problema seria o remorso que eu sentiria se algum dos meninos do "projeto Valentina" descobrisse que estava apenas sendo usado em prol da ciência investigativa.

Não que a grande maioria dos caras se importasse ao enganar garotas apenas para tirar suas calcinhas.

Eu te amo tanto, João!

Eu também te amo, gatinha. Agora, como eu faço para abrir esse sutiã?

No caminho de volta para casa, após quatro horas de muita informação que tentei ao máximo absorver enquanto imaginava o doce reencontro com a minha cama, Marina me ligou; eu estava espremida entre uma senhora gorda com vinte sacolas do Brás e o cano gelado do metrô quando, de maneira quase acrobática, consegui tirar o celular do bolso da mochila.

— Como você está, encantadora de arianos? — quis saber Marina.

— Suando como um porco na linha amarela — respondi, sorrindo para a mulher gorda, que fez uma careta de nojo por causa do meu comentário.

— Ah! O glamour de ser um símbolo sexual! — exclamou minha prima, e eu pude ouvir a risada de Rodrigo ao fundo. — Escuta, o Rô vai cozinhar hoje à noite e convidou alguns amigos; dentre eles, um em especial. Adivinha o que ele é?

— Gay? — tentei.

— ISA! — ralhou Marina, a voz cortada pela conexão subterrânea.

— Alérgico a amendoim?

— Taurino, sua idiota!

— Era o meu terceiro chute.

— Bom, de qualquer maneira, eu e o Rô passamos para te pegar às sete. Esteja linda!

Eu ainda tentei responder que o taurino teria que gostar de mim do jeito que eu era, suja, fedida, de ressaca e no fundo do poço, mas Marina já havia desligado, e a senhora gorda se afastou de mim com uma cara esquisita.

Quando cheguei em casa, almocei com a minha mãe e contei tudo sobre o encontro com Augusto — ela fez comentários quase como se fosse o Galvão Bueno narrando a final da Copa do Mundo entre Brasil e Argentina e, quando se deu por satisfeita em especular e julgar a minha patética e irrisória vida amorosa, me deixou ir para o quarto.

Curiosa com o burburinho dos meus amigos mais cedo, resolvi fuçar os meus dados de acesso do blog e quase caí da cadeira — os números haviam saltado de 58 acessos para 1.028 em apenas um dia!

Com uma mistura de felicidade e preocupação, passei a tarde fazendo alguns trabalhos para a faculdade e, perto das 18h, resolvi começar a me arrumar. É claro que Rodrigo e Marina chegaram impecavelmente na hora marcada, como os bons nerds que eram, e eu entrei no carro berrando que "comeria um pônei de tanta fome que estava sentindo", com toda a delicadeza de um tatu-bola rolando na merda...

... só para encontrar Andrei sentado no banco de trás.

— Isadora — cumprimentou ele, fazendo uma mesura com o chapéu de cowboy que ele *não* usava, e o meu nome derreteu na sua boca como chocolate quente. — Acho que não teremos pôneis essa noite.

— Ah. Oi — respondi, um pouco em choque, mas logo fui resgatada do completo constrangimento por Marina, que se virou para trás e beijou a minha testa.

— O Rodrigo vai fazer pizza! — exclamou ela, animada como se estivesse nevando euros no meio do verão.

— Yay! — respondi sem qualquer empolgação, extremamente envergonhada pela minha entrada triunfal.

Rodrigo arrancou com o carro e eu me ajeitei no banco, agarrando minha bolsa como se ela pudesse, de alguma maneira, acabar com a vergonha que eu estava sentindo. Felizmente, Andrei pareceu perceber a minha súbita timidez e resolveu agir como se não tivesse me conhecido no meu pior estado de bebedeira e me reencontrado como uma esfomeada sem escrúpulos.

— Um pônei, huh? — quis saber ele.

A luz artificial dos postes das ruas pelas quais passávamos, somada ao brilho da lua, fazia com que o seu cabelo parecesse mais claro e o rosto mergulhasse em sombras dançantes.

— Ou talvez um javali — respondi, e ele riu.

Naquela noite, Andrei usava outra armação de óculos, uma arredondada com estampa tartaruga que o deixava com mais cara de nerd ainda — eu e a minha imaginação fértil já começávamos a visualizar que ele tinha uma coleção de óculos no armário. Além disso, ele vestia uma camiseta branca com o logo do The Killers, na qual Osama Bin Laden, George W. Bush, Adolf Hitler e Charles Manson formavam uma banda.

Voltei-me para a frente, tentando ficar muda o máximo de tempo possível e não parecer ainda mais idiota na frente do que aparentava ser um cara muito esclarecido. Marina e o namorado estavam imersos na própria conversa, discutindo sobre se tinham ou não todos os ingredientes para fazer as pizzas na república em que Rodrigo morava com outros estudantes da USP, e eu me flagrei desejando aquele tipo de relação, aquela facilidade que só eles tinham de conversar sobre o futuro e o molho de tomate ao mesmo tempo.

— Você está muito bonita hoje. — Andrei me acordou dos devaneios, e eu me voltei para ele e o seu rosto inteligente.

— Obrigada — respondi, mordendo a parte interna da minha bochecha para que o meu sorriso não ficasse tão largo e infantil. — Mas, na verdade, eu não sei se deveria tomar isso como um elogio, levando em consideração o estado em que eu me encontrava na última vez em que nos vimos.

Cala essa sua boca, Isadora, pelo amor de Deus, pensei, e apenas fiquei ali, olhando para Andrei como se ele fosse um gigante pedaço de picanha.

Para a minha sorte, ele riu — talvez por educação — e respondeu:

— Eu achei todo o assédio sexual com o bartender bastante charmoso.

Fiquei vermelha, mas a escuridão do carro impediu que eu me fizesse de idiota mais uma vez. Com um timing perfeito, Marina baixou o som do carro e nos avisou que precisaríamos comprar alguns ingredientes que faltavam, e nós quatro entramos no mercado alguns minutos depois.

Quando voltamos para o carro, pouco tempo depois, Marina avisou que iria no banco de trás comigo, e Andrei sentou-se ao lado de Rodrigo na frente.

— Você não disse que ele viria — sussurrei, aproveitando que os dois berravam alguma das músicas sensacionais do Raul Seixas.

— Eu também não sabia — admitiu ela, dando de ombros. — Não se preocupe, ele não sabe nada do blog.

— Essa preocupação nem me passou pela cabeça; você sabe que eu te assassinaria se *qualquer pessoa* desconfiasse de mim, inclusive o seu namorado! — adverti, recebendo um empurrão gentil nos ombros como resposta, um ato de cumplicidade que nós duas tínhamos.

Chegamos na república de Rodrigo e, logo que entramos, fomos recebidos pelo seu grupo de amigos da Escola Politécnica da USP. Um deles logo me chamou a atenção; usava uma camisa xadrez verde escura e preta, mantinha uma barba escura aparada e estava rindo alto, segurando uma lata de cerveja. Ele era um pouco gordinho e me lembrava muito um ursinho carinhoso. Antes que eu pudesse dizer algo, porém, Marina se inclinou em minha direção e murmurou:

— É ele.

Cumprimentei os amigos de Rodrigo um por um e, quando cheguei no taurino barbudo, ele me deu um abraço simpático e disse:

— Tarcísio, prazer.

— Isadora — respondi. — Mas prefiro Isa.

— É um prazer, Isa. — Ele sorriu.

Nós fomos guiados como um rebanho de jovens ovelhas para a sala, e Rodrigo arrastou Marina para a cozinha — logo, eu estava sozinha na sala de estar, segurando uma lata de cerveja e me sentindo um pouco deslocada.

Tarcísio estava sentado no sofá oposto ao meu, rodeado por garotas, mas, de tempos em tempos, nós trocávamos alguns olhares discretos. Provavelmente ficaríamos naquele flerte silencioso a noite inteira, se Andrei não tivesse se jogado ao meu lado e estendido uma lata de cerveja na minha direção, em um brinde silencioso.

— Eu não conheço ninguém nesse lugar e sinto como se fosse fazer algo incrivelmente estúpido a qualquer momento, por puro nervosismo — comentou, brutalmente sincero. — Eventos sociais me deixam ansioso. Você precisa me ajudar.

Eu ri, tomando um gole da minha cerveja.

— Também não conheço ninguém. — Lancei mais um olhar em direção a Tarcísio, que agora conversava animadamente com uma loira bem bonita.

— Você fuma? — perguntou Andrei, e neguei com a cabeça. — Bom para você, Isadora. Eu, infelizmente, sou um escravo do sistema. Me acompanha até a varanda?

Dei um pigarro, em uma encruzilhada — queria muito acompanhá-lo até a varanda, mesmo porque Andrei era a única pessoa que eu de fato conhecia ali (além da minha prima e do Rodrigo, que estavam montando as pizzas na cozinha), mas, se saísse da minha posição estratégica, Tarcísio com certeza pensaria que nós dois éramos um casal e desistiria do nosso pequeno flerte.

— Vamos lá, vai deixar o ursão com ciúmes — confidenciou Andrei, e eu arregalei os olhos, virando completamente o rosto na direção dele pela primeira vez. — Está um pouco óbvio, Isadora, você não é muito discreta.

— Beleza, vamos fumar. — Eu me levantei de supetão, caminhando para longe daquela vergonha e de Andrei, que me seguiu, rindo.

Nós saímos pela varanda que dava acesso ao "jardim dos fundos", revelando no que um jardim se transformava quando era posto sob os cuidados de universitários: grama rala e mal cuidada, bitucas de cigarro por todos os lados e cadeiras de praia quebradas em volta de uma piscina de plástico furada — eu sempre me perguntava de onde todos os estudantes do mundo tiravam cadeiras de praia coloridas e rasgadas para colocarem em suas repúblicas que cheiravam a maconha e lubrificante —, e Andrei retirou o maço de cigarros da calça jeans, acendendo um e deixando a fumaça dançar no ar úmido do começo de março.

— Então... de onde você conhece o Rodrigo? — Tentei iniciar uma conversa normal pela primeira vez, uma em que eu não estivesse nem bêbada, nem flertando com outro cara.

— Da USP. — Andrei respondeu. — Nós éramos amantes, até a Marina aparecer.

Eu ri, apoiando-me na parede gelada de tijolos.

— Sempre ouvi falar da famosa Isadora, "a garota mais engraçada que você vai conhecer na vida" — continuou, também se recostando na parede oposta —, mas você nunca aparecia em nenhum rolê.

— É, o meu ex-namorado era um pouco antissocial e eu passava muito tempo em casa. — Dei de ombros, odiando ter que trazer o assunto "ex-namorado" para aquela conversa.

— Sim, "uma eremita", como eu bem me recordo. — Ele sorriu, relembrando o que eu dissera no sábado de bebedeira, e fui obrigada a rir também; às vezes ficava surpresa com as merdas que saíam da minha boca de maneira espontânea — Mas eu ainda posso jurar que te conheço de algum lugar, Isadora.

— Talvez do Facebook. — Eu tentei. — E é Isa, aliás. Só Isa.

— Me desculpe... *Isadora* — provocou ele, e eu levantei uma das sobrancelhas em sinal de desafio. — E não, não pode ser, eu não tenho Facebook.

— Ahá! Um eremita como eu! — exclamei, e nós caímos na risada.

A conversa teria continuado até o cigarro de Andrei terminar, ou até que nós estivéssemos cansados de falar besteira, mas, naquele exato momento, Tarcísio e alguns dos outros amigos de Rodrigo saíram para a sacada com os seus maços de cigarro. Havia começado a ventar bastante, e o taurino disparou:

— Aqui é um ótimo lugar para estocar vento!

Todas as pessoas ao nosso redor caíram na gargalhada, e fui obrigada a rir também. Andrei ainda me lançou uma última olhada curiosa, fez outra mesura exagerada e entrou de volta na casa, abrindo uma brecha para que o ursinho Tarcísio se aproximasse.

— Então, Isa, o que você faz de faculdade?

— Jornalismo — respondi vagamente, observando Andrei desaparecer dentro da cozinha.

★ 9 ★

Conforme esperado, as pizzas de Rodrigo ficaram incrivelmente deliciosas, assim como o restante daquela noite. Tarcísio se mostrou um cara interessante e extremamente relaxado, mas era um pouco difícil conversar com ele, já que todas as garotas da república pareciam querer o mesmo; eu parecia desesperada, e elas também.

Andrei não voltou a puxar papo comigo e passou o restante do jantar conversando com Rodrigo e Marina, mas eu podia jurar que ele estava observando com o canto dos olhos enquanto o taurino anotava o meu telefone, logo antes de nos despedirmos.

Acordei no dia seguinte com um fio de baba escorrendo da boca e nenhuma mensagem no celular. Arrastei-me para a faculdade e passei quatro horas batalhando contra o sono (passar de "eternamente na fossa dentro de casa" para "saindo todos os dias da semana" não era uma tarefa fácil) e ouvindo os meus amigos criarem teorias sobre quem seria a famosa Valentina dos signos — quando eles insinuaram que poderia ser Amanda, eu me virei para trás e pedi que parassem com aquilo pelo amor de Deus. Claro que recebi olhares de pena e consternação, e quase consegui ouvir os seus pensamentos de *coitada, ela não supera mesmo*, mas não me importei — uma loucura a mais na lista não me afetaria àquela altura do campeonato.

Eu estava almoçando com a minha mãe depois da faculdade quando recebi uma mensagem no Whatsapp.

> Oi, Isa. É o Tarcísio. Tudo bom?

Não consegui conter o sorriso, e recebi um chute por debaixo da mesa.

— É o moço de segunda-feira?

— Não, agora é o moço da terça — respondi, recebendo outro chute, dessa vez de reprovação. — O QUÊ? Não era você que dizia que eu precisava superar o Lucas se não iria procurar um psicólogo e espalhar por aí que eu estava ficando louca? Pois bem, estou superando!

— Eu te disse para se divertir, não para beijar a torcida do Corinthians!

— A torcida do Corinthians não, mas aquele atacante bonitinho deles, quem sabe? — Dei de ombros. — Qual será o signo dele?

— Isadora! — exclamou dona Marta, e eu ri, levantando-me para lavar o meu prato.

— Estou brincando, mãe, é só um flerte inofensivo — menti, antes de subir correndo para o quarto e me jogar na cama, como uma adolescente que havia sido convidada para o baile pelo cara mais gato da escola naqueles filmes romântico dos anos 80 em que as garotas usavam cabelos desgrenhados em rabos de cavalo no topo da cabeça e os garotos vestiam jaquetas de couro de motociclistas.

> Oi Tarcísio, tudo bom, e com você?
> Qual é a boa?

Qual é a boa, Isadora?, dei um tapa na testa, no maior face palm da história.

> Nada de mais. Eu estava pensando... você quer fazer algo hoje à noite?

Ele respondeu depois de 15 minutos, que me pareceram uma eternidade — nunca pensei que fosse sentir falta das respostas instantâneas de Augusto (aliás, ele continuou me enviando mensagens).

> Pode ser! Mas nada muito tarde, eu tenho aula amanhã.

Tentei esperar pelo menos 5 minutos antes de responder, mas falhei miseravelmente.

> Eu estava pensando em ir a um rodízio de comida japonesa. É em um restaurante novo de um amigo meu. Você curte?

Minha barriga roncou só de pensar naquela barca lotada de salmão, e eu digitei enquanto concordava com a cabeça.

> Amo!

> Beleza. Eu te pego umas 20h. Qual é o seu endereço?

Trocamos mais algumas mensagens e, durante todo o período em que eu passei me arrumando, Tarcísio não deu mais sinal de vida. Achei esquisito, e até cheguei a pensar que ele não apareceria e me deixaria plantada no maior bolo do ano, mas o taurino chegou às 20h em ponto, anunciado no interfone pelo porteiro.

Tarcísio tinha um Punto preto e estava estacionado corretamente no meio-fio. Entrei no banco de passageiros; ele me cumprimentou com um beijo carinhoso e lento no cantinho da boca. Sua barba estava cheirosa. O carro também cheirava bem, lavanda, e ele usava um moletom vinho da Universidade de Salamanca.

— Boa noite, Isa.

— Boa noite — respondi, afivelando o cinto de segurança. — O restaurante é longe daqui?

— Não, alguns minutos. — Ele ligou o carro e saiu da vaga sem dificuldade.

Tarcísio tinha um papo tranquilo e dirigia de maneira correta e focada, e fomos ouvindo jazz durante o caminho. Quando chegamos, ele deu a volta no carro e abriu a porta para mim — mesmo que eu fosse completamente capaz de realizar aquela tarefa corriqueira sozinha —, entregando as chaves para o manobrista.

O restaurante era pequeno e aconchegante e nós fomos recebidos pelo próprio dono, que nos levou a uma mesa charmosa com vista para um jardim japonês. Ele pediu dois rodízios e nós esperamos, conversando sobre o seu curso de direito e um intercâmbio para a Espanha.

— E você, Isa? — perguntou ele assim que nossos refrigerantes foram servidos. — Me conte algo que eu não sei.

— Você sabia que um buraco de minhoca é uma dobra no espaço-tempo? — respondi, e nós ficamos em silêncio por alguns instantes antes de cairmos na risada.

A barca de comida chegou minutos depois, e eu descobri um lado diferente do relaxado e tranquilo taurino — a compulsão pela comida. Eu comia relativamente bem, mas ele enfiava sushi atrás de sushi na boca, conversando e rindo e comendo e rindo e conversando. A barca ficou vazia em uma velocidade surpreendente, e logo uma segunda estava sendo posta na mesa, ao lado de quatro temakis, três dele e um meu.

— 95, jura por Deus? — perguntei no meio da missão de descobrirmos o máximo possível um do outro, tomando um gole de Coca-Cola para empurrar toda aquela comida para baixo.

— Juro por Deus. — Ele riu.

— Sou dois anos mais velha do que você? — Eu estava surpresa; Tarcísio não parecia tão novo, tanto fisicamente quanto psicologicamente. A barba o envelhecia alguns anos, e sua conversa era inteligente. — Sou praticamente uma *cougar*?

— Bah! Quase isso — concordou ele, e nós rimos novamente.

— *Bah?* Você é gaúcho? — quis saber.

— Nasci no Rio Grande do Sul, mas me mudei para São Paulo aos 10 anos. — Ele deu de ombros. — É difícil perder o sotaque.

O taurino já dera um prejuízo incomensurável ao restaurante, mas também pedimos sobremesa; minutos depois, o garçom chegou com dois pratos de banana flambada com sorvete de creme.

— Uau! — comentou o homem que nos serviu a noite inteira, pousando um prato na frente de Tarcísio e outro na minha. — Para onde vai toda essa comida, senhorita?

— Para o meu saco sem fundo! — respondi, e nós rimos antes de ele se afastar.

Quando voltei a atenção para Tarcísio, ele havia perdido um pouco da expressão tranquila, cortando a banana com a colher sem olhar para mim e com uma força desnecessária, quase como se estivesse... enciumado. Fiquei um pouco incomodada, já que só havia trocado meia dúzia de palavras despretensiosas com o garçom e não era propriedade de ninguém, mas resolvi relevar.

Ao final da noite, recebemos duas taças de digestivos e as tomamos enquanto gemíamos de tanto comer. Estávamos no meio de uma conversa divertida sobre os possíveis desfechos da última temporada de Game of Thrones quando notei uma formiga na minha taça.

— Tem uma formiga na minha taça! — exclamei, bêbada de tão cheia.

Tarcísio se levantou e arrastou a cadeira até o meu lado, chamando um pouco de atenção dos outros clientes do restaurante.

— Eu te salvo, bela donzela! — gracejou, enfiando a cara na minha taça e me fazendo rir.

Eu me curvei para a frente, apontando com o dedo.

— Ali, está vendo?

— Não estou vendo nada! — dizia ele, girando a taça de um lado para o outro.

— Como não, você é cego? — perguntei, chegando ainda mais perto da taça, a ponto de encostar o meu rosto ao dele.

Tarcísio virou-se para o lado e eu também, enfim percebendo a nossa proximidade. Ele sorriu e, sem dizer uma palavra, me beijou.

O beijo do taurino era lento e sensual, e ele segurou a minha nuca com carinho, arrepiando-me da cabeça aos pés. Ao contrário de Augusto, que beijava como se estivesse em uma competição, Tarcísio não tinha pressa, muito menos insegurança. Era um dos melhores beijos que eu já havia provado na vida, e senti como se nada mais existisse além de nós dois e aquele momento. Quando afastamos os rostos, minhas pernas estavam bambas e minha boca latejava.

— Ah — murmurou ele, olhando para a taça mais uma vez. — Agora estou vendo a formiga.

Nós rimos e voltamos a nos beijar, parando apenas quando o garçom retornou com a conta e uma cara de poucos amigos — provavelmente estávamos dando um show no restaurante.

Eu nunca havia gostado muito de demonstrações públicas de afeto, ou talvez fosse Lucas quem não gostasse e eu apenas seguisse a onda, mas era ao mesmo tempo estranho e libertador descobrir exatamente do que eu gostava ou não fora de um relacionamento tão longo.

Talvez eu gostasse de beijar em público.

Talvez eu só gostasse de me sentir desejada.

— Vamos sair daqui? — perguntou Tarcísio, colocando um cartão platinum na carteira de couro da conta sem nem se importar com os meus protestos de que queria pagar a minha parte.

Não gostei de ter o meu pedido ignorado, mas se queria levar aquela experiência astrológica até o final, teria que me adaptar a personalidade de cada signo; taurinos haviam parado no século passado quando o assunto era "cortejar".

— Vamos — concordei, porque era só o que eu podia fazer depois de ter provado aquele beijo.

Após recebermos o comprovante, Tarcísio me escoltou para o lado de fora e nós esperamos o carro dele enquanto nos beijávamos; ele com os braços em volta da minha cintura e eu sentindo o seu cabelo entre os dedos.

Entramos no veículo, e Tarcísio dirigiu por alguns minutos até parar em uma rua residencial pouco movimentada.

— Acho que aqui podemos ficar mais à vontade — comentou.

— Ou sermos presos. Nunca pensei que seria o tipo de pessoa que se rende a uns amassos dentro do carro no meio da rua — respondi, mas não neguei os beijos quando ele se reaproximou.

Tarcísio passeava as mãos pelo meu corpo, mas respeitava quando eu dava sinais de que não queria que ele ultrapassasse os limites de quem estava reaprendendo a conhecer outros caras. Porém, quanto mais nos beijávamos, mais eu queria mandar os limites para a puta que pariu.

Se eu soubesse que taurinos beijavam tão bem, não teria passado seis anos com um pisciano — não teria passado seis anos com nenhum outro signo.

— Preciso acordar cedo amanhã — murmurei em um dos poucos momentos em que consegui me separar da sua boca e me manter lúcida.

— Não quer acordar cedo ao meu lado? — tentou ele, e eu ri.

— Uma proposta tentadora, jovem cavalheiro, mas ainda tenho que terminar um trabalho para a faculdade — falei. E era verdade, a verdade mais difícil que eu já precisei contar.

Afinal, aquele encontro, aquele beijo, aquele novo garoto que eu deixava entrar na minha vida... tudo tinha um propósito muito claro. Eu não estava ali para me apaixonar e começar um novo relacionamento; eu estava ali para superar o meu ex-namorado e tirar 10 em jornalismo online.

Enquanto isso não acontecesse, não existia espaço no meu coração.

— Tudo bem. — Tarcísio me beijou de leve, e eu senti sua barba roçar o meu queixo. — Depois não diga que eu não ofereci.

Fomos conversando durante o caminho de volta e, quando pa-rávamos nos faróis, o taurino voltava a me beijar com a mesma paixão e intensidade. Eu não sei como consegui chegar inteira, já que me senti derreter pouco a pouco pelo trajeto, mas enfim esta-cionamos em frente de casa.

— Obrigada pelo jantar — falei, e Tarcísio sorriu.

— Obrigado pela companhia. — Ele se curvou e me beijou uma última vez. — E boa sorte no trabalho.

— Muito obrigada. — Soltei o cinto de segurança. — Boa noite.

— Boa noite.

Eu caminhei lentamente até a portaria do meu prédio, ouvindo o carro de Tarcísio se afastar. Depois de me certificar de que ele já havia ido embora, apoiei-me nas grades e suspirei. Mal tive tem-po para respirar antes de sentir o celular vibrar dentro da bolsa. Pensando ser o taurino, acabei gargalhando da mensagem que li na tela, enviada por "Augusto Áries".

> De "saia de perto de mim seu maldito bêbado" a "sou uma pessoa boa e sei dar segundas chances, o quanto você estaria disposta a sair comigo de novo?"

Pobre Augusto, pobre Tarcísio... mal sabiam eles que o meu próximo alvo havia nascido sob o signo de Gêmeos.

♥ Os 12 Signos de Valentina ✕

TOURO

22h12, 04 de março de 2015
Postado por: Valentina

Alô alô, graças a Deus!

Eu literalmente acabei de chegar do segundo encontro dessa experiência (nem eu estou acreditando que engatei um encontro no outro tão rapidamente — se soubesse que era fácil assim dar uns beijos na boca, eu teria começado antes), e vou contar um segredo sobre os taurinos: que beijo!

Não! Sério! Tenho quase certeza de que foi o melhor beijo da história de todos os beijos! Me desculpe Alex Ariano, mas, enquanto você beija com o corpo, o taurino beija com a alma. Minhas pernas ainda estão bambas, meu coração palpitando, meus pelos continuam arrepiados!

Eu gostaria de agradecer por todos os acessos e comentários — honestamente não sei o que aconteceu, era só para ser um blog despretensioso, mas, pelo jeito, caiu na boca do povo e agora todos querem saber: quem é Valentina?

Valentina pode ser mulher, mas também pode ser homem. Pode ser hétero, mas também pode ser gay. Pode ser branca, pode ser negro, pode ser jovem, pode ser mais velho, pode ser quem você menos espera que seja.

Ela só não pode ser revelada.

Então, antes que eu esqueça o porquê de ter começado toda essa loucura e volte correndo para o meu taurino, implorando por mais beijos, vamos à ficha!

Pseudônimo: Ele é gordinho, ele é fofinho, ele é interessantíssimo... ele é o Jack Black em pessoa. <3

Os 12 Signos de Valentina ✕

Idade: 20 anos

Aniversário: 07 de maio

Música que define o signo: Kiss Me — Sixpence None the Richer

Palavra mais usada: "Comer!"

Turn on: O beijo!

Turn off: O flerte à moda antiga.

Qualidades: Tranquilo, romântico, sensível, organizado, atencioso, ambicioso, esforçado e um perfeito cavalheiro.

Defeitos: Um perfeito cavalheiro (estamos no século XXI, alô? Eu quero pagar a minha conta e abrir a porta do carro!), teimoso, demooooora para terminar uma sentença, comilão (sério, fora do normal) e ciumento.

Eu nunca havia tido nenhuma experiência com taurinos, mas fui positivamente surpreendida. Quero dizer, eles não têm má fama como os arianos, mas também nunca leio nada que os destaque dos outros signos — apenas estão lá, os teimosos taurinos, enriquecendo e comendo.

Até hoje! Porque estou aqui para dizer que eles podem não ser os barraqueiros ou os rancorosos do zodíaco, mas acabaram de ganhar o título de melhor beijo. Vocês podem retirar o prêmio amanhã, na rua dos Prazeres (ha ha ha, entenderam a piadinha?).

Eles também são bastante charmosos e sensuais, e deve ser por isso que eu precisei pessoalmente retirar o meu tourinho do meio de uma roda de garotas — nada pessoal, meninas, tudo em prol da astrologia! Mas ele não atrai só garotas; aparentemente, taurinos são bons amigos de... bem, todo mundo.

♥ Os 12 Signos de Valentina ✕

Jack me levou para jantar, e nós nos divertimos bastante, mas eu não sei onde ele colocou tanta comida; confesso que passei algum tempo procurando qualquer tipo de balde ou sacola ao lado da mesa, porque não era possível que o seu estômago fosse capaz de processar tudo aquilo! Assim, o meu Jack era gordinho e fofinho, era normal que ele comesse bastante, mas achei um pouco incomum — ele ainda brincou que passaria no McDonald's depois do jantar, e eu honestamente não sei dizer se foi piada.

Enfim, não posso passar esse post inteiro falando sobre o beijo do garoto, não é mesmo? Então vou comentar detalhes que me incomodaram um pouco. Primeiro, um garçom foi simpático comigo, e Jack agiu como se eu tivesse arrancado a roupa e transado com o cara em cima da mesa. Quero dizer, que ciúme mais idiota, meu senhor! Não sou sua propriedade privada, e posso ser simpática com outras pessoas. Segundo, ele simplesmente ignorou o meu pedido para pagar metade da conta.

Homens, independentemente do seu signo, se a moça não disser nada ao final do jantar, você pode: a) sugerir que vocês dividam a conta ou b) ter acabado de receber o Vale Refeição, querer fazer um agrado e pagar tudo sozinho. Você não precisa, *de jeito nenhum*, pagar a conta dos dois, a não ser que esteja com vontade, que seja uma ocasião especial, que você esteja nadando em dinheiro. Agora, se ela pediu para pagar, não aja como se o seu dinheiro valesse mais e respeite o pedido dela.

Resumindo a minha noite — que acabou com alguns amassos bastante interessantes no carro do moço —, Jack é exatamente o que dizem por aí do signo de Touro: romântico, charmoso, sensual, divertido, tranquilo, organizado, praticamente um príncipe encantado! E eu espero poder beijá-lo nos intervalos entre um signo e outro, porque também sou filha de Deus, não é mesmo?

Assim que eu caçar e laçar um geminiano, volto para contar a história!

Um beijo estelar,

VALENTINA

★ 10 ★

— Não! Chega! É quinta-feira e não tive uma noite de sono decente sequer durante toda essa semana! — exclamei, sentindo todos os meus músculos reclamarem só por ter cogitado sair de casa. — Já fiquei com dois signos do zodíaco em menos de 72 horas, tenho o restante do semestre para caçar os outros dez!

Eu estava jogada na cama, queixo no colchão, ventilador no máximo e aquela preguiça pós-almoço que tira a nossa vontade de viver. Passava e repassava os comentários que havia ouvido mais cedo na sala de aula sobre o segundo encontro da Valentina, e estava adorando ser a pessoa menos suspeita de estar por trás daquele projeto.

— Não é uma missão da Valentina — resmungou Marina do outro lado da linha, com uma malícia esquisita na voz; ela havia passado os últimos quinze minutos tentando me convencer a ir a uma festa com ela e Rodrigo. — O Andrei vai estar lá.

— E como diabos isso muda a minha decisão, Marina?

Eu ainda tentei, mas a minha prima mudou subitamente de assunto, como sempre fazia quando sentia que alguém não estava caindo no seu papo-furado; no final daquela conversa, depois de uma manipulação argumentativa que só capricornianos sabiam fazer (geralmente em arianos ou geminianos), ela havia me convencido a ir à maldita festa na USP.

Eu estava um pouco enrolada com as mensagens frenéticas de Augusto e as propostas tentadoras de Tarcísio — para ser bem sincera, eu começava a perceber que a solteirice não era tão maravilhosa quanto os solteiros queriam fazer parecer. A vida me parecia ainda mais difícil agora que eu havia decidido, do dia para a noite, tornar-me o Hugh Hefner dos signos. Quanto mais as relações se complicavam na minha cabeça — e no meu Whatsapp —, mais eu queria desistir daquela loucura e voltar a ser a depressiva e apática Isadora do começo do ano; pelo menos ela tinha todos os dias de folga para se afogar em cinco Chicken Jr. e um balde de Coca-Cola.

Então um pensamento me atingiu como um raio: eu não xeretava a vida de Lucas, em um ato de autodepreciação e falta de amor próprio, havia exatos seis dias.

E me sentia muito bem, obrigada.

Não que tivesse me "desapaixonado", nem parado de pensar no meu ex-namorado antes de dormir, relembrando os bons momentos e sonhando com ele de tempos em tempos, eu apenas... não queria mais sofrer por um belo imbecil que havia limpado a bunda com o meu amor. Eu podia não ter nascido para a solteirice, mas preferiria mil vezes me arriscar a passar vergonha e parecer desesperada do que perder o meu tempo ao lado de quem não sabia me valorizar.

Com aquele pensamento de clímax de comédia romântica na cabeça, eu vesti a mesma roupa que havia usado no encontro com Augusto, porque minhas outras roupas de sair estavam lavando — e também porque eu havia aprendido bem cedo que repetir roupa não era o pior problema do mundo, sentada no chão do meu quarto aos 15 anos, chorando e sentindo as lágrimas entrarem pelos braquetes do meu aparelho fixo enquanto a minha mãe berrava "Tanta gente passando fome e você chorando porque não quer usar a mesma roupa duas vezes? Quem você pensa que é? A rainha da Inglaterra?" —, e implorei uma carona até o metrô para a minha mãe.

Cheguei na Escola Politécnica da USP quarenta minutos depois e encontrei a minha prima já bêbada, sentada no colo de Rodrigo.

— Isa! Eu bebi quatro discos voadores!!! — berrou ela com certo orgulho, fazendo a roda inteira de amigos rir e Rodrigo confirmar com a cabeça quando olhei espantada para ele.

Um "disco voador" nada mais era do que pinga com canela.

— Ela já vomitou? — perguntei, já prevendo o desfecho daquela noite.

— Ainda não. — Rodrigo frisou o "ainda", também conseguindo antecipar o futuro.

Marina tinha um estômago bastante sensível, mas era completamente inútil lhe pedir para não passar da conta — quando a minha prima queria beber, a minha prima bebia. E era óbvio que não seria eu a pessoa a passar lição de moral, depois de tudo que tinha acontecido naquela noite na rua Augusta; eu estava em dívida com Marina, e beber quatro shots de pinga com canela era a sua maneira de me punir.

Eu estava justamente tentando entender os grunhidos bêbados dela quando reparei, pela primeira vez, que Andrei era um dos amigos de Rodrigo presentes. Ele conversava com uma garota negra com o cabelo afro mais bonito que eu já vira na vida, e eu senti um pouco de... ciúme?

Não. Não poderia ser ciúme. Eu era uma mulher livre de amarras e sem qualquer intenção de me envolver emocionalmente outra vez — só estava chateada por Andrei ter me tratado de maneira esquisita depois da nossa conversa na varanda.

Aparentemente, o amigo de Rodrigo tinha algum tipo de sentido aranha, porque virou o rosto em minha direção segundos depois — ou, de uma maneira mais cientificamente provável, eu o encarei por tanto tempo que ele captou minha expressão idiota pela visão periférica.

— Oi — balbuciei, porque o que mais eu diria?

Podia ter dito, *Eu gosto da sua cara* ou *Você tem cara de quem chorou assistindo a A culpa é das estrelas?*

— Boa noite, Isadora — cumprimentou ele, falando o meu nome daquele jeito quase maldoso e característico dele. — Nem te vi chegar.

— Ah, pois é, eu aparatei até aqui — comentei.

Andrei riu, mas o resto dos engenheiros não entendeu a piada, e eu me senti a coisinha mais estúpida da face da Terra.

— Por isso que não nos encontramos — continuou ele, sem perder o sorrisinho divertido —, usei pó de flu.

Foi a minha vez de rir, mas a roda logo perdeu o interesse nas nossas piadinhas nerds e se dividiu em conversas paralelas. Andrei havia correspondido a nerdice para me deixar menos constrangida, e eu seria eternamente grata.

Naquela noite em especial, ele usava uma calça jeans velha, uma camiseta com a cara do Barney de How I Met Your Mother com a legenda Legendary e Havaianas brancas. Os óculos haviam desaparecido e o cabelo parecia mais desarrumado a cada vez que nos encontrávamos — para ser bem sincera, parecia que ele tinha acabado de sair da cama.

— Água — gemeu Marina ao meu lado, toda a sua felicidade bêbada sendo sugada pelo buraco negro do mal-estar. — Por favor.

— Caramba, foi mais rápido do que eu imaginei — comentei, rindo.

Rodrigo lançou-me um olhar desesperado, tentando equilibrar uma Marina-mole no colo, e eu fiz que sim com a cabeça.

— Tudo bem, vou comprar água, sua maldita bêbada.

— Alguém quer mais cerveja? — perguntou Andrei, recebendo vários gritos e notas de dois reais em resposta.

Então fomos juntos até a barraca das fichas; eu suspeitava que ele havia se oferecido para buscar mais bebida a fim de passar algum tempo sozinho comigo.

— Pensei que engenheiros conhecessem Harry Potter — confessei, assim que ficamos longe o suficiente para ninguém ouvir.

— Eles passam tanto tempo estudando que, no tempo livre que têm, não querem desperdiçá-lo lendo ficção adolescente... — Andrei colocou várias notas amassadas em cima do balcão. — E sim enchendo a cara.

— Você leu — falei, apontando o óbvio.

— Eu não sou engenheiro. — Ele retirou as fichas, e o cara do outro lado pegou os meus cinco reais em seguida, me entregando dois papeis plastificados no valor de 2,50.

— Não? — Eu começava a parecer uma avó com a tecnologia: esforçada, mas um pouco lenta. Nós nos deslocamos para o bar e esperamos. — Você disse que conhecia o Rodrigo da faculdade!

— Conheço ele das bebedeiras da POLI — admitiu Andrei, sem qualquer vergonha na cara —, mas sou do audiovisual... Se bem que passo mais tempo tocando violão na FFLCH do que nas aulas da ECA.

Ele faz ECA, pensei, relembrando todas as vezes em que eu havia aparecido na faculdade parecendo a dona excêntrica de um brechó voltado para moda indigente.

— Eu também faço ECA — consegui balbuciar, pedindo duas garrafas d'água quando finalmente resolveram nos atender.

— Eu sei. — Andrei pediu seis latas de cerveja para a mesma garota. — Ouvi quando você contou para o Ursão na terça-feira.

Senti que meu rosto esquentou, mas não respondi. Caminhamos em silêncio de volta para a roda e encontramos Marina de joelhos, vomitando na grama. Entreguei as águas para Rodrigo, que agradeceu rapidamente, voltando a segurar o cabelo da namorada com uma expressão preocupada.

E lá estava eu, mais uma vez desejando o relacionamento da minha prima... desejando que alguém se preocupasse comigo o suficiente para segurar o meu cabelo enquanto eu vomitava.

Existia prova de amor maior?

Lucas havia feito o mesmo antes de me pedir em namoro, e eu não conseguia pensar naquilo sem sentir os olhos se enchendo de lágrimas.

— Acho que vou levar a Ma para a casa — anunciou Rodrigo, percebendo que aquele quadro não melhoraria tão cedo.

— Eu vou com vocês. — Tentei parecer altruísta, mas a verdade é que eu não conhecia mais ninguém naquela festa além deles e Andrei, e lembrar de Lucas havia acabado com a minha noite.

— Você acabou de chegar — disse Andrei, soando meio óbvio.

— É, mas eu nem queria vir, fui convencida pela Marina, e olha só como ela me recebeu de braços abertos.

Marina abriu os braços e vomitou mais uma vez.

— Você vai com a gente? — Rodrigo se voltou para Andrei. — O seu violão está no carro.

— Ahn... é, acho que vou. — Andrei deu de ombros. — Eu queria ficar, mas carona a gente nunca nega.

Fui no banco de trás, com Marina desfalecida no meu colo e o violão de Andrei como companhia, enquanto ele e Rodrigo conversavam no banco da frente — mais uma noite como outra qualquer na vida de jovens universitários.

Algum tempo depois, Rodrigo estacionou em frente ao prédio de Marina e saiu do carro. Ele abriu a porta do banco traseiro, puxou carinhosamente a namorada, que gemeu e se deixou levar, e nos avisou:

— Me esperem aqui! Quanto mais gente, maiores as chances do pai da Ma acordar, e nós não queremos isso.

Eu concordei sem pestanejar — meu tio não era o cara mais simpático do mundo, principalmente quando acordado no meio da noite pelos amigos da filha apagada de tão bêbada.

Observei Rodrigo desaparecer com Marina pela portaria e tomei um susto quando alguém abriu a porta abruptamente. Olhei para o lado e encontrei Andrei sentado no meio-fio, fumando um cigarro.

— Não gosto de fumar sozinho — comentou.

— Você vai pegar leptospirose com esse pé descalço na sarjeta — resmunguei.

— Caralho! — exclamou Andrei. — Mãe! Por que você não disse que ia sair comigo hoje?

— Aproveitando a semelhança — eu franzi o cenho em sua direção —, você deveria parar de fumar.

— Fumar alivia as dores da minha alma atormentada — brincou ele, e eu revirei os olhos teatralmente, pensando *Quanto drama! Deve ser sagitariano...*

Então algo que eu ainda não havia reparado me atingiu em cheio: eu não tinha a menor ideia do signo de Andrei! Quero dizer, ele não tinha Facebook e não havia pedido o meu número para conversarmos por Whatsapp. Nossos únicos contatos eram durante encontros esporádicos e esquisitos, e não havia a menor abertura para que eu perguntasse o dia, local e horário do seu nascimento.

Como eu poderia saber?

— Mas e aí, Andrei. — Eu me ajeitei no banco, buscando uma maneira sutil de perguntar aquilo. — Me conte mais sobre você.

— Eu sou um livro aberto — respondeu ele, observando a fumaça do próprio cigarro.

— Qual é a sua cor favorita? — comecei.

— Depende do meu humor.

— Comida favorita?

— Aquela feita com amor.

— Banda?

— Cheiro de Amor.

Nós estávamos segurando o riso ao longo daquele diálogo, mas, assim que ele pronunciou as palavras "Cheiro de Amor", caímos na risada.

— Livro aberto é o caralho! — Eu não conseguia parar de rir.

— Não, calma, juro que respondo sério agora. — Ele cruzou os dedos e beijou os dois lados. — Palavra de escoteiro.

— Hum... irmãos?

— Dois, uma irmã mais velha e um irmão mais novo.

— Animais de estimação?

— Minha mãe é alérgica, mas uma vez uma lagartixa morou no meu armário por dois anos e eu a chamei de Roberta.

— Aniversário?

— Vinte e quatro de setembro. — Andrei, que até então sorria, pareceu murchar um pouco depois daquela pergunta, mas não precisei continuar a sabatina, porque Rodrigo já estava de volta, com o rosto pálido como se tivesse visto um fantasma.

Ou pior: o pai da Marina.

— Vamos, antes que ele descubra que fui eu quem colocou a Marina na cama — falou, abrindo a porta do carro.

Eu me ajeitei novamente no banco de trás, e Andrei ocupou o seu lugar de copiloto, mas agora minha cabeça girava.

Vinte e quatro de setembro.

Andrei era libriano.

★ 11 ★

Claro que o fato de Andrei ser libriano não influenciou em nada o que eu pensava sobre ele... Quero dizer, obviamente não comecei a imaginar o nosso apartamento em Pinheiros, o nosso casamento na praia apenas para amigos íntimos e familiares, nem a organizar um cronograma de quem levaria as crianças para o inglês nas segundas e quartas.

Porque eu não era uma pessoa ansiosa que criava expectativas inalcançáveis e acabava sempre quebrando a cara e sofrendo toda a dor que só o fim de um relacionamento imaginário poderia causar.

Eu? Nunca!

Porém, não tive muito tempo para surtar sobre o meu futuro com o libriano perfeito, porque, aparentemente, eu estava muito cansada. Acabei desmaiando na cama, de roupa e tudo, assistindo ao final de algum filme ruim na sessão de gala da Globo. Acordei algumas horas depois com o celular vibrando freneticamente, lotado de mensagens de Marina.

> Como eu cheguei em casa?
> Por que o meu pai entrou no meu quarto e disse que está decepcionado comigo?
> Você está bem? Está viva?
> Me responde, diabo!

Eu estava naquele estágio de quando acabamos de acordar de um cochilo e não sabemos em que século estamos, mas consegui formar uma frase coerente e fiquei orgulhosa.

> O Rodrigo que te levou e nos deu carona. Ah, e o Andrei é libriano.

Marina respondeu segundos depois.

> Bela maneira de introduzir um assunto importante de maneira incrivelmente sutil, Isa, estou impressionada!

A minha TV já estava desligada, provavelmente por obra da incrivelmente silenciosa senhora minha mãe, me lembrando da época em que eu dormia na sala e acordava na cama, e eu me sentei, sentindo a cabeça pesada e dolorida.

> Eu estava dormindo, você não pode exigir delicadeza.

> E aí? Agora que achou o seu libriano perfeito, vai parar com o experimento?

> Meu libriano perfeito? Ele é só um cara com quem eu converso em ocasiões aleatórias e que calhou de ter nascido em setembro.

> Ah, por favor, Isa, nós somos primas desde... bom, desde sempre! Ele completou a sua piadinha ridícula de Harry Potter, sei que ganhou mais de um milhão de pontos só nessa! Além do mais, eu vejo como você olha para ele. Daquele jeito que você só olha para a tia que faz tapioca na Paulista.

Marina tinha um bom ponto. Eu realmente olhava com muita admiração para a tia da tapioca na Paulista — quero dizer, como aquelas mãos tão delicadas conseguiam transformar um pó branco e esfarelado em um manjar dos deuses?

Mas foi o outro argumento que me incomodou um pouco... Estava tão claro assim que eu estava interessada no Andrei?

> Não, eu vou continuar com o experimento.

> Mas por quê? Quero dizer, eu que te incentivei a ciscar por aí, eu sei, mas só até achar o seu libriano perfeito. Não era esse o plano? Não pensei que seria tão rápido assim, mas, mais estranhamente perfeito do que o Andrei, eu não sei se você vai encontrar!

> Sim, era esse o plano. Só que eu andei pensando, e acho que não é disso que eu preciso no momento. Não vou consertar meu coração partido com outro relacionamento... o máximo que eu vou conseguir vai ser outra decepção. Além disso, eu acabei de conhecê-lo. Ele pode, sei lá, não gostar das mesmas bandas que eu, ou votar no Bolsonaro. Tudo o que sei é que ele é libriano e muito bonitinho — isso não quer dizer que ele seja o meu libriano perfeito.

Enquanto eu digitava a resposta para Marina, uma memória com Lucas passou pelos meus pensamentos sem ao menos ser convidada, como um clarão de luz. Estávamos no começo do namoro, no quarto dele, nos olhando apaixonadamente depois do que parecia ser a décima oitava vez que havíamos transado. Ele estava acariciando o meu rosto, e eu deslizava as unhas de leve pelas suas costas. Estávamos sorrindo, sabe-se lá por que... cansaço, adrenalina, ou talvez só felicidade mesmo. *Eu te amo tanto*, sussurrou ele, e eu só consegui entender o que Lucas disse porque estava olhando diretamente para a sua boca. *Eu te amo um tanto mais*, respondi, e ele roçou os nossos narizes.

Esse é o grande problema das decepções amorosas e finais de relacionamento; você se mantém ocupada, tenta fazer tudo aquilo que sempre quis fazer, estuda com mais afinco, distribui currículos pela cidade, segue à risca todos os conselhos de "como superar", mas, no final do dia, as memórias te atingem em cheio, como um soco na boca do estômago. Os olhos lacrimejam, a dor é absolutamente física, e você não consegue se livrar daquele sentimento de que nada nunca mais vai dar certo.

Nós sabemos que o tempo cicatriza qualquer ferida, já passamos por outras tantas decepções antes, mas, curiosamente, ele parece correr rápido quando estamos tentando esquecer e paralisar no exato instante em que as memórias nos alcançam.

> Você sabe que só outro amor cura um coração partido, não sabe?

> Isso não é verdade, e nós precisamos desesperadamente parar de espalhar essa "sabedoria antiga" por aí. Quero dizer, as pessoas devem se permitir sentir, sofrer e superar. Tudo no seu tempo! Ninguém precisa depender de outra pessoa para voltar a ser feliz. Sabe o que realmente cura um coração partido? Uma garrafa de tequila, Netflix e alguns casinhos sem importância no meio do caminho.

> Quem é você e o que fez com a minha prima Isadora devoradora de romances históricos e sonhadora de carteirinha? "Alguns casinhos sem importância no meio do caminho?" Acho que esse experimento está saindo um pouco do controle, você não é assim. Eu queria que você percebesse que existe vida pós-Lucas, não que mudasse de personalidade.

Respirei fundo. Eu amava a minha prima com todo o meu coração, mas às vezes a sua insensibilidade capricorniana me incomodava muito.

> Ma... só nesses cinco minutos de conversa, uma memória incrivelmente dolorosa do Lucas já me veio à cabeça, sem que eu ao menos tivesse a chance de me defender. Você pensa que é fácil superar alguém porque nunca precisou fazer isso, mas deixa eu te contar uma novidade: não é fácil. Dói, e dói pra caralho.
>
> A gente fica bravo, fica irado, fica angustiado, deprimido e pessimista, e então, em alguns poucos momentos de nirvana, nos sentimos extremamente felizes, quase eufóricos, acreditamos que vamos superar e que tudo vai dar certo! Mas depois, na calada da noite, vemos um post da pessoa no Facebook, ou assistimos sem querer à cena do filme favorito dela, ou ouvimos uma música que um dia cantamos juntos, e tudo desmorona de novo.

Eu não estou dizendo que isso dura para sempre, porque não dura, e a cada dia os meus minutos são preenchidos com mais vida e menos Lucas, mas eu não estou 100% curada. Ainda machuca e ainda está muito recente. E eu não sei se estou disposta a passar por tudo isso outra vez, simplesmente pelo fato de que outra dor dessas pode acabar por completo com qualquer fé que eu ainda possa ter pelo amor.

Sinto o cheiro dele em lugares que não deveria sentir, ouço sua voz sempre que ligo o rádio, então eu não seria justa com ninguém que tentasse se envolver comigo agora, porque não vou poder me entregar completamente. Portanto vou continuar o experimento, beijar todas as bocas que não beijei durante esses seis anos e, se no final de tudo, eu já estiver disposta a dar outra chance ao amor, talvez eu faça isso.

Marina demorou alguns minutos para me responder, mas, quando o fez, eu soube que ela havia entendido o recado — ela costumava ser muito boa em resumir os próprios pensamentos.

Ok, não está mais aqui quem falou. Vou tentar dormir de vez agora. Durma bem, Isa... e saiba que eu te amo. Assim como você ama tapioca.

Eu troquei de roupa, escovei os dentes e voltei para a cama, tentando afastar todas aquelas boas memórias com Lucas: as festas, os beijos, as noites em claro e os planos... Demorou, mas eu consegui, assim como havia feito em todas as noites desde o dia em que descobri sobre a traição.

No dia seguinte, acordei com uma mensagem de um número desconhecido no meu celular, três minutos antes do despertador tocar. Xinguei mentalmente a pessoa que havia me tirado 180 segundos a mais de sono, mas acabei pagando a minha língua e me desmanchando em sorrisos.

> Eu não sei se é o destino ou não, mas a Roberta acabou de voltar para o meu armário.

Sem conseguir parar de sorrir, e também sem saber como diabos ele havia conseguido o meu número, eu adicionei um novo contato à minha agenda.

"Andrei Libra".

Porque esse é o grande problema das decepções amorosas e finais de relacionamento: tudo o que é maravilhoso um dia acaba.

Mas quem disse que não podemos criar novas memórias tão maravilhosas quanto?

★ 12 ★

— ...**mas é verdade**, não é? Por mais que os taurinos sejam extremamente quentes na cama, é o ciúme que acaba com tudo! — Eu ouvi Isabela sussurrar para Vitor, que negava com veemência, balançando a cabeça.

— Não é verdade! Eu sou taurino, e...

— ...você jogou o celular do seu ex-namorado na privada porque pensou que ele tivesse baixado o Grindr! — completou ela.

— É, a Bela tem um belo ponto aqui — concordou Fabrízio.

Eu havia acabado de chegar na faculdade e não sabia dizer se me sentia lisonjeada ou um pouco assustada ao perceber que a nova obsessão dos meus amigos era "Os 12 Signos de Valentina" — aliás, não só deles, e sim de todos os alunos, que pareciam bastante interessados nas peripécias amorosas de Valentina, comentando sobre as próprias experiências astrológicas e distribuindo palpites sobre quem poderia ser a mente por trás do blog.

— Não é necessariamente verdade. — Eu me sentei ao lado deles, já abrindo o notebook em cima da mesa e me intrometendo na conversa. — Eu sou ariana e nem metade do quão frenético aquele tal de Alex era.

— Você está lendo o maldito blog? — Mayara ergueu a cabeça de cima do casaco em que estava pseudodormindo. — Pensei que fosse minha última esperança, Isa!

— O que mais eu posso fazer? Tenho um fraco por bons escritores e essa tal de Valentina me pareceu bem boa — respondi, tentando a todo custo não rir do meu marketing pessoal indireto.

— E se for um *ele*? E se um cara dessa sala estiver usando um pseudônimo feminino? Afinal, a própria Valentina admitiu que pode estar mentindo — sugeriu Fabrízio, inclinando-se para a frente. — Eu sei de uma lista de caras que só estão esperando uma oportunidade para sair do armário! Veja só o Vitor...

— Ah, meu amor, escancarei esse armário no dia em que saí do útero da minha mãe! — respondeu Vitor, e nós caímos na risada.

— Estou ansiosa para ler sobre Gêmeos — comentou Isabela, cruzando as pernas debaixo da mesa. — Aquele cara que eu curto da psicologia é geminiano! Mas ela não posta desde quarta-feira...

— Eu não beijo na boca desde abril do ano passado e você está reclamando que a Valentina *ainda* não encontrou um geminiano? — falei, tentando me distanciar o máximo possível de qualquer suspeita.

— Mais um ótimo argumento entre nós. — Fabrízio concordou com a cabeça.

— Não beija porque é trouxa. — Mayara deu de ombros, apontando com a cabeça para Amanda, que estava grudada no celular. — A bonitinha ali não perdeu tempo, e você continua nessa fossa interminável. Parece viúva de luto!

Eu ri, mas não pelos mesmos motivos dos meus amigos — ri porque nem Mayara nem ninguém ali fazia ideia da verdade.

Apesar de ter que aguentar Amanda dando risadinhas para o celular de hora em hora — eu fingia que não estava vendo para não ser cutucada pelos meus amigos, mas a minha visão periférica já estava bastante desenvolvida àquela altura do campeonato —, o dia passou relativamente rápido naquela sexta-feira abafada como o hálito do demônio.

Eu havia respondido a mensagem de Andrei perto do meio-dia, especulando que ele e Roberta tinham uma conexão de outras vidas, e ele respondeu apenas com uma risada; esperei que fosse dizer algo mais, mas ele não se pronunciou, e eu entendi aquilo como um sinal do destino para não me apaixonar.

Almocei no bandejão com os meus amigos e, à tarde, fomos para a biblioteca da ECA estudar para um teste que a professora de ética passaria na semana seguinte. Escolhemos uma mesa reservada e ficamos lendo os textos obrigatórios, trocando ideias, anotações e reclamações.

Eu estava no meio de uma argumentação muito convincente sobre como a nossa professora precisava de algum tipo de ajuda psicológica por nos dar tanto material para ler em um espaço de tempo tão curto quando reparei em um par de olhos escuros me observando. Desviei a atenção das risadas escandalosas de Vitor e encontrei Andrei sozinho a algumas mesas de distância, lendo um livro intitulado *A Dimensão Sonora da Linguagem Audiovisual* — naquele exato momento, agradeci a Isadora do passado por ter depilado as pernas antes de escolher o vestido florido que eu estava usando.

Não tive tempo de cumprimentá-lo, porém, já que ele abaixou a cabeça para continuar lendo. Um pouco desconcentrada pela demonstração de indiferença, eu quase não senti o celular vibrar, mas o barulho que ele fez em contato com a mesa me despertou.

> Você está me seguindo agora, Isadora?

A mensagem brilhava na tela, proveniente do número "Andrei Libra".

Fui obrigada a rir, negando com a cabeça.

— Pessoal, a Isa está rindo e olhando para o celular! — Isabela apontou, e logo levantei a cabeça, sentindo o rosto esquentar. — Você anda muito esquisita, Isa... Vai nos contar com quem está transando ou não?

— Não estou transando com ninguém! — sibilei entre os dentes, rezando aos céus para que Andrei não tivesse me escutado.

Por quê? Não sei dizer.

— A sua cara diz exatamente o contrário — argumentou Mayara. — Você não precisa contar se for muito constrangedor. É aquele calouro de Relações Públicas que te stalkeia?

Resolvi ignorar os comentários idiotas e olhei novamente para o lado, mas Andrei parecia bastante entretido com o livro.

> Eu poderia dizer o mesmo, Andrei. Primeiro descobre o número do meu celular, agora isso. Tenho motivos para ficar com medo?

Eu tentei voltar a conversar normalmente com os meus amigos, evitando o enfoque na minha suposta nova vida sexual, mas não pude deixar de notar que Andrei riu ao receber a mensagem. Instantes depois, meu celular vibrou mais uma vez.

> Muitos motivos. Olha só a minha camiseta de psicopata!

Quando ergui o rosto mais uma vez, o livro de Andrei estava em cima da mesa e ele puxava a própria camiseta branca para baixo, revelando uma estampa que dizia "eu amo gatinhos fofinhos", com um gato cinza incrivelmente fofo embaixo.

Eu me segurei para não gargalhar, mas logo perdemos o contato visual, porque um grupo se aproximou dele, o cumprimentando como se fossem velhos amigos. Os três meninos e as duas meninas se sentaram à mesa que antes estava ocupada apenas por Andrei e eles começaram a conversar.

— ...e é por isso que a ética está ligada fundamentalmente ao estudo dos valores morais. — Fabrízio enfim atraiu a minha atenção, e desviei os olhos da mesa ao lado.

Percebi que Isabela estava me encarando de uma maneira esquisita e optei por focar em Fabrízio, primeiro porque ele era o melhor aluno da sala, segundo porque eu não estava a fim de me explicar.

Quero dizer, os quatro pareciam estar o tempo todo cuidando para que eu não tivesse um surto psicótico depois do "episódio Lucas, o império contra-ataca", e eu não queria ter que ouvir um sermão de Isabela por estar desrespeitando o meu período de luto e flertando com outros caras — eu sabia exatamente o que ela iria dizer; Isabela havia feito um ano de psicologia e achava que tinha o direito de nos analisar como se fosse o maldito Freud com suas teorias sexuais.

Minutos depois, quando enfim senti que era seguro voltar a me aventurar na arte do flerte de biblioteca, Andrei e seu grupo de amigos já tinham desaparecido. Um pouco frustrada por não ter recebido nem um "tchau, otária" pelo Whatsapp, continuei estudando até o começo da noite, quando finalmente sentimos que nossos cérebros estavam derretendo e fomos embora.

Eu estava sozinha na lotada linha azul, agarrada ao cano de metal e xingando até a décima oitava geração do governador do Estado de São Paulo, quando um moço mais velho parou na minha frente. Ele tinha o cabelo escuro e comprido e um sorrisinho simpático. Incomodada com aquela presença tão perto de mim, desviei os olhos e encarei as minhas sandálias.

— Isa? Não está lembrando de mim?

O rosto dele havia mudado bastante, mas, ao ouvir aquela voz divertida e familiar, eu fui automaticamente transportada para o acampamento de inverno "Dias de Sol", onde passara um mês com Marina quando tínhamos 14 anos. O homem parado à minha frente fora o nosso instrutor por longos trinta dias, e podia gabar-se de ter ganhado o prêmio de "primeiro sonho erótico de Isadora Mônaco". Ele tinha 19 anos na época e não tentou nada comigo, mas, na minha cabeça de pré-adolescente, nós havíamos namorado durante um mês só pelo fato de que ele era extremamente fofo e atencioso.

Depois que fomos embora, eu descobri que ele namorava uma das instrutoras, alta, loira, esbelta, e aquilo fez meu coração partir em um milhão de pedacinhos. Foi provavelmente por isso que eu me neguei a voltar para o acampamento no ano seguinte — não sei dizer ao certo, as minhas memórias de uma pré-adolescente com baixa autoestima eram um pouco turvas.

Se eu tivesse que escrever um livro sobre essa fase da vida, ele se chamaria: *Memórias que eu gostaria de esquecer.*

— Giovanni!? *Tio Giovanni Bolacha?*

— O próprio! — Ele assentiu, exibindo o mesmo sorriso brincalhão de anos atrás. — E *uau*, faz décadas que eu não escuto esse apelido!

— O melhor apelido do "Dias de Sol", depois de Tia Minhoca Assassina! — Nós dois rimos.

— Desculpe te abordar desse jeito, percebi que você ficou meio assustada, mas eu estava sentado do outro lado te observando e tentando lembrar de onde conhecia você... e aí uma memória de você cantando aquela música horrorosa do RBD no show de talentos do acampamento me veio à cabeça. Caramba, como você cresceu!

Fiquei dividida, suspensa numa linha tênue entre satisfação e vergonha: Giovanni Bolacha, um dos caras mais lindos que eu havia conhecido em vida, estava me observando no metrô, mas a primeira memória que lhe veio à mente foi a minha incrível apresentação musical de *y soy rebelde, cuando no sigo a los demás.*

Ele não tinha mais a cara de bom moço que conservava aos 19 anos; havia deixado o cabelo escuro e liso crescer e estava mais lindo do que nunca, com a pele bronzeada e o corpo impecável dentro de um terno.

— Ainda bem que a gente cresce, não é mesmo? — respondi, e confesso que mordi o lábio inferior propositalmente.

Giovanni concordou com a cabeça e, enquanto tagarelava sobre o mês que passamos juntos quando mais jovens, eu me dei conta de algo: o tio Bolacha tinha comemorado o aniversário no meio das nossas férias, e eu me lembrava daquilo porque havíamos feito uma festa surpresa para ele.

Aquela informação tinha um significado muito importante.

— ...e depois a sua prima quebrou o dente da frente, você lembra?

— Sim! — respondi com um pouco de entusiasmo demais, percebendo que estávamos chegando perto da minha estação e sabendo que eu teria pouco tempo para laçá-lo. — Escuta, Bolacha, você quer sair qualquer dia desses? Podemos relembrar os velhos tempos, você pode me humilhar mais um pouquinho com lembranças sórdidas, podemos tomar uma cerveja agora que eu sou maior de idade... Que tal?

— Claro! — concordou Giovanni. — Anota o meu número.

Eu anotei o celular dele e avisei que desceria na próxima estação. O meu primeiro objeto de desejo sexual me deu um beijo no rosto, impregnando a minha vida com um perfume deliciosamente sensual, e eu me afastei. Porém, antes de descer, ainda pude ouvi-lo dizer.

— A puberdade te fez muito bem, Isa.

— A puberdade já havia feito maravilhas por você quando nos conhecemos, Gi — respondi, saindo do vagão —, mas acredito que a maturidade foi ainda mais benevolente.

Nós nos despedimos, e o trem partiu.

Eu não sabia dizer se o mundo estava conspirando ao meu favor ou se eu tinha a maior sorte do mundo, mas, menos de dois dias depois do encontro com o taurino, eu havia encontrado um cara do signo de Gêmeos.

★ 13 ★

No dia seguinte, eu e Giovanni combinamos de nos encontrar na estação Paulista do metrô (que descia na Consolação, já que o metrô Consolação descia na Paulista; eu poderia viver 100 anos em São Paulo e nunca seria capaz de entender aquela lógica). Tentei não ficar ansiosa, mas aquele era o Tio Bolacha, o garoto que mexeu com a minha imaginação e sanidade de uma maneira que ninguém mais havia conseguido. Passei horas tentando decidir se iria vestida de "olha o que perdeu, baba, a criança cresceu" ou de "vem na maldade, com vontade, chega encosta em mim", mas, no final, acabei me decidindo por "ela não é do tipo de mulher que se entrega na primeira".

Enquanto eu sacolejava dentro do trem, recebi uma mensagem sossegada de Tarcísio perguntando o que eu faria naquele sábado e 345 mensagens de Augusto, uma mais engraçada do que a outra — porém, focada nos meus objetivos e no experimento de Valentina, não respondi a nenhum deles.

Além disso, Isabela me ligou perguntando se eu queria fazer algo com o pessoal, e tive que me virar nos 30 para não revelar que estava a caminho de um encontro romântico; tinha ficado difícil conviver com os meus amigos agora que eu temia que descobrissem a minha segunda vida.

Eu me sentia quase como a Hannah Montana, só que sem os bilhões de dólares na conta, uma voz incrível, todo aquele twerking e o noivo mais gato que ela poderia ter encontrado.

Apesar de ter recebido mensagens carinhosas de dois meninos encantadores e de estar indo encontrar um dos primeiros crushes da minha vida, não pude deixar de notar que Andrei havia desaparecido do Whatsapp depois do nosso encontro casual na biblioteca da ECA.

Giovanni estava parado perto da bilheteria, mexendo no celular. Usava uma calça jeans rasgada e uma camiseta azul com decote em V, bem diferente do homem de negócios que eu havia encontrado no dia anterior. Assim que ele me viu, guardou o celular no bolso e sorriu.

— E aí, Isa, tudo bom?

— Tudo! — Ele me deu um beijo no rosto, cheirando a loção pós-barba. — E você?

— Melhor agora.

Que brega, pensei, mas não disse nada.

— E para onde nós vamos? — quis saber.

— Bom, eu... não sei... — Giovanni coçou a nuca. — Temos muitas opções! Eu estava pensando em dar uma volta pela Augusta e decidir. O que você acha?

— Claro — concordei, e nós saímos da estação.

Conforme caminhávamos, Giovanni me fazia rir com suas histórias malucas do acampamento e me impressionava por ser tão jovem e ocupar um cargo relativamente alto na área de publicidade e propaganda em uma multinacional. Eu nem vi o tempo passar, fascinada pelo papo e pelo rosto dele, tão lindo que eu tive que me segurar diversas vezes para não morder.

Quando enfim chegamos ao início da rua Augusta, porém, o meu príncipe encantado resolveu se transformar em dor de cabeça... Ele simplesmente não conseguia se decidir!

— Podíamos ir até a Laboratório! — dizia, coçando o queixo. — Mas hoje deve estar muito cheio... talvez a Viela?

— Pode ser — eu respondia a cada vez, sendo cortada logo em seguida por alguma característica negativa do lugar em questão.

— Não, não, a Viela teve aquele problema com abuso sexual, não quero dar dinheiro para um lugar desses... Que tal a Lex?

— Tudo bem, podemos ir.

— Mas a Lex é um pouco cara e às vezes está lotada de adolescentes...

Aquilo durou cerca de meia hora, tempo durante o qual pensei em dar um tiro na cabeça mais ou menos três vezes; Giovanni estava listando os prós e contras de irmos até a Raide quando desisti de esperar por uma decisão e o interrompi — afinal de contas, eu ainda era uma ariana impaciente.

— Já sei, vamos até a Humoristas, assim podemos rir, beber e comer. — *E parar de perder tempo*, pensei, pegando-o pela mão e já seguindo em direção à casa de Stand Up Comedy.

— Mas nós nem sabemos quem vai se apresentar hoje! — Ele ainda tentou, atrás de mim.

— Eu não me importo, só quero sentar e tomar uma cerveja.

Entramos no estabelecimento e pegamos uma mesa afastada do palco. O espetáculo ainda demoraria a começar, e aproveitamos para pedir algo para comer e um balde de cervejas

— E a Marina? — Ele retomou a conversa assim que voltou do banheiro, sem brechas para silêncios constrangedores. — Como ela está?

— Bem! Também faz USP, está namorando e continua louquinha de pedra.

— Uma família de estudiosos — comentou.

— Gosto de pensar que somos uma família privilegiada que sabe decorar fórmulas matemáticas e não gosta muito de pagar boleto — gracejei. — E você? Me conte um pouco mais sobre a sua vida fora do acampamento.

— Ah, bom, realmente não consigo parar quieto em lugar nenhum — contou enquanto abria uma cerveja para ele e outra para mim; até o seu jeito de abrir as garrafas era sexy. — Antes do acampamento, eu trabalhava em uma loja de CD's, depois passei algumas temporadas no "Dias de Sol", e, no verão seguinte ao que vocês foram embora, aceitei uma proposta de trabalho em um Cruzeiro internacional. Passei dois anos em alto-mar, voltei e comecei a faculdade. Também trabalhei em restaurantes, bares e, por um breve período de tempo, em um puteiro.

— Uau! — exclamei, dando um gole na minha cerveja antes de continuar. — Isso significa que você é... velho.

Nós dois rimos, e Giovanni pareceu hesitante, mas assentiu; não pareceu concordar muito comigo.

— Continuo sendo cinco anos mais velho do que você. — Ele se aproximou mais da mesa, um sorriso sacana tomando-lhe os lábios. — Tenho anos de experiência.

Giovanni tinha tanto mel nas palavras que foi quase impossível não me desmanchar ali mesmo. Eu sorri para ele, prestes a declarar toda a minha paixonite adolescente enrustida e patética, revelando sobre os sonhos eróticos e o que havia escrito no meu diário sobre ele — ato típico de um ariano que fala primeiro e pensa depois —, mas fui salva pelo gongo. Literalmente, já que o primeiro comediante da noite entrou no palco depois do soar estridente do instrumento.

Passamos horas agradáveis rindo e bebendo. Ao final do show, estávamos zonzos e felizes, praticamente dopados de endorfina e álcool. Quando eu me levantei da cadeira, sentia como se pudesse flutuar. E vomitar também, mas essa sensação tratei de empurrar garganta abaixo.

— Te levo até a sua carruagem, madame?

Ele me ofereceu o braço assim que saímos da Humoristas, depois que permitiu de bom grado que eu pagasse a minha metade da conta, e eu aceitei, em parte porque estava trocando as pernas e em parte porque queria saber como era sentir a pele de Giovanni contra a minha — meu Deus, a Isadora do passado devia estar muito orgulhosa de mim.

Porém, não foi nem um pouco romântico caminhar de braços dados pela Augusta, e eu não sabia dizer exatamente se era pela gritaria, pelos carros buzinando, pelas prostitutas oferecendo promoções de cerveja ou pelas pessoas embriagadas. Felizmente, Giovanni sabia como me fazer rir, e eu quase nem percebi o tempo passar. Quando me dei conta, estávamos na entrada do metrô outra vez.

— Como o mundo dá voltas, não é mesmo? — perguntou ele enquanto descíamos as escadas rolantes, envolvendo discretamente os meus ombros. — Nunca pensei que fosse te ver de novo.

— Eu também não — olhei para cima, já que ele era alguns centímetros mais alto que eu —, por isso mesmo que cantei aquela música do RBD no show de talentos.

— Foi uma graça. — Ele riu, e covinhas se formaram em suas bochechas bronzeadas. — Sério, aquele uniforme estava sensacional.

— Você tinha 19, e eu 14, Giovanni! — exclamei, dando-lhe um tapa no braço.

— Ei, eu não quis dizer que estava sensacional de uma maneira sexual; estava sensacional de fofo e engraçado. — Ele abriu os braços em sinal de rendição. — Nunca encostei um dedo em você!

— Frustrante... — murmurei.

— Oi?

— Arrogante, aquele segundo comediante, não achou? — falei, dando um jeito de contornar a minha diarreia mental.

Esperamos algum tempo na plataforma, jogando conversa fora, e logo o último trem da noite se aproximou. Entramos e ocupamos dois assentos livres. O trem estava parcialmente cheio, de jovens em sua maioria, e Giovanni não tirou o braço dos meus ombros.

— Eu estava pensando... — Ele se curvou em minha direção, falando bem perto do meu ouvido. — Você por acaso chegou a sentir alguma atração por mim no acampamento?

Automaticamente, todos os sonhos eróticos que tive com Giovanni durante aquele mês de confinamento me vieram à mente; no quarto, no banheiro, na cachoeira, no refeitório, no escritório do diretor, no beliche, na quadra, na piscina...

— Não, eu era muito novinha para pensar em garotos.

— E agora? — Giovanni se aproximou mais. — Ainda é muito novinha para pensar em garotos?

— Acho que agora já estou um pouco velha demais para pensar em garotos — flertei de volta, sentindo o poder nas mãos. — Estou na idade de começar a pensar em homens.

Depois que soltei aquela frase, consegui ouvir nitidamente Marina berrando no meu ouvido "MEU DEUS DO CÉU, ISADORA, EM QUEM VOCÊ SE TRANSFORMOU?", mas eu não me importava nem um pouco — se soubesse que seria tão gostoso me envolver assim, despretensiosamente, nunca teria ficado seis anos em um relacionamento sério.

Giovanni sorriu, as covinhas iluminando o seu rosto, e no instante seguinte estávamos nos beijando.

O beijo do geminiano era... inteligente. Era quase como se ele pudesse prever os meus movimentos! Giovanni conseguiu sincronizar as nossas bocas de uma maneira muito estratégica, acariciando a minha nuca com precisão e carinho — não chegava a ser o beijo de alma do taurino, ou o beijo corporal do ariano, mas era igualmente prazeroso, de uma maneira quase lógica.

Passamos cerca de três estações sem nos separar. Então, quando estávamos a uma parada do Butantã, onde ele desceria, Giovanni se afastou de mim, olhou em volta e gritou:

— Ei, pessoal, olhem só a beldade que eu estou beijando!

Escondi o rosto com as mãos, rindo, enquanto todo mundo no vagão aplaudia e gritava, entrando na brincadeira. Logo, o geminiano envolveu meu corpo inteiro em um abraço e tombei em seu peito.

— Você bebeu demais — comentei.

— Sorte líquida, Isa, sorte líquida.

Felix Felicis, pensei, mas guardei o pensamento — misteriosamente, o rosto de um ser humano alto, nerd, esquisito e dono das melhores camisetas me veio à mente, e eu sorri.

— É a minha estação. — Giovanni nos separou, me encarando com intensidade daqueles olhos escuros. — Eu moro sozinho. Você quer passar lá em casa?

Mordi o lábio inferior, lembrando de tudo o que eu sabia sobre geminianos e as suas mudanças bruscas de humor.

— Não sei. Você quer que eu vá?

— Eu... — Perante a tortuosa ação de tomar uma decisão, Giovanni congelou, e a voz metálica do metrô anunciou "estação Butantã, fim da linha". — Eu não sei... Você gostaria? Eu, bem...

— Boa noite, tio Bolacha. — Dei um último beijo em sua boca e o empurrei em direção à saída.

Ele ainda me beijou carinhosamente na testa antes de sair, e fiquei congelada no lugar, riscando mentalmente o signo de Gêmeos da minha lista.

♥ Os 12 Signos de Valentina ✕

GÊMEOS

14h13, 08 de março de 2015
Postado por: Valentina

"Só sei que nada sei", e os geminianos sabem menos ainda.

Sim, sim, eu sei que eles são muito inteligentes, comunicativos e de pensamento rápido, e se você quiser passar horas rindo e conversando, Gêmeos é o signo que você procura. Agora, se você não é muito paciente — ou seja, se você é ariana ou escorpiana —, passe longe da indecisão desses lindinhos intelectuais, porque é de cortar qualquer tesão.

O meu geminiano caihou de ser uma antiga paixão da adolescência, o que já agregou alguns milhares de pontos no quesito "volta por cima", mas juro que vou tentar ser imparcial.

E sobre os comentários da minha demora em postar novamente: gente, eu tenho uma vida fora desse blog! Além disso, vocês acham que é fácil assim beijar na boca? E mais ainda: beijar na boca de indivíduos específicos que nasceram em datas específicas? Acho que acostumei vocês mal com um signo atrás do outro, mas preciso dizer que a vida não é um bolinho! Ando ouvindo pelos corredores da ECA que eu deveria ser mais rápida nas postagens, mas honestamente acho que são vocês quem deveriam desligar o computador e ir sarrar algumas novinhas ou novinhos no grau e segurar esse reggae, ok?

Mas como sou uma personalidade das massas e vocês estão sendo uns lindos em acompanhar esse blog, prometo tentar encontrar o mais rápido possível o próximo signo da lista!

Vamos ao nosso bate-bola?

Pseudônimo: Ezra Miller, se Ezra Miller não gostasse da mesma fruta que eu.

Os 12 Signos de Valentina ✕

Idade: 27 anos

Aniversário: 18 de junho

Música que define o signo: Hot 'n Cold — Katy Perry

Palavra mais usada: "Será?"

Turn on: O papo.

Turn off: A indecisão.

Qualidades: Comunicativo, papo interessante, inteligente, dinâmico, pensamento rápido, bem-sucedido, ambicioso e fofo.

Defeitos: Uma palavra, nove letras: INDECISÃO. Além disso, parece sentir certo prazer em comentar a vida alheia... Não que ele seja fofoqueiro, mas é, no mínimo, um pouco falastrão.

Agora uma ótima, porém perigosa, característica dos geminianos: são garotos de língua afiada. E não digo para fazer *aquelas coisas*, porque nós não fizemos, eu digo afiada nas palavras... Ele vai saber te deixar de pernas bambas com uma sentença, um elogio, um agrado, uma palavra. O que os arianos fazem com o corpo e os taurinos com os beijos, os geminianos compensam na lábia.

O beijo de Ezra foi exatamente como eu esperava que fosse quando conheci esse moço, há alguns anos: dinâmico. O geminiano sabe como não te entediar durante um beijo, ele entende os seus movimentos e faz com que você simplesmente esqueça o mundo ao redor e pense *será que ele consegue ler a minha mente?*

Preciso confessar que eu poderia ficar horas e mais horas conversando com o meu geminiano, rindo e viajando no seu papo. Eles são extremamente bons em contar histórias! Sinto que geminianos são bons

Os 12 Signos de Valentina

signos para se tornarem aquelas avós que passam horas e mais horas com os netos em volta, estimulando as suas imaginações.

Mais um ponto positivo: ambição. Não sei vocês, mas eu prezo essa característica nas pessoas... Não confundam ambição com avareza; eu só acredito que as pessoas precisam ter algum objetivo e sonho no final do dia, algo em que pensar e desejar quando todos os outros aspectos da vida estiverem meio capengas, e os geminianos sabem bem como transformar esses sonhos em realidade. Mas também, com a lábia que eles têm, imagino que conseguir um emprego não seja assim tão difícil.

Claro que toda essa malemolência e facilidade em se dar bem com todo mundo também traz alguns problemas, principalmente se você é ciumenta ou ciumento e não quer ver o seu mocinho de papo com todo mundo que vê pela frente — na cabeça do geminiano, é apenas conversa fiada, novas amizades, mas para quem não anda muito bem das pernas no quesito "segurança", talvez seja um pouco difícil de lidar.

Felizmente, eu estou naquela fase da vida em que a última coisa que tenho é ciúme de outro ser humano, porque resolvi invocar a piranha que existe em mim, então isso não me fez nem cócegas. O que me incomodou um pouco foi todo aquele falatório sobre a vida alheia — como é que a gente pode confiar em quem abre o verbo sobre todo mundo? Não sejamos hipócritas, fofocar é bom e a gente gosta, e não existe nada que aproxime mais as pessoas do que falar mal de alguém que não gostamos em comum, mas fofocar o tempo todo faz com que você pareça alguém pouco confiável.

Além disso, os geminianos tendem a ficar em cima do muro. Beleza, às vezes é bom que sejamos imparciais, que não queiramos nos envolver, que desejemos tirar os nossos cavalinhos da chuva, mas querer agradar gregos e troianos o tempo todo pode acabar te colocando em maus lençóis: Ezra, "seje menos", querida.

No final da noite, o geminiano ainda tentou me levar para a casa dele, mas consegui me desvencilhar com apenas uma pergunta: você quer mesmo que eu vá?

Os 12 Signos de Valentina ✕

BOOOM, indecisão.

Agora, meninas e meninos, onde eu vou encontrar um sentimental canceriano e convencê-lo a sair da toca?

É o que veremos no próximo *post*!

Um beijão estrelar,

VALENTINA

★ 14 ★

Aproveitei o domingo para desligar o celular e colocar os trabalhos da faculdade em dia; com a adição de Giovanni à minha lista de contatos, agora eu tinha três garotos me bombardeando com mensagens, o que me deixava intrigada: como é que os caras conseguiam cozinhar tantas meninas em banho-maria ao mesmo tempo? Quero dizer, com três eu já não estava conseguindo dar conta!

E as pessoas ainda dizem que os homens não conseguem executar mais de uma tarefa ao mesmo tempo... diga isso àqueles que têm uma namorada fixa e diversos "planos B". Claro que eles não conseguem fazer duas ações ao mesmo tempo, se uma dessas ações é divertida e a outra não, como jogar videogame e limpar o quarto, mas quando as tarefas simultâneas envolvem diferentes gostos e formatos de vagina, ah, eles se tornam perfeitos homens multitarefa.

Foi bom tirar um tempo, focar nas minhas responsabilidades, ouvir All I Ask, da Adele, e pensar em Lucas, e logo em seguida ouvir No Control, do One Direction, e pensar em... bom, deixa pra lá.

Quando a segunda-feira chegou, fui agraciada por duas notícias muito boas logo nas primeiras horas do dia. A primeira dizia respeito à popularidade do meu blog, anunciada pelo professor Varela em frente a toda sala — ele se revelou um perito em esconder segredos, olhando para todos os alunos, sem distinções, enquanto explicava que OS 12 SIGNOS DE VALENTINA estava se tornando uma febre na faculdade.

Confesso que era um sentimento esquisito me sentir orgulhosa por algo e ao mesmo tempo não poder assumir a autoria do trabalho. Eu queria gritar para todos dentro daquela sala de aula que eu, Isadora Mônaco, recém-usada e trocada por um modelo mais gostoso, era a escritora e mente brilhante por trás da Valentina; se a intenção do professor era ensinar um pouco de humildade aos alunos, bom, ele estava conseguindo.

No intervalo entre as aulas, a segunda notícia me alcançou por telefone, mais precisamente por uma ligação do RH de uma editora me oferecendo uma entrevista de estágio. Radiante de felicidade pela possibilidade de não ser mais desempregada e pobre, eu aceitei a proposta e fui embora para casa antes da segunda aula a fim de me arrumar, uma vez que eu não causaria uma boa impressão usando uma legging manchada de cloro e uma camiseta surrada dos Beatles.

A entrevista foi tranquila e profissional, e eu saí da sala do entrevistador sentindo como se tivesse uma chance realmente muito boa de ter um emprego e um salário fixo nas próximas semanas. Foi bem difícil conter a minha animação depois que o homem disse que me ligaria nos próximos dias, então me vi colocando em prática os passos de dança da Jout Jout no meio do hall dos elevadores do quinto andar.

— Se isso é um sonho extremamente bizarro, por que estou segurando um copo de café no meio do trabalho, como faço quase todos os dias? — Uma voz masculina às minhas costas me fez parar de dançar, e eu me virei com um salto, encontrando Andrei parado perto das portas que levavam aos escritórios.

Ele vestia uma camisa xadrez vermelha e branca por cima de uma camiseta também branca e uma calça jeans escura, segurava um copo plástico de café e trazia uma bolsa carteiro marrom atravessada no corpo. Seu rosto demonstrava uma mistura perfeita de diversão e curiosidade.

— O que você está fazendo aqui? — Foi tudo o que eu consegui pensar em dizer, sentindo as orelhas ficarem vermelhas.

— Eu trabalho aqui. — Ele tomou um gole de café antes de continuar. — Bom, tecnicamente falando, é só um estágio... mas o meu café está ficando cada dia melhor!

Tecnicamente falando, eu queria poder me jogar da janela para não ter que conversar com Andrei logo depois de ter sido flagrada dançando no saguão dos elevadores.

— Mas, a julgar pela dancinha, aparentemente eu não vou mais trabalhar sozinho, não é mesmo? — continuou ele, me provocando enquanto terminava o café e jogava o copinho no lixo.

— Talvez. — Eu tirei o cabelo detrás das orelhas, com medo de que ele pudesse ver a cor carmesim que elas haviam ganhado.

— Ótimo, então vou te levar ao restaurante em que vamos almoçar todos os dias. — Andrei caminhou em minha direção e apertou o botão do elevador. Quando ele viu que eu não pretendia me mexer, continuou: — Ah, não se preocupe, é o único que os estagiários conseguem pagar aqui pela região.

Eu queria ter dito não, obrigada, como fazem todas as mulheres que conseguem ter os homens na palma de suas mãos ao ignorarem o que dizem ou fazem, mas eu simplesmente não consegui recusar aqueles lindos olhos escuros e aquela cara de quem sabia listar todos os 150 Pokémons de cor, então só dei de ombros e entrei no elevador com ele.

O restaurante em que Andrei me levou era mais parecido com a casa da minha avó do que com um buffet, e estava lotado de garotos e garotas na casa dos 20 anos, com os seus vales-refeições e aspirações profissionais. Nós fizemos os nossos pratos e sentamos do lado de fora, dividindo um litro de suco de laranja.

— O que você faz na editora? — perguntei, tentando não parecer interessada de uma maneira psicopata em todos os detalhes da vida dele.

— Eu deveria estar ajudando na parte de edição de som, mas estou me tornando expert em organizar tabelas no Excel e fechar rapidamente o YouTube quando algum gerente passa pela minha mesa. — Andrei tomou um gole do suco, e eu ri. — E como foi a sua entrevista?

— Acho que foi boa. — Dei de ombros, já que otimismo demais geralmente acaba em expectativas frustradas. — Eu realmente preciso desse estágio, não posso depender da pensão do meu pai para sempre.

— Pais separados?

— Há bastante tempo.

— Os meus ainda estão juntos, mas eu costumava pensar que seria melhor se estivessem separados. — Eu franzi o cenho, sem entender direito. — O quê? Você acha que é fácil ser a única criança com pais casados durante o ensino fundamental? Eu também queria ganhar dois presentes no Dia das Crianças!

Fui obrigada a rir mais uma vez.

Eu estava tentando comer sem parecer um náufrago depois de 10 anos sem provar carne, mas era difícil quando a comida derretia deliciosa dentro da boca, e mais difícil ainda me concentrar no estrogonofe quando Andrei tinha um sorriso tão presente.

Só depois de vários encontros despretensiosos eu começava a perceber a beleza em seus traços e as ruguinhas charmosas que se formavam em volta dos seus olhos toda vez que ele sorria.

— Por que você não tem Facebook? — Eu mudei o tópico da conversa, tentando não passar por algum daqueles silêncios constrangedores. — É realmente esquisito. Você é um daqueles hippies que aplaudem o sol ou algo do tipo?

— Eu tinha, mas então percebi que passava tempo demais salvando memes no celular e resolvi que já estava na hora de viver um pouco a vida. — Andrei estreitou os olhos em minha direção. — Por quê? Você quer fuçar a minha vida, Isadora?

— Eu? Não! De onde você tirou essa ideia? — Tentei não sorrir e com isso desmascarar a minha farsa, mas falhei miseravelmente, fazendo-o gargalhar com vontade.

— Uau, e eu aqui pensando que você não dava a mínima para mim.

Eu abaixei o rosto, negando com a cabeça.

— Atualmente, não dou a mínima para nenhum ser humano com um pênis entre as pernas.

Meu Deus, Isadora, pensei depois de deixar aquela frase escapar.

Eu não estava mentindo, porém. Eu, Isadora Mônaco, aspirante a jornalista, 22 anos, havia passado da fase da negação e da aceitação e me encontrava atualmente na raiva, querendo que todos os homens do mundo explodissem em um milhão de pedacinhos — eles e as suas mentiras.

A Valentina, por outro lado, estava se divertindo para caralho.

— Ótimo, isso me deixa aliviado; eu estava procurando maneiras de te contar que nasci sem pênis — comentou Andrei, e os meus olhos despencaram automaticamente para sua virilha. — Cruzes, Isadora, seja um pouco mais discreta!

— Ah, vai se foder — murmurei, e nós dois rimos. — E pare de me chamar de Isadora, parece que eu sou a sua tia-avó ou sei lá.

— Tudo bem, vou parar — eu levantei uma de minhas sobrancelhas —, Isadora.

Nós conversamos sobre diversos assuntos durante o almoço, principalmente sobre a nossa obsessão em comum por Harry Potter e nossa paixão por vídeos virais do YouTube. Eu descobri detalhes interessantes sobre Andrei, como as suas treze tatuagens espalhadas pelo corpo e a sua completa falta de conhecimento sobre o mundo das cantoras pop. Tipo, ele achava que Lady Gaga era alguém da família real britânica.

Quando acabamos o almoço, Andrei me ofereceu uma carona para casa, e eu descobri que ele tinha horários privilegiados e dias de folga "para estudar", e só havia ido para a editora a fim de entregar um pendrive que algum colega esquecera em seu carro.

Claro que, quando ele mencionou "colega", eu automaticamente o imaginei transando com a estagiária de TI no banco de trás, mas não mencionei os meus pensamentos e aceitei a carona.

Afinal, não era todo dia que a gente podia se livrar do metrô lotado, não é mesmo?

— Não é muito, mas é meu — anunciou ele, abrindo o novo Uno preto com a chave. — Literalmente, comprei com o meu dinheiro.

— Uau — comentei, entrando no carro antes de continuar —, para alguém na casa dos 20 anos, é um fato um tanto impressionante. Eu não tenho nem um Tamagotchi para chamar de meu! Aliás, quantos anos você tem?

— Vinte e quatro primaveras. — Andrei deu partida no carro e saiu da vaga.

— Então você já está se formando?

— Já era para ter me formado, mas misture um ano de cursinho e algumas dependências e nós temos um Andrei na faculdade aos 24 anos. Mas se tudo der certo e eu conseguir terminar o meu TCC, sim. — Ele estremeceu ao falar a sigla mais temida pelos universitários.

— Por favor, esse é um assunto que não deve ser mencionado, principalmente com alunos que deveriam estar escrevendo a conclusão e ainda estão pensando no tema do trabalho. — Eu neguei com a cabeça.

— Aquele que não deve ser nomeado — concordou Andrei, ligando o rádio.

Nós passamos o caminho inteiro cantando junto com uma coletânea das melhores músicas do Queen, e eu mal vi o tempo passar; quando percebi, estávamos na rua da minha casa. Era esquisito admitir, mas algo dentro de mim queria que eu morasse em outro Estado, só para aquela carona durar mais tempo.

Andrei estacionou na frente do prédio e abriu a porta para sair do carro. Eu achei esquisito, mas não disse nada, soltando o cinto de segurança e fazendo o mesmo. Nós caminhamos até o portão e ficamos de frente um para o outro.

— Obrigada pela carona — eu não estava conseguindo encará-lo nos olhos, e não sabia exatamente por que —, e pelo almoço.

— Por favor, Isadora, pare de olhar para os meus seios, estou aqui em cima, que falta de respeito. — Andrei apontou com o dedo indicador e mediano para os próprios olhos, e fui obrigada a rir e encará-lo. — Não foi nada. Poderíamos repetir qualquer dia desses, não acha? Um jantar, talvez.

— Claro. — Eu estava tentando a todo o custo não baixar os olhos para sua boca, mas aquele sorrisinho cínico era demais para mim.

Andrei deu um passo em minha direção e eu tive que curvar mais ainda o pescoço para conseguir encará-lo; era tão deliciosamente incrível que ele fosse tão mais alto do que eu.

— Tenha um bom dia, então. — Ele apoiou uma mão em minha nuca e se curvou para beijar o meu rosto.

Eu não sei se foi o seu perfume cítrico ou as ruguinhas em volta dos olhos, talvez possa ter sido a mão na minha nuca, ou a proximidade dele... Eu só sei que, no instante em que Andrei mirou na bochecha, eu virei o rosto e ele acabou acertando a minha boca.

Tentando não racionalizar muito e não surtar pelo que eu havia acabado de fazer, me limitei a envolver a nuca dele e encostei meu corpo no dele. Andrei não pareceu nem um pouco surpreso, envolvendo a minha cintura com firmeza e retribuindo o beijo.

Ele tinha gosto de cerveja com chiclete de menta, e o seu cabelo cheirava muito bem. A cada movimento de cabeça, cada mordida no lábio, cada suspiro baixinho, eu me sentia mais e mais encantada por Andrei. Na verdade, era um pouco difícil tentar decifrar o que eu estava sentindo enquanto nos beijávamos na frente do prédio.

Felicidade? Tesão? Apreensão? Medo?

— *Com licença.* — A voz pareceu me acordar de um sonho. Eu me separei de Andrei, encontrando uma senhora parada à nossa frente, olhando de maneira amarga para o portão atrás de nós. — Eu preciso entrar.

Um pouco constrangida, dei espaço para a senhora entrar no prédio. Assim que ela não podia mais ser vista, a ficha de que, se eu continuasse a beijar Andrei daquele jeito, provavelmente me apaixonaria perdidamente por ele pareceu cair, e eu fiz que não com a cabeça quando ele se aproximou para retomar o que estávamos fazendo.

— Me desculpe, Andrei, preciso subir agora, vou ajudar a minha mãe com a faxina. — Era uma desculpa qualquer, e ele percebeu que eu estava mentindo, mas não perdeu o sorriso.

— Tudo bem, também preciso ir.

Então ele se curvou para a frente, beijou de leve a minha boca e se afastou cantarolando.

E eu fiquei parada no mesmo lugar, com os olhos fechados e a sensação de que estava fodida.

E não de uma boa maneira.

★ 15 ★

Sabe quando você não quer ficar pensando tanto em algo para não criar muitas expectativas e quebrar a cara depois? Como quando você sabe que o garoto que curte vai estar em uma festa e fica tentando não imaginar todas as maneiras possíveis de vocês acabarem a noite juntos, justamente porque sabe que existe 90% de chance de você chegar lá e ele já estar com outra garota?

Foi exatamente isso o que eu *não* fiz.

Muito pelo contrário... passei a noite inteira relembrando o beijo com Andrei, imaginando o nosso próximo encontro, remoendo todas as nossas conversas, ligando e desligando o modo avião à espera de uma mensagem e pedindo a todos os deuses, entidades e orixás que ele não fosse mais um imbecil prestes a destruir o meu coração.

Na terça-feira, acordei com duas olheiras arroxeadas embaixo dos olhos e senti como se as aulas daquele dia parecessem mais torturas chinesas. O meu celular ficou pegando fogo de tanto que eu abri o Whatsapp para checar se Andrei havia me enviado um mísero "bom-dia", e a presença de Amanda trocando mensagens com o meu ex-namorado não me incomodou.

Pelo menos não muito.

Quando cheguei em casa, depois de horas perdidas sem conseguir me concentrar em absolutamente nada, eu almocei com a minha mãe, conversei com o meu pai pelo telefone e fui tomar um banho. Ao sair, encontrei três mensagens de Marina no meu celular.

> Eu, você, Rodrigo, canceriano.
> Passamos para te pegar às 20h.
> Esteja pronta.

Apesar de querer cancelar aquele convite e passar o dia inteiro ouvindo *Dos Enamorados* na voz de Dulce Maria, fiz o que Marina ordenou; não porque eu queria conhecer outro garoto, e sim porque precisava contar pessoalmente o meu dilema e ouvir os conselhos da minha prima. Quero dizer, eu estava gostando muito de ser a pessoa por trás do sucesso repentino de OS 12 SIGNOS DE VALENTINA, mas valeria a pena desperdiçar minha chance com um cara legal por conta de um experimento com signos que só existia porque eu havia resolvido encher a cara na rua Augusta?

Marina provavelmente mandaria me internar se me ouvisse dizer aquilo. *Porra, Isa, você não acabou de dizer que quer continuar com o experimento porque esse não é o momento para se envolver? Está ficando louca?*

Talvez eu estivesse. Talvez o experimento fosse o meu lado independente querendo se libertar, e Andrei pudesse ser a âncora da zona de conforto me puxando para baixo. Talvez fosse carência, saudades de estar em um relacionamento, saco cheio de três caras querendo um segundo encontro. Ou talvez Andrei fosse mesmo o meu libriano perfeito.

Talvez.

Rodrigo e Marina chegaram quinze minutos adiantados, e entrei no banco de trás, pronta para despejar as minhas frustrações em cima dos dois. Porém, não foi possível, já que havia um garoto na janela oposta, olhando para mim com grandes olhos castanhos.

— Oi, tudo bom? — cumprimentou, curvando-se para a frente e beijando o meu rosto.

— Isa, esse é o Caio, meu amigo do francês. — Marina se virou para trás. — Caio, essa é a minha prima-irmã, Isadora.

— É um prazer, Isa — continuou Caio, e só concordei com a cabeça, porque era mesmo um prazer.

Caio era o meu tipo. Loiro, cabelo rebelde para todos os lados, alto, carinha de "filho de vó", óculos e um sorriso doce. Sua calça jeans estava suja nos joelhos, e aquilo me fez sorrir.

— Estávamos pensando em ir ao Outback — comentou Rodrigo, arrancando com o carro.

— Vocês sabem que eu estou desempregada, não sabem? — perguntei, fazendo Caio rir.

— Somos dois. — Ele concordou com a cabeça. — Aliás, estou fazendo massagem na minha mãe em troca de 10 reais por hora.

— Nossa, é uma ótima maneira de ganhar dinheiro! — Eu ri.

— Hoje é por nossa conta. — Marina me olhou pelo retrovisor. — Estamos comemorando o novo emprego do Rô! Ele passou naquele processo de trainee no qual estava concorrendo!

— Ah! Que bom! Parabéns, Rô!

Fomos o caminho inteiro conversando sobre o novo emprego de Rodrigo, e Caio sempre dava um jeito de comentar sobre alguém da própria família de uma maneira incrivelmente fofa, como se a sua felicidade dependesse da felicidade dos pais e irmãos. Quando enfim chegamos ao restaurante, ele deu a volta no carro e abriu a minha porta — eu estava a ponto de reclamar que conseguia fazer aquilo sozinha, obrigada, quando ele também abriu a porta de Rodrigo e de Marina, me fazendo fechar a boca; aparentemente, ele era só um cara muito legal, ou já havia trabalhado de manobrista.

O Outback ainda estava vazio, então conseguimos uma mesa rapidamente. Assim que nos sentamos, o canceriano avisou que iria ao banheiro.

Ficamos apenas nós três na mesa. Aproveitando a deixa, eu me curvei na direção de Marina e sussurrei:

— Acho que você estava certa.

— Eu sempre estou certa. — Ela abaixou o cardápio e levantou uma das sobrancelhas. — Por que dessa vez?

— Vou parar com o experimento. — Eu tentava ser discreta, porque sabia que Rodrigo e Andrei eram muito amigos, e ele não precisava saber dos meus sentimentos. — Acho que já encontrei o meu libriano perfeito.

— O Andrei! — berrou Marina, e Rodrigo ergueu os olhos do cardápio também.

Puta que pariu, Marina, pensei, mas apenas sorri.

— Sim, o Andrei.

— O que tem o Andrei? — intrometeu-se Rodrigo.

— A Isa vai parar com o experimento e ficar só com ele. — Minha prima abriu a sua boca grande e eu quis esfaqueá-la com a faca de manteiga que jazia limpa a poucos metros de mim.

— Você contou sobre o experimento para ele? — silvei.

Porque, sabe, e se Rodrigo contasse para Andrei? Claro que eu não acreditava que o namorado da minha prima fosse fofoqueiro, mas existia um *bro code* entre os homens que não podia ser ignorado.

— Nós namoramos desde o primeiro ano da faculdade, Isa, ele sabe até quantas vezes eu vou ao banheiro diariamente. — Marina revirou os olhos.

— Três vezes para fazer xixi e uma vez para... — começou Rodrigo, mas apenas levantei a mão na frente do rosto dele.

— Muita informação, Rô.

— Mas então quer dizer que você desistiu de encontrar o seu libriano perfeito? — continuou Rodrigo, e eu e Marina fizemos cara de "como assim?"

— Não, muito pelo contrário, eu *encontrei* ele — expliquei bem devagar, imaginando que Rodrigo não soubesse que o seu melhor amigo fosse do signo de Libra; quero dizer, seria esperar demais que um engenheiro soubesse que librianos faziam aniversário em setembro. — O Andrei. O Andrei é de Libra.

Foi a vez de Rodrigo de fazer cara de "do que diabos você está falando?" Então, passados alguns segundos de um silêncio esquisito, ele abriu a boca e ergueu as sobrancelhas.

— Puta merda! Ele não te contou ainda?

— O quê? — emendei em seguida.

Diversas perguntas me atingiram ao mesmo tempo. Andrei tinha namorada? Andrei tinha uma doença terminal e estava morrendo? Andrei iria se mudar para a China na semana seguinte? Andrei era gay e só estava querendo curtir com a minha cara? Andrei era amigo de Amanda e aquilo era só mais uma artimanha dela para foder com a minha vida? Andrei chamava o Bolsonaro de Bolsomito e era a favor de direitos humanos para humanos direitos?

— Bom, vamos ver se eu consigo explicar isso de uma maneira mais amena. — Rodrigo se ajeitou na cadeira, um pouco desconfortável com os dois pares de olhos curiosos cravados nele. — Os pais do Andrei têm olhos azuis, e ele nasceu com olhos castanhos.

— Não entendi. — Marina se curvou para a frente. — Isso é uma charada?

— Ele usa lentes de contato? É isso? — Eu olhei para Marina, que concordou com a cabeça.

— É biologicamente impossível que uma criança nasça com olhos escuros se ambos os pais têm olhos azuis — prosseguiu o namorado da minha prima, colocando em prática o seu tom de voz profissional, resquício dos anos em que foi professor de física em cursinhos comunitários.

— Rô, não estou entendendo nada dessa conversa. — Meu coração batia freneticamente dentro do peito, e eu não sabia explicar o porquê, mas sentia que o que quer que Rodrigo revelasse sobre Andrei estilhaçaria todas as minhas expectativas.

— O Andrei é adotado — disparou Rodrigo, revirando os olhos ao notar que nós não fomos capazes de decifrar sua linha de pensamento.

Eu e Marina trocamos olhares.

— E daí? O que isso significa? — perguntou minha prima. — Rodrigo, pelo amor de Jeová, desembucha de uma vez!

— Eu não sei se poderia estar falando isso, acho que ele gostaria de te contar pessoalmente, mas também não posso deixar você acreditando em algo que não é verdade. — Rodrigo limpou a garganta antes de continuar. — O Andrei não foi adotado da maneira tradicional, ele foi encontrado em uma caçamba de lixo pela mãe adotiva; o caso dele foi até notícia do Jornal Nacional na época. Pelo que eu ouvi falar, já que o Andrei não curte muito conversar sobre isso, ele ficou bastante tempo na UTI, e é claro que os médicos puderam dar uma estimativa de quantos meses ele tinha quando foi encontrado, mas não souberam precisar o dia exato em que ele nasceu. Vinte e quatro de setembro é o aniversário fictício dele, o dia em que os pais finalmente conseguiram a adoção na justiça, depois de muito tempo tentando. Ou seja, para resumir, ele não é do signo de Libra. Aliás, acredito que ele nunca vá descobrir o próprio signo, não sem os registros oficiais do hospital em que nasceu.

Meu estômago afundou, e eu perdi o ar por alguns instantes. Quero dizer, a ironia da situação em que eu me encontrava seria hilária se não fosse trágica. Recapitulando os últimos meses da minha vida: o garoto que eu namorara por seis anos havia me traído e terminado comigo para ficar com uma das minhas melhores amigas da faculdade; eu tinha passado meses na fossa, trancada em casa, para depois descobrir que os culpados por tudo aquilo eram os astros, e não eu; então aprendi que a pessoa certa para mim seria nativa do signo de Libra; milagrosamente, conheci essa pessoa, interessei-me por ela e consegui ver um futuro para nós dois, só para me deparar com a incrível notícia de que ele não era libriano.

Andrei poderia muito bem ser outro pisciano, e eu estar caminhando a passos largos para outro relacionamento falido e doloroso.

Não me levem a mal, só pensei os signos e tudo o mais em um segundo momento — primeiro, eu me peguei pensando na crueldade dos seres humanos e em tudo o que Andrei havia superado para estar vivo hoje. E óbvio que aquilo me fez gostar mais ainda dele.

Mas que futuro essa história teria? Eu seria realmente estúpida ao ponto de baixar a guarda novamente para alguém que poderia fazer igual ou pior do que o meu ex-namorado? Estava disposta a passar por todo aquele sofrimento de novo só porque as ruguinhas ao redor dos olhos de Andrei eram tão fofas que me davam vontade de apertá-lo?

Eu cometeria o mesmo erro estúpido que havia cometido seis anos atrás só porque o erro tinha um rostinho lindo?

— Isa, fala alguma coisa. — Marina balançou a mão na frente do meu rosto, e eu acordei do transe em que me encontrava.

De longe, avistei Caio voltando do banheiro e me ajeitei na cadeira.

— Obrigada por me contar isso, Rô. — Engoli a saliva que havia se acumulado nos cantos da minha boca; ela desceu pela garganta com gosto de desilusão. — Pelo menos foi logo no começo, e eu posso tirar essa paixonite da cabeça. Não vou correr o risco de fazer papel de trouxa outra vez! Além disso, estamos em Câncer, e ainda tenho sete signos para experimentar antes de encontrar o meu libriano perfeito.

— A fila estava ridícula! — exclamou Caio, enfim voltando do banheiro e se sentando ao meu lado na mesa.

Pelo canto dos olhos, pude perceber uma troca preocupada de olhares entre Marina e Rodrigo, mas resolvi não me importar, engatando uma conversa animada com Caio sobre os nossos filmes favoritos.

Andrei que me perdoasse, mas em pouco mais de uma semana eu havia conquistado uma confiança que nunca tivera, e homem nenhum tiraria aquilo de mim.

★ 16 ★

Eu gostaria de interagir 100% naquele encontro, mas a minha participação no jantar estava um pouco mais para 99% presente, com aquele 1% pensando no que Rodrigo havia me revelado.

Era óbvio que tudo não seria tão fácil, não é mesmo? Não estávamos em um filme de Hollywood, ou em um romance adolescente. Aquilo era a minha vida, sem recursos de roteiro disponíveis. Para falar a verdade, era até um alívio saber que Andrei não era do signo de Libra — eu estava começando a gostar daquele experimento antropológico e de beijar todas as bocas que não beijara em seis anos de namoro.

Porém, um pequeno detalhe ainda me incomodava: por que Andrei tinha que ser tão... incrível?

— ...e então eu acordei dentro da barraca no dia seguinte, com os meus dois melhores amigos e vestido de padre! — Caio terminou a divertida história dos seus primeiros jogos universitários, e nós rimos, dividindo a sobremesa.

O canceriano era um colírio para os olhos e tinha o sorriso mais fofo que eu já vira. Então, já que eu não podia sossegar a periquita com Andrei, aproveitaria ao máximo os signos que ainda estavam por vir. Tentando me animar e esquecer toda aquela loucura de "Andrei não é o homem dos meus sonhos", ajeitei-me ao lado de Caio na mesa e sorri para ele.

— Eu nunca fui a nenhum jogo universitário — resmunguei.

— Não por falta de convites — interveio Marina, negando com a cabeça enfaticamente. — Eu e o Rodrigo tentamos arrastá-la desde o primeiro ano!

— Sério, Isa, você deveria ir — Caio concordou com a cabeça —, é a melhor semana para se passar ao lado dos amigos.

Apesar de Caio estar seguindo a carreira acadêmica e ter promissores artigos publicados sobre linguística, ele gostava bem mais de conversar sobre a família e o grupo de amigos do peito, o que era extremamente fofo. Aliás, a palavra "fofo" parecia servir como uma luva nele, já que tudo o que falava ou fazia me dava vontade de exclamar "awn!" e apertar suas bochechas naturalmente coradas.

— Acho que já estou velha demais para isso — lamentei.

— Você provavelmente está velha demais para uma piscina de bolinhas — Caio balançou a cabeça —, mas nunca é tarde demais para os jogos universitários!

— Ninguém é velho demais para uma piscina de bolinhas! — exclamou Rodrigo, parecendo genuinamente ofendido com aquele comentário.

— Ei, tudo bem, amor, ele não falou por mal. — Marina acariciou de maneira maternal a mão de Rodrigo que estava pousada em cima da mesa, olhando feio para Caio.

Nós quatro rimos passado o teatrinho, e o garçom finalmente chegou com a conta que havíamos pedido minutos antes. Eu me debrucei por cima da mesa para tentar ver o rombo que tinha causado nas economias do meu primo-cunhado, mas ele foi mais rápido e puxou o papel para longe.

Rodrigo pagou sem reclamar e nós fomos embora. Quando entramos no carro, Marina sugeriu que assistíssemos a algum filme em sua casa, e todos concordamos, já que não queríamos que a noite acabasse.

Eu reparei que Caio parecia mais solto depois que passamos o jantar conversando e nos conhecendo. Apesar da minha ligeira distância, causada pela tentativa de digerir o que havia descoberto sobre Andrei mais cedo, eu consegui me conectar bem com o canceriano, que também não parecia uma pessoa muito difícil de lidar.

Quando chegamos no apartamento da minha prima, fomos recebidos pelos meus tios de pijama na sala, assistindo a Master Chef — eles ficaram bastante encabulados pela visita surpresa, e Marina com certeza receberia um sermão no dia seguinte, mas eles acabaram liberando a televisão, e nós nos aconchegamos nos dois sofás, o casal no menor, eu e Caio no maior. Apesar do espaço, notei que ele se sentou bem próximo a mim.

Marina então teve a brilhante ideia de escolher A Teoria de Tudo para assistirmos — não que não fosse um filme espetacular, cheio de atuações exemplares e uma história tocante, mas não esperávamos ver Caio se desmanchar em lágrimas de uma maneira tão exagerada a ponto de Rodrigo precisar buscar lenços de papel para ele.

Claro que todos choraram — todos, menos eu, mas aquilo não era uma surpresa: eu era conhecida como "a garota que nunca chora em filmes", ou "coração peludo e viscoso", apelido carinhosamente dado pela minha prima —, mas a emoção de Caio foi tamanha que, após o final do filme, ele passou uns bons cinco minutos curvado sobre o próprio colo, soluçando.

Quando ele enfim se recompôs, pediu licença para ir ao banheiro e nos deixou na sala.

— Uau — comentou Marina. — Eu realmente não esperava por isso.

— E a Elsa coração de gelo ali não ajudou muito — completou Rodrigo, apontando com a cabeça para mim.

— Ei, vocês sabem que eu não choro em filmes! — Levantei os braços em sinal de rendição. — Não é que eu não os ache emocionante, eu só...

— "...odeio chorar, meu nariz fica entupido, a minha cara inchada e os meus olhos ardem". — Marina já conhecia o discurso pós-filme dramático, que eu sempre precisava dar por ser a única alma viva no recinto com os glóbulos oculares secos.

O que as pessoas não sabiam, porém, era que eu havia, sim, chorado em apenas um único filme em toda a minha vida: Up! Altas Aventuras.

Obviamente, Lucas, chorão que só ele, estava presente para me ver derramar uma única lágrima solitária quando Carl lê a mensagem que Ellie deixou na última página do livro de fotografias — eu o fiz jurar que nunca contaria aquilo para nenhuma alma viva da galáxia, sob ameaças de que não hesitaria em expor a sua coleção de unicórnios.

— Foi mal, gente. — Caio voltou minutos depois, ainda com os olhos vermelhos — Não sei o que deu em mim.

Eu sei, você nasceu canceriano, pensei em dizer, mas apenas balancei a cabeça.

— Não se preocupe com isso, não vamos contar para ninguém.

— Brigadeiro! — exclamou Marina, o total oposto da discrição. — Vamos fazer um brigadeiro, Rô?

— Vamos. — O namorado da minha prima pegou a dica na hora, levantando-se e a ajudando a se levantar também.

— Precisam de ajuda? — ofereceu Caio.

— Não, podem ficar aí — respondeu Marina, piscando nada discretamente para mim.

Depois que eles deixaram a sala de estar, eu e Caio ficamos sentados lado a lado no escuro, conseguindo distinguir os nossos rostos apenas graças à luz da televisão.

— Estou me sentindo meio idiota — admitiu. — Mas é muito mais forte do que eu... os filmes mexem mesmo comigo.

— Acho que eles mexem com todo mundo.

— Eu reparei que você não chorou — comentou ele.

— Mas é diferente, eu não tenho coração. — Caio soltou uma risada sincera.

— Não foi o que a sua prima me disse.

O que aquele projeto de Sonia Abrão te contou?, pensei, travando o maxilar por medo de xingá-la em voz alta.

— O que ela te disse?

— Que você ficou bem mal depois do término do namoro — respondeu ele sem rodeios, aparentemente acostumado a conversar sobre a dor.

Eu não queria conversar sobre Lucas; não sabia se já estava pronta para abrir o meu coração, porque uma vez que eu começasse a falar sobre o término para estranhos, saberia que havia acabado de vez. Não que eu não soubesse — as fotos dele engolindo outra garota eram provas mais do que suficientes —, mas só queria poder... sei lá, enganar o meu cérebro por um tempinho extra, pelo tempo necessário até que ele se mostrasse forte o bastante para lidar com todas aquelas informações. Quero dizer, o meu pobre coração já sofrera todo o impacto, e talvez, se eu preservasse o cérebro, pudesse me manter sã até a recuperação total.

— Me desculpe, Caio, eu não quero falar sobre isso — murmurei, pois sabia que ele merecia a minha honestidade.

— Não precisa se desculpar. — Ele sorriu para mim de maneira doce e sincera. — Mas se eu pudesse te dar um único conselho, seria "não tente evitar a dor". Não maquie a tristeza com vícios e obsessões. Eu sei disso porque fiquei muito mal depois que o meu primeiro relacionamento terminou, e acabei o ano sentado na cadeira de um psicólogo, viciado em remédios para dormir.

Abri e fechei a boca diversas vezes, tentando responder algo. O problema era que eu não costumava ser muito boa com as palavras; meus sentimentos fluíam de maneira incrível em um texto escrito, mas cara a cara eu me sentia como a mulher do sanduíche-iche com a desenvoltura emocional de uma lâmpada.

— Eu sinto muito. — Foi tudo o que consegui formular.

— Aconteceu há muito tempo — explicou ele com uma risada tranquila, mas algo no seu comentário me passava a impressão de que ele guardava o senhor dos rancores dentro de si. — Acho que podemos mudar um pouco esse assunto mórbido, não é mesmo? Qual é o seu Beatle favorito?

Voltamos a conversar descontraidamente, e eu assumi a postura ariana de caçadora — quanto mais Caio falava, mais eu me via encarando a sua boca, imaginando as mãos dele na minha nuca, praguejando mentalmente contra a sua demora em me beijar. O canceriano, porém, parecia alheio às minhas investidas, tagarelando sobre a vida enquanto eu tentava dividir minha atenção entre o papo e as vozes vindas da cozinha. Se Marina e Rodrigo voltassem e eu perdesse aquele momento a sós, sabe-se lá quando poderia beijá-lo novamente.

Preciso confessar que, fosse estratégia ou não, aquela enrolação estava funcionando; Caio parecia ciente da minha aproximação, mas agia como se não se importasse, como se o que estivesse falando fosse muito mais importante do que o meu olhar colado na sua boca. Quando ouvi Marina exclamar para Rodrigo "não come, amor, ainda está muito quente", perdi a paciência e interrompi Caio no meio da frase.

— ...e a minha irmã perdeu cinquenta reais nessa brincadeira, mas eu...

— Caio — chamei.

— Sim? — Ele ergueu apenas uma sobrancelha.

— Você vai me desculpar, mas eu sou uma pessoa muito impaciente — expliquei, antes de segurar o seu rosto entre as mãos e tacar-lhe um beijo na boca.

O canceriano pareceu surpreso em um primeiro momento, mas logo aproveitou para se aproximar, envolvendo a minha nuca com mãos carinhosas. A sua língua tinha gosto de batata com queijo e bacon do Outback, e eu não poderia desejar sensação melhor. O beijo era doce, o seu toque mais doce ainda, e eu me senti presa em um conto de fadas.

Porém, o momento acabou logo, pois ouvimos passos no corredor. Caio desgrudou nossos lábios, não sem antes me dar um selinho rápido, e entrelaçou nossos dedos discretamente pelo vão do sofá.

— Brigadeiro! — exclamou Marina, acendendo a luz e colocando o prato na mesa de centro.

Eu e Caio nos entreolhamos, segurando as risadinhas bobas que estavam presas nas nossas gargantas, e escolhemos uma colher cada. Era meio óbvio que tínhamos nos beijado, porque a boca dele estava rosa de batom, mas a minha prima e Rodrigo tiveram a decência de não comentar nada.

— Que rápido! — comentei, afundando a colher naquela pasta deliciosa criada pelos deuses do Olimpo.

— Não foi o mais rápido dessa noite — murmurou Caio ao meu lado, e eu dei uma risadinha cúmplice.

Apesar da crise de choro, as coisas tinham ido bem com o meu primeiro canceriano emotivo.

♥ Os 12 Signos de Valentina ✕

CÂNCER

11h05, 10 de março de 2015
Postado por: Valentina

Ah... os cancerianos...

Eu confesso que, de todos os meus encontros, o mais curto aconteceu com esse moço, mas não acho que isso tenha sido um problema, uma vez que, em poucas horas, ele conseguiu chorar, falar sobre a ex-namorada e me contar a história inteira da família e dos amigos — e não é assim mesmo que fazem os caranguejos?

Claro que eles não são essa bomba de emoções ambulante que nós pensamos — ser emotivo não significa ser desequilibrado. Aliás, o canceriano só começa a realmente se soltar quando confia em você, porque, antes disso, ele está muito bem no seu próprio casulo de proteção, obrigado. Mas, dos signos que conheci até agora, Câncer é, com toda a certeza, o mais humano, o mais disposto a estender a mão ao próximo, e com isso ganha infinitos pontos nos quesitos bondade e empatia.

Gostaria de agradecer por todos os acessos e comentários aqui no blog OS 12 SIGNOS DE VALENTINA, pelos elogios do professor Varela e pelas teorias de quem eu possa ser — por mais que eu gostaria, não sou ninguém famoso, muito menos importante, mas fico feliz que vocês possam acreditar que eu tenha alguma relevância na vida real.

Vamos à nossa ficha?

Pseudônimo: Thomas Fletcher, loirinho e fofinho.

Idade: 25 anos

Aniversário: 28 de junho

Música que define o signo: Porque Homem Não Chora — Pablo

Palavra mais usada: "Guardo"

Turn on: A sensibilidade.

Turn off: O rancor.

Qualidades: Bondoso, prestativo, fofo (muito fofo, muito mesmo), engraçado, ambicioso (vocês sabiam dessa? Porque eu não sabia), ligado à família e aos amigos, emotivo e bastante sincero. Acho que a palavra empatia pode defini-lo.

Defeitos: Emotivo DEMAIS (sério, tudo bem deixar uma lágrima rolar durante um filme, mas soluçar como um bebê já é um pouco demais, principalmente para uma ariana impaciente), rancoroso (cancerianos, ESQUEÇAM o passado!), bastante na dele antes de conseguir se soltar completamente e bem lento em tomar iniciativa — claro que isso não é um problema para arianas caçadoras, mas, se esse moço encontrar uma pisciana sonhadora, os dois nunca vão se beijar na boca.

Eu embarquei em um encontro duplo com o Thomas, o que foi legal para quebrar o gelo e driblar um pouco a timidez inicial do canceriano. Foi divertido ouvi-lo falar sem parar sobre os amigos e a família, além de ser tratada como a pessoa mais importante do mundo — claro que ele abre a porta e oferece a blusa quando o tempo esfria para todo mundo, inclusive para os cachorros na rua, mas é justamente por isso que ele é uma pessoa tão legal; se a bondade fosse só pelo fato de eu ser mulher, aqueles gestos me incomodariam, mas quando eu o via sendo legal também com os garçons e as outras pessoas à nossa volta, um sentimento bom tomava conta de mim.

Os 12 Signos de Valentina ✕

Preciso admitir que precisei atacá-lo para conseguir um mísero beijo, mas valeu a pena — foi o mais doce que eu já provei. Não me deu vontade de arrancar a roupa, como o beijo do ariano, nem me fez esquecer o resto do mundo, como o beijo do geminiano, mas fez com que eu me sentisse querida e amada, e foi uma delícia me sentir assim. O canceriano, quando mostra quem realmente é, pode se tornar aquele cara com quem fantasiamos sobre o futuro sem medo de ser feliz.

Thomas também se mostrou um canceriano bem ambicioso e obstinado a correr atrás dos próprios objetivos e sonhos, e não há mulher no mundo que não se desmanche por um cara assim — com certeza deve haver alguma mulher no mundo que não admire um cara focado, mas eu gosto de ser exagerada e fazer generalizações.

Gostaria de dizer que tudo são flores com os caranguejos, só que o berreiro que ele abriu depois do filme a que estávamos assistindo me incomodou um pouco — mas isso sou eu, Valentina, a pessoa que não consegue lidar com o sentimento alheio sem fazer uma piada. O jeito como ele falou da ex-namorada também não foi muito saudável na minha opinião; não sei não, mas posso apostar que ele guarda um boneco de vodu dela no armário.

Para uma pessoa não muito emocional, os sentimentos de Câncer podem assustar um pouco; não estou querendo dizer que precisamos ser todos distantes e frios, porque honestamente acho toda essa frieza da nossa geração um pouco broxante, nem que homens sensíveis são menos homens ou qualquer coisa do tipo (aliás, um cara que sabe o momento certo de chorar é muito mais macho do que muito macho por aí), mas todos nós precisamos escolher os momentos certos para abrir os nossos coraçõezinhos.

Bom, depois do lindinho e fácil de lidar canceriano, estou na missão "encontrar um leonino' e não acho que vá ser uma tarefa muito difícil... Sabe o cara mais engraçado da turma, que é sempre o centro das atenções e fica irritado quando não está sendo adorado por todos?

Pode ter certeza de que é leonino.

Um beijão estrelar,

VALENTINA

★ 17 ★

Na madrugada de quarta para quinta-feira, tive um sonho muito esquisito, no qual eu era a melhor amiga da Taylor Swift e da Selena Gomez e nós íamos a todas as melhores festas dos Estados Unidos — em uma delas, conheci o vocalista do Maroon 5, Adam Levine, que tentou ficar comigo e foi recusado, pura e simplesmente por ser do signo de Peixes.

Acordei me sentindo quente e febril, e também frustrada por não ter pegado o gostoso do Adam nem nos meus sonhos. Arrastei-me para fora da cama e fui até o quarto da minha mãe, que ainda dormia. Como apenas uma criança doente poderia fazer, enfiei-me entre as cobertas e a abracei.

— O quê? — resmungou ela, provavelmente não bem-humorada por ser acordada por uma mulher de 22 anos acreditando ser um bebê.

— Acho que estou doente — respondi.

Dona Marta colocou a mão na minha testa e fez soltou um *pfff*, encostando a língua no céu da boca.

— Você está quente — constatou ela. — Vou buscar uma Novalgina para você.

A minha mãe era devota da Nossa Senhora da Novalgina do Quinto Dia, já que tínhamos um estoque do remédio em casa e ela o receitava para todo e qualquer sintoma. Dor de cabeça? Novalgina. Caganeira? Novalgina. Pé na bunda? Novalgina. Unha encravada? Novalgina.

Nós éramos a versão Novalgina do limpa-vidros, "remédio" utilizado pelo pai da família em Casamento Grego. Aliás, que filme maravilhoso... Por que não se fazem mais boas comédias românticas? E que mocinho era aquele? Será que existia uma cópia dele no mercado? E será que ele aceitaria Vale Refeição?

Quando a minha mãe retornou, eu já havia roubado todo o seu edredom e estava dentro de um casulo de tecido, tremendo de frio.

— Aqui. — Ela me deu a mesma xícara pequena com a borda lascada na qual eu sempre tomava o remédio em gotas, misturado com água e açúcar; algumas tradições familiares nunca morriam. — Já que você me acordou sendo o grande bebê que você é, vou me arrumar logo para trabalhar, assim posso sair mais cedo e podemos ir juntas ao médico. Só, por favor, não bata na porta da vizinha dizendo que está morrendo e que precisa ser levada ao hospital por causa de uma dor de dente. A senhora Dulce não tem mais idade para tomar outro susto desses. Tudo bem?

Concordei com a cabeça, fazendo uma careta ao engolir o remédio amargo e pousando a xícara no criado-mudo.

— Eu estava mesmo morrendo — sussurrei.

Minha mãe se arrumou em silêncio, e acabei adormecendo, acordando horas depois com ela me chacoalhando. Assustada, dei um salto da cama.

— Que horas são? Eu perdi o ônibus! — exclamei.

— Já é meio-dia, Isa, você perdeu a aula inteira — comentou ela, colocando a mão na minha testa. — O que eu acho que foi bom, porque você ainda está muito quente.

Soltei um resmungo esquisito e voltei a me deitar.

— Vamos, coloque uma roupa, vou te levar ao médico — ordenou a minha mãe, e eu arrastei o meu corpo inútil e doente até o quarto, vestindo a mesma roupa da noite anterior, jogada em cima da cadeira da escrivaninha.

Eu sempre me transformava em uma criança chorosa quando doente, e a minha mãe precisava ter um saco imenso para conseguir lidar com as minhas manhas — qualquer febre se transformava em doença terminal. Uma vez, a minha coluna ficou muito ruim e eu travei, não conseguindo nem levantar da cama, então tive que tomar uma injeção muito dolorida no braço; no caminho de volta para casa, eu chorei desesperadamente e berrei durante quinze minutos seguidos que o meu braço iria cair.

Ele não caiu, mas a minha mãe gosta de contar aquela história em reuniões familiares até hoje.

Deve ser um saco ser mãe. A gente sempre coloca a função "mãe" em um pedestal, e todas as mulheres que optaram (ou foram optadas) por embarcar na maternidade são automaticamente excluídas da lista de pessoas que têm defeitos, ou que podem desistir, ou que, Deus me livre, *erram*.

A mãe deixou o filho com a avó e foi para a balada? *Meu Deus do céu! Temos que apedrejar essa mulher!* A mãe esqueceu o filho na escola? *Que mulher nojenta, como ainda pode estar viva?* A mãe cansou de ser mãe e tirou um dia de folga para fazer o que gosta? *Na hora de abrir as pernas estava bom, né?*

Não vejo comentários parecidos sendo feitos aos pais.

Para falar a verdade, as pessoas que gostam de cagar regra não durariam um dia sendo mãe, precisando colocar as próprias vontades de lado para cuidar de outro ser humano manhoso e cheio de frescura, e ainda ser julgada por estar fazendo tudo errado.

Mães são realmente especiais, mas não da maneira que a sociedade as coloca.

Eu e minha mãe esperamos na recepção da clínica por algum tempo, até que o doutor enfim nos atendeu. Eu deixei que ela despejasse todos os meus sintomas em cima dele (afinal, quem nunca?) enquanto ficava sentada ao seu lado concordando com a cabeça e fazendo cara de sofrida. Depois que ele me examinou, constatou que eu estava apenas com uma virose — obviamente, já que, pelo jeito, todos os médicos no Brasil perdiam milhares de anos na faculdade de medicina para aprender apenas um diagnóstico — e me receitou repouso e água. Nós saímos, passamos na farmácia, compramos mais Novalgina, e a minha mãe me deixou em casa antes de voltar ao trabalho.

Eu estava enrolada em um cobertor no meio do verão assistindo a Chaves no SBT e rindo loucamente quando meu celular vibrou. Fiquei tentada a ignorar, imaginando que seria algum dos signos enchendo a minha paciência, mas uma pulga atrás da orelha me fez agarrar o aparelho mesmo assim.

Era uma mensagem de Andrei.

Na noite anterior, eu acabei me distraindo com Caio e, quando voltei para casa, estava tão cansada que nem pensei no meu ex-libriano, desmaiando na cama em pouco tempo. Acordei com febre e foquei toda a minha energia em sobreviver àquele dia, mas agora todo o "problema" havia retornado para a minha vida em forma de mensagem no Whatsapp.

> Eu reabri a minha conta no Facebook.
> Agora você pode terminar de me stalkear.

Tentei não sorrir de maneira boba e estúpida, mas era meio difícil estando febril e alucinando.

> Pensei que você estivesse cansado de desperdiçar a vida procurando por memes.

> E estou. Mas estou mais cansado ainda de caçar calouros pelo campus da faculdade para responder às minhas perguntas do TCC, então resolvi me render novamente ao corporativismo tecnológico. Além disso, você já ouviu falar de uma tal de Inês Brasil? Ela tem uns memes engraçadíssimos.

Eu gargalhei, balançando a cabeça.

> Já ouvi falar sim.

A próxima mensagem demorou para chegar, mas, quando veio, fez com que o meu coração desse um triplo carpado twist dentro do peito.

> Escuta, eu estava pensando... está a fim de jantar hoje?

Antes que eu pudesse pensar em uma resposta, ele completou:

> Jantar comigo, quero dizer. É claro que você está a fim de jantar hoje, acho que todos os seres humanos estão a fim de jantar sempre. Beleza, eu vou parar de falar agora. Acho que já me enrolei o suficiente.
> Mas então. Topa?

Mordi o lábio inferior, cruzando as pernas como um índio em cima do sofá e deixando um pouco do cobertor escorregar pelas costas. As risadas alienígenas do Chaves na televisão não estavam ajudando muito a minha concentração, mas fui capaz de formular uma frase inteira sem erros gramaticais.

> Eu acordei com febre, passei no médico e estou de molho. Não sei se seria uma boa companhia essa noite.

Andrei demorou um pouco para responder, mas, quando o fez, derreteu todas as minhas estruturas de defesa.

> E que tal eu passar na sua casa? A gente pode jogar War, tomar canja de galinha e conversar a metros de distância, porque eu não quero pegar os seus germes, argh.

Não. Eu não permitiria que ele se aproximasse tanto assim de mim! Eu conhecia aquele jogo, tudo começava daquele jeito. Primeiro, deixaria que ele me visse doente e acabada, depois o quê? Nós andaríamos de samba-canção pela casa, fazendo palavras cruzadas e comendo comida chinesa?

Não, não, não. Eu seria forte. Seria maior do que aquele flerte extremamente eficiente! Não deixaria que outro provável pisciano arruinasse a minha vida! Mas em vez disso, eu respondi:

> Pode ser! Você lembra onde eu moro?

Desesperada por ser uma pessoa sem nenhum autocontrole, eu saí como uma doida pela casa, guardando tudo o que estava fora do lugar, como um unicórnio de pelúcia que eu havia ganhado de Natal da minha mãe e o meu exemplar de *50 Tons de Cinza* que eu usava como porta-copos. Depois disso, tomei um banho rápido, vesti a minha pior calcinha, uma bege toda desbeiçada, para não cair em nenhum tipo de tentação — como se a minha falta de depilação já não fosse o suficiente — e vesti um moletom confortável, passando a ideia de que aquele seria apenas um encontro casual entre amigos.

Andrei demorou um pouco para chegar e, quando abri a porta, ele colocou a caixa do War na minha cara.

— Pronta para perder de maneira humilhante todos os seus continentes para mim? — perguntou, abaixando o jogo e me dando um beijo no rosto antes de entrar sem ser convidado.

— Só se você estiver pronto para chorar como um menininho quando perder — respondi.

— Não pense que eu vou te deixar ganhar só porque está doente — continuou ele, colocando o tabuleiro sobre a mesa de centro.

Só então notei uma sacola na sua mão.

— Canja — disse ele, sanando as minhas dúvidas quando percebeu que eu olhava para a bolsa de plástico e estendendo-a em minha direção.

Eu achei aquilo extremamente fofo e me odiei por aceitar o agrado, sentando-me no sofá e abrindo o pote, que emanou no ar um cheiro incrível de frango e cenoura. Andrei se sentou ao meu lado e começou a abrir o jogo.

— Eu que fiz — afirmou ele, separando as peças.

— A sopa? — perguntei debilmente.

— Não, o jogo War, eu que inventei, hoje sou milionário — respondeu, e eu o empurrei levemente pelos ombros. — Claro que a sopa!

— Por isso que está essa merda — comentei, rindo quando ele me olhou magoado. — Mentira, tá uma delícia.

Eu acabei de comer a canja, que estava realmente uma delícia, e nós começamos a jogar. Andrei manteve distância e agiu como amigo, mas sempre que eu estava concentrada no jogo, sentia os olhos dele em mim, analisando-me como se eu fosse algum tipo de obra de arte rara.

Depois de cerca de duas horas, chegamos à conclusão de que War com apenas duas pessoas era uma chatice — na verdade, Andrei chegou a essa conclusão quando percebeu que eu estava perigosamente perto de ganhar.

— Vou fingir que isso não foi apenas uma estratégia para não perder de mim — brinquei enquanto ele guardava as peças e ria.

O cabelo de Andrei estava começando a sair um pouco do controle, caindo nos olhos todas as vezes em que ele se curvava, e a sua postura continuava péssima. Naquela tarde em especial, ele estava mais nerd do que nunca: tinha assumido os óculos de grau e vestido uma camiseta do gato químico fazendo uma piada que eu não entendi.

Ele aparentemente também não havia penteado o cabelo antes de sair de casa e o tênis do seu pé direito estava furado.

Era o cara mais lindo do mundo naquele momento.

— Netflix? — sugeriu, subindo o olhar na minha direção assim que acabou de guardar o tabuleiro.

Eu estava empoleirada no sofá, enrolada em um cobertor e tomando o chocolate quente que o próprio Andrei havia preparado para mim na nossa pausa do jogo — ele aparentava ser um chef de cozinha, enquanto eu não conseguia nem ferver água sem queimar a panela; eu poderia me acostumar àquilo.

— A minha mãe deve estar para chegar — comentei, primeiro porque era verdade, segundo porque eu não sabia se aguentaria ficar mais um minuto ao lado dele sem me jogar em seus braços e gritar "me dê um chamego, homem".

Andrei deslizou um pouco mais para perto.

— YouTube?

— Você consegue entrar no YouTube e não passar horas vendo vídeos de talk show?

— Vine?

— Posso ficar dias assistindo.

— Isadora — disse Andrei, usando o meu nome inteiro daquele jeito único, como se eu fosse a pessoa mais importante do mundo. — É impressão minha ou você quer que eu vá embora?

— É impressão sua — respondi, deixando os meus olhos serem atraídos para a sua boca no instante em que ele se aproximou mais de mim.

— Você quer que eu vá embora depois de canja, War e chocolate quente? — continuou, e fui incapaz de subir os meus olhos. — Você não tem coração, Isadora?

A boca dele era tão vermelha e linda.

— Eu não quero que você vá embora — murmurei e neguei com a cabeça repetidas vezes, sem forças para reclamar por ele estar me chamando de Isadora.

Eu não sabia se era efeito da doença ou de Andrei, mas eu começava a me sentir um pouco zonza. E um calorão tomou conta do meu corpo quando Andrei diminuiu a nossa distância de vez, apoiando um das mãos na minha nuca.

— Você ainda está quente — afirmou.

— Eu não acho que seja por causa da febre — respondi, antes de ceder e beijá-lo.

Era a segunda vez em menos de uma semana que eu beijava Andrei sem que ele pedisse. O que ele devia estar pensando de mim?

Talvez ele estivesse gostando, porque, no momento em que encostei os nossos lábios, a sua outra mão envolveu a minha cintura e me puxou mais para perto. Abracei-o pelos ombros e deixei o cobertor que estava nas minhas costas escorregar. A língua de Andrei estava gelada perto da combustão que era o meu corpo e nós dois estávamos com gosto de chocolate na boca.

Dessa vez não teve senhora alguma para nos interromper, e, quando dei por mim, estava sentada no colo dele, beijando-o tão intensamente que não conseguíamos respirar direito. As mãos de Andrei passeavam pelo meu corpo sem pedir permissão, apertando e apalpando os lugares certos, e, de repente, eu não estava mais úmida apenas na testa.

Se é que você me entende.

Conforme ele me beijava, eu tentava lembrar quando fora a última vez que eu havia transado; demorei para conseguir uma resposta, porque toda vez que estava prestes a chegar a uma conclusão, Andrei descia uma trilha de beijos pelo meu pescoço e agarrava os meus seios, fazendo com que eu esquecesse até o meu nome. Porém, quando consegui me recordar, entendi o porquê de estar tão *ouriçada*... eu não transava havia tanto tempo que não devia nem ser saudável para o corpo humano.

Andrei começou a tirar o meu blusão lentamente, porém o meu relógio de pulso apitou, anunciando que eram cinco da tarde, ou, para ser mais precisa, avisando que a minha mãe estaria em casa em vinte minutos.

— Não, não — murmurei, entrelaçando as nossas mãos e abaixando a blusa, quase cedendo ao ver a decepção nos seus olhos. — Agora é sério, a minha mãe vai chegar em vinte minutos.

— E você acha que eu aguento mais do que três? — perguntou ele, arrancando uma gargalhada de mim. Nós estávamos com as testas encostadas, e ele segurou o meu queixo entre os dedos. — Eu adoro te fazer rir.

Fechei os olhos, encostando a ponta da língua no nariz dele.

— Eu adoro quando você me faz rir, seu palhaço.

— Isso significa que eu ganhei e nós ainda vamos transar? — tentou ele uma última vez, esperançoso.

— Isso significa que você precisa desaparecer em cinco minutos.

Andrei soltou um suspiro teatral e eu me levantei, sentindo todos os músculos do meu corpo rígidos.

— Eu vou — anunciou, pegando o War de cima da mesa e a sacola com o pote vazio —, mas quero deixar bem claro que nós tínhamos tempo para uma rapidinha.

— Que lindo, Andrei! Essa foi a declaração mais romântica que eu já recebi — ironizei, escoltando-o até a porta.

Antes de sair, porém, Andrei ainda se virou para mim, beijou a minha boca e comentou:

— Você fica linda doentinha.

E foi embora.

E eu fiquei parada na porta sorrindo como uma idiota, querendo entender o que eu havia feito nas vidas passadas para merecer me apaixonar por um garoto sem signo.

★ 18 ★

Na aula da sexta-feira, ainda me sentia um pouco doente, ou era naquilo que eu queria acreditar, ganhando uma desculpa para não prestar atenção no professor. Eu me sentei no fundo da sala, liguei o notebook e, certificando-me de que ninguém podia ver a minha tela, passei vários minutos lendo sobre os doze signos do zodíaco — quanto mais eu me inteirava no assunto "inferno astral", mais as memórias maravilhosas do dia anterior com Andrei começavam a se parecer preocupantemente com pesadelos.

Claro que era tudo simplista demais, e eu já estava naquele patamar astrológico em que algum amigo dizia "ontem eu sonhei que estava transando com uma torta" e eu pensava "pff, esse deve ter Vênus em Touro", mas a ideia de embarcar em outra canoa furada me deixava bastante apreensiva.

Depois de finalmente zerar as abas que abri compulsivamente, entrei no Facebook para a minha sessão de stalk diário e não consegui conter o sorriso ao ver uma solicitação de amizade de Andrei — aceitei sem pensar duas vezes, mas não obtive muito material para investigação, já que ele só tinha uma foto de perfil e uma imagem psicodélica de capa. Mesmo assim, confesso que passei cerca de cinco minutos apenas admirando a foto, segurando-me para não lamber a tela do computador. Depois que aceitei que lamber a tela não seria o mesmo que lamber a cara dele, entrei no perfil de Lucas e aproveitei os meus minutos diários de sofrimento e imbecilidade — a cada foto dele beijando minha ex-amiga, uma parte de mim parecia morrer, e fui forçada a decidir nunca mais fazer aquilo quando descobri que a nova música da sua banda se chamava "Amanda".

Quando o dia letivo finalmente chegou ao fim, saí com Isabela e o restante dos meus amigos para almoçar no bandejão. Nós estávamos na fila do restaurante universitário quando eles começaram a conversar sobre OS 12 SIGNOS DE VALENTINA.

— Eu fui definida — comentou Isabela. — Sou o signo de Gêmeos, exatamente da maneira como foi descrito.

— Os meus amigos da física comentaram sobre o blog ontem. — Fabrízio concordou com a cabeça. — Se os caras da física estão lendo um blog sobre astrologia, é porque ele deu muito certo.

— Fiquei sabendo que as meninas do primeiro ano abriram um bolão para descobrir quem está por trás da Valentina — fofocou Vitor, exercendo um dos seus hobbies favoritos.

— Não duvido nada que elas entrem em contato com o pessoal de Ciência da Computação para hackearem o blog da coitada. Ou do coitado. — Isabela riu, e nós demos alguns passos em direção à catraca. — Eu pediria para aquela menina de CC que quase morreu e saiu no Jornal Nacional depois de descobrir aquele esquema de tráfico de cocaína aqui dentro... Qual era mesmo o nome dela?

— Hannah Knight! — respondeu Mayara rapidamente. — Eu sou vidrada nela desde que entrei na faculdade. Tentei escrever uma matéria sobre o caso na época, mas ela não quis comentar.

— Eu era vidrado naquele namorado gostoso dela, isso sim. — Vitor suspirou. — Oliver não sei das quantas.

— Vocês acham que elas fariam isso? — perguntei, tentando não parecer nem a sombria calada nem a interessada demais no assunto. — Invadiriam o blog?

— Eu acho que o ser humano é capaz de tudo por dinheiro ou reconhecimento — respondeu Fabrízio assim que chegamos ao começo da fila.

Eu pesquei a minha carteirinha da USP da mochila e nós entramos no restaurante universitário central. Os meus amigos ainda fofocavam sobre o bolão das calouras enquanto enchíamos os nossos pratos com a mesma comida sem gosto de todos os dias, mas eu já estava longe, imaginando no que a minha vida se transformaria se eu fosse descoberta; não que eu fosse virar uma celebridade do dia para a noite, andando pelo campus com dois seguranças gostosos (e de caso com um deles, é óbvio), mas seria no mínimo esquisito frequentar a universidade se os alunos soubessem detalhadamente sobre a minha vida amorosa.

Quando finalmente encontramos uma mesa livre, nos sentamos em grupo e começamos a comer. Fiquei aliviada quando Vitor resolveu mudar de assunto e contar sobre o novo namorado, mas logo fui obrigada a parar de prestar atenção nos detalhes sórdidos porque o meu celular começou a vibrar. Olhei a tela e vi um número estranho, mas atendi mesmo assim.

— Alô?

— Isadora Mônaco? — chamou a voz feminina do outro lado.

— Sim, sou eu.

— Isadora, sou da editora e estou retornando sobre a sua entrevista para o estágio — continuou a mulher, e eu prendi a respiração. — Parabéns, você foi aprovada.

— Fui?! — exclamei esganiçada, tentando recuperar a compostura logo em seguida; os meus amigos me olhavam com expectativa. — Que maravilha! Nossa, eu nem sei o que dizer... muito obrigada!

— Nós que agradecemos, Isadora. — A voz da moça do RH era tão calma e firme que me deu vontade de chorar. — Agora só precisamos que você venha buscar o contrato para que a sua faculdade assine. Pode ser hoje às duas horas?

— Sim, sem problemas.

Nós ainda trocamos algumas cordialidades e finalizamos a ligação. Eu mal tinha bloqueado a tela quando fui bombardeada por perguntas; os meus amigos começaram todos a falar ao mesmo tempo, mas eu os interrompi com apenas uma frase.

— Consegui o estágio na editora!

Claro que a festa que eles fizeram em seguida foi motivo de suco derramado na mesa e arroz voando pelo salão, com direito a todos os alunos em volta nos observando como se fôssemos animais em um zoológico. Mas nem me importei, afinal, não estava mais desempregada.

Ansiosa como só eu sabia ser, despedi-me dos meus amigos sem terminar de almoçar e voei para a editora, chegando uma hora e meia antes do combinado. Só então percebi que seria um tanto quanto esquisito ficar 90 minutos parada na frente do prédio esperando apenas para pegar um contrato, por isso decidi encarar os meus receios e enviar uma mensagem para Andrei.

Foi difícil encontrar a sua conversa com todos aqueles signos me bombardeando de mensagens — quando eu respondia um, outros três vinham falar comigo —, mas finalmente achei o seu nome, gravado como "Andrei Libra", e murchei um pouco por lembrar que ele não era de Libra coisíssima nenhuma. Mesmo assim, me deixando levar pela famosa e irresponsável impulsividade ariana, mandei o convite.

> Estou aqui na frente da editora. Quer tomar um café?

Andrei respondeu em questão de segundos.

> Estou descendo.

Esperei ansiosamente na frente dos portões, andando de um lado para o outro; quando ele apareceu na saída do prédio, peguei o meu celular depressa e fingi que estava entretida, mas, na realidade, eu só estava olhando para os meus aplicativos e rindo sozinha.

— Isadora — chamou daquele jeito formal e despojado ao mesmo tempo. — Tudo bom?

Eu guardei o celular na mochila e levantei o olhar, sendo cumprimentada com um beijo no rosto e atingida pelo cheiro de sabonete e loção pós-barba de Andrei. Com plena consciência de que eu estava começando a ficar vermelha como um pimentão, limpei a garganta e respondi:

— Tudo ótimo! Eu consegui o estágio, por isso estou aqui.

— Olha só que maravilha! — Andrei me envolveu pelos ombros e começou a me guiar para longe da entrada; eu não soube muito bem como reagir àquele gesto de carinho, mas me deixei levar. — Temos que comemorar, seremos companheiros de trabalho! Conheço um café aqui perto que vende a melhor torta holandesa da galáxia.

— Duvido muito que você já tenha provado todas as tortas holandesas da galáxia — brinquei.

— Não duvide do meu poder de degustação, Isadora — advertiu ele; àquela altura do campeonato eu já nem me incomodava mais com a sua recusa em utilizar o meu apelido.

Andamos abraçados pela rua até um charmoso estabelecimento de esquina, com mesas de madeira do lado de fora, guarda-sóis coloridos e flores presas à parede como parte da decoração. Andrei nos guiou até uma mesa mais afastada, e nos sentamos frente a frente. Ele estava lindo com o cabelo arrumadinho e uma camisa social engomada.

— Eu normalmente tomo o espresso e finjo que sou hipster demais para pedir um café gelado — começou ele depois que a garçonete nos entregou o cardápio —, mas hoje é um dia de comemoração e eu vou tomar um frapuccino.

— Desconfio que o motivo dessa mudança seja apenas o clima desértico da cidade de São Paulo — comentei, fazendo-o sorrir. — Mas vou te acompanhar no café gelado.

— Ótima escolha, senhorita. — Andrei puxou um maço de cigarros do bolso da calça jeans, e não consegui reprimir o suspiro que saiu da minha garganta. — Ei, não é como se eu não quisesse parar de fumar, só que não consigo!

— Você nem deveria ter começado! — exclamei, negando com a cabeça.

A expressão de Andrei ficou um pouco sombria enquanto a garçonete retornava para anotar os nossos pedidos. Depois que ela se afastou uma segunda vez, ele acendeu o cigarro e olhou para mim.

— Fumei o meu primeiro cigarro aos 13 anos — admitiu.

— 13 ANOS? Você era uma criança!

— Uma criança que tinha acabado de descobrir que havia sido adotada.

Fiquei muda; estava esperando que ele me contasse a sua história, só não pensei que fosse ser tão rápido. Aparentemente, Andrei confiava em mim, e não pude deixar de me sentir lisonjeada.

— Eu não sei o que dizer — comentei depois de incômodos segundos em silêncio.

— Não precisa dizer nada. — Andrei deu de ombros. — Hoje eu vejo que ser adotado foi a melhor coisa que me aconteceu, mas na época eu fiquei perdido, fui na onda dos meus amigos e comecei a beber e a fumar. E não foi como se os meus pais tivesssem me contado; eu descobri em uma aula de biologia que era impossível os meus olhos serem escuros e ambos os meus pais terem os olhos azuis. Foi um rebuliço na época, eles quiseram matar o meu professor de biologia, que só estava fazendo o trabalho dele.

— Deve ter sido difícil. — Eu concordei com a cabeça.

— Foi, mas agora não é mais.

Os nossos cafés chegaram instantes depois, e eu tomei um longo gole, tentando organizar os meus pensamentos.

— Pronto, agora você já sabe e nós tiramos isso do caminho — disse ele depois de imitar o meu gesto. — É a sua vez de me contar um segredo obscuro.

Assim que Andrei proferiu a palavra "segredo", eu me vi contando tudo sobre 12 SIGNOS DE VALENTINA, mas fui forte o suficiente para controlar a minha língua.

Em vez disso, resolvi contar a história do meu namoro; não era exatamente um segredo, mas também não era o tipo de história que eu compartilhava com qualquer um.

— Eu namorei durante seis anos e fui traída com uma das minhas melhores amigas da faculdade — falei de uma só vez, continuando depois de respirar e tomar mais um gole de café. — Estou na maior fossa desde então.

Andrei ofereceu-me um sorriso cúmplice, tragando o cigarro em seguida.

— É por isso que você andou fugindo de mim? Não está pronta para outro relacionamento?

— Eu não andei fugindo de você, eu só... — Respirei fundo. — Só estava com medo do seu signo.

— Do meu signo? — Andrei estreitou as sobrancelhas, parecendo perdido.

— É uma longa história. — Eu abanei a mão no ar, já arrependida de ter dito aquilo.

— Eu tenho bastante tempo — encorajou ele.

Então eu respirei fundo e comecei a contar toda a história, desde o começo, apenas escondendo a criação da Valentina e o meu experimento antropológico. Falei sobre como fiquei trancada em casa durante meses, admiti toda a tristeza que senti durante aquele tempo, o desamparo e a descrença que sentia pelo amor, contei sobre a tentativa de Marina em me animar, comentei sobre o dia em que nos conhecemos e sobre como a faxineira do banheiro lançou uma luz sobre a minha vida amorosa e, finalmente, expliquei a minha fixação pelos signos do zodíaco desde então e como eu tinha medo de me relacionar com a pessoa errada outra vez.

Quando acabei o meu pequeno monólogo, Andrei ficou apenas me olhando por alguns segundos antes de cair na risada. Aquela reação foi como um soco no estômago para mim, e eu me retraí na cadeira.

— Por que você está rindo? — eu quis saber.

— Me desculpe, mas isso é ridículo! — dizia ele entre risadas, apagando o cigarro no cinzeiro em cima da mesa. — Esse negócio de astrologia é a maior babaquice já inventada! Eu não acredito que uma pessoa inteligente como você possa ter caído nessa!

— E eu não acredito que você está tirando sarro do segredo que eu acabei de te contar — rebati, mais irritada do que imaginei que ficaria. — Não é como se eu tivesse caído na risada quando você me contou que foi adotado.

— Mas são realidades completamente diferentes. — Andrei negou com a cabeça, agora tentando segurar a risada, o que era pior ainda.

— Não são, não, são episódios que nos afetaram emocional- mente, e eu nem sei por que cheguei a acreditar que você me levaria a sério — bradei, levantando-me da cadeira subitamente. — Preciso buscar o meu contrato.

— Ei, não, espera aí, me desculpe, eu não quis te ofender. — Ele finalmente pareceu ter percebido que eu estava genuinamente chateada e segurou meu pulso. — Sério, foi mal.

— Não, foi péssimo — respondi, me soltando. — Mas acho que é melhor assim, já que eu não posso ter certeza de que estou me relacionando com o signo certo.

Pensei que aquele comentário ofenderia Andrei, o que vinha a ser o meu objetivo naquele momento de raiva, mas ele soltou outra gargalhada alta, como se não pudesse mais controlar, e aproveitei a deixa para sair de perto, marchando rumo à editora.

Andrei ainda me chamou de volta, entre risadas, provando a minha teoria de que eu não deveria baixar a guarda mais uma vez — eu só precisava do meu amor-próprio, e o resto do mundo que explodisse.

★ 19 ★

Depois da reação debochada de Andrei, algo dentro de mim pareceu acender, e, no caminho de volta para casa, rodei o meu Facebook como o peão da casa própria em busca de um leonino solteiro. Já perto da minha estação, encontrei um antigo amigo do colégio que havia melhorado significativamente com a puberdade e enviei o famoso "quanto tempo" que as pessoas enviam umas para as outras quando precisam: a) transar ou b) de dinheiro emprestado.

Assim que cheguei em casa, Leonardo já havia me respondido.

> Oi, Isa, tudo bom? Sim, faz muito tempo! Estamos ficando velhos, hein?

Eu me deitei na cama e estava prestes a respondê-lo, mas as risadas de Andrei ficavam invadindo os meus pensamentos e impediam que eu me concentrasse o suficiente para ser sexy sem ser vulgar, então bloqueei o celular com um suspiro derrotado, coloquei Nina Simone para tocar e acabei adormecendo depois de alguns minutos.

Acordei já de noite, apenas para jantar, contar à minha mãe sobre a novidade do estágio, tomar um banho e voltar a dormir. Quando despertei no dia seguinte, me sentia bem melhor, tanto da gripe quanto do cansaço físico e mental; graças à Nossa Senhora dos Não Aguento Mais, era sábado, e eu pude me concentrar em fazer vários nadas.

Esperei até a hora do almoço para responder o leonino.

> É, parece que sim... só estou esperando pelos cabelos brancos! Escuta, está a fim de fazer algo hoje?

Aquela era claramente uma mensagem direta ao ponto, mas o que eu tinha a perder? Além disso, minha paciência para joguinhos de sedução andava bastante baixa, principalmente depois da idiotice sem limites de Andrei no dia anterior.

Por falar no dito-cujo, Andrei não havia me enviado nenhuma mensagem pedindo desculpas e sua página no Facebook estava lotada de enquetes para suas pesquisas para o TCC — ele estava levando a vida como se nada tivesse acontecido, e isso foi o suficiente para eu entender que ele não se importava nem um pouco comigo ou com os meus sentimentos.

Você é um babaca sem consideração pela crença dos outros, pensei em enviar anonimamente em alguma das suas enquetes acadêmicas, mas me acovardei no último segundo, principalmente porque ele saberia quem estava por trás do ataque, e se Andrei não iria me pedir desculpas, então conheceria a frieza ariana, que, na minha opinião, era bem pior do que a nossa franqueza agressiva. Foi quando o leonino respondeu:

> Claro! Faz tanto tempo que não nos vemos, eu adoraria.

> Legal. Pode ser algum barzinho?

Ele logo sugeriu:

> Conheço alguns bem legais perto da Paulista, pode ser?

> Ótimo. Que horas?

> Às 18h. Nos encontramos na Consolação?

> Perfeito. Até lá, então!

Depois que eu acabei de almoçar, Marina me enviou uma mensagem dizendo para nos encontrarmos à noite, já que não havíamos conversado direito desde o dia em que Rodrigo me contou que Andrei era adotado, mas eu suspeitava de que ela iria me persuadir a não desistir dele, então dei um jeito de dispensá-la educadamente.

O meu dia se arrastou sem nenhuma novidade, e logo eu estava pronta para encontrar o leonino. Antes de sair de casa, porém, entrei em uma discussão acalorada com a minha mãe porque, segundo ela, eu estava "muito saidinha", mas ela acabou cedendo quando eu menti que só queria comemorar o novo emprego — ela bem sabia como eu andava deprimida por não ter um, principalmente levando em consideração que eu havia saído do último com o intuito de ganhar mais tempo para ajudar Lucas com a banda em início de carreira. Depois de vários minutos de argumentação, ela me deixou sair, com a condição de que eu não voltasse muito tarde; sim, eu tinha 22 anos e ainda pedia autorização para sair, mas, enquanto eu vivesse debaixo do teto da dona Marta, deveria dar satisfação a ela.

Encontrei Leonardo no local combinado, e nós nos abraçamos calorosamente, como se nunca tivéssemos deixado de ser amigos — o que foi meio estranho, porque nós nunca realmente fomos próximos, e eu costumava chamá-lo de "raio laser" pelas costas, um apelido maldoso dado em função do seu gosto por analisar as garotas de cima a baixo.

— Caramba, Isa, você está uma mulher! — exclamou ele quando finalmente nos soltamos; não pude deixar de notar que o seu antigo hábito de escanear as pessoas não havia mudado, já que senti os seus olhos passeando pelo meu corpo.

— Seria estranho se eu estivesse um guaxinim, não é mesmo? — respondi, fazendo-o gargalhar.

— Os meus amigos do escritório estão no bar, você se incomoda...? — Ele deixou a frase no ar, mas eu apenas abanei as mãos.

— Não! Sempre bom conhecer gente nova.

O que era uma mentira deslavada, já que eu me considerava uma pessoa socialmente ansiosa, que tinha ataques de pânico só de pensar em iniciar diálogos com desconhecidos e me fazer de idiota na frente das pessoas, mas ele não precisava saber daquilo.

Conforme caminhávamos pela rua, o meu antigo colega de classe me contava sobre a vida, o cargo no escritório de contabilidade e os pequenos trabalhos como modelo que fazia esporadicamente.

— Eu comecei porque precisava da grana, mas agora é algo que eu gostaria de fazer *full time* — dizia ele com os seus jargões do mundo corporativo, e eu lancei um olhar de esguelha em sua direção.

De fato, eu conseguia imaginá-lo como um belíssimo modelo de cuecas, já que ele tinha um corpo excepcionalmente bonito, com certeza trabalhado durante horas e mais horas na academia, além da ascendência indiana que lhe presenteou com uma linda pele cor de caramelo, olhos e cabelo bem escuros e rosto anguloso.

— E você, o que tem feito? — quis saber ele.

— Ah, o de sempre, sabe... — *Sendo traída por namorados de longa data, tendo surtos psicóticos em banheiros da Augusta, abordando faxineiras inocentes, pegando caras de signos alternados, me apaixonando por idiotas sem signos.* — Faculdade, estágio...

Ao chegarmos no bar, fomos atingidos por uma gritaria animada vinda da lotada mesa do fundo, na qual todas as pessoas berravam e apontavam para Leonardo; depois que o choque inicial passou e eu me convenci de que eles não estavam gritando comigo por ser uma estudante de humanas no meio de todos aqueles jovens do mercado financeiro, reparei que, na verdade, estavam todos muito felizes em reencontrar o cara com quem dividiram o escritório havia apenas um dia.

— Uau — comentei, caminhando atrás dele pelo estreito corredor entre as mesas —, acho que temos um *case* de popularidade aqui.

Leonardo riu e me apresentou a todos como "uma antiga amiga do colégio". Eu sorri e acenei, como os pinguins do Madagascar haviam me ensinado a fazer naquele tipo de situação constrangedora, e logo estávamos sentados, esperando pela cerveja.

— Eu fiquei bem surpreso quando você me mandou aquela mensagem ontem — começou Leonardo. — Nós não éramos realmente amigos no colégio.

— Sei disso, mas nunca é tarde demais. — Eu sorri para ele, que, por milésimos de segundo, deixou os olhos baixarem para a minha boca.

— Ei! Leo! Conta aquela história da Bolívia de novo! — berrou um de seus amigos endinheirados do outro lado da mesa, e Leonardo estufou o peito antes de começar a narrar a conhecida história.

Conforme a noite foi passando, percebi que o leonino era um artista, e os amigos, os seus fãs. Todos pareciam querer que ele realizasse algum tipo de performance conhecida ou contasse alguma história hilária. Claro que era compreensível, já que eu mesma me peguei gargalhando de algumas das suas palhaçadas, sendo sugada pelo vórtex de genialidade que ele parecia gerar. Leonardo era engraçado, espontâneo, inteligente e rápido nas sacadas. Porém, em contraponto a todo aquele brilho, vinham expressões amargas quando ele era contrariado ou ignorado, como um filho único birrento e mimado.

— ...e depois disso ele simplesmente botou o pau para fora... — contava ele, as pessoas em volta já sem fôlego de tanto rir.

— ...e começou a mijar dentro da piscina! — completou um de seus amigos.

A mesa inteira explodiu em gargalhadas, mas Leonardo não pareceu gostar de dividir a atenção gerada pela própria piada.

— Não foi bem assim que aconteceu — murmurou ele para mim.

— Eu acredito em você — comentei e, aproveitando os poucos segundos em que ele não estava sendo requisitado por ninguém da mesa, continuei a conversa. — Eu não lembrava que você era tão engraçado.

Aquele comentário pareceu inundar o leonino de júbilo, como se ele vivesse para receber elogios — que não deviam ser muito escassos na sua vida, visto que as pessoas pareciam venerá-lo.

— Eu era um pouco tímido na época em que nos conhecemos, mas depois que mudei de colégio comecei a fazer teatro, e isso me ajudou muito — explicou ele. — Você já leu *A Divina Comédia*?

— Não — respondi depressa. Eu sinceramente odiava quando alguém me perguntava se eu já havia lido, assistido ou ouvido algo extremamente culto; fazia com que eu me sentisse a pessoa mais estúpida do mundo.

Se eu havia assistido ao último episódio de Keeping Up with the Kardashians ninguém perguntava.

— Ah, bom — minha resposta pareceu desconcentrá-lo um pouco —, foi um livro que me ajudou a entender um pouco mais sobre a vida.

— Ah... — Foi o que eu consegui responder, porque, bom, não tinha muito mais o que dizer.

— Mas, então, você é uma jornalista! Provavelmente já deve ter visto Cidadão Kane; esse filme quase me fez querer prestar jornalismo! — Ele riu, e eu apenas o acompanhei na risada e concordei enfaticamente com a cabeça, porque não, eu nunca havia assistido a Cidadão Kane.

Àquela altura, eu poderia simplesmente pegar o celular, acessar o G1 e começar a ler notícias sobre o Big Brother Brasil, de tão intelectualmente inferior que eu estava me sentindo. Claro que eu tinha uma bagagem cultural boa, não era como se eu vivesse embaixo de uma pedra, mas era extremamente irritante e desgastante ter que provar a minha capacidade intelectual — aquela batalha de egos não era muito a minha praia.

— O seu sorriso continua lindo — disse ele abruptamente, e toda a minha irritação pareceu desmanchar-se no ar.

Continua lindo? Ele havia reparado no meu sorriso quando estávamos no colégio?

— Obrigada — respondi, lisonjeada. — Eu procuro escová-lo pelo menos duas vezes ao dia e passar fio dental.

— O meu pai te beijaria na boca se ouvisse isso. — Ao perceber minha expressão de horror no rosto, apressou-se em completar: — Ele é dentista! Calma, ele não tem nenhum fetiche nojento por dentes brancos!

Nós dois caímos na risada, e percebi os seus olhos serem atraídos para a minha boca mais uma vez.

— Leo, conta daquela viagem para Ubatuba em que você quebrou o pé! — Uma voz feminina nos tirou da pequena bolha em que estávamos, e eu precisei me segurar para não revirar os olhos.

Fiquei imaginando que os encontros daquele grupo de amigos deviam ser extremamente chatos sem Leonardo para entretê-los — para ser sincera, era cansativo dividir a atenção daquele leonino com todas as outras pessoas que pareciam querer um pedaço dele.

Talvez a vida da namorada de um leonino fosse um pouco solitária.

Apesar de mal ter conseguido conversar direito com Leonardo, a noite foi agradável e divertida, e eu nem notei o tempo passar. Quando percebi, já estava na hora de voltar para casa, principalmente se eu quisesse continuar viva... a minha mãe sabia ser bastante amedrontadora quando queria.

— Leo, eu preciso ir — comentei, depois que ele parou com a sua imitação perfeita e engraçadíssima do Silvio Santos.

— Já?! — exclamou ele, talvez um pouco bêbado, talvez naturalmente dramático. — Mas ainda é cedo!

— Eu sei, mas prometi à minha mãe que voltaria cedo — admiti.

— Bom, eu te levo até o metrô, então — ofereceu ele, virando-se para a mesa. — Continuem sem mim, senhoras e senhores, preciso mostrar São Paulo para essa linda turista!

— Mas eu sou paulistana, Leonardo — sussurrei.

— Shhh, eles não precisam saber — ele brincou, escoltando-me para fora.

Senti o rosto esquentar diante da atenção que recebi da mesa e fiz uma mesura esquisita para me despedir, me arrependendo na mesma hora do gesto bobo e fora de contexto — eu tinha realmente o dom de ser estranha, e deveria ter ficado com o seguro "sorrir e acenar". Apesar disso, os amigos de Leonardo se despediram de mim com animação, e eu coloquei a minha parte da conta em cima da mesa.

Leonardo avisou que retornaria logo, para o delírio dos seus amigos, e nós voltamos a caminhar pela rua, agora bem mais soltos e falantes.

Ah, os maravilhosos efeitos da cerveja...

— Hoje foi divertido — começou ele, abraçando-me pelos ombros sem pedir autorização. — Deveríamos repetir mais vezes.

— Com certeza! — respondi, embora soubesse, pela quantidade de mensagens dos signos que vieram antes dele acumuladas no meu celular, que eu estava mentindo.

— Preciso admitir uma coisa. — O leonino mordeu o lábio inferior, e eu assenti para que ele continuasse; seu braço torneado em volta dos meus ombros faziam com que eu me sentisse muito bem, obrigada. — Eu era apaixonado por você no colégio.

Eu não consegui segurar a risada, porém, quando vi que ele não a acompanhou, percebi que não era brincadeira.

— Espera... é sério? — perguntei de maneira idiota.

— Muito sério. — Ele concordou com a cabeça. — Na verdade, depois que mudei de colégio, ainda passei bastante tempo te stalkeando nas redes sociais. Só desisti de vez quando você começou a namorar.

— Mas você nunca... Quero dizer, eu nunca...

— Eu sei. — Leonardo agora sorria. — Foi uma paixão idiota de adolescente! Mas eu precisava admitir. Sempre fui muito confiante em todos os aspectos da vida, mas você foi a minha kryptonita, e eu nunca consegui te contar a verdade.

Senti meu coração se encher de algo parecido com empatia e certamente desejo e, no instante seguinte, estava parada de frente para Leonardo, com as duas mãos na sua nuca e o beijando no meio da rua. Algumas pessoas passaram resmungando, mas eu não me importei.

Até o seu beijo era carismático, cheio de personalidade e energia — eu me senti em cima de um palco de teatro, ou talvez dentro de um filme de romance; se alguém queria se sentir o centro do Universo, com certeza deveria experimentar o beijo de um leonino.

Além disso, o seu hálito estava delicioso, gelado e com gosto de menta.

Quando nos separamos, me dei conta de que estávamos na frente do metrô.

— Eu preciso mesmo ir — admiti, já me afastando —, mas se soubesse que o seu beijo seria assim, teria te pedido em namoro no ensino fundamental.

Não era verdade, mas eu confesso que foi gostoso ver a expressão de Leonardo iluminar-se como uma árvore de Natal; afinal, os leoninos podiam parecer (e ser tratados como) os reis do mundo, mas era muito fácil tê-los nas mãos: era só escolher muito bem a hora de lançar um elogio.

♥ Os 12 Signos de Valentina ✕

LEÃO

12h22, 14 de março de 2015
Postado por: Valentina

Oi, pessoal, como vocês estão?

Estamos quase na metade desse experimento, e eu preciso confessar que estou adorando! O mais legal é receber tantas mensagens carinhosas de vocês — além disso, acho que já incentivei várias Valentinas a começarem os seus próprios experimentos antropológicos astrológicos por aí. Eu tive os meus motivos para começar esse blog, que são bastante pessoais e, surpreendentemente, um pouco tristes, mas fico feliz em ver quantos de nós estamos nos divertindo com essa ideia louca que eu tive!

Também ando recebendo algumas críticas e julgamentos de gente que, a meu ver, não tem muito o que fazer e fica regulando a vida amorosa dos outros (pessoas que essa gente nem conhece — *migos*, vocês nem sabem se eu sou realmente mulher!), dizendo que eu deveria "me dar o respeito", ou que eu não sou "exemplo para outras mulheres", e até que eu vou "acabar sozinha se continuar vagabundeando por aí", e para essas pessoas eu tenho um recadinho: eu não sou menos ou mais mulher porque decidi curtir um pouco a minha solteirice, mas você é menos humano e inteligente por querer ditar o que eu devo ou não fazer da minha vida.

Aliás, que existência mais patética deve ter um ser humano que fica enchendo o saco de pessoas que ele nem conhece pela internet, não é mesmo? Esse blog foi criado para entreter, para ensinar sobre astrologia e não tem lugar para pessoas como você aqui, não.

Bom, sem mais delongas, hoje eu venho relatar o incrível encontro que tive com um ser humano do signo de Leão — talvez o encontro com menos cara de encontro até agora, mas que não deixou de ser muito bom. Porém, antes de começarmos, vamos à nossa ficha!

Os 12 Signos de Valentina ✕

Pseudônimo: Vamos chamá-lo de Dev Patel; não quero ser milionária, só quero o seu amor.

Idade: 23 anos

Aniversário: 03 de agosto

Música que define o signo: Flawless — Beyoncé

Palavra mais usada: "Eu"

Turn on: O carisma.

Turn off: O egocentrismo.

Qualidades: Criativo, magnético, popular, rei da cocada preta, talentoso e muito sexy quando está sendo o centro das atenções.

Defeitos: Amargo e birrento quando contrariado, egocêntrico, o rei da verdade (difícil discordar dele), um pouco pedante quando quer e é quase impossível dividir a atenção dele com todos os outros fãs.

Quando eu ouvia falar de "Leão", imaginava pessoas grosseiras e egocêntricas — essa era a minha falha percepção do signo, baseada em disse me disse de outras pessoas. Pode ser que exista um padrão de falar mal dos signos expansivos de fogo por se tratar de pessoas muito... excêntricas, será? Mas o que eu encontrei foi bem diferente disso.

Eu já conhecia Dev de outros carnavais, e o achava um pouco... tarado. Mas depois de anos sem vê-lo, o que encontrei foi um garoto calmo, trabalhador e bastante talentoso, muito gentil e cheio de amigos e boas intenções. Ele conseguiu fazer com que o nosso encontro fosse divertido sem ser forçado, e eu pude ver, em primeira mão, como a popularidade do leonino funciona. É quase como se ele exercesse algum tipo de poder sobrenatural sobre as pessoas; o incrível artista

Os 12 Signos de Valentina ✕

Leão e os seus fiéis fãs súditos, sempre pedindo por mais. "Conta aquela história..." ou "Imita aquele ator..."

Claro que o fato de ele gastar horas na academia para deixar o corpo incrível ajudou muito para que eu o achasse sensacional — leoninos podem ser egocêntricos, mas na maioria das vezes têm motivo. Quero dizer: que abdômen, que bíceps, que costas...

Já partindo para o lado físico do encontro, o beijo do leonino parece um sonho, e um dos quais a gente não quer acordar de jeito nenhum. É difícil parar de beijá-lo, porque você se sente como uma princesa, uma guerreira, uma atriz, uma cantora, uma diva... você é aquilo que sempre desejou ser quando encontra a boca de um leonino. E, bom, ele sabe disso.

Saltando agora para a parte negativa, afinal, nenhum signo é perfeito (nem mesmo vocês, leoninos). É um pouco difícil competir com os fãs e o ego do nativo de Leão, porque ele simplesmente se ama demais para conseguir perceber que talvez esteja agindo de maneira rude, pedante, egoísta ou infantil; não caia na besteira de contrariá-lo, porém, se o fizer, é bem fácil contornar isso: basta escolher o melhor elogio que tiver guardado na gaveta e ele vai esquecer que um dia foi contrariado.

O orgulho é um sentimento perigoso, leoninos, e vocês deveriam tomar cuidado. E também nunca se esqueçam de que as pessoas são suas amigas, e não suas fãs!

Deixo-os aqui por hoje e sigo na busca de um virginiano — talvez seja possível dizer que, enquanto os leoninos acham que são perfeitos naturalmente, os virginianos trabalham duro para conquistar esse título.

Um beijão estrelar,

VALENTINA

★ 20 ★

Eu mal tivera tempo de abrir os olhos no domingo de manhã quando fui atingida pelas mãos maldosas de Marina, que sabiam todos os meus pontos fracos para cócegas. Eu me contorci e berrei por misericórdia durante excruciantes minutos, ganhando uma trégua só depois que a minha prima decidiu que já havia se divertido o suficiente.

— Eu posso ser filha única, mas sofro como se tivesse quinze irmãos mais velhos — resmunguei, ajeitando-me na cama e ainda sentindo as minhas axilas formigarem. — Aliás, como foi que você entrou aqui? Andou subornando a minha mãe de novo?

— Eu e a senhora sua mãe temos uma parceria comercial muito vantajosa, na qual eu trago pão e ela me deixa invadir o quarto sem a sua permissão — explicou Marina. — Além do mais, você está me evitando, e sabe que eu sei quando você está me evitando, porque para de me enviar petições a favor dos direitos dos animais por e-mail e desliga o "visto por último" no Whatsapp.

— Em minha defesa, eu desliguei o "visto por último" porque não aguento mais ler as mensagens de cinco signos do zodíaco tentando me convencer a sair em um segundo encontro — comentei. — Pensei que os arianos fossem insistentes, mas você precisa ver as mensagens do geminiano! Um dia ele me ama, no outro me odeia!

— Nossa, mas a classe média sofre, né? — Marina revirou os olhos. — Há duas semanas você estava choramingando por causa do Lucas, agora você tem seis homens aos seus pés e está reclamando?

— Cinco — corrigi. — Eu só cheguei até o signo de Leão.

— Seis, Isadora — Marina usou o meu nome inteiro, como uma recordação maldosa de Andrei —, ou você se esqueceu do moço sem signo?

— Esqueci — respondi simplesmente, levantando-me da cama e marchando até o banheiro, porque eu não estava conseguindo mais aguentar o meu próprio hálito horroroso matinal.

— Como mentirosa você é uma ótima jornalista, Isa. — Marina veio atrás de mim, parando no batente da porta e observando enquanto eu escovava os dentes. — O Rodrigo comentou que encontrou o Andrei ontem.

Eu permaneci em silêncio, focando na difícil tarefa de escovar os dentes sem derrubar pasta no pijama. O plano de Marina era simples, conhecido e diabólico, e consistia na simples premissa de que eu, curiosa como um maldito gato, perguntaria a ela o que Rodrigo e Andrei haviam conversado.

Mas eu não iria cair em tentação.

Era uma mulher forte e decidida!

— E o que eles conversaram? — perguntei, soando meio como "fe fo que feles fonfersaram?" — Fraca. Eu era uma mulher fraca.

— Por que você quer saber? Não disse que já tinha esquecido dele? — Marina se desencostou do batente e voltou para o quarto.

Eu terminei de escovar os dentes com raiva de ter mordido a isca e a segui.

— Ele foi um babaca comigo.

— É, ele disse o mesmo para o Rô. — Marina concordou com a cabeça. — Contou que você falou algo sobre os signos do zodíaco e ele caiu na risada, mais pelo choque do que pela graça da situação, mas que havia percebido o quão rude tinha soado e estava arrependido.

— Se estivesse mesmo, teria ao menos pedido desculpas — resmunguei, obstinada a não deixar que Marina amolecesse o meu coração. — Estou desde quinta-feira sem saber dele.

— Ele está escrevendo o TCC, Isa! Não seja tão injusta.

— Você sabe muito bem o que aconteceu da última vez em que eu tentei ser justa. — Eu arranquei o pijama e o joguei em cima da cama de qualquer jeito, desfilando pelo quarto de calcinha e sutiã. — Acabei com um chifre do tamanho da Torre Eiffel na cabeça e uma tatuagem de "trouxa" na testa. Não vou cometer o mesmo erro!

— São situações completamente diferentes. — Marina balançou a cabeça como se tivesse acabado de me flagrar comendo cola na pré-escola. — O Lucas era um otário, o Andrei não é.

— E como você tem tanta certeza disso?

Marina não soube responder, observando enquanto eu vestia um short jeans que cobria as minhas celulites na bunda, mas não as estrias de crescimento atrás dos joelhos, e uma camiseta branca básica que ajudava a disfarçar a minha postura ruim, mas de jeito nenhum consertava a minha falta genética de seios.

Calcei as alpargatas listradas, que deixavam os meus pés com um chulé absurdo se eu as usasse por muito tempo, e voltei a me sentar na cama.

— Beleza, eu não posso te dar 100% de certeza de que o cara não vai te magoar futuramente, mas então é isso? Você nunca mais vai tentar um novo relacionamento porque um cara foi babaca com você?

— Nem todo mundo tem a mesma sorte que você, Ma. — Suspirei, abaixando o rosto; era difícil admitir que o relacionamento da minha prima me causava certa inveja. — Eu ainda estou muito magoada com o que aconteceu. Apesar do meu sol em Áries, tenho também ascendência em Câncer e vênus em Peixes, então não herdei a parte de "não guardar rancor" dos arianos. Talvez eu encontre alguém daqui a um tempo, quando estiver melhor e mais aberta para me relacionar outra vez, ou talvez a traição tenha sido a gota d'água e eu fique sozinha para sempre. Mas quanto mais eu conheço a Valentina, mais entendo que ficar sozinha não é tão ruim assim. Quero dizer, eu deixei de buscar a minha própria felicidade e depositei todas as minhas esperanças no Lucas, como se a felicidade estivesse em outra pessoa, e não dentro de mim. E não está! Eu só dependo de mim mesma para ser feliz! E não estou disposta a perder isso, porque demorei 22 anos para me entender.

— Então não perca! Seja feliz sozinha, por inteira, seja feliz consigo mesma, com os seus sonhos e as suas realizações, mas tenha alguém ao seu lado para comemorar! — Marina se levantou, caminhou até mim e ajoelhou-se na minha frente. — Eu sei que sou a maior incentivadora do projeto Valentina, e até comecei a pesquisar sobre astrologia depois que passei a ler o seu blog, mas você não pode deixar que isso defina a sua vida!

— Tem gente que acredita em meritocracia — eu abaixei a voz —, por que não posso acreditar nos signos do zodíaco?

Marina riu com gosto, sentando-se no chão quando cansou de ficar ajoelhada.

— Você pode acreditar no que quiser, mas saiba diferenciar fé de alienação — comentou, sempre muito lúcida nos seus conselhos. — Uma coisa é resolver ficar com cada signo do zodíaco porque quer se divertir, porque quer esquecer um pouco um término de namoro dolorido, outra coisa é deixar de aproveitar as oportunidades da vida e magoar os outros porque está obcecada por algo que acredita ser a resposta para todos os seus problemas. Talvez o seu namoro tenha mesmo ruído porque vocês dois eram muito diferentes, pode ser que a astrologia seja mesmo a culpada, mas você não pode esquecer de todos os outros milhares de fatores que permeiam as nossas decisões e as suas consequências. Não é saudável focar apenas nisso, muito menos inteligente.

Eu não soube o que responder, porque, apesar de me doer admitir, Marina tinha razão — eu não era idiota, obviamente a minha obsessão astrológica estava funcionando como uma muleta emocional para o fim do meu namoro, ou pelo menos seria esse o diagnóstico que qualquer psicólogo daria. Porém, eu não podia mentir e dizer que não acreditava em absolutamente nada do que havia pesquisado e aprendido, porque algumas teorias de fato faziam muito sentido para mim.

Mas não foi preciso responder nada, porque a minha mãe resolveu aparecer no batente da porta avisando que havia feito lanches com os pães que Marina trouxera. Eu e a minha prima trocamos um olhar cúmplice de que aquela conversa ainda não acabara, só estava sendo colocada em pausa por motivos de "lanche", e fomos as três até a cozinha.

Eu adorava aqueles momentos descontraídos com a minha mãe e a minha prima — a sororidade me inundava de sentimentos bons, como amor, aceitação e carinho, e eu tinha a certeza de que, se mais e mais mulheres entendessem e vissem as suas semelhantes não como inimigas, e sim como aliadas, o mundo seria um lugar muito mais gentil.

Durante duas horas, esqueci completamente a existência de Lucas, Andrei, Valentina e dos signos do zodíaco — por 120 minutos, a minha existência se resumiu às duas mulheres mais importantes da minha vida, e fiquei muito grata por aquela manhã de desligamento do resto do mundo.

Perto do meio-dia, os nossos estômagos estavam cheios e estávamos cansadas de tanto rir. Marina estava reclamando da falta de romantismo de Rodrigo — "ele me deu um vale-presente de uma livraria no nosso aniversário de dois anos de namoro!" — e minha mãe dizia que o meu pai era igualzinho nos anos 70, quando a campainha tocou.

Nós nos entreolhamos; o porteiro não havia interfonado. Estranhando, fui até o hall de entrada, escoltada pela minha mãe e por Marina. O nosso olho mágico estava quebrado, então eu apenas puxei a maçaneta, com cara e coragem.

Assim que abri a porta, toda a recente felicidade que eu estava sentindo escorreu pelo meu corpo como espuma de sabonete no chuveiro; eu mal consegui abrir a boca, o coração estático dentro do peito.

— Ah, não, mas que MERDA é essa? — Eu ouvi Marina bradar.

— Quem deixou você subir? — A voz da minha mãe estava gelada.

Mas as duas falavam como se estivessem a quilômetros de distância de mim, dentro de uma garrafa de vidro, os sons todos abafados e desconexos.

Mas quando ele resolveu falar, eu ouvi tudo nitidamente.

— Isa. — Sua voz continuava tão melodiosa quanto antes, quase como se cada palavra fizesse parte de uma canção. — Será que a gente poderia conversar?

— O que você está fazendo aqui, Lucas? — perguntei, finalmente conseguindo formular a frase que gostaria de ter dito assim que o avistei parado no tapete de entrada com os dizeres "um lar muito feliz".

Meu estômago estava embrulhado.

Deus, pensei, *permita que eu não vomite em cima dele!*

— Eu queria conversar com você — repetiu ele.

— Ela não tem nada para conversar com você, mas se quiser trocar uma palavrinha comigo, eu posso muito bem pôr em prática a minha vasta lista de ofensas, algumas das quais eu aprendi recentemente com os meninos da engenharia química. — Marina parou ao meu lado, abraçando-me pelos ombros como se fosse a minha guarda-costas. — Você não é bem-vindo aqui, Lucas.

Ao mesmo tempo em que eu agradeci imensamente por aquelas palavras de apoio de Marina, também fiquei um pouco constrangida — era como se eu precisasse da ajuda de outras pessoas para conseguir lidar com o meu ex-namorado sem me desmanchar como um castelo de cartas.

Eu queria que ele me visse forte. Queria que ele me visse brilhando. Queria que se arrependesse amargamente de tudo o que fez. Nos meus mais loucos devaneios, que geralmente apenas existiam naqueles tortuosos minutos antes de adormecer, o meu reencontro com Lucas seria triunfal; eu estaria muito bem empregada, com um cara bonito e talentoso ao meu lado e 110% feliz. Lucas me veria do outro lado da rua e eu fingiria não o ter visto, rindo e beijando o meu libriano perfeito no rosto enquanto passeávamos com os nossos buldogues franceses — apesar de morrer de dó dessa raça que não consegue respirar direito.

Quero dizer, será que as pessoas não percebiam que os seus cachorros estavam sofrendo?

Mas a realidade havia, mais uma vez, me atingido no meio da cara como um golpe do Anderson Silva, e o meu ex-namorado tinha decidido aparecer na porta da minha casa enquanto eu usava roupas velhas e com certeza tinha 2 quilos de alface no meio dos dentes. Além disso, eu estava dentro de casa em um domingo de manhã com a minha mãe e a minha prima.

Tinha como ser mais patético?

Tinha, pois eu percebi que não penteara o cabelo.

— Beleza — respondi finalmente, recebendo um sorriso de alívio de Lucas e ganidos irritados das mulheres da minha família.

Eu me virei para trás, olhando primeiro para Marina e depois para a minha mãe.

— Eu preciso disso — sussurrei. — Preciso finalizar essa história de maneira decente. Por favor?

Elas se entreolharam, ainda um pouco desconfiadas, mas foi a minha expressão de súplica que finalmente as convenceu — as duas sabiam muito bem que o que mais me magoara naquela história toda havia sido não ter uma última conversa, uma última DR, uma explicação decente para o que acontecera. Lucas merecia um murro no meio da cara? Merecia. Mas só depois que ele me explicasse o que caralhos havia acontecido entre nós dois.

Minha mãe pegou a bolsa em cima do aparador da sala e voltou à porta, segurando Marina pelos ombros.

— Nós vamos na padaria tomar um café — anunciou ela, passando por Lucas e completando —, e eu vou trocar uma palavrinha com o porteiro e fazer uma listinha de "personas non gratas" no nosso apartamento.

Quando as duas finalmente desapareceram pelo corredor — depois de Marina ter lançado um olhar bastante perigoso na direção do meu ex-namorado, que ficou um pouco vermelho —, convidei Lucas para entrar, e nós nos sentamos no sofá da sala de maneira desconfortável.

Era esquisito saber que havíamos trocado tantas carícias e momentos maravilhosos naquele mesmo sofá, mas agora estávamos ali como dois desconhecidos.

— E então? — incentivei. — Sobre o que você quer conversar?

— Bom, eu queria... — Lucas estava com as mãos nos joelhos e agarrou o tecido da calça jeans de maneira infantil. Depois, subiu os olhos verdes e disse as palavras que eu esperei ouvir por meses a fio. — Eu queria te pedir desculpas.

★ 21 ★

Confesso que foi preciso todo um trabalho de manipulação mental, através de barganhas como "se você não bater nele, a gente pode descer na padaria e comer dois quilos de sorvete" para que o nariz de Lucas não atingisse o meu punho vinte e sete vezes.

Na realidade, só não soquei a cara dele porque eu era extremamente fraca, e no máximo os meus murros o fariam espirrar — se eu tivesse me empenhado na única aula de boxe que decidi fazer aos 16 anos e desisti porque não consegui levantar da cama no dia seguinte por causa das dores musculares, aquela história teria tomado um rumo bem diferente.

— E por que você acha que eu deveria te perdoar? — Lucas parecia bastante incomodado com a minha presença, e eu senti o desconforto dele como uma pequena vitória pessoal.

— Eu sinceramente não acho que você deva me perdoar, mas resolvi tentar mesmo assim — admitiu, entrelaçando os dedos de maneira ansiosa.

— Que bom que você admite ser um cafajeste nojento e escroto — murmurei, confesso que de maneira bastante infantil.

— Eu não admiti isso. — Lucas estreitou os olhos em minha direção.

Ao mesmo tempo em que eu queria ser forte, acabar com tudo aquilo e mandá-lo embora, porque, convenhamos, eu realmente não tinha mais nada para conversar com aquele ser ignóbil, a parte da minha consciência que adorava ser trouxa teimou em relembrar todos os nossos bons momentos como um filme romântico da "Sessão da Tarde" em questão de segundos, e eu me vi presa entre o nojo e a saudade, forçando os meus olhos a não encararem demais aquela boca que eu conhecia tão bem.

Alô, amor-próprio chamando, pensei, *esqueceu que ele te traiu com uma das suas melhores amigas e que você descobriu no dia do seu aniversário e passou meses trancada dentro do quarto chorando lágrimas de sangue?*

— Por quê? — perguntei, finalmente botando para fora o que estava engasgado na minha garganta havia muito tempo. — Por que você decidiu jogar seis anos de namoro na lata do lixo? Você sinceramente achou que eu merecia ser humilhada daquele jeito?

O jeito que o rosto de Lucas empalideceu me provou que aquela única pergunta tivera o mesmo efeito que eu gostaria de causar com os socos não dados.

Ponto para o time das mulheres!

— Não era para ter acabado como acabou. — Ele conseguiu encontrar as palavras depois de algum tempo, mas os seus olhos estavam repousados no próprio colo, incapazes de me encarar. — Eu ia te contar, mas a Mandy, ela...

Mandy, pensei, reprimindo a ânsia de revirar os olhos.

— ... bom, acho que eu também sou capaz de entender o lado dela, não foi nem um pouco legal ter que mentir durante tanto tempo...

— Sabe o que não foi legal? — perguntei, e Lucas ergueu o rosto em incentivo para que eu continuasse. — Ter sido traída e exposta na frente de todos os meus amigos. Ter que explicar para a minha mãe o porquê de estar chegando aos prantos depois da minha própria festa de aniversário. Passar os meses seguintes no mais completo torpor, porque o meu até então namorado não teve a decência de explicar o ocorrido e pedir desculpas. Nada disso foi legal.

Lucas abaixou o rosto mais uma vez, e senti as minhas bochechas corarem; eu só não sabia se era de ódio ou de tristeza.

— Eu sei que fui um imbecil — murmurou —, mas, sinceramente, não sou o único culpado nessa história.

As suas palavras me pegaram desprevenida e acabaram me desarmando. Eu só consegui abrir a boca e encará-lo como se o meu ex-namorado fosse um alienígena e estivesse me convidando para conhecer Plutão durante as férias.

Diante da minha confusão mental, Lucas estufou o peito e continuou:

— Você realmente acha que eu sou o lobo mau, e você a chapeuzinho vermelho? — Ele balançou a cabeça. — Você não sabe como os últimos meses do nosso namoro foram impossíveis para mim! No começo, eu admirava o fato de você ser tão verdadeira, mas depois de anos e mais anos de "por que você não procura um emprego de verdade?" ou "essa música é muito ruim!", eu comecei a perceber que, talvez, toda aquela honestidade fosse apenas uma desculpa para a sua verborragia cruel!

— *Cruel?* — A palavra ficou um pouco presa na garganta, e a minha voz subiu diversos tons pela incredulidade. — Eu fiquei do seu lado durante todos aqueles anos em que você não tinha um puto nem para tomar um sorvete! Fui em todos os seus shows, saí do meu emprego para te ajudar quando a banda começou a melhorar, eu...

— Você só sabia me criticar! Nunca tinha uma palavra de incentivo para mim! — Lucas me cortou, o seu rosto contorcido em uma expressão que não consegui muito bem decifrar. — Você disse que eu deveria ficar só na guitarra e procurar outro vocalista para a banda!

— Eu estava tentando te ajudar, porra!!! — gritei, perdendo a calma e me levantando do sofá. — Você queria uma fã ou uma namorada?

— Eu queria que você me apoiasse, não que me tratasse como um rascunho a ser aprimorado!!! — gritou Lucas de volta, ficando de pé na minha frente e gesticulando de maneira agressiva.

— Você não queria me ajudar, só queria ter a última palavra! A minha carreira sempre foi uma piada para você, um hobby, uma fase passageira da minha vida que um dia acabaria! Quando você percebeu que não ia acabar e que a banda sempre seria parte de mim, a Isadora que eu conhecia desapareceu, dando lugar a essa garota mesquinha, grosseira e ofensiva que acabou com o nosso relacionamento tanto quanto a minha traição!

Nós dois ficamos em silêncio, respirando fundo e nos encarando. Eu não podia acreditar no que estava ouvindo... Lucas só podia estar de brincadeira comigo!

— Eu posso ter errado muito com você, Isa — continuou ele, a voz agora controlada e entrecortada pela falta de fôlego —, e só Deus sabe do meu arrependimento em não ter tomado uma atitude antes que tudo virasse o que virou, mas eu pelo menos admito os meus erros e vim até aqui pedir desculpas. Quando é que você vai admitir os seus?

Para ser bem sincera, o que aconteceu em seguida foi completamente irracional — toda a frustração e a raiva daqueles meses de fossa pareceram me possuir como o espírito que entrou no corpo da professora Trelawney em *Harry Potter e o Prisioneiro de Azkaban*, e a minha voz saiu quase animalesca.

— Sai da minha casa! — Eu agarrei uma almofada do sofá e comecei a atingir o rosto dele; Lucas foi pego de surpresa e deu alguns passos para trás, quase como se não acreditasse na minha reação. — Sai da minha frente, eu nunca mais quero ver a sua cara, seu filho da puta! Filho da puta não, porque a sua mãe não tem nada a ver com isso, você que é um maldito escroto mesmo!!!

A cada palavra que eu dizia, acertava a cara dele com o travesseiro. Logo, Lucas estava no batente da porta de entrada, acuado como um animal enjaulado, tentando responder às minhas agressões físicas e verbais. Mas eu não permiti, gritando mais alto.

— Some da minha frente! — Eu agarrei a porta de madeira e comecei a fechá-la, porém, antes de completar aquela tarefa, ainda encontrei ar o suficiente nos meus pulmões para berrar: — E a sua banda é MESMO um lixo!

A porta bateu com um estrondo, e eu corri até a sala, jogando-me novamente no sofá e caindo em um choro magoado. Mal tive tempo de me recompor quando as meninas entraram no apartamento, ambas com expressões curiosas no rosto.

— Nós vimos o Lucas passar, ele estava vermelho e não disse uma palavra, o que... — começou Marina até perceber que eu estava em posição fetal, molhando o encosto do sofá com lágrimas. — *Isa!*

Ela e a minha mãe correram até mim, mas consegui me desvencilhar dos abraços, envergonhada demais por ter sido flagrada naquela situação — eu odiava que as pessoas me vissem chorando.

— O que aconteceu, meu amor? — perguntou a minha mãe, sentando-se ao meu lado.

Ela e Marina trocaram um olhar preocupado quando eu não respondi, ainda incapaz de colocar em palavras o que havia acabado de acontecer. Eu estava me sentindo tão mal que queria enfiar a cabeça na terra e nunca mais tirar.

Como um avestruz com o coração partido.

— Ele... disse... que eu... sou... mesquinha e... e... — eu soltei outro soluço — grosseira e... ofensiva...

— Ele *o quê?* — Marina estreitou os olhos na minha direção.

— Eu não acredito que esse imbecil frequentou a minha casa por seis anos — resmungou a dona Marta. — Eu vou fazer um chá, e você vai parar de chorar, Isa, eu não criei mulher para chorar por causa de homem.

Minha mãe disparou pela sala, e Marina me abraçou pelos ombros.

— Por que ele disse isso? Sobre o que vocês estavam conversando?

— Ele disse... que eu não acreditava... no sonho dele... — Eu me sentei no sofá, secando as lágrimas e tentando me recompor.

— Disse que eu só... colocava ele para baixo... só porque eu disse que algumas músicas da banda... eram ruins...

Surpreendentemente, Marina soltou uma risada e me abraçou com mais força ainda.

— Isa, ele é pisciano! — Ela continuou rindo. — Não aguenta a verdade!

Eu deixei um sorriso escapar e neguei com a cabeça, sorrindo e chorando ao mesmo tempo — as lágrimas escapavam dos meus olhos como uma torneira aberta, com uma facilidade que eu não conhecia.

— Eu não sei como pude ser tão idiota — falei. — Como não percebi que nós éramos tão... incompatíveis?

— É isso o que as pessoas apaixonadas fazem — argumentou minha prima, tentando me consolar. — Elas ficam cegas para os defeitos do parceiro e só descobrem que o outro votou no Bolsonaro ou caga de porta aberta depois que casam. É por isso que as taxas de divórcio são tão altas!

— Ele mencionou quase todos os defeitos do signo de Áries, a honestidade extrema, a grosseria, o fato de eu gostar de mandar nas pessoas. — Suspirei. — Ele veio tentar se desculpar e acabou piorando tudo. Agora, além de triste, estou com um ódio mortal. Como vou voltar a confiar em outro cara se aquele com quem namorei por seis anos aparentemente ficou comigo mesmo me odiando?

— Ele não te odiava, Isa, ninguém namora outra pessoa por seis anos se não for por amor. — Marina negou com a cabeça. — Bom, talvez se você tiver a intenção de dar o golpe do baú, mas fora isso... O que eu quero dizer é que ele te amou, mas o relacionamento acabou e vocês dois guardaram muitos rancores. Isso acontece! Eu só não entendi o porquê de ele jogar isso na sua cara depois de tanto tempo. Quero dizer, qual era a intenção dele? Vir aqui te magoar a troco de nada? Por que ele apareceu querendo pedir desculpas depois de meses?

— Acha que ele está arrependido em ter me trocado pela *Mandy*? — Eu revirei os olhos ao pronunciar o apelido da minha antiga amiga.

— Não, eu não vou te deixar criar ilusões nessa cabecinha de vento! — exclamou a minha prima, virando-se para mim e chacoalhando os meus ombros. — Ele pode até ter se arrependido, mas isso não significa que vocês vão voltar, porque eu nunca permitiria que isso acontecesse.

Concordei com a cabeça, porque ela estava certa e eu estava sendo estúpida, e também porque a minha mãe voltou trazendo uma bandeja com três canecas de chá de camomila e bolachas recheadas.

— Além disso, já que você não quer desistir do experimento antropológico, eu tenho um Virgem para te apresentar — continuou Marina, depois de enfiar duas bolachas na boca.

— Um virgem? — A minha mãe olhou de Marina para mim. — Isso é conversa para se ter na frente da sua tia, Marina?

— Um moço do signo de Virgem, tia — corrigiu minha prima com pressa depois de engolir as bolachas, arrancando outro sorriso de mim. — Por que eu apresentaria um virgem para a Isa? Nós ainda não estamos fazendo rituais satânicos.

Nós três rimos, e eu tomei um gole do meu chá.

As palavras de Lucas ainda estavam doloridas no meu peito, mas, enquanto eu tivesse as minhas garotas, nenhum coração partido me abalaria.

★ 22 ★

— *Honestamente* — *resmunguei*, agarrada ao cano do metrô —, eu não sou obrigada a pegar metrô no domingo. É como se a gente assistisse ao Faustão a semana inteira e tivesse que assistir no final de semana também!

— Eu sei que você está tentando arranjar alguma desculpa para ficar o dia inteiro no quarto de pijama comendo massa crua de *petit gateau* e ouvindo James Bay, Isadora Mônaco. — Marina usou o meu nome inteiro, o que significava que ela não estava para brincadeiras. — Eu não vou te deixar cair na fossa de novo; uma vez foi mais do que o suficiente. Deus me livre ter que aguentar você naquele humor de novo!

— Bom saber que existem pessoas que me amam e que ficariam ao meu lado na tristeza e na pobreza — murmurei.

— Você quer alguém que fique ao seu lado na pobreza e na tristeza ou alguém que te ajude a voltar a sorrir? — Marina estreitou os bonitos e gigantescos olhos cor de mel em minha direção.

— Que bonito, Ma, de onde veio essa? Daqueles livrinhos de frases prontas que oferecem junto com bala e pilha no caixa da loja de conveniência?

— Do último livro de autoajuda que a minha mãe comprou — falou ela, dando o braço a torcer. — Para de reclamar, eu já te disse que esse meu amigo é um gostoso?

— Só duzentas e quarenta e sete vezes e meia, de acordo com as minhas contas.

Custava admitir, mas Marina estava mais do que certa. Por mais que eu já estivesse bem melhor de toda a fase "enterrada entre as cobertas chorando e comendo sorvete velho", meu plano era passar aquele domingo dentro do quarto, repassando todo o encontro com Lucas de novo e de novo e de novo, como eu já havia feito no sábado depois que Marina foi embora — mais um final de semana comum na vida de Isadora Mônaco. Talvez eu também tivesse energia para reler Harry Potter, ou assistir a As Vantagens de Ser Invisível pela quinquagésima vez. Para mim, seria apenas um domingo triste e tedioso como outro qualquer, mas a minha prima estava com medo de que eu me afundasse novamente na fossa, então marcou um encontro com o amigo virginiano que eu não pude recusar — na verdade, eu poderia muito bem ter recusado, mas a minha mãe entrou no quarto, abriu as janelas, desligou o ar-condicionado, jogou as cobertas no chão e disse que havia me dado uma trégua no sábado para lamentar, mas que não seria tão benevolente assim no domingo, por isso não tive muita escolha.

Marina não parava de falar sobre quão gostoso era o tal virginiano, mas a única coisa gostosa com a qual eu queria contato era uma linda fornada de pizza de quatro queijos. Quando contei aquilo a ela, a minha prima me deu um pescotapa e me mandou parar de pensar em comida 24 horas por dia.

Como se fosse possível.

— Além disso, eu preciso de um tempo longe do Rodrigo — continuou Marina.

— Por quê? Vocês brigaram? Por favor, não me diga que vocês terminaram, eu não vou conseguir acreditar mais no amor se uma tragédia dessas acontecer! — exclamei, atraindo a atenção de alguns passageiros curiosos.

Marina riu, negando com a cabeça.

— Não, nós não brigamos, muito menos terminamos! Mas, uma vez ao mês, eu decido que não consigo mais olhar pra cara dele e arranjo alguma distração — explicou e, quando percebeu que eu a observava com certa descrença, revirou os olhos. — Não faz essa cara, porque não sou nenhuma transgressora da lei, esse é o segredo do nosso relacionamento! Chegar à conclusão que nos odiamos por alguns instantes, caçar algo produtivo para fazer e, no final do dia, voltar cheios de histórias novas para contar!

Eu pensei em responder, mas acabei me calando; por mais esdrúxula que aquela tradição soasse, Marina e Rodrigo estavam juntos desde o primeiro ano da faculdade e pareciam se amar cada dia mais. Quem era eu — se não a louca dos gatos, que na verdade eram cachorros, mas que, idealmente, poderiam ser unicórnios — para falar sobre o relacionamento deles?

Quero dizer, eu estava caçando um homem de cada signo, pelo amor de Deus!

Quando finalmente descemos na estação Butantã, subimos as mil e noventa e sete escadas rolantes e demos de cara com o amigo de Marina; eu já havia visto uma foto do dito-cujo, mas ele era muito mais bonito ao vivo.

Eu sabia que ele se chamava Vinicius e tinha os braços mais deliciosamente torneados que eu já tivera o prazer de colocar os olhos — na minha mente, porém, os seus bíceps eram velhos conhecidos da minha língua. Além disso, os olhos castanhos e puxados, revelando a ascendência oriental, combinavam quase que cirurgicamente com o cabelo também castanho, e o seu maxilar marcado me passava a impressão de que os pais estavam muito inspirados quando o conceberam.

— Oi, Vini — cumprimentou Marina, abraçando-o como se ele fosse um irmão mais novo.

— Vinte minutos atrasada — respondeu o virginiano, ainda abraçado à minha prima, e foi realmente muito difícil tirar os olhos do seu peitoral. — Bateu o seu recorde, Ma!

— Pare de ser tão rabugento. — Minha prima soltou o amigo e se voltou para mim. — Essa aqui é a minha prima, Isadora.

— Só Isa. — Eu estendi a mão e apertei a dele, sentindo uma onda de calor que só as suas mãos grandes e calejadas poderiam causar ao percorrerem todo o meu corpo.

Controle-se, mulher!, pensei, antes que cedesse ao ímpeto de agarrá-lo como um cachorro não castrado.

— Oi, Isa — respondeu ele. — É Vinícius, mas Vini também funciona. Ou Shin. Ou Shin Dongwook. Ou...

— Já entendemos, Vini. — Marina deu dois tapinhas nas suas costas.

Ah, se funciona... Eu não estava conseguindo controlar os pensamentos, tentando sorrir de maneira respeitosa, com medo de que ele descobrisse que minha mente imaginava partes anatômicas que a luz do sol geralmente não tocava.

— Aonde nós vamos? — Eu me virei para Marina e percebi que ela estava fazendo um tremendo esforço para não rir da minha desorientação.

— Ao Rei das Batidas — respondeu Vinícius no lugar dela.

Lancei um rápido olhar para a minha prima que, para alguém de fora, havia sido apenas despretensioso, porém ela sabia muito bem que eu estava querendo dizer *você vai me embebedar na frente desse homem maravilhoso e me fazer passar vergonha?* por telepatia.

— Eles também vendem sucos — comentou ela, e nós três saímos da estação.

Vinícius era tão bem articulado que eu me peguei pensando se ele não seria algum tipo de professor; quando finalmente chegamos ao bar, as minhas suspeitas se revelaram realidade.

— Eu dou aulas particulares de coreano e inglês — comentou ele enquanto nos sentávamos e pedíamos o menu. — Não paga muito, obviamente, é só um adicional para a minha renda.

— E qual é a sua renda? — perguntei, recebendo um chute da minha prima por debaixo da mesa.

Marina era do tipo que tinha "tópicos proibidos" para a primeira interação com seres humanos, mas eu era do tipo "eu quero mais é que se foda", então não foi constrangimento nenhum perguntar aquilo.

— Eu trabalho como desenhista industrial em uma multinacional. — Ele conseguiu se desviar bem da minha indelicadeza, mas não pareceu incomodado com a pergunta.

Nós chamamos o garçom e fizemos os pedidos, e acabei me rendendo a uma batida de morango com leite condensado porque também era filha de Deus. Quando o homem voltou com os copos, eu já havia conseguido controlar um pouco mais os meus impulsos e não estava tão descaradamente despindo o virginiano com os olhos.

Reparei também que Vinícius era bem quieto, então eu precisava ficar puxando assunto a todo instante.

— E de onde vocês dois se conhecem? — eu quis saber.

— O Vini era meu professor particular de inglês, aquele que eu sempre comentava que era muito bom, lembra? — Marina sorriu de maneira forçada em minha direção, e eu quase não consegui segurar o que me veio à mente instantaneamente.

Aquele que você dizia ser um delicioso e depois ficava culpada por namorar o Rodrigo e ter sonhos eróticos com ele?

— Ah, eu lembro, sim — consegui responder depois de alguns segundos de um silêncio carregado de significado. — É legal quando os nossos professores são *tão bons*, não é mesmo?

Marina me deu outro chute por debaixo da mesa, e percebi que Vinícius corou; eu só não sabia dizer se pelo elogio ou por ele ter entendido o significado por trás das minhas palavras.

— Você trabalha, Isa? — perguntou ele, mudando de assunto.

— Vou começar a estagiar amanhã — respondi, e a lembrança da editora logo me levou a Andrei. Senti como se tivesse engolido um gatinho e ele estivesse arranhando o meu estômago por dentro. — Numa grande editora.

— Parabéns. — Vinícius deu um sorriso para mim, e eu percebi que era a primeira vez que ele sorria desde o começo daquela conversa.

Talvez eu pudesse entender; se tivesse um sorriso tão lindo, também guardaria para ocasiões especiais.

Marina se remexeu ao meu lado e tirou o celular da bolsa.

— É o Rô — avisou, deixando a mesa logo em seguida.

Então eu me vi sozinha com o virginiano, depois de ter gastado todo o meu estoque de "puxadas de assunto".

— A Ma é uma figura — comentou ele. — Uma das alunas mais inteligentes que eu já tive, mas sem paciência alguma para aprender.

Eu ri, pois sabia que Marina conseguia ser bastante displicente quando a sua cabeça estava em outro lugar, e eu podia imaginar como devia ser difícil se manter sã na presença daquele homem.

— Também, com um professor bonito desses, quem não ficaria distraído? — eu me ouvi dizer, fazendo uma careta de reprovação depois que as palavras escaparam da minha boca.

Eu geralmente constrangia as pessoas com as minhas palavras; não por maldade, mas sim porque o meu cérebro havia vindo da fábrica sem filtro. O problema era que as cantadas de pedreiro eu conseguia quase sempre guardar para mim (ou para Lucas, quando namorávamos), porém, estava ficando cada dia mais difícil separar a Isadora da Valentina.

E a Valentina era bem... espertinha.

Vinícius, para minha surpresa, riu.

— Você é engraçada — admitiu.

— Acho que só sou meio sem noção.

— Eu acho legal. — Ele tomou um gole da batida, continuando em seguida: — As pessoas tendem a não ser muito verdadeiras comigo, porque eu posso ser bastante crítico às vezes, mas... sei lá, eu só sou crítico com as pessoas de quem gosto de verdade. Não é a nossa intenção incentivar a melhor versão das pessoas que amamos?

Eu me identifiquei bastante com Vinícius, lembrando das minhas críticas à banda de Lucas — eu adorava as músicas, os shows, os garotos, adorava mais ainda ver o meu ex-namorado em ação, mandando bem em cima do palco, mas, quando percebia que algo os estava puxando para baixo, era honesta e direta ao ponto.

Não é assim que as pessoas deveriam agir umas com as outras?

E lá estava eu, pensando em Lucas no meio de um encontro.

— Eu sei como você se sente. — Concordei com a cabeça. — Aparentemente, o meu namoro de seis anos acabou porque eu era muito dura com a banda do meu ex.

Vinícius assentiu, mas pareceu se retrair quando eu trouxe à tona um assunto particular. Percebendo que ele estava desconfortável, resolvi mudar de assunto — afinal, nem todos poderiam ser emocionalmente empáticos como os cancerianos ou comunicativos como os geminianos.

— Posso ver algum dos seus desenhos?

— Eu não posso te mostrar os desenhos da empresa pela confidencialidade, mas tenho alguns que fiz por hobby, pode ser? — sugeriu ele, e eu fiz que sim com a cabeça.

Vinícius pegou o celular do bolso da calça jeans, mexeu na tela por alguns instantes e me entregou o aparelho. O desenho era de um Porsche prateado, e eu fiquei tão impressionada com os detalhes que deixei a minha boca se abrir alguns centímetros.

— Demorei um mês para acabar esse — comentou, e percebi que o rosto dele estava bem próximo ao meu, analisando as minhas reações. — Não ficou como eu gostaria, pensei em refazer, mas...

— *Refazer?* — questionei, erguendo as duas sobrancelhas ao mesmo tempo. — Parece que estou olhando para uma fotografia!

Vinícius sorriu de novo, e os meus olhos baixaram para a sua boca.

— Obrigado — respondeu ele, se afastando.

Vinícius parecia tão sério e tão impenetrável aos meus charmes que aquilo só tornava mais irresistível ainda.

— Eu preciso ir. — Minha prima voltou correndo para dentro do bar, jogando uma nota de 10 reais em cima da mesa. — O Rô me avisou que colocaram Gilmore Girls inteira na Netflix, e nós vamos assistir!

— O quê? — perguntei, incrédula, e ouvi Vinícius rir ao meu lado. — Está tudo tão errado nessa frase que eu nem sei por onde começar!

— Você vem comigo? — perguntou Marina, ignorando a minha indignação.

— Hum, eu...

— Ela vai ficar mais um pouco. — Eu ouvi a voz autoritária de Vinícius responder por mim e não consegui reprimir o sorriso; pelo menos ele só foi visto por Marina, que piscou discretamente para mim, despediu-se do amigo e saiu correndo porta afora.

Quando eu me voltei para o virginiano, ele já estava com o braço no encosto da minha cadeira.

Hum, Shin Dong-wook...

— Fiz mal em te pedir para ficar? — perguntou.

— Não. — *Mas também não foi muito bem um pedido*, pensei em adicionar, mas o filtro funcionou pelo menos uma vez na vida.

Pensei em beijá-lo ali mesmo, como havia feito com o canceriano, mas algo nos olhos de Vinícius me dizia que ele gostaria de tomar a iniciativa, só que no momento certo.

Então eu apenas me encostei de novo na cadeira.

— Mais uma? — Apontei para o meu copo, e ele concordou.

Nós passamos o resto daquela preguiçosa tarde de domingo conversando. Vinícius era um ótimo ouvinte, falava pouco, mas fazia os comentários certos. Depois de duas batidas cada um, nós dois estávamos mais soltos, e eu havia esquecido completamente de Lucas e da sua imbecilidade no dia anterior.

Quando finalmente pedimos a conta, Vinícius fez questão de pagar, e eu permiti, primeiro porque ele agiu como o taurino, segundo porque eu não quis ficar irritada e terceiro porque Marina havia prometido bancar aquela saída e eu só tinha cinco reais na carteira — mesmo assim, entreguei com orgulho o que tinha para a gorjeta do garçom. Quando voltamos para a rua, o alaranjado céu da tarde já cedia lugar para o escuro da noite.

Nós caminhamos juntos até o metrô — Vinícius estava de carro e iria para o sentido contrário ao meu; claro que qualquer ariano teria mudado a rota só para poder me levar, mas o virginiano parecia bastante decidido quanto a manter o trajeto.

— Foi um prazer, Isa — disse ele quando finalmente chegamos à entrada do metrô.

— Igualmente. — Fiz que sim com a cabeça.

Ficamos em silêncio, nos olhando, até que ele colocou uma mecha do meu cabelo atrás da orelha e notificou:

— Eu vou te beijar agora.

Apenas concordei com a cabeça, achando toda aquela decisão e profissionalismo muito sexy, e senti os lábios gelados dele contra os meus. Quando ele envolveu a minha nuca com as mãos, derreti-me inteira.

Quero dizer, ele se preocupou em não me pegar de surpresa!

Trocamos um beijo detalhadamente gostoso; era quase como se ele estivesse produzindo mais um de seus desenhos e não suportasse a ideia de errar qualquer pormenor. Não teve uma batida esquisita de dente, nem uma lambida malcalculada — Vinícius sabia o que estava fazendo.

Quando nos separamos, o meu coração batia muito rápido, apesar da calmaria daquele beijo.

— Podemos nos ver outra vez? — perguntou como se estivesse fechando um acordo comercial.

— Claro, anota o meu celular.

E, enquanto Vinícius anotava o meu número na agenda do celular, eu continuava me perguntando, de novo e de novo: "o que você está fazendo com a sua vida, Isadora?"

♥ Os 12 Signos de Valentina ✕

VIRGEM

01h03, 16 de março de 2015
Postado por: Valentina

Oi, como vão vocês?

Ah... os domingos... tão preguiçosos, tão cheios de surpresas, tão preenchidos por virginianos coreanos que fazem os nossos corações baterem mais rápido...

Na verdade, já é segunda-feira e daqui a pouco eu tenho que me levantar para assistir à incrível aula do maravilhoso professor Varela (beijos, profê), que fez um trabalho muito justo em não me explanar na frente de todos os alunos do terceiro ano de jornalismo da ECA, mas eu não podia deixar de postar sobre meu encontro com o metódico signo de Virgem, primeiro porque foi muito interessante, segundo porque eu adoro sentar e observar o burburinho que sempre se espalha pela sala de aula depois que relato um encontro aqui em OS 12 SIGNOS DE VALENTINA — vocês não me veem, queridos, mas eu vejo vocês.

Como já dito, vou relatar um pouquinho da minha experiência com o signo de Virgem; de todos os outros moços que encontrei (e que não param de me mandar mensagens), esse talvez tenha sido o mais sério. Chega a ser intimidador uma pessoa tão focada no futuro e tão empenhada naquilo que se dispõe a fazer. Sendo bem honesta, para uma ariana que começa tudo e não termina nada, é bastante desejável ter pelo menos 10% da dedicação virginiana.

E, queridos e queridas, deixa eu te contar um detalhe: que corpo...

Dadas as devidas introduções, vamos ao diagnóstico.

Pseudônimo: Kim Jongin, vem cantar aqui no pé do meu ouvido!

Os 12 Signos de Valentina ✕

Idade: 25 anos

Aniversário: 02 de setembro

Música que define o signo: Cotidiano — Chico Buarque

Palavra mais usada: "Refazer"

Turn on: O foco.

Turn off: A formalidade.

Qualidades: Emocionalmente estável (sim, nos dias de hoje essa é uma qualidade invejável), calmo, articulado, organizado, honesto, inteligente, esforçado e muito, muito mesmo, charmoso.

Defeitos: Perfeccionista (sabemos que esse adjetivo só é qualidade em entrevistas de emprego, galera), emocionalmente distante (porém, estável) e pouco empático, além de sério em um nível desconfortável.

O meu encontro com Jongin começou com ele reclamando do meu atraso; eu já tinha ouvido falar da impaciência para erros dos virginianos, mas receber uma bronca por chegar quinze minutos atrasada como uma criança malcriada foi bastante... *peculiar.* Apesar disso, ele se mostrou uma pessoa muito gente boa e agradável — de poucas palavras, mas as palavras certas.

Confesso que precisei me segurar muito para não falar as besteiras que eu habitualmente falo na presença de outros seres humanos, já que o virginiano não parecia ser do tipo que se encanta com palhaçadas e piadas prontas. Foi um árduo exercício de controle da minha língua, mas acho que valeu a pena, porque, quando Jongin sorriu, foi como se eu tivesse ganhado um presente pelo bom comportamento.

A beleza clássica do virginiano acabou me pegando desprevenida, e logo eu, que sempre achei legal ser tão errado, gostei do palhaço

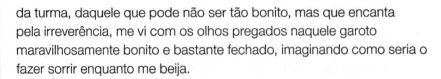

da turma, daquele que pode não ser tão bonito, mas que encanta pela irreverência, me vi com os olhos pregados naquele garoto maravilhosamente bonito e bastante fechado, imaginando como seria o fazer sorrir enquanto me beija.

Eu recomendo o virginiano para aquelas garotas que planejam todos os detalhes da própria vida: ele não vai sair da linha e, de quebra, te dar o beijo mais perfeitamente executado da sua vida. Sabe aqueles beijos cheios de fogo, mas o cara não sabe o que faz com a mão e acaba perdendo um pouco o controle da língua? O virginiano nunca vai te beijar assim. Em compensação, ele vai saber onde segurar, com que velocidade te beijar e o que dizer depois que o beijo acaba — garotas que querem homens, e não garotos, corram atrás de um virginiano.

Claro que existe o lado negativo, e, no caso do signo de Virgem, eu sinceramente não sei se conseguiria viver a minha vida ao lado de alguém que te critica o tempo todo, ou que nunca está satisfeito com o próprio trabalho, nem com o trabalho dos outros. Se algum dia um homem vier reclamar de algo que eu estou fazendo, acho que atiro um prato na cabeça dele. Virgem é aquele tipo de cara que não te deixa terminar nada, porque você "está fazendo errado", e não sei se conseguiria tolerar isso por muito tempo.

Mas pelo menos eles te avisam antes de beijar e não te pegam de surpresa, então, se você comeu um hambúrguer de cebola com alho, dá tempo de jogar uma balinha na boca e não passar aquela vergonha, né?

É isso aí, pessoal, essa foi a minha experiência com o Kim Jongin de Virgem. No próximo post eu devo aparecer aqui com um texto sobre os sensuais escorpianos.

Não! Acalmem-se, garotos e garotas, *eu não esqueci dos librianos*, mas estou me organizando para deixá-lo por último, já que Libra é o meu paraíso astral e eu quero terminar essa experiência com chave de ouro.

Será que eu sou mesmo de Áries?

Os 12 Signos de Valentina ✕

Será que Libra é mesmo meu paraíso astral?

Será que não é tudo uma mentira inventada pela minha cabeça?

#ValentinaMentirosa

Obrigada por estarem acompanhando OS 12 SIGNOS DE VALENTINA — chegou aos meus ouvidos que, aparentemente, toda a USP está de olho nas minhas peripécias amorosas, e eu não sei se me sinto lisonjeada ou assustada. De qualquer maneira, agradeço.

Um beijão estrelado,

VALENTINA

★ 23 ★

Depois do encontro com Vinícius, passei o final do domingo assistindo a Fantástico com a minha mãe — na verdade, *ela* assistiu, eu só fiquei reclamando que ela não deveria confiar nas notícias parciais e tendenciosas que as grandes corporações midiáticas nos enfiavam goela abaixo. Depois de algum tempo de discussão, ela me disse que, com aquele pensamento, eu nunca conseguiria um emprego na TV, ao que eu respondi ser a última ocupação que eu queria ter na vida, e aí ela jogou na minha cara que, se eu fosse tão revolucionária assim, não teria aceitado trabalhar numa editora, e não consegui elaborar um bom argumento como resposta, então fomos dormir meio brigadas.

Aproveitei para fazer o post no blog e apaguei com o notebook ainda ligado.

No dia seguinte, porém, eu e dona Marta voltamos ao normal logo no café da manhã, quando admiti que surtei na noite anterior porque estava nervosa com o primeiro dia de trabalho. Minha mãe tentou me acalmar e ainda me deu uma carona até a USP, só para fazer com que eu me sentisse melhor.

Obviamente, qualquer pequena melhora que eu tive no trajeto de casa até a faculdade foi pelo ralo assim que eu encontrei os meus amigos, especialistas em tentar me animar e só piorar tudo.

— Você vai entrar no bolão? — Isabela me abordou assim que entrei na sala.

Olhei em volta, percebendo que pequenos grupos de amigos negociavam dinheiro como se estivessem apostando em uma corrida de cavalos.

— Que bolão? — perguntei debilmente.

— Estamos chutando a identidade da Valentina — explicou Mayara, abanando uma nota de 50 reais no ar. — Eu apostei 50 Dilmas no Vitor.

— Francamente — resmungou Vitor.

Abri a boca para responder que aquilo era irresponsável e infantil, apenas porque eu era a dona da identidade da Valentina — se não fosse, já estaria apostando todo o dinheiro da carteira na pessoa menos provável da sala devido ao meu problema com jogos de azar (ariana, certo?) —, quando o professor Varela chegou.

— Eu espero que vocês não estejam apostando no campeonato Paulista, porque, com a saída do Guilherme, o Corinthians não tem a menor chance — comentou ele, fazendo alguns alunos rirem e outros resmungarem. — Vamos lá, sentados, nós temos muito o que falar hoje.

— Professor, você precisa nos dizer quem é a Valentina! — resmungou Fabrízio. — Eu apostei todo o meu VR na identidade dela!

— Valentina, huh? — Álvaro riu, sem olhar para mim. — Todo ano nós temos um blog que faz muito sucesso entre os alunos, mas esse OS 12 SIGNOS DE VALENTINA ultrapassou a barreira do curso de jornalismo e é uma febre em todo o campus. E vocês querem saber o melhor?

Os alunos balançaram a cabeça e murmuraram "o quê?", e Álvaro Varela apoiou-se na mesa de madeira na qual já havia deixado seu material.

— Só eu sei quem é o aluno por trás da Valentina. E não — continuou, depois que muitas mãos se ergueram no ar —, eu não vou contar.

Senti uma gratidão imensa pelo professor e marchei em direção ao lugar de sempre, tentando evitar qualquer contato visual que deixasse transparecer que aquela conversa havia me deixado ansiosa e sem ar.

No entanto, no meio da aula, percebi que o nosso grupo no Whatsapp estava agitado. Discretamente, tirei o celular do bolso, só para ler a última mensagem enviada por Isabela, que dizia:

> Do que vocês estão falando? A Isa não pega nem gripe, ela não pode ser a Valentina!

Eu ri e comecei a digitar, mas Vitor foi mais rápido.

> Sim, mas ela é ariana!

Respondi, pensando rápido em uma maneira de despistá-los.

> Eu ainda estou nesse grupo.
> E a própria Valentina vive dizendo que talvez não seja ariana e que pode estar nos enganando. E eu realmente não pego nem gripe. Eu nem deveria estar me justificando, vocês estão loucos e precisam de tratamento! Esqueçam esse maldito blog!

Mayara respondeu:

> Quem nega, assume.

Fabrízio retrucou:

> Quem acusa, tem algo a esconder.

> Quem não presta atenção na aula, reprova na matéria.

Finalizei minha participação na discussão, bloqueando a tela do meu celular e olhando feio para eles, que fizeram o mesmo.

Quase no final da aula, voltei a olhar o grupo, e percebi, aliviada, que os meus amigos haviam descartado qualquer possibilidade de a identidade de Valentina pertencer a mim só porque eu realmente não pegava nem metrô cheio — eles voltaram a discutir sobre o bolão, e eu respirei aliviada.

O dia passava muito rápido quando tínhamos a melhor aula da semana, então logo me vi levando o contrato da editora na sessão de estágios para conseguir a assinatura do coordenador do curso. Depois, almocei no bandejão e marchei rumo ao carro de Vitor, que me daria uma carona em comemoração ao meu primeiro dia de estágio. Fabrízio, Mayara e Isabela foram junto, só para poder participar daquele momento histórico; e aproveitar a carona até o metrô também.

— Boa sorte, Isa, você vai arrasar! — berraram eles pelos vidros, enquanto eu caminhava, trôpega e trêmula, até o prédio que seria o meu novo lar de exploração sistemática em busca da mais-valia.

Os procedimentos foram padrões. Eu conheci o meu chefe e os colegas de trabalho, fui levada até a minha mesa e recebi as instruções de como tudo funcionava naquela repartição. Claro que eu era apenas uma estagiária, fadada a tirar cópias e organizar planilhas, mas, só de saber que eu teria algum dinheiro no final do mês para gastar em livros e fast food, o meu espírito parecia se elevar.

Eu me mantive tão ocupada durante todo o primeiro dia que esqueci completamente que um certo alguém poderia estar circulando pelo prédio, e deixei escapar um gritinho de surpresa ao trombar com Andrei no elevador, quando finalmente estava descendo para minha pausa de quinze minutos.

Ele estava saindo e eu estava entrando, porém, quando os nossos olhos se cruzaram, ele voltou para dentro do elevador e me esperou entrar.

— Isadora — anunciou Andrei como se eu fosse a atração principal do elevador; ele estava novamente de óculos e parecia ter esquecido de pentear o cabelo, um emaranhado de fios escuros em todas as direções. — Como está sendo o seu primeiro dia?

Eu apertei o térreo. Era difícil acreditar que ele estava tentando iniciar uma conversa descompromissada depois do nosso desastroso último encontro — mais ainda porque ele não havia se dado ao trabalho de me procurar para pedir desculpas —, mas eu consegui reunir toda a minha boa vontade e respondi:

— Ocupado.

Ele concordou com a cabeça, como se compreendesse pelo que eu estava passando.

— Escuta, eu estou bem enrolado por aqui hoje, com alguns projetos para terminar, mas será que poderíamos sair hoje à noite? — perguntou ele, e o elevador parou no segundo andar, recebendo duas senhoras de meia-idade entretidas em uma conversa política sobre direitos humanos.

— Eu não sei, amanhã tenho aula e...

— Por favor, eu quero te pedir desculpas pela maneira como agi na quinta-feira — insistiu.

— Você pode me pedir desculpas aqui mesmo — comentei.

As senhoras pararam de falar e olharam discretamente para trás, interessadas na potencial fofoca que poderiam espalhar pelo setor financeiro.

— Eu acho que você merece um pouco mais do que apenas um pedido rápido e insignificante dentro do elevador — argumentou.

O elevador chegou ao térreo, e as portas se abriram. Andrei as segurou para que as senhoras saíssem e, quando percebeu que ninguém mais entraria, desviou a atenção para mim.

— Confia em mim — pediu Andrei. — Deixa eu te levar para jantar como um pedido de desculpas.

Senti o rosto esquentar, potencialmente porque eu não conseguiria dizer não para aqueles lindos olhos castanhos e inteligentes.

— Tudo bem — acabei cedendo, balançando a cabeça.

— Eu te busco às oito — anunciou ele, e eu saí do elevador.

Não vi mais Andrei pelo restante do dia, ocupada em tentar ser prestativa e eficiente na minha primeira segunda-feira como estagiária da editora; quando finalmente bati o cartão para ir embora, comecei a sentir as borboletas atacando o meu estômago diante da perspectiva de sair para jantar com Andrei.

Eu devia ter sido mais forte. Devia ter negado, feito um doce, enrolado. Devia ter fingido que Andrei não me atingia de maneira alguma — não era assim que as garotas espertas faziam? Escondiam os sentimentos, jogavam joguinhos, eram mais frias que o iceberg que partiu o Titanic ao meio? Mas eu também não deveria ter iniciado um blog no qual conto os meus relatos amorosos com os doze signos do zodíaco, e o meu experimento estava fazendo o maior sucesso, então, a quem ouvir? Quero dizer, que repartição do Ministério dos Cuidados da Vida Alheia havia decidido como uma garota deveria agir para se dar bem na vida? Eu era daquele jeitinho desde sempre, impulsiva, falante, desafiadora, e estava cansada de ser aconselhada a me conter quando o que mais queria era ser verdadeira com as pessoas ao meu redor.

Ao chegar em casa, encontrei minha mãe com as suas amigas do escritório, todas divorciadas e muito felizes, obrigada, tomando vinho e conversando animadamente, quase como um episódio ao vivo de Desperate Housewives. Eu avisei que iria sair para jantar e a minha mãe concordou, talvez um pouco alterada pelo álcool.

O porteiro interfonou às oito em ponto, e eu passei voando pela sala, antes que todas aquelas mulheres começassem a me elogiar de maneira artificial e me deixassem mais envergonhada do que eu já estava. Do lado de fora, avistei o carro de Andrei e caminhei com os meus saltos grossos até ele, abrindo a porta e sentando-me sem pedir autorização.

— Oi, Isadora — cumprimentou ele, sorrindo. — Você está linda.

E talvez eu estivesse mesmo. Havia escolhido um vestido soltinho e vermelho que deixava os meus ombros de fora e calçado sandálias de plataforma, terminando a produção com uma maquiagem leve e um produto milagroso que Marina havia me emprestado que parecia domar todo o volume do meu cabelo em cachos largos e uniformes.

— Obrigada — respondi brevemente, tentando não me desmanchar ao perceber que Andrei vestia um blazer azul.

Era o mais arrumado que eu já o tinha visto.

— Espero que você goste de massa — comentou, antes de sair graciosamente da vaga em que estava estacionado. — Estamos indo a uma cantina na Mooca.

O trajeto até a cantina italiana foi mais silencioso do que eu esperava. Andrei perguntou como havia sido o meu dia, eu respondi de maneira breve, depois ele me contou um pouco mais sobre os projetos que estava encabeçando e, então, passamos os minutos restantes ouvindo o CD do Cake que ele havia selecionado.

Eu não sabia muito bem como agir. Estava óbvio que eu tinha um precipício por Andrei, mas também estava dividida entre diversos aspectos, como o fato de ele não ter um signo definido, a maneira babaca como havia tratado as minhas convicções na quinta-feira e a volta de Lucas, que só serviu para me recordar como pessoas diferentes não podiam dar certo.

Andrei parou o carro e entregou a chave para o manobrista do *vallet*. Quando eu saí do carro (sozinha, porque ele me deixou abrir a porta, graças à Nossa Senhora dos Homens Com Noção), ele me guiou para dentro do restaurante com a mão direita na minha lombar, e eu posso jurar que passei dois minutos inteiros sem respirar.

A hostess nos levou até uma mesa afastada com vista para um lindo jardim de inverno — mesmo que fizesse um calor dos infernos — e nos entregou os menus. Assim que ela se afastou, Andrei segurou as minhas mãos por cima da mesa.

— Me desculpe — pediu. — Fui um idiota.

— Andrei, eu...

— Não, espera, deixa eu terminar, passei o final de semana escrevendo e decorando o meu discurso, e se não falar tudo agora, com certeza vou esquecer — interrompeu, uma ruguinha de concentração enfeitando a sua testa. Eu me calei e permiti que ele continuasse. — Eu já tive algumas namoradas, mas os nossos términos foram pacíficos, se é que existe algum término nesses termos, e não posso imaginar como é ser traído por uma pessoa com quem eu estive por seis anos. Seis anos! É ano pra caralho!

Eu ri, porque foi a única reação que consegui ter diante de seu espanto.

— Não quis diminuir a sua dor, nem desconfiar dos seus motivos para querer se precaver antes de tentar outro relacionamento; na realidade, se eu fosse você, teria feito o mesmo.

Andrei abriu a boca para continuar, mas o garçom chegou em nossa mesa e nós ficamos um pouco perdidos porque não havíamos olhado o menu. O homem então nos sugeriu os melhores pratos da cantina, anotou os pedidos e se afastou.

Eu olhei para Andrei e permaneci calada, para que ele continuasse com o seu discurso. Na realidade, eu só queria ter uma desculpa para continuar encarando aquele rostinho lindo de quem passava seis horas jogando videogame sem parar.

— O que eu quero dizer com tudo isso é que realmente fui um babaca em menosprezar os seus motivos e as suas crenças — continuou, sem tirar os olhos de mim. — Infelizmente, não posso te dar a única informação sobre mim que você mais gostaria de ter, porque eu mesmo não sei o dia exato do meu nascimento, mas posso te garantir que nunca, nunca mesmo, faria você passar pelo que passou com o seu ex-namorado. Eu posso ser um cara sem signo definido, mas não sou um babaca sem coração.

Eu continuei em silêncio, porque o discurso de Andrei me passou a impressão de que ele gostaria de ter algo significativo comigo, talvez até um relacionamento sério e monogâmico, e eu não conseguia distinguir o que estava sentindo em relação àquela perspectiva, se era medo ou animação.

— Eu sei que nós não temos nada sério para que eu esteja te fazendo essa promessa — disse ele depois de algum tempo, quase como se pudesse ler a minha expressão confusa —, mas fazia tempo que eu não me sentia como me sinto com você, tempo até demais, e se você quiser me perdoar, nós podemos apenas ver no que tudo isso vai dar. Sem pressão.

Eu abri e fechei a boca diversas vezes, sendo atentamente observada pelos olhos espertos do garoto sentado à minha frente. Ele parecia ansioso, até mesmo preocupado com o que eu diria em seguida, e talvez tenha sido a sua atitude de quem realmente se importava comigo que me fez responder da maneira que respondi.

— Eu gosto muito você — falei pausadamente, respirando entre as palavras para que algo estúpido não saísse da minha boca; o meu coração batia acelerado dentro do peito, quase como se eu estivesse tendo um ataque cardíaco. — E eu realmente achei que nunca mais fosse gostar de outra pessoa depois de tudo o que aconteceu, mas receber uma mensagem sua no celular anima o meu dia mais do que eu achava ser possível. Então eu...

O garçom retornou com nossos pratos e bebidas e os pousou em cima da mesa; enquanto ele fazia o serviço, Andrei me observava com olhos atentos, analisando todos os meus gestos. Quando o homem se afastou pela segunda vez, minhas mãos estavam suando.

Quero dizer, eu estava fazendo o certo em admitir que gostava de Andrei? Eu não deveria fazê-lo se questionar, fazê-lo sofrer antes de entregar o ouro? Não era daquele jeito que as meninas espertas agiam?

— Eu não quero nem estou pronta para um novo relacionamento — continuei, enquanto as nossas massas esfriavam na mesa. Andrei concordou com a cabeça, mas percebi uma pontada de decepção no seu rosto. — Mas também não posso mentir e dizer que não quero ficar com você, porque eu quero. Então não sei o que te falar.

— Nós podemos apenas deixar rolar — sugeriu ele, um pouco mais esperançoso. — Eu não estou te pressionando, só quero passar mais tempo com você. Te conhecer melhor. Ser seu amigo. E te beijar na boca.

— Isso eu posso fazer. — Concordei com a cabeça. — Mas você precisa parar de me chamar de Isadora.

— Eu posso tentar fazer isso também — ele fez que sim com a cabeça, completando em seguida —, *Isadora*.

Andrei então abriu o sorriso mais charmoso do mundo, e eu o acompanhei. Então me pegou de surpresa ao se debruçar por cima da mesa e me beijar, pressionando a boca quente e gostosa contra a minha. Quando voltou para o próprio lugar, levou consigo metade da minha lasanha no seu blazer azul.

— Puta que me pariu, eu nem paguei esse blazer idiota ainda! — exclamou ele, olhando para o estrago no seu peito e depois para mim.

E, quando nossos olhos se encontraram novamente, nós caímos na risada.

★ 24 ★

Andrei acabou desistindo de limpar o blazer depois de vários minutos esfregando o guardanapo de pano na mancha de molho de tomate sem nenhum sucesso e o pendurou no encosto da cadeira, revelando a camiseta branca com o slogan de Game of Thrones, "Winter Is Coming" e voltando a ser o bom, velho e nerd Andrei.

Depois que deixamos os nossos desentendimentos de lado, desfrutamos de uma noite agradabilíssima, com direito a um dueto de Funiculí, Funiculá entre Andrei e o cantor da cantina que me levou lágrimas aos olhos — de tanto rir.

Assim que acabamos o jantar, estávamos inchados de tanta massa; Andrei, inclusive, abriu o botão da calça para "conseguir respirar". Quando a sobremesa chegou, porém, nós pedimos desculpas pela gulodice e atacamos o tiramisù.

— Da próxima vez — murmurou Andrei, sôfrego, depois de pousar a colher em cima do prato com uma expressão de quem queria vomitar — eu te levo para comer salada.

— É uma ótima ideia. — Eu suspeitava que a mesma expressão de dor e sofrimento também tomava o meu rosto.

Quando a conta chegou, Andrei me explicou que queria pagar o jantar como parte do pedido de desculpas, mas foi solícito o suficiente para perguntar se eu me importava, porque se eu quisesse pagar a minha parte, ele não faria nenhuma objeção. Deixei que ele pagasse — porque o meu VR ainda não estava funcionando —, com a promessa de que o levaria para jantar por minha conta da próxima vez. Ele concordou, animado com a perspectiva de uma "próxima vez", e nós voltamos para o carro.

Conversamos durante o caminho inteiro, bem diferente do trajeto de ida, e eu fiquei surpresa quando Andrei estacionou diante do meu prédio; estávamos nos divertindo tanto que eu nem vi o tempo passar.

— Entregue — anunciou, puxando o freio de mão e olhando para mim.

Os seus olhos estavam um pouco fundos, talvez pelas noites maldormidas típicas do último semestre da graduação, mas ele continuava lindo. Não de uma maneira clássica, como o virginiano ou o leonino, porque as suas imperfeições estavam bem à vista e ele não fazia muita questão de escondê-las, mas Andrei apenas... fazia com que o meu sorriso fosse espontâneo e difícil de controlar.

— Você quer entrar um pouco? — ofereci, sem conseguir pensar direito no que estava fazendo. — A minha mãe está em casa, mas a gente poderia só, sei lá, assistir a um filme...

E eu poderia beijar essa sua boca linda a noite inteira, pensei em completar, mas me segurei no último instante.

— Pensei que você nunca fosse convidar. — Andrei fingiu estar ofendido, e eu saí do carro rindo.

Assim que entramos no elevador do prédio, bêbados daquele sentimento que só um casal se conhecendo melhor pode sentir, Andrei me prensou contra o espelho e nós trocamos um beijo bastante inapropriado — eu com certeza não conseguiria olhar na cara do seu Juca, o porteiro, no dia seguinte. Quando ouvimos o *plim* nos avisando que havíamos chegado ao meu andar, Andrei me soltou.

— Como é que eu consegui beijar a menina mais linda do mundo? — sussurrou ele, a boca ainda bem perto da minha.

— Foram as referências a Harry Potter — respondi, recebendo um sorriso e um último beijo antes de sairmos do elevador.

No entanto, toda a felicidade que eu estava sentindo pareceu escorrer pelo meu corpo assim que eu avistei a porta da minha casa; Lucas estava parado na frente dela, segurando um buquê de rosas e parecendo nervoso.

Eu não consegui dizer nada, mas não foi preciso. Assim que o meu ex-namorado nos avistou, uma pequena comoção pareceu tomar o hall do oitavo andar.

— Lucas?! — exclamou Andrei, passando por mim e abraçando o meu ex como se eles fossem velhos amigos de pescaria.

— Caralho! — Lucas arregalou os olhos, esquecendo-se completamente do porquê de estar na porta da minha casa às onze da noite e correspondendo ao abraço enquanto distribuía tapinhas de macho alfa nas costas de Andrei com o buquê, derrubando pétalas para todos os lados. — Eu não te vejo há muito tempo, cara!

O meu queixo caiu e encostou no chão, exatamente como acontece nos desenhos animados — ou pelo menos era assim que eu estava me sentindo naquele momento.

Se existia um Deus, ele já poderia me levar.

— O que você está fazendo aqui? — perguntou Andrei depois de soltar Lucas e perceber o buquê de flores. — Veio visitar a namorada?

— Ex-namorada. — Lucas deu de ombros.

Então a ficha pareceu cair para eles concomitantemente, porque eu fui atingida por dois pares de olhos interrogativos. Mesmo que ainda estivesse com a boca aberta, não consegui pronunciar nenhum som, o Tico e o Teco do meu cérebro provavelmente muito ocupados dançando Wesley Safadão.

Eu honestamente não sabia dizer o que havia cometido nas vidas passadas para receber uma enxurrada de carma na cabeça, mas era até um pouco cômico ver o meu ex-namorado e o meu atual rolinho parados a pouco centímetros de mim depois de terem trocado um abraço digno de novela das nove.

Eu quis rir, depois chorar, depois rir chorando, mas não fiz nada daquilo e continuei parada como o Chaves quando tinha um piripaque.

— Vocês dois... o Lucas... — começou Andrei.

— Você está... o Andrei, ele... — terminou Lucas.

E nenhum deles conseguiu formular uma frase completa e coerente. Coube a mim tomar as rédeas daquela situação, obviamente. Eu tinha quase 23 anos; era de se esperar que eu houvesse aprendido a não confiar nos homens para tomar alguma decisão.

— O que você está fazendo aqui, Lucas? — perguntei, assumindo a minha postura fria e defensiva. — E como você conseguiu subir até aqui? A minha mãe não te colocou na lista negra da portaria? Você está subornando o Juca?

— Eu só vim... conversar. — Meu ex-namorado lançou um olhar de esguelha para Andrei, que, até instantes atrás, era o seu melhor amigo do mundo inteiro, mas agora parecia ser apenas uma ameaça. — E vocês? Se conhecem de onde?

— Do Rodrigo — respondi, seca. — Lucas, nós já conversamos o que tínhamos para conversar, será que você poderia só... ir embora?

— Eu vim em paz. — Ele tentou sorrir, mas não conseguiu muito bem; reparei que o seu cabelo, sempre muito bem alinhado e cuidado, estava bastante bagunçado e desalinhado.

O que estava acontecendo com o meu ex-namorado?

— Tenho certeza de que veio, mas agora não é o melhor momento. — Eu lancei um olhar rápido na direção de Andrei, que estava parado entre nós dois como um boneco de posto furado, e esperei que Lucas entendesse o recado.

Ele entendeu, mas não teve a reação mais civilizada. Ao invés de se desculpar e sair discretamente, como qualquer pessoa com um pouco de orgulho próprio faria, ele colocou o buquê de flores nos meus braços e disse:

— De todas as pessoas do mundo, tinha que ser o meu amigo?

A gargalhada que eu soltei em seguida foi um pouco animalesca e forçada, confesso, e quase joguei as flores na cara dele.

— Sério mesmo, Lucas? — Eu semicerrei os olhos em sua direção depois que parei de rir.

O meu ex-namorado pareceu perceber o que havia dito e ligado os pontos até Mandy, uma das minhas melhores amigas em um passado longínquo e distante, porque o seu rosto ficou vermelho.

— Eu realmente não quero atrapalhar nada entre vocês dois, talvez seja melhor eu ir embora... — A voz de Andrei atravessou o campo de guerra, calma e melódica.

— *Você fica* — ordenei, e ele se calou imediatamente, talvez por medo, talvez por ter feito xixi na calça.

— É, cara, não encana — concordou Lucas, virando-se para Andrei. — Eu vou indo nessa. A gente conversa depois... Podíamos marcar com a turma do colégio qualquer dia desses, não é mesmo?

— Sim, isso seria legal. — Andrei assentiu.

Antes de entrar no elevador, porém, Lucas segurou a porta e colocou a cabeça para fora.

— Eu sei que acabei ficando com a sua amiga, mas é um golpe muito baixo ficar com o cara que nos juntou para começo de conversa — disse ele, e as portas se fecharam.

— O cara que nos...? — Deixei a frase no ar, olhando de maneira acusadora para Andrei.

— Ei, não olha assim pra mim, eu não sei do que caralhos ele está falando! — Ele abriu os braços em sinal de rendição.

Entrei em casa espumando de raiva. Joguei as flores no aparador e caminhei a passos duros até a sala, como uma criança mimada. Andrei me seguiu, sem saber como agir, e nós só ficamos sentados no sofá, mudos por alguns minutos.

Foi Andrei quem rompeu o silêncio.

— Então ele é o seu...

— Sim.

Balancei a cabeça, começando a sentir a vergonha que deveria ter sentido assim que encontrei Lucas parado na frente da minha porta. O que Andrei iria pensar de mim?

— Eu fiz todo o ensino fundamental e médio com ele. Ele era dois anos mais velho, mas nós tínhamos uma bandinha juntos. Acabamos perdendo totalmente o contato há uns seis, sete anos — continuou ele, tentando quebrar o gelo. — Desculpe pela naturalidade, eu não sabia... quero dizer, não vi nenhuma foto de vocês no seu Facebook...

Eu não sabia direito se deveria me sentir lisonjeada por Andrei ter fuxicado o meu perfil ou irritada por saber que os dois eram amigos.

— Eu deletei todas depois que...

— Entendo. — Ele não me deixou continuar a história, e fui grata àquilo.

Andrei levantou-se do sofá oposto ao meu e sentou-se ao meu lado, segurando a minha mão. Ficamos algum tempo naquela posição, ele acariciando a minha pele com o dedão, eu de olhos fechados, tentando processar a ideia de que Lucas voltara para me ver mesmo depois de tudo o que havíamos dito um para o outro no nosso último encontro.

— A competição é um pouco desleal, sabe? — comentou Andrei, e eu abri os olhos, sem entender direito. — Como posso competir com a perfeição daquele rosto de quem nunca precisou ouvir de uma garota na balada que "não ficaria comigo nem no dia de São Nunca?"

Eu deixei uma risada escapar, abaixando o rosto.

— Não tem graça, foi muito constrangedor encontrá-lo — falei, mas a minha risada apontava exatamente o contrário.

— Tem um pouco de graça, vai. — Ele me empurrou amigavelmente pelos ombros. — O que seria das nossas vidas sem alguns acontecimentos inesperados? Completamente entediante.

Eu neguei com a cabeça, ainda rindo.

— Quem em sã consciência te dispensaria na balada? — perguntei, mudando de assunto abruptamente, porque não queria mais pensar em Lucas.

— Você — respondeu ele, e eu arregalei os olhos. — Acha mesmo que não coloquei todo o meu esforço e charme em ação para te conquistar na primeira vez em que nos vimos?

— Você me encontrou caindo de bêbada e dando em cima do bartender — afirmei, tentando refrescar a sua memória.

— E achei uma graça. — Ele sorriu. — Não sou o tipo de homem que se escandaliza ao ver uma garota se divertindo.

Eu senti o coração ser tomado por um sentimento bom e gostoso, e envolvi a nuca de Andrei com as mãos, beijando-o lentamente. Andrei se ajeitou no sofá e enlaçou a minha cintura, puxando as minhas pernas para o seu colo; eu soltei uma risadinha de surpresa, mas me encaixei nele mesmo assim. A porta do quarto da minha mãe estava fechada, o que significava que ela deveria estar no décimo sétimo sono e não acordaria nem se a gente botasse fogo no apartamento.

Nós nos beijamos por algum tempo, mas foi difícil esquecer a cena de mais cedo na porta de entrada, e eu me sentia tensa e ansiosa. Andrei pareceu perceber, porque nos afastou e colocou as mãos nos meus ombros.

— Eu preciso ir — declarou.

— Tudo bem. — Concordei com a cabeça. — Eu tinha uma noite diferente em mente, mas...

— Não precisa se explicar, eu entendo. — Ele beijou a minha testa e se levantou. — Além disso, nós vamos levar tudo com muita calma, não é mesmo? Não estamos com pressa para nada.

Eu acompanhei Andrei até a porta. Saímos novamente para o hall de entrada, onde ele me abraçou; Andrei era tão alto que a minha cabeça ficou apoiada na sua clavícula e eu senti o seu coração bater.

— Se você quer mesmo saber — sussurrou ele, a boca bem próxima do meu ouvido —, o Lucas era um cara legal, mas sempre roubava no truco. Acho que traição é algo banal para ele.

Eu ri e levantei o rosto. Nós trocamos um último beijo, e Andrei se afastou, entrando no elevador e gritando que "nos vemos no trabalho". Depois que as portas se fecharam, eu voltei para casa e peguei as flores de Lucas, caminhando firmemente até a cozinha com a intenção de jogá-las no lixo. Mas não consegui e, irritada com a minha fraqueza, coloquei-as em um vaso cheio d'água.

As flores não tinham culpa da imbecilidade do meu ex-namorado.

★ 25 ★

Terça-feira sempre foi o dia da semana que eu mais detestei. Pelo menos na segunda eu ainda estava com as energias acumuladas do domingo, mas na terça a ficha de que a semana seria longa finalmente caía e o banco de energia já havia sido todo gasto nas 24 horas anteriores.

Porém, eu comecei aquele dia relativamente animada. Talvez fosse uma mistura da empolgação do emprego novo com a possibilidade de ver Andrei novamente, mas, quando entrei na sala de aula assoviando — ou fingindo assoviar, já que eu parecia ter nascido sem o dom de criar sons com a boca —, passei pela mesma inquisição espanhola de quando resolvi sair da fossa.

O dia letivo não foi muito diferente de qualquer outro dia, talvez com a única diferença de eu não precisar revirar os olhos ao ver Amanda trocar mensagens pelo celular, já que ela estava distante e mal-humorada, e logo eu me vi dentro do metrô rumo à editora, ansiosa para rever o rosto anguloso de Andrei e descobrir se ele estava de óculos ou lentes de contato; eu esperava que ele estivesse com a armação tartaruga, que o deixava com ares de bom moço. E nem foi preciso esperar muito tempo, já que trombamos logo na entrada — eu estava passando o crachá pelas catracas e ele estava de saída; Andrei estava tão lindo com o cabelo mal penteado, olheiras de sono e a camisa amassada que eu me vi prendendo a respiração.

Ele não me viu, então resolvi tomar uma iniciativa.

— O ministério caiu, o ministro da magia está morto, eles estão vindo — falei, relativamente alto, chamando a atenção de algumas pessoas que passavam por perto e que me encararam como se eu estivesse montada em um pônei alado bradando a espada de Simón Bolívar; quero dizer, eles nunca haviam lido Harry Potter?

Andrei olhou em minha direção no mesmo instante e se atrapalhou todo na catraca, fazendo o aparelho apitar ao tentar sair sem validar o código e derrubando os papeis que levava nos braços.

Eu me senti um pouco mal por ter causado toda aquela comoção e me encaminhei para ele. Quando finalmente alcancei a última catraca, ele já estava do lado de fora. Agachei-me para ajudá-lo a recolher os papéis, mas ele foi mais rápido e agrupou tudo em questão de segundos, como se o conteúdo fosse proibido — eu pude perceber que pareciam ser documentos importantes e antigos, mas logo a minha atenção foi roubada por aquele sorriso lindo à minha frente.

— Você sempre sabe como fazer uma entrada triunfal, Isadora — comentou ele, beijando o meu rosto. — Ouvi dizer que causou uma boa impressão na sua equipe.

— Sabe como é — dei de ombros, tentando parecer modesta —, não existe ninguém em São Paulo que tire cópias como eu.

Andrei abriu a boca para responder, mas uma voz feminina e aguda atravessou a nossa pequena bolha de piadas internas.

— Vamos, Andrei, tenho que estar de volta antes das duas e você sabe que eu me arrependo de favores que me atrapalham!

Olhei na direção da voz e encontrei uma jovem da nossa idade, negra, com lindos olhos escuros e tranças afro. Ela usava uma saia lápis preta, camisa social e o colar dourado mais lindo que eu já havia visto; não que qualquer homem fosse reparar no colar com aquele corpo.

Ela nem se dignou a olhar para mim.

— Eu preciso ir, estou atrasado para entregar uns documentos — disse Andrei em tom de desculpas, apertando os papéis contra o corpo e resgatando a minha atenção. — Nos falamos mais tarde?

— Ahn, sim. — Não era como se eu conseguisse dizer algo além daquilo, já que a veia do ciúme estava pulsando no meio da minha testa.

Andrei me beijou no rosto mais uma vez e se afastou, alcançando a garota. Os dois saíram do prédio conversando animadamente enquanto eu subia para o meu andar com a sensação de que tinha engolido uma âncora de navio.

Meu dia mudou da água para o vinho, e toda a boa impressão de proatividade e criatividade que eu havia causado no meu primeiro dia de estágio parecia estar indo por água abaixo, já que no final daquela tarde eu me tranquei na sala da copiadora e tirei todas as cópias com a precisão de um bicho preguiça.

Eu andava pela calçada ao final do expediente rumo ao bom e velho metrô, tentando decidir se a amiga de Andrei ficaria melhor em uma passarela ou na capa de uma revista de moda, quando ouvi buzinas atrás de mim e a voz conhecida da minha prima.

— Ei, moça trabalhadora, tem um tempinho para a sua prima desempregada?

Eu sorri por instinto e virei-me para trás, entrando no carro de Rodrigo e cumprimentando o meu casal favorito depois de Gregório Duvivier e Clarice Falcão — que podiam não estar mais juntos, mas ainda estavam no meu coração.

— Eu posso saber por que os engenheiros estão se aventurando fora das docas? — perguntei quando Rodrigo se afastou do meio-fio e voltou para a rua.

— O Rodrigo estava comentando que nós três não saíamos há décadas...

— Nós saímos semana passada, Ma.

— ...e decidimos te sequestrar para uma noite de farra! — terminou Marina, sem dar atenção ao meu comentário.

— Noite de farra? Eu tenho aula e trabalho amanhã, gente — comentei, mas não era como se a minha prima se importasse com a minha opinião, de qualquer jeito.

Ela estava desempregada, *ela* conseguia acompanhar as aulas de ressaca, então eu que me virasse.

— Você mora em uma metrópole, tem 22 anos e passou seis deles enclausurada dentro de casa assistindo a The Voice e ouvindo o seu ex-namorado afinar o violão, Isa, viva um pouco a vida!

E então uma imagem bem vívida de Andrei beijando a garota de mais cedo invadiu a minha mente, e eu não tive argumentos para contrariar a minha prima capricorniana e altamente convincente.

Só não esperava que fôssemos "viver a vida" na balada em que eu havia conhecido Andrei. E não imaginava também que Marina não me deixaria passar em casa para trocar de roupa. Portanto, depois de algumas horas bebendo no bar da frente (enquanto Rodrigo reclamava que estava cansado de sempre ter que ser o motorista da rodada e ficar no suco de laranja), eu estava no meio da pista de dança usando a minha saia social comportada até os joelhos, segurando um copo vazio de vodca com energético, observando a minha prima sugar a cara do namorado e me sentindo extremamente desconfortável.

— Você não estava tão séria da última vez, garota. — Uma voz masculina e sexy atrás de mim atravessou o *tunts tunts* da música, e eu virei o corpo, encontrando o bartender daquela primeira noite, mais conhecido como "Deus Grego do Álcool"; ele estava bem diferente sem o uniforme preto, usando uma camisa social cinza com as mangas enroladas, calça jeans que modelavam muito bem as pernas fortes e sapatos que deviam custar mais que todo o meu armário.

Na mesma hora, um flash daquela noite me alcançou.

— *Ei! Você! Deus Grego do Álcool! Qual é o seu signo?*

— *Eu sou de Escorpião! Sabe o que dizem sobre os escorpianos na cama, não sabe?*

Senti o rosto esquentar.

— Da última vez, eu não tinha acabado de sair do trabalho — gritei por cima da música, apontando com a cabeça para a minha roupa.

Era coincidência demais encontrar o próximo signo da minha lista naquela balada em plena terça-feira.

Ou era o destino me incentivando a seguir com o projeto Valentina.

Qualquer que fosse a explicação, eu não poderia deixar escapar.

— Eu também estava trabalhando naquele dia, mas esse detalhe não impediu que eu me divertisse — argumentou ele.

Àquela altura, Marina já havia parado de devorar a boca de Rodrigo, e os dois me olhavam, curiosos.

— É, bom, o teor de álcool no meu sangue estava bem mais elevado também.

— Não seja por isso. — O bartender sorriu. — Posso te pagar uma bebida?

Olhei para Marina e Rodrigo; ela concordou balançando a cabeça com veemência, ele negou discretamente.

— Sim — respondi, fazendo sinal para que eles não fossem embora sem mim.

O Deus Grego do Álcool me levou para o bar do andar de cima, mais tranquilo e relativamente vazio por se tratar de uma terça-feira à noite.

Quero dizer, quem eram os imbecis que saíam na terça-feira?

— Então é isso o que você faz nos seus dias de folga? — perguntei para tentar quebrar o gelo enquanto esperávamos nossas bebidas. — Volta para o seu local de trabalho?

Ele riu, negando com a cabeça.

— Geralmente não, mas hoje é aniversário do dono e eu não consegui me livrar. Ele não se deu ao trabalho de aparecer no meu, mas os empregados são obrigados contratualmente a comparecer ao dele — respondeu de maneira amarga, entregando-me outro copo de vodca com energético. — Qual é o seu nome mesmo?

— Isadora, mas eu prefiro Isa. — Estendi a mão que não estava ocupada, e ele a apertou, puxando-me para mais perto e beijando o meu rosto.

— É um prazer revê-la, Isa — sussurrou ele no meu ouvido. — Eu sou o Eduardo.

— Edu? — arrisquei, tentando me manter sã enquanto ele ainda segurava a minha mão como se eu fosse feita de pano.

— Não tenho objeções. — Ele me soltou, e eu consegui voltar a respirar normalmente.

Eduardo era mais velho, devia ter uns 30 anos, se não mais. Além disso, ele tinha algo... algo que provavelmente deveria ser proibido. Era como se pudesse te despir com os olhos, mas só se ele quisesse.

E, naquele momento, eu sentia que Eduardo queria.

— Eu queria pedir desculpas pela outra noite. — Só me restava mudar de assunto, antes que a nudez em público não me pareces-se uma ideia tão ruim assim. — Eu não estava... normal.

— Eu não teria gostado tanto de você se estivesse normal — comentou Eduardo, arrancando-me um sorriso sincero. — Você quer dançar?

— Sou uma péssima dançarina.

— E eu sou ótimo, então podemos chegar a um meio termo.

Descemos para a pista de dança, e eu não encontrei mais Marina nem Rodrigo; eles provavelmente estavam em algum canto se co-mendo e fingindo que não tinha nada de mais em gemer em público, como eu já havia presenciado diversas vezes. Um pouco aliviada por não ser vista dançando por nenhum deles, já que aquilo seria motivo de piadas pelo resto da minha vida, deixei-me levar pelas mãos ha-bilidosas do escorpiano, que me rodopiavam como se eu fosse uma bailarina. E, por alguns instantes, eu me senti como se fosse uma.

— Você não é tão ruim — determinou ele depois de algumas músicas em silêncio, durante as quais roçamos os nossos corpos e trocamos olhares com décimas sétimas intenções. Eu sorri, e ele me puxou para mais perto. — Já dancei com piores.

— Eu não sei se devo me sentir ofendida ou lisonjeada — res-pondi, fazendo-o rir.

Nós continuamos a dançar agarrados, e o beijo que se seguiu acon-teceu pelo curso natural do momento. Quero dizer, você não fica tão perto de uma pessoa por tanto tempo se não vai beijá-la em seguida.

Claro que eu não esperava que o beijo fosse ser mais potente que o olhar de Eduardo no quesito "necessidade de ficar nua". Quando as mãos grandes e fortes do escorpiano pressionaram a base das minhas costas e ele desceu a boca para o meu pescoço, eu honestamente pensei que fosse perder a cabeça.

Com medo de proporcionar um espetáculo para os curiosos telespectadores em volta, peguei Eduardo pela mão e caminhei até um canto escuro, com o máximo de privacidade que uma balada na Augusta poderia nos oferecer. E os beijos continuaram, mais quentes que o verão de Cuiabá, e o escorpiano pareceu criar mais cinco pares de mãos, porque não tinha um só pedaço de pele no meu corpo livre do seu toque.

E que toque.

Quando eu comecei o experimento antropológico da Valentina, o meu objetivo era simples e até um pouco ingênuo: flertar com todos os signos do zodíaco e beijá-los. Porém, nos braços de Eduardo, eu comecei a me amaldiçoar por não ter pensado em adicionar sexo à lista. Porque, bom... acabar a noite na cama do escorpiano não exigiria nenhum esforço.

— Você quer dar o fora daqui? — perguntou ele quando começou a ficar difícil demais manter as nossas mãos em lugares permitidos pela lei. — Eu moro aqui na Augusta.

Nossa Senhora da Força de Vontade, me ajude a não cair em tentação.

— Não posso, estou de carona com a minha prima, e ela me mata se eu desaparecer como na última vez — expliquei, reunindo os últimos resquícios de sanidade no meu corpo.

Eduardo desceu as duas mãos para a minha bunda.

— Você não quer *mesmo* descobrir como são os escorpianos na cama?

Nossa Senhora dos Casos Perdidos, acho que serei fraca.

— Eu...

Eu teria cedido, porque, bom, nunca mais na vida teria a oportunidade de passar a noite com um cara tão delicioso. Porém, um garoto bêbado se aproximou de nós e, visivelmente fora de si, puxou-me pela mão, tentando me convencer a "dançar na boquinha da garrafa". Eu comecei a rir, porque ele parecia ser um cara engraçado e não estava em suas plenas faculdades mentais, mas Eduardo não achou graça alguma e o empurrou com força. O garoto caiu para trás e deu uma cambalhota, levantando-se com dificuldade em seguida.

A embriaguez fofa se transformou em raiva nos seus olhos.

— Qual é o seu problema, cara? — perguntou ele, a voz enrolada e os punhos na frente do rosto, assumindo a posição de defesa mais falha do mundo.

— Você é o meu problema — disse Eduardo de maneira fria.
— Não vê que a moça está acompanhada?

— Ei, vamos lá, não precisa disso — pedi, entrando no meio dos dois. — Ele já estava de saída, não é mesmo?

Eu olhei para o garoto bêbado, suplicando com os olhos que se afastasse, e ele pareceu entender o recado, voltando para o grupo de amigos que o esperava com expressões preocupadas. Assim que ele desapareceu no meio da pista de dança, eu avistei Marina e Rodrigo na fila da saída, e a minha prima parecia procurar por mim. Aproveitando que o encanto havia sido quebrado e que os beijos de Eduardo não teriam mais influência sobre mim, eu me voltei para ele e sorri.

— Preciso ir, Edu — falei, fazendo um biquinho.

— Não quer mesmo estender a noite? — Ele se aproximou, envolvendo a minha cintura, e eu vacilei por alguns instantes.

— Não posso, tenho aula amanhã cedo. — Fui forte o suficiente para colocar um ponto final e, com um último beijo delicioso, nós nos despedimos.

Entre todos os signos do zodíaco que eu havia provado até então, Escorpião foi o único que não pediu o meu número de celular e não pareceu se abalar com a minha recusa, e confesso que fiquei um pouco decepcionada.

Assim que eu me aproximei de Marina e Rodrigo, a minha prima pareceu aliviada por não ter me perdido pela segunda vez na mesma balada.

— E aí, como foi? — perguntou ela, ansiosa.

— Um exercício para a minha sanidade mental — murmurei, e eles não perguntaram mais nada.

♥ Os 12 Signos de Valentina ✕

ESCORPIÃO

08h12, 18 de março de 2015
Postado por: Valentina

Bom dia para quem acordou de ressaca numa quarta-feira e está se arrependendo da decisão da noite anterior de tomar vodca com energético enquanto observa um casal de 16 anos trocar beijos apaixonados dentro do vagão ao som de algum funk de alguém que cagou baldes para a convivência social e deixou os fones de ouvido em casa.

Deveria ter uma lei federal que proibisse pessoas de se beijarem às 8 da manhã no transporte público. Porra! Vocês acabaram de acordar! Estão com aquele bafo de sono mais café amargo mais desânimo! Parem de se beijar, troquem beijos à noite, a noite que é o palco para casais apaixonados não o trem lotado!

Acho que estou sendo um pouco amarga, eu sei, mas é algo que sempre me incomodou, por isso estou utilizando esse espaço de grande alcance para lançar uma campanha: não aos beijos de língua no transporte público.

Selinho? Mãos dadas? Abraços? Está liberado, afinal, vocês se amam! Beijos de língua? Deixem para dar em casa, ou na balada, ou no bar, ou no motel, ou longe dos meus olhos sonolentos.

Dado o recado, vamos ao motivo pelo qual os senhores estão apertando F5 nessa página desde segunda-feira: os temidos, amados, odiados e sonhados escorpianos! Eu sei que metade das pessoas que está lendo esse post deve ter se apaixonado perdidamente por um escorpiano ao longo da vida, e a outra metade odeia tanto esse signo que se o crush disser que nasceu entre os dias 23 de outubro e 21 de novembro, sai correndo e não olha mais para trás!

Eu, particularmente, acredito que é um signo tão mal interpretado quanto Áries, e estou aqui para defendê-los!

Os 12 Signos de Valentina ✕

Pseudônimo: Gerard Butler, aquele maravilhoso.

Idade: 32 anos

Aniversário: 27 de outubro

Música que define o signo: Sexual Healing — Marvin Gaye

Palavra mais usada: "Quero"

Turn on: O sex appeal.

Turn off: A intensidade.

Qualidades: Sensual, intenso, divertido, engraçado, bom dançarino, bom papo, boa pegada, melhor pegada, pegada maravilhosa... eu falei da pegada? Então, ela é boa.

Defeitos: Rancoroso, vingativo e ciumento — apenas três defeitos listados, mas que combinados podem ser altamente destrutivos.

Eu conheci o Gerard antes mesmo de sonhar em começar o meu experimento; aliás, foi ele o responsável por me deixar com tanto álcool no sangue que eu decidi passar o rodo no zodíaco – naquela mesma noite, descobri a astrologia e Gerard me contou que era um nativo do signo de Escorpião. Acho que devemos todos agradecer ao escorpiano, não é mesmo?

E lá estava eu, algumas semanas depois do ocorrido, na mesma balada onde tudo começou, e quem eu encontro? O dito-cujo, o deus grego da noite, o cara mais gato e bem-vestido da festa – e tive a sorte de me lembrar do seu signo!

O que eu fiz então?

Os 12 Signos de Valentina ✕

Isso mesmo, senhoras e senhores, eu peguei o escorpiano como se não houvesse amanhã, porque é isso o que nós fazemos quando encontramos deuses gregos dando sopa por aí! E essa foi a primeira vez que eu me arrependi de não ter incluído sexo na minha pesquisa antropológica... Desculpe, professor Varela, eu sei que você não é obrigado a ler sobre a minha vida sexual, mas é a mais pura verdade, e eu tenho um compromisso com o jornalismo investigativo!

E um compromisso com o meu bem-estar também.

Escorpião é um signo dinâmico, intenso e cheio de vida! É difícil se sentir entediado perto de alguém de Escorpião, porque eles sempre terão uma boa ideia para animar a noite. E se a noite continuar chata, é só dar uns amassos neles que tudo fica bem.

Beleza, beleza, eu não posso deixar de lado o rancor que eles guardam em seus coraçõezinhos quando alguém os magoa ou os contraria, e, como tudo na vida do escorpiano, o ódio guardado também é intenso. E nem me deixe começar a falar sobre o ciúme! Eu já comentei no signo de Touro como não tolero pessoas ciumentas, porque isso só demonstra fraqueza e falta de amor-próprio, e os escorpianos conseguiram ser piores que os taurinos nesse quesito. Se eu estava pronta para arrancar a roupa e me entregar a Gerard no meio da pista de dança, mudei de ideia rapidinho quando ele resolveu dar uma de machão para cima de mim.

Mas como eu estou abordando essa experiência com o peito aberto e sem nenhum preconceito, confesso que fui surpreendida positivamente pelo signo de Escorpião, pela sua paixão pela vida e animação. Mais uma vez, apelo aos meus leitores e leitoras para não odiarem o signo, e sim a pessoa! Deixem os escorpianos em paz, eles têm qualidades e defeitos como qualquer outro signo — nós podemos conhecer piscianos vingativos e escorpianos mansinhos, porque a pessoa pode ter nascido sob aquele signo, mas ela escolhe o que quer fazer com as características que lhe foram dadas, não é mesmo?

Astrologia não é destino, é possibilidade.

Os 12 Signos de Valentina ✕

Nossa, falei pouco mas falei bonito, hein?

Vou ficando por aqui. Não se esqueçam de que depois de Escorpião vem Sagitário, e se eu escrever o próximo post do topo de alguma montanha, montada em um bode montanhês e mastigando folha de coca, vocês já sabem, né? Foi porque eu resolvi embarcar em alguma viagem sagitariana e vou demorar para voltar!

Um beijão estrelado,

VALENTINA

★ 26 ★

Dois fatores transformaram a minha quarta-feira em um inferno. O primeiro foi acordar com uma ressaca horrorosa, a boca seca e a cabeça latejando, quase como se eu tivesse passado a noite anterior inteira com a cara dentro da caixa de areia de um gato, com o xixi e o cocô inclusos no pacote. Porém, não bastasse eu ter que passar a manhã tentando disfarçar o meu estado para que os meus amigos não desconfiassem do meu envolvimento com a Valentina, eu também fui obrigada a ver Andrei e a garota do dia anterior entrarem juntos na editora, ele falando e gesticulando, ela concordando com a cabeça e mais linda do que no dia anterior — se é que fosse possível aquela mulher ficar mais bonita.

Claro que eu tomei a atitude mais madura e sensata naquela situação e me escondi atrás de uma das samambaias do saguão, tentando descobrir sobre o que tanto eles conversavam, mas o segurança veio me pedir gentilmente — e com "gentilmente" eu quero dizer berrando para que todos pudessem ouvir — que eu saísse de trás das plantas e me identificasse. Para a minha sorte, quando o pequeno vexame aconteceu, Andrei e a garota já haviam entrado no elevador, então apenas reles desconhecidos julgaram a minha instabilidade mental, nada com o que eu já não estivesse acostumada.

Eu não sabia o que estava acontecendo, eu não era uma pessoa ciumenta. Talvez Lucas tivesse me estragado para todo o sempre com a traição pública, ou talvez fosse o fato de que Andrei não havia me mandando uma só mensagem desde o nosso encontro na segunda-feira — quero dizer, quem não ficaria ansioso com quase 48 horas de silêncio? Fosse qual fosse a explicação, os sentimentos de posse e ciúme grudaram em mim como a camada de suor que se forma em nossos corpos quando entramos agasalhados no metrô lotado e não conseguimos nos mexer para retirar a blusa; quente e irritantemente irreversível por algum tempo.

Quando eu finalmente saí para o intervalo, estava obstinada a tomar um café e tentar esquecer aquela quarta-feira nublada e horrorosa. O meu dia até começou a melhorar um pouco quando recebi uma mensagem do meu pai com um convite para jantarmos juntos — comida de graça era sempre bem-vinda —, e eu estava disposta a trabalhar no ciúme que estava sentindo de Andrei, já que fui eu quem propus que "levássemos o relacionamento numa boa", mas o meu plano começou a desandar quando eu encontrei ele e a deusa de ônix no mesmo café em que ele havia gargalhado da minha crença nos signos do zodíaco.

Eu começava a pensar que talvez aquele café estivesse amaldiçoado por alguém que nunca conseguiu conquistar uma paixão e havia decidido estragar os relacionamentos alheios.

Curiosa, e sem nenhum outro lugar para me enfiar que não a fila para fazer o pedido, eu acabei parada ao lado da mesa deles. Para a minha sorte, ou azar, os dois estavam de costas para mim.

— ...demorou, mas agora eles estão muito felizes por mim. — Eu pude ouvir Andrei comentar depois de tragar o cigarro e soprar a fumaça para longe da garota.

— Eu também estou! — Ela riu e segurou o braço de Andrei, curvando-se em sua direção e abaixando a voz. — Estou muito ansiosa para conhecer os seus pais!

— Próximo! — falou o garoto atrás do caixa com certa irritação, atraindo a minha atenção; eu pisquei debilmente e me aproximei, esquecendo, por alguns instantes, o motivo de estar ali. — O seu pedido?

— Ahn... um café com leite para viagem — respondi, resgatando do fundo da memória o pedido que pretendia fazer. Paguei o que devia em piloto automático e esperei ao lado do balcão.

Eu fechei os olhos e pedi mentalmente que Andrei não me notasse ali, até que...

— Eu estava te mandando uma mensagem agora mesmo, Isadora.

Isadora... por que é que ele teimava em dizer o meu nome inteiro de maneira tão... agradável?

Eu me virei e fingi surpresa.

— Ah! Andrei, oi!

Era difícil ficar com raiva quando ele usava um lindo óculos redondo de acetato preto e tinha um pouco de café no canto da boca. Deixei os meus olhos baixarem para a manchinha, reprimindo-me mentalmente por ser tão fraca.

— Me desculpe pela correria de ontem, eu estava com mil tarefas na cabeça! — continuou ele, apoiando-se no balcão.

Do lado de fora, sua linda companheira mexia no celular, indiferente à ausência de Andrei

Eu deveria ser mais confiante como ela.

— Não tem problema, eu entendo. — O barista chamou meu nome e eu me virei, respirando fundo e agarrando o café para viagem. Quando voltei o meu corpo para a posição inicial, sentindo o calor do líquido atravessar o plástico do copo, Andrei continuava sorrindo. — Eu preciso voltar.

— Já? Você acabou de chegar! Senta ali comigo e com a Janaína, a gente está...

— Ah, não, eu não vou atrapalhar vocês — cortei a fala de Andrei, já me afastando do balcão. — Parabéns por... apresentá-la aos seus pais.

Andrei ficou parado no mesmo lugar, uma expressão esquisita no rosto, quase como se tivesse muito para falar, mas não conseguisse colocar para fora, e eu não esperei que ele tentasse se explicar, desaparecendo do café.

Ele não veio atrás de mim, o que eu interpretei como um sinal de que talvez não se importasse se eu sabia ou não do seu relacionamento com Janaína.

O restante das horas no estágio foram horrorosas, e eu sentia uma pontada esquisita no peito toda vez que pensava em Andrei e Janaína juntos naquele café. Assim que saí, agarrada à minha bolsa como um bote salva-vidas, o sedã cinza do meu pai estacionou no meio-fio, e eu agradeci pelo Sr. Mônaco ser sempre tão pontual.

— Oi, pai — cumprimentei, recebendo um beijo no rosto e um abraço desajeitado.

— Oi, filha! — exclamou ele, dando ênfase na palavra "filha", como sempre gostou de fazer. — Eu estava morrendo de saudades!

— Eu também. — Prendi o cinto de segurança, e ele acelerou, deixando a editora e o meu mal-estar para trás. — Pensei que você nunca mais fosse dar uma passada por São Paulo!

— Eu não paro mais em casa, acho que não vejo o meu apartamento há umas três semanas — desculpou-se, diminuindo o som das notícias sobre o trânsito na rádio. — Nesse momento do país, eu nunca dei tantas palestras e nunca cobrei tanto!

— Bom, pelo menos alguém não pode culpar a "crise" pelos próprios problemas, não é mesmo? — Fiz aspas com os dedos, e o meu pai riu.

— Cientistas políticos são os que mais ganham em momentos de crise!

Fomos conversando sobre os assuntos favoritos do meu pai — a minha faculdade, o meu novo estágio, a minha mãe, o que a minha mãe andava fazendo, como a minha mãe estava, o que a minha mãe comia no café da manhã e como a minha mãe havia se vestido naquele dia —, até que chegamos à rua do Paris 6, e eu soltei um gritinho de exclamação.

— Sobremesa!

Meu pai, como sempre, me tratou como uma princesa, levando-me até a mesa reservada e pedindo o que eu quisesse do menu estupidamente caro do restaurante. Quando o garçom voltou com os nossos pedidos, eu já estava salivando e toda a situação Andrei-Janaína havia voltado para os meus pensamentos.

— ...e a sua mãe, ela... — começou o Sr. Luiz, mas eu neguei com a cabeça.

— Pai, posso te fazer uma pergunta?

Ele franziu o cenho e pousou o garfo no prato.

— Claro, filha, claro!

— Ahn, bom... eu meio que estou a fim de um cara do estágio, só que depois de tudo o que aconteceu com o Lucas, não sei se consigo... você sabe, me abrir para outra pessoa...

O meu pai me olhou de maneira esquisita e tomou um gole de vinho antes de comentar:

— Acho que é a primeira vez que você me pede algum conselho amoroso, filha. — Ele se ajeitou, desconfortável, na cadeira.

Eu fiquei em silêncio, porque nunca havia reparado naquilo. Os meus pais se separaram quando eu tinha cerca de 12 anos, mas o término não foi intenso ou traumatizante; um dia eu acordei com os dois no meu quarto, explicando que não seriam mais marido e mulher, e sim apenas amigos. Eu aceitei numa boa, em parte porque raramente via o meu pai, sempre em suas viagens acadêmicas, e também porque nada mudou; ele continuou a ser um bom pai, a minha mãe continuou a ser uma boa mãe, os dois eram amistosos e cordiais um com o outro e o nosso relacionamento como família pode ter ficado um pouco rachado, mas eu nunca deixei de me sentir amada. Logo, era de se esperar que eu não sentisse falta de pequenos detalhes da vida de uma filha de pais ainda casados, como pedir conselhos sobre namorados para o próprio pai.

— É, bom, acho que consegui me virar bem até hoje. — Dei de ombros.

O meu pai riu e tomou outro gole de vinho. Depois, mordeu a parte interna da bochecha, como sempre fazia quando estava analisando e dissecando um determinado assunto — eu já havia

236

assistido a algumas aulas dele, então sabia que o Sr. Mônaco estava prestes a me passar alguma valiosa lição de vida.

— Você quer saber qual é o meu pior arrependimento?

Fiz que sim com a cabeça.

— Não ter insistido mais no casamento com a sua mãe — disse ele simplesmente, apoiando as costas no apoio da cadeira, a testa riscada por rugas de expressão. — Não ter pedido uma segunda, uma terceira, uma vigésima quinta chance. Tudo começou a ruir, nós dois nos afastamos, e eu apenas... deixei acontecer. Desisti do nosso relacionamento no primeiro obstáculo, e nunca vou me perdoar por ter feito isso.

Então era aquilo o que estava acontecendo. Eu estava tendo a primeira conversa adulta e honesta com o meu pai sobre algo pessoal e íntimo da vida dele — eu já havia visto em filmes, mães e filhas conversando abertamente sobre sexo, pais e filhos discutindo as finanças da casa, mas nunca acontecera comigo; os meus pais gostavam de me tratar como uma eterna adolescente, e eu não me importava nem um pouco.

Eu não sabia como deveria me sentir, mas foi quase impossível ignorar as batidas do meu coração.

— Acho que nunca admiti isso, nem para mim mesmo — continuou ele, percebendo que eu estava sem palavras. — Mas é verdade. E eu acredito, honestamente, que o pior choque é aquele que demora a acontecer. Se eu soubesse do que sei hoje, se estivesse em contato com os meus sentimentos naquela época, eu teria me esforçado para salvar nosso casamento. E acho que a sua geração, com seus aplicativos de namoro, suas redes sociais e a facilidade em namorar uma pessoa hoje e outra amanhã, está ficando pior do que a minha. Vocês apenas... desistem.

— Eu fiquei seis anos com o Lucas — murmurei.

— Sim, e o que ele fez em vez de ter uma conversa honesta e aberta com você sobre os aspectos que o incomodavam? — Eu fiquei em silêncio. — Ele desistiu. Quando colocou o pé em outro barco, saltou do seu com a maior facilidade do mundo. Não é o tempo que você passa com a pessoa que define o comprometimento, e sim a facilidade com a qual vocês desistem um do outro.

— Mas eu e esse garoto, nós estamos apenas nos conhecendo...

— ...e você já está desistindo, colocando empecilhos no caminho para desistir e pular para o próximo barco — completou o meu pai, e eu baixei os olhos.

Eu odiava o fato do meu pai ser professor universitário, porque ele estava acostumado a quebrar argumentos de alunos arrogantes. Naquela situação, eu era o aluno babaca batendo boca sobre algo que ele tentava explicar.

— Talvez você tenha razão — falei por fim.

— Eu sou o seu pai, sempre tenho razão! — exclamou ele, parecendo ultrajado.

Eu ri e levantei o rosto, encontrando os seus olhos castanhos e redondos, iguaizinhos aos meus. Durante todos aqueles anos de questionamentos insistentes sobre a minha mãe, eu, no auge da minha inocência, acreditei que ele só estava querendo puxar assunto, demonstrar que os dois ainda eram amigos e que eu não era a causadora da separação, como muitos pais costumam fazer depois de um divórcio. Entretanto, uma década depois, eu finalmente entendia a sua preocupação e a sua curiosidade por detalhes desinteressantes, como a rotina de trabalho dela e as pontes de seus dentes.

E aquilo me entristeceu um pouco.

— Sinto muito pela mamãe — comentei.

— Eu também. — Ele concordou com a cabeça.

★ 27 ★

Andrei não falou mais comigo depois do nosso encontro no café, e eu também não insisti. Mesmo com o sábio conselho do meu pai, achei mais prudente me afastar por algum tempo... se eu havia aprendido algo como recente astróloga de bar, fora o fato de que as características dos nossos signos não são imutáveis, e devemos cultivar as qualidades e amenizar os defeitos; como boa ariana impulsiva que eu era, tirar um tempo para pensar e refletir era uma evolução e tanto.

A semana acabou monótona e repetitiva, e as minhas perfeitas cópias na editora eram as mais comentadas da sessão de estágio, um título que eu já poderia incluir no meu currículo. Na faculdade, a fixação de todos pela Valentina começava a extrapolar os níveis da normalidade, e os meus amigos tinham passado a interrogar os outros alunos da sala atrás de informações. Eles começaram a suspeitar da minha aparente indiferença, então eu comecei a ajudá-los nas investigações, sentindo-me um pouco mal pela traição.

No sábado de manhã, Marina me convidou para almoçar na sua casa, e eu fui, porque a minha mãe havia saído com as amigas e eu não queria ficar sozinha. Quando cheguei no apartamento dos meus tios, foi Rodrigo quem atendeu a porta, com um pedaço de frango frito na boca.

— Você nunca para de comer? — perguntei ao entrar.

— Só quando é extremamente necessário — respondeu ele, fechando a porta atrás de mim.

— Ou quando ele está dormindo. — Marina apareceu no corredor com um curativo na testa.

— O que aconteceu com você? — Nós três caminhamos juntos até a sala de jantar, encontrando os meus tios sentados na fina mesa de vidro, almoçando macarronada e frango frito.

Eu os cumprimentei com um beijo no rosto e voltei-me para a minha prima.

— É uma história bem vergonhosa — comentou ela.

— É a nossa melhor história! — exclamou Rodrigo, ofendido.

— Eu só serei capaz de julgar depois que vocês me contarem, não é mesmo?

Os dois se entreolharam, ele rindo, ela com o rosto um pouco vermelho.

— Nós começamos a assistir a Narcos ontem — foi Rodrigo quem começou a narrativa —, e estávamos lá pelo sétimo episódio quando resolvemos que não aguentávamos mais ouvir a música de abertura sem tentar uma coreografia.

— Jesus amado — falei, imaginando a cena.

— Ela é tão dançante — sussurrou Marina do canto da mesa, como se me devesse uma explicação.

— E nós começamos a dançar, só que a malemolência evoluiu de valsa para tango em questão de segundos — continuou o namorado da minha prima, as sobrancelhas cheias de personalidade acompanhando a história. — Claro que eu precisava tentar o movimento Gomez-Mortícia, então eu...

— ... ele me curvou para a frente, mas eu não estava esperando, então nós dois caímos no chão...

— ... e ela bateu a testa na quina da mesa da sala...

— ... e nós dois acordamos com a Marina chorando e o Rodrigo rindo e tentando fazer um curativo no escuro — completou a minha tia, balançando a cabeça em negação apesar do sorrisinho nos lábios.

— Eu honestamente nem sei como me sentir agora. — Neguei com a cabeça lentamente. — Vocês são o Marshall e a Lily da minha vida.

— E você é o Ted à procura do cara perfeito? — perguntou Rodrigo.

— Acho que atualmente estou mais para Barney — respondi, arrancando risadas dos dois e expressões interrogativas dos meus tios, que certamente nunca tinham visto How I Met Your Mother.

Nós mudamos de assunto e almoçamos tranquilamente. Depois, eu ajudei a minha tia a lavar os pratos, porque a minha mãe havia me ensinado que não lavar a louça na casa dos outros era falta de educação, mesmo que Marina nunca lavasse um garfo na nossa casa. Finalmente, nós três nos aconchegamos na sala da TV e os meus tios saíram para ir à Leroy Merlin, ou fazer qualquer outro passeio desinteressante que casais há 30 anos juntos faziam.

Rodrigo colocou Across the Universe no DVD, mas conhecido como o nosso filme favorito de todos os tempos, e começamos a assistir. No meio da primeira música, porém, ele interrompeu a nossa concentração com uma pergunta esquisita.

— E você e o Andrei, Isa? Como estão?

Olhei de soslaio para a minha prima, que deu de ombros imperceptivelmente.

— Ahn... não sei, acho que não estamos — comentei, com medo de revelar demais. — Nós saímos algumas vezes, mas não é nada sério.

— Ah. Entendi.

O silêncio que veio em seguida foi completamente ensurdecedor para mim. Eu queria gritar frases desesperadas como "por que, ele falou de mim?", "ele está namorando a deusa de ônix?" ou "ele soube que eu estava atrás das samambaias do hall de entrada da editora?", mas usei todo o meu poder de concentração para apenas falar, discretamente:

— Por que a pergunta?

Rodrigo deu de ombros.

— Por nada. Ele está meio esquisito ultimamente, nunca tem tempo para nada, sempre olhando para o celular, sempre falando com alguém sobre alguns papéis, e, quando pergunto o que ele está fazendo, dá um jeito de desconversar.

— Acho que ele está muito atarefado com o TCC — comentei.

— É, talvez seja isso.

Mas nós dois sabíamos que era mentira.

Eu resolvi não insistir no assunto porque Rodrigo voltou a prestar atenção no filme e também porque eu não sabia se queria conversar sobre Andrei.

Era a primeira vez que eu não sentia a necessidade de compartilhar até os detalhes mais sórdidos de algum relacionamento com a minha prima — Deus era testemunha de como eu podia ser indiscreta às vezes, e de como ela ficou traumatizada com os primeiros meses do meu namoro com Lucas —, e eu honestamente não sabia o que estava acontecendo. Era como se a letra de Apenas Mais Uma de Amor do Lulu Santos começasse a fazer sentido.

Eu gosto tanto de você que até prefiro esconder. Deixo assim ficar... subentendido!

Perto das sete da noite, quando estávamos jogados no chão da sala tentando destruir um ao outro no UNO, eu recebi uma mensagem pelo Whatsapp do grupo no qual havia sido incluída mais cedo naquela semana, intitulado "estagiários".

Andrei estava naquele grupo.

> Open bar na Laboratório, 50 reais até meia-noite, quem vamos?

Santiago, um dos garotos que trabalhava na minha área e que adorava fazer todo o setor molhar as roupas íntimas de tanto rir com as suas histórias malucas, tinha enviado o convite.

— Open bar na Laboratório, 50 reais — li em voz alta, olhando esperançosa de Marina para Rodrigo.

— Para quem passava os finais de semana assistindo a vídeos de cachorros falando "I love you" no YouTube, você anda muito saidinha, Isa — comentou Marina.

— Primeiro, não eram "cachorros", e sim Mishka, a husky siberiana mais linda e inteligente que já pisou na face da Terra — retruquei com certa agressividade, porque aqueles vídeos eram como filhos para mim, e Marina sabia muito bem que era proibido fazer piadas com a minha obsessão. — Segundo, vamos na festa?

— Não dá, amanhã nós acordamos cedo. Vamos para Sorocaba, casamento do meu primo. — Rodrigo se desculpou com os olhos, mas eu sabia que ele estava aliviado; por mais que eles gostassem de tirar uma com a minha cara, os dois trocariam qualquer festa por uma noite embaixo dos cobertores assistindo a Diário de uma Paixão.

Mordi o lábio inferior.

Então tive uma ideia. Quero dizer, os astros estavam sendo muito misericordiosos comigo, colocando garotos dos signos certos no caminho da Valentina; logo, se o destino estivesse mesmo sorrindo para mim, eu poderia muito bem consultá-lo antes de tomar uma decisão.

> Santi, qual é o seu signo?

Foi a minha resposta.

Ele respondeu em seguida:

> Sou do signo de fome com ascendência em sono e lua em strogonoff.

Eu ri alto, e recebi olhares curiosos do meu casal favorito.

— É o Andrei? — perguntou Marina, esperançosa.

— Não — respondi, perdendo o sorriso.

Será que eles precisavam ficar me lembrando daquele-que-não--devia-ser-nomeado o tempo todo?

> É sério, eu salvo os números na minha agenda pelo signo.

Menti porque queria despistar Andrei e deixá-lo enciumado ao mesmo tempo; abri os dados da mensagem e vi que ele já havia lido, e o imaginei deitado na cama, perguntando-se por que eu estava salvando o celular de Santiago na minha agenda.

Sofra, Andrei imaginário, sofra.

Ou ele poderia apenas estar apenas cagando e checando as conversas do Whatsapp, sem se dar o trabalho de ler o conteúdo. Quero dizer, quem nunca?

> De acordo com a minha irmã estudante de sociologia e personificação do "ajudar o povo de humanas a fazer miçanga", eu sou do signo de Sagitário, adoro um drama, tenho zero comprometimento emocional e gosto muito de viajar. Achei um pouco indelicado, mas quem sou eu para negar o conhecimento milenar da astrologia da Susan Miller?

> Apenas Sagitário já me bastava, Santi.

Então a resposta era: sim, o destino queria que Valentina fosse feliz. Além disso, Santiago era lindo, filho de uruguaios, de pele morena e cabelo escuro sempre preso em um coque charmoso, e eu não podia negar que sempre checava a bunda dele quando ele se debruçava sobre as divisórias para dar em cima da estagiária do Financeiro.

Corria pela editora uma lenda de que ele já havia ficado com uma mulher de cada setor, e só precisava seduzir uma estagiária de jornalismo para fechar o bingo da "cachorragem".

Quase uma Valentina, só que, em vez de signos, ele ficava com setores.

Bom, talvez eu me deixasse ser seduzida por ele aquela noite — era quase como uma transação econômica: eu completaria o bingo de Santiago, e ele me ajudaria a adicionar Sagitário à pesquisa antropológica.

Não tinha como ser mais perfeito.

> Ei, ei, ei, não mudem de assunto. Quem vai?
> Vocês têm cinco minutos para responder, eu
> vou mandar os nomes para a lista.

Enviou Santiago depois que uma conversa animada sobre os signos de zodíaco se iniciou no grupo.

Digitei rapidamente:

> Eu vou, Santi. Pode incluir o meu nome,
> Isadora Mônaco.

— Tudo bem, Isa, fica aí na sua brisa virtual e ignora a nossa presença — comentou Marina, e eu ergui o rosto do celular, sentindo as bochechas corarem.

— Estou fazendo planos para a minha noite, já que vocês dois são velhos e chatos.

— Eu nem vou jogar na sua cara o fato de que eu precisei literalmente te empurrar da cama para te tirar daquela fossa terrível e vou apenas te mandar tomar no cu — declarou a minha prima casualmente, e nós três rimos.

Parecia que uma vida inteira havia se passado desde o dia em que Marina decidiu me arrancar a tapas da depressão.

Uma vida cheia de emoções, descobertas, garotos e paixões.

E quer saber?

Eu estava me divertindo.

★ 28 ★

Eu gostaria de poder dizer que não fiquei nem um pouco decepcionada ao encontrar todos os estagiários da editora na porta da balada, menos Andrei, mas fiquei bastante, e acho que a minha cara de abacate podre denunciou o que eu estava sentindo, porque Santiago sorriu ao me ver, mas, logo em seguida, segurou as minhas mãos entre as dele e disse:

— O que foi, Isa? Está segurando um pum?

— Ah, vai se foder, Santi! — Eu o empurrei para longe, mas não consegui segurar a risada, sendo acompanhada por todos os meus colegas que estavam em volta.

Como uma boa adepta de noites em claro fazendo maratona de séries na Netflix, eu havia encontrado recentemente um prazer imenso em assistir de novo a seriados antigos, e estava particularmente viciada em Friends — logo, eu vestia uma roupa bastante anos 90: saia de cintura alta, cropped e saltos grossos. Quero dizer, se a moda era cíclica, eu deveria agradecer aos céus por usar o mesmo tamanho que a minha mãe, porque dinheiro para comprar novas "brusinhas" ou "almozar" no Outback não estava tendo.

Nós entramos na balada depois de algum tempo de enrolação na fila. Santiago parecia onipresente, pulando de grupo em grupo, animando as pessoas e profetizando que aquela seria "a melhor noite de nossas vidas!"

— Ele sempre diz isso, logo antes de desmaiar no banheiro ou desaparecer com alguma das estagiárias — comentou uma das minhas colegas de maneira bastante amarga.

— Você já foi uma dessas estagiárias com quem ele desapareceu, Victória — retrucou um de nossos amigos.

— Deus me livre ficar com outro sagitariano nessa vida — resmungou Victória, seguindo Santiago com os olhos —, mas como eu poderia saber? Eu ainda não tinha a Valentina na minha vida.

Eu estava mascando um chiclete, obviamente, porque não queria entrar na balada com bafo de "não como há duas horas e o efeito da pasta de dente já está indo embora", então, quando puxei o ar com força ao ouvir o nome da Valentina em um contexto social que não o da USP, acabei sugando a goma de mascar para dentro e me engasgando feio.

Comecei a tossir feito louca, os meus olhos se enchendo de lágrimas enquanto eu abanava o ar com as mãos. Aquilo começou a ficar desesperador, e eu só conseguia pensar que sofreria a morte mais estúpida de todos os tempos quando duas mãos fortes envolveram a minha cintura e pressionaram o meu estômago uma, duas, três vezes, até o chiclete sair voando, pousando estrategicamente no decote de Victória.

— Meu Deus, você está bem? — perguntou ela, e uma roda de curiosos e preocupados se formou à minha volta.

— Eu... não sei... — resmunguei sem fôlego, me virando para trás.

Santiago estava parado a centímetros de mim.

— Você tem sorte de me ter por perto, Isadora Pinto, porque eu aprendi essa técnica quando viajei para a Índia — comentou casualmente, como se visitar a Índia fosse uma farofada de final de semana até a Praia Grande.

— Obrigada — sussurrei, e posso jurar que a revirada de olhos de Victória foi acompanhada por efeito sonoro.

Depois que a confusão acabou, eu me vi enchendo o copo de vodca com energético no bar da balada, pensando em como diabos Victória conhecia Valentina. Eu estava perdida em pensamentos quando ela se aproximou.

— Acho que já sabemos quem é a vítima da noite — provocou ela com certo pesar, fazendo sinal para o bartender lhe servir uma cerveja.

Segui o seu olhar e encontrei Santiago apoiado no balcão do outro bar, fingindo conversar com duas garotas, mas com os olhos presos em mim.

Meu rosto corou.

— Vic — eu desviei o olhar —, como você conhece OS 12 SIGNOS DE VALENTINA?

— Ah! — Victória tomou um gole da cerveja recém-adquiria, e a sua expressão se suavizou. — A minha irmã estuda na USP e ouviu falar do blog, então me passou o link, e eu estou completamente viciada! Já mandei para todos os grupos dos quais faço parte! Mandei ontem no grupo dos estagiários, você não viu?

— Não, não vi.

Eu queria poder dizer que aquilo me alegrava, porque, aparentemente, eu era a mais nova sensação astrológica do mundo moderno, mas saber que Andrei poderia estar em casa, naquele exato momento, lendo o meu blog e ligando os pontos destruiu qualquer possível orgulho.

Era absolutamente óbvio. Eu havia trocado os nomes dos garotos, mas não pensei em editar e modificar os detalhes, porque nunca imaginei que alguém além da minha prima e do meu professor de jornalismo online leria aquilo. Se Andrei lesse o encontro com Tarcísio, se percebesse as minhas referências, ele me conectaria a Valentina na mesma hora, principalmente depois que eu abri a minha boca grande para contar sobre a minha obsessão pelos signos do zodíaco — a conexão me parecia óbvia, já que Andrei mostrava-se um cara muito inteligente.

— ... e eu ainda estou esperando pelo capricorniano, porque estou a fim de um que trabalha no setor Legal e... Você está me ouvindo, Isa?

Eu chacoalhei o rosto, percebendo Victória parada à minha frente depois de um bom tempo perdida em pensamentos.

— Me desculpe, eu ando com a cabeça na lua! — exclamei, abanando o ar com as mãos.

Victória lançou um olhar dolorido na direção de Santiago e comentou:

— Tudo bem, eu entendo.

Aquilo me tocou de alguma maneira; eu sabia como era ter o coração partido e ser obrigada a observar de longe todos os passos que o causador da dor dava para longe de você.

— Vic, eu posso me manter afastada dele se você quiser — comentei.

— Não! Não mesmo. — Victória voltou-se para mim, um brilho esquisito dançando em seus olhos. — Eu prefiro que você fique com ele e destrua aquele coração frio e mentiroso.

— Eu posso fazer isso, foder com o coração alheio em prol da amizade.

Nós nos olhamos fixamente por alguns instantes, então caímos na risada.

— Você deve ser ariana — afirmou.

— E você, escorpiana — rebati.

Alguns drinques depois, estávamos todos bastante alterados, dançando em roda ao som de Baile de Favela, o que eu sempre achava curioso, visto que nenhum daqueles garotos brancos privilegiados de classe média criados a leite com pera nunca nem passara perto de um baile de favela, *eu inclusive*. Santiago estava na minha frente, do outro lado da roda, e fazia uma dancinha retrô anos 80 que arrancava risadas de todos os presentes.

Victória, perto da cabine do DJ, já estava atracada com um loirinho da Contabilidade, deixando o meu caminho livre para o bote. Porém, não foi preciso muito mais do que alguns olhares, e logo Santiago estava dançando ao meu lado. As meninas que antes estavam à sua volta não gostaram muito da ausência, mas ele pareceu não se importar.

— Gata, o seu pai é mecânico? — gritou ele por cima da música.

— Não, por quê?

— Porque o meu carro quebrou — respondeu ele simplesmente.

Eu tentei ficar séria, mas a risada que soltei em seguida apenas entregou a certeza de que Santiago precisava para continuar me xavecando. Quero dizer, duas ou três lágrimas escaparam dos meus olhos de tanto que eu ri da maldita piada.

— O quê? — Ele se fez de desentendido, enquanto eu continuava a rir. — Eu realmente estou precisando de um mecânico!

— Quantas por noite você conquista usando essa? — quis saber.

— Depende da noite! Em boas noites eu conquisto algumas mãos na cara — respondeu ele, virando o meu corpo em sua direção para dançarmos juntos.

— Você está sendo modesto, Santi. Ouvi dizer que está quase completando o bingo de estagiárias da editora.

Foi a vez de Santiago gargalhar com gosto. Quando finalmente parou, os nossos olhares se cruzaram e ele sorriu com vinte e oito intenções.

— Você sabia que quem completa o bingo tem direito a um vale-companhia no Dia dos Namorados?

— Uau, mas que honra, Santi, como você é bom, doar assim o seu tempo e a sua presença...

— Eu sei. A minha mãe costuma dizer que sou um santo.

— Precisamos começar o processo de beatificação — comentei.

— Mas, antes disso, precisamos virar alguns shots! — exclamou ele, puxando-me pela mão até o bar.

Tomamos dois shots de tequila cada, e, no segundo, eu tive que beber um gole de cerveja logo em seguida e ficar uns bons segundos com a boca e os olhos bem fechados, evitando assim tornar-me o comentário da segunda-feira na editora. "Vocês viram aquela estagiária alta e branca que nem papel vomitando nos pés do Santiago? Foi vergonhoso!"

Eu odiava tequila. Eu odiava tequila mais do que odiava a bancada evangélica no Congresso. Eu odiava tequila mais do que odiava entrar no chuveiro e perceber que havia esquecido a toalha. Eu odiava tequila mais do que odiava ouvir a minha voz no áudio do Whatsapp.

Santiago sacudiu a cabeça como um cachorro que havia acabado de tomar banho e fez um som esquisito com a boca.

— Acho que já deu de tequila por hoje — comentou.

Nós voltamos para a pista de dança, e o sagitariano pareceu esquecer que estávamos tendo um momento divertido até pouco tempo atrás, enfiando-se na roda dos garotos e visivelmente xavecando uma das meninas que estava por ali.

Eu não me importei muito, porque ele não era a minha propriedade, mas quando ele voltou, foi como se eu fosse a pessoa mais especial do mundo; dentre todas aquelas distrações, ele havia retornado para mim.

E, só de ter aquele pensamento, eu me senti um pouco patética.

Então é assim que vocês jogam, sagitarianos?

— Você não vai acreditar no que acabou de me acontecer. — Ele havia perdido o sorriso e estava com uma expressão de dor no rosto.

— O quê? Você está bem?

— Eu cortei o dedo muito feio, acho que vou precisar ir para o hospital. — Ele estendeu o dedo indicador na minha direção.

Eu tive que me curvar para ver a pequena gota de sangue que saía de um cortezinho minúsculo perto da sua unha. Quando levantei o rosto, esperando que aquilo fosse mais uma de suas piadas, Santiago ainda fazia cara de choro.

Abaixar o rosto mais uma vez foi a minha técnica para não rir na cara dele.

— Acho que não vai precisar, podemos estancar o sangramento — comentei, com tanta vontade de rir que precisei morder a parte interna da minha bochecha.

— Mesmo? — Ele recolheu o dedo.

— Mesmo — concordei. — Me espera aqui, dois minutos.

Eu fui até o bombeiro da balada e pedi um pedaço de gaze. Ele perguntou se estava tudo bem, e eu tive que mentir, afirmando que usaria a gaze para estancar um sangramento dentro da minha boca, porque se eu contasse sobre o dedo de Santiago, ele me faria levá-lo até lá e me mandaria tomar no cu ao ver o corte mínimo.

Quando voltei, Santiago estava rodeado de garotas, que olhavam o seu dedo cortado e disparavam lamentações e frases de encorajamento. Era quase como se ele estivesse acamado depois de sofrer um acidente gravíssimo.

— Pronto. — Enfiei-me entre elas e envolvi o seu dedo com a gaze.

Santiago puxou o ar com força e fechou os olhos, mas depois relaxou. Quando voltou a me olhar, os nossos dedos estavam entrelaçados. As meninas, percebendo a nossa aproximação, afastaram-se rapidamente.

— Você salvou a minha vida — disse ele com exagero.

— Eu sei. A minha mãe costuma dizer que eu sou uma santa.

Nós trocamos olhares divertidos e eu envolvi a sua nuca com a mão livre.

— Bingo — sussurrei antes de juntar as nossas bocas.

Foi quase como se não existisse ar o suficiente para amparar aquele beijo; ele era rápido, preciso e espontâneo. Tão dinâmico que eu me senti um pouco chata em apenas deixar as minhas mãos na sua nuca.

Começamos a rir no meio do beijo, e aquilo se tornou algo nosso em pouco tempo — nos beijávamos por alguns minutos e começávamos a rir sem motivo aparente. Na quinta vez que fizemos isso, ele encostou as nossas testas e decidimos dançar. Ou pelo menos ele decidiu dançar.

Quando percebi, todos os nossos amigos haviam recriado a mesma roda do início da festa à nossa volta, e os caras estavam conversando com Santiago. Aproveitei a deixa para usar o banheiro, porque minha bexiga estava a ponto de explodir e, quando voltei, Santiago dançava com três garotas ao mesmo tempo.

Decidi aproveitar o restante da festa com as minhas amigas, porque era muito difícil disputar a atenção de Santiago, e eu não estava no clima. Perto das cinco horas da manhã, o salão começou a esvaziar e a música se tornou lenta. Eu estava dançando agarrada a Victória quando Santiago reapareceu, mais bêbado que um gambá que caiu em um barril de vinho.

— Dora, a aventureira. — Ele jogou os braços ao meu redor, e Victória me lançou um olhar de "eu te avisei", indo de encontro ao loirinho da Contabilidade.

— Santigo, a capital do Chile — respondi.

Ele riu e fechou os olhos. Acho que perdeu um pouco a noção de que era mais alto do que eu e pesava muitas toneladas de músculo, fazendo com que nós dois fôssemos parar no chão. Ele embestou a rir e me contagiou.

— Eu não estou bêbado — afirmou o sagitariano com a cabeça no meu ombro depois que conseguiu parar de rir, enquanto eu apenas acariciava o seu cabelo —, eu perdi muito sangue no corte.

— Como você vai embora? — perguntei, começando a ficar preocupada.

Era um exagero me preocupar por ele ter bebido demais; homens geralmente não tinham que passar pelo terror que era encontrar outros homens propensos a te violentar no metrô, no trem, nos ônibus, nos táxis, nos ubers, nas caronas, nas ruas etc., mas a cidade era violenta e ele não estava em condições.

— Com ele. — Santiago apontou debilmente para o loirinho da Contabilidade, que sugava o rosto de Victória.

Eu fiquei mais aliviada, porque o garoto não havia bebido, e nós dois ficamos jogados no chão da balada, a cara da derrota, ele dormindo no meu ombro, eu acariciando o seu cabelo, até as luzes do salão se acenderem e o loirinho da Contabilidade arrancar ele do meu colo.

— Obrigado pela noite, Isa! — berrou ele, sendo rebocado pelo amigo. — Da próxima vez, eu te pago uma cerveja!

— Vamos esperar que não seja open bar, então! — berrei de volta, e acabei a noite no carro da única estagiária que não havia bebido e entregou todas nós sãs e salvas em nossas casas, mesmo que morássemos cada uma em um canto da cidade.

Sororidade, minha irmã. Sororidade.

Os 12 Signos de Valentina ✕

SAGITÁRIO

14h24, 22 de março de 2015
Postado por: Valentina

E não é que ele chegou?

Quando comecei a escrever esse blog, eu pensei que talvez não fosse passar do primeiro signo. Preciso ser honesta com vocês: a pessoa por trás da Valentina costuma se apegar muito fácil, criar situações na própria cabeça, encontrar sinais onde eles não existem, apaixonar-se pelo porteiro se ele desejar bom dia. Pensei que a experiência seria apenas uma extensão de mim mesma, mas acabei subestimando a Valentina, e aprendi mais com ela do que esperava. Estamos a três signos de fechar o ciclo, e então eu vou poder focar no libriano, aquele que promete ser o meu signo ideal, e eu não poderia estar mais orgulhosa! A minha vida se transformou em uma montanha-russa, senhoras e senhores, e não posso dizer que sinto falta do marasmo que era o meu carrossel de antes.

Peço mais uma vez desculpas pela demora, mas eu tive que aquietar um pouco a minha bundinha antes de seguir em busca do próximo signo — passei anos da minha vida tendo uma dificuldade imensa de flertar e me soltar perto dos homens, e fazer isso com a facilidade que só a Valentina tem me deixou um pouco fora de órbita.

Até os heróis precisam de férias, quem dirá uma garota beijando bocas e criando padrões, não é mesmo?

Bom, acho que estou ficando sentimental demais, e o momento de sentimentalismo ficou para trás com o signo de Câncer. Então vamos à ficha do sagitariano!

Pseudônimo: Pedro Pascal com mais cabelo e menos idade.

♥ Os 12 Signos de Valentina ✕

Idade: 23 anos

Aniversário: 05 de dezembro

Música que define o signo: Exagerado — Cazuza

Palavra mais usada: "Nossa!"

Turn on: A animação.

Turn off: O exagero.

Qualidades: Divertido, a melhor companhia para uma festa, engraçado, animado, otimista, excêntrico, ideológico, conhecedor do mundo e um amante apaixonado pela vida.

Defeitos: Zero comprometimento emocional, um pouco (muito) desligado e atrapalhado, divide a sua atenção com um trilhão de pessoas ao mesmo tempo (às vezes a gente precisa de uma conversa de verdade, e não um "vamos encher a cara que passa") e dramático até o último fio de cabelo.

Sagitarianos são a alma da festa. Arrisco a dizer que eles SÃO a festa — sem um deles por perto, a vida tende a ficar um pouco monótona. Ele é aquele que vai te convencer a tomar uma cerveja com alguns gringos desconhecidos em um bar, e, no dia seguinte, quando você acordar em um motel na Eslováquia abraçada com uma cabra, vai se amaldiçoar eternamente por embarcar nas loucuras do sagitariano. Mas ele é tão bom em pedir desculpas quanto em te persuadir, e, no final de semana seguinte, lá está você embarcando nas viagens dele novamente. Quero dizer, não é que eles não devam ser levados a sério — você pode encontrar sagitarianos líderes em empresas, ou advogados renomados —, mas o lado social e aventureiro deles é tão aguçado que você acaba esquecendo que, durante a semana, ele talvez possa trazer bebês ao mundo.

Pedro não foi diferente. Ele agitou, animou e conduziu um grupo de jovens a aproveitar ao máximo as suas vidas e, por algumas horas,

Os 12 Signos de Valentina ✕

eu me senti a dona do mundo. Eles têm esse poder, te fazem sentir especial, principalmente se reservam um pouquinho da atenção para você em meio a todas aquelas outras pessoas esperando por um minutinho a sós com eles. O sagitariano me fez rir, me fez dançar, me fez virar shots de bebidas que odeio e ainda salvou a minha vida. Tudo isso em uma noite de sábado que poderia ser como outra qualquer. E nem os deixem começar a contar sobre as viagens! Sagitarianos amam viajar, e, se não fisicamente, a viagem pode acontecer dentro de suas mentes.

Se as qualidades estão à flor da pele, os defeitos transbordam pelos poros do corpo. Exagerados, impessoais, dramáticos e atrapalhados, sagitarianos são furacões travestidos de seres humanos, e, às vezes, ter que recolher os destroços cansa, e muito. Pedro transformou um pequeno corte em um caso de vida ou morte, e acabou a noite sem saber o próprio nome — além de ter partido o coração de quase todas as garotas presentes naquela noite.

O beijo do sagitariano reflete bem a sua personalidade ativa e aventureira, e é difícil conter as risadas quando se está tão próxima de um deles — é contagiante, gostoso e inesquecível, do jeitinho que um beijo deve ser. O único problema é que ele te beija em um canto e, cinco minutos depois, está beijando outra com a mesma energia e a mesma paixão. O sentido de "comprometimento" é distinto nos nascidos sagitarianos, e são poucas as pessoas que sabem lidar de maneira graciosa com a sua liberdade. Você *acha* que apoia o amor livre, mas os sagitarianos nasceram sabendo como pôr em prática esse tipo de amor como ninguém.

Se você é uma pessoa ciumenta e possessiva, aconselho que saia correndo de um sagitariano e não olhe para trás.

Por hoje é só, pessoal. Já comecei a procurar pelo capricorniano, só espero que ele não esteja tão focado em ficar rico a ponto de ignorar a minha existência.

Nos vemos no próximo post.

Um beijão estrelado,

VALENTINA

★ 29 ★

— ... *o suborno não vai* adiantar, garotos, eu não vou falar!

Eu entrei na sala de aula naquela segunda-feira chuvosa de março e encontrei cerca de dez pessoas ao redor do professor Varela; em alerta, apoiei o guarda-chuva ensopado no canto da parede, junto aos outros, e me aproximei.

Isabela e Vitor pareciam ser os mais exaltados. Fabrízio e Mayara estavam um pouco afastados e me olharam de uma maneira esquisita, como se não acreditassem que aquilo estivesse realmente acontecendo.

— Professor! Não é justo! Eu preciso saber quem é! — exclamou Vitor, e eu reparei que ele segurava uma camisa oficial do Corinthians nas mãos.

— E eu já disse que não vou contar — respondeu o professor simplesmente.

Por um milésimo de segundo, os nossos olhares se encontraram, e foi como se pudéssemos nos comunicar telepaticamente. *Eu não vou conseguir esconder por muito mais tempo. Tudo bem, professor, apenas... segure mais um pouco as pontas.*

— Eu preciso ser amiga dessa pessoa! — Isabela parecia prestes a ter um AVC. — Eu preciso saber quem é!

— No final do semestre, se ele ou ela quiser se revelar, você vai saber. — O professor se desencostou da mesa de madeira e deu um passo para a frente, quebrando o círculo de alunos à sua volta.

— Por enquanto, vamos focar no estudo das redes sociais. Vamos lá, todos sentados.

Quando Isabela notou minha presença, estreitou os olhos na minha direção.

— Isa, o que você fez esse final de semana?

— Assisti a séries na Netflix e decorei a parte do rap de Super Bass. — Abri os braços em rendição, orgulhosa daquele pensamento rápido; eu já havia feito exatamente aquilo, mas em outro final de semana tedioso da minha vida.

— Será que foi isso mesmo? — Vitor se aproximou. — Por que você não sai mais com a gente? O que anda fazendo no seu tempo livre?

— Garotos — o professor Varela apareceu atrás dos meus amigos, um pouco assustado com aquele interrogatório —, isso está passando um pouco dos limites. Se continuarmos assim, serei obrigado a pedir ao aluno que retire OS 12 SIGNOS DE VALENTINA do ar.

— *Não!* — berraram diversos alunos ao mesmo tempo, e os meus amigos pareceram voltar ao normal.

— Desculpa, Isa — falou Isabela.

— Nós apostamos muito dinheiro. — Vitor concordou com a cabeça.

— Tudo bem. Apenas... parem de loucura — pedi, relaxando os ombros.

Eu me virei rapidamente e acabei trombando com Amanda, que ouvia, curiosa, a conversa. Nós nos encaramos por cerca de cinco segundos, e eu não pude deixar de notar duas bolsas arroxeadas embaixo dos seus olhos claros e o fato de que a raiz escura do seu cabelo começava a aparecer e a contrastar com os fios acobreados. Ela fungou de maneira displicente, como se estivesse doente, e marchou rapidamente de volta ao seu lugar sem dizer uma só palavra.

Era esquisito encontrá-la naquele estado — todos nós sabíamos que Amanda era muito vaidosa e preocupada com a própria aparência.

O que estava acontecendo?

— Não — murmurou Isabela atrás de mim, empurrando-me delicadamente até o nosso lugar de sempre.

— Não o quê?

— Você não está ficando com dó da garota que te apunhalou pelas costas só porque ela está parecendo um saco de lixo — concluiu.

— Eu não estou ficando com...

— Sim, você está. — Mayara concordou com a cabeça, sentando-se ao meu lado. — É tão típico que nós deveríamos chamar de "Isadorar".

— E o que seria Isadorar? — perguntei sem entender nada, enquanto os meus amigos trocavam olhares cúmplices e faziam que sim com a cabeça.

— O ato de perdoar e não guardar rancor só porque a pessoa que te causou mal parece estar na pior — explicou Fabrízio.

— Deve ser porque você é ariana — comentou Isabela como se fosse óbvio. — Arianos não costumam guardar rancor. Qual é o seu ascendente?

— Bela, pelo amor de Deus, você está ficando um pouco obcecada. — Mayara revirou os olhos.

— Eu não perdoo os outros só porque...

— ... Henrique Freitas, primeiro ano. — Vitor me cortou.

Henrique Freitas era nosso veterano e, em um trote especialmente estúpido, cortou um pedaço do meu cabelo e o exibiu como troféu para a faculdade inteira enquanto eu chorava de ódio no banheiro feminino.

Abri a boca para responder, mas Fabrízio falou por mim.

— Você passou dois meses inteiros xingando ele por todos os cantos da faculdade, mas foi só ele quebrar o braço que você passou a tratá-lo bem.

— E não podemos esquecer a tia do bandejão! — comentou Mayara.

— Ok, vocês estão sendo... — tentei intervir mais uma vez.

— Estamos apenas elencando os fatos. — Vitor deu de ombros.

— Você pediu um pouco mais de arroz e ela disse que você já tinha "sobrepeso o suficiente" — relembrou Isabela. — E o que aconteceu?

— Ela recebeu uma bronca pública da supervisora três semanas depois do ocorrido e você "distraidamente" a elogiou na frente da nutricionista — eu abri a boca, mas Flavio continuou —, por cinco dias.

— Ela recebeu uma promoção, Isa! — exclamou Vitor, negando enfaticamente com a cabeça. — Agora ela fica na porta do restaurante universitário chamando todo mundo de gordo e preguiçoso. Só porque você ficou com peninha dela.

— Você não vai fazer o mesmo com a Amanda — constatou Isabela, como se eu não tivesse outra opção a não ser obedecer. — Se você for otária a esse ponto, eu nunca mais falo com você.

— Faço das palavras da Bela as minhas. — Vitor assinou teatralmente no ar.

— Vamos lá, garotos, a aula já começou aqui e eu não sou pago para falar sozinho. — O professor Álvaro chamou a nossa atenção, e nós nos viramos para a frente.

Ainda lancei um olhar discreto para Amanda, que anotava as palavras escritas na lousa e fungava baixinho, mas resolvi me calar. Quero dizer, os meus amigos tinham um bom ponto; eu provavelmente não havia herdado o rancor de Câncer, mesmo que ele aparecesse no meu mapa astral, e as tendências benevolentes de Peixes pareciam correr pelas minhas veias. Era difícil ter a impulsividade e a impaciência ariana quando combinadas com sentimentos de perdão e aceitação — eu conseguia ser bastante indecisa quando queria.

A aula acabou e eu fui almoçar com os meus amigos, que já haviam esquecido a minha predisposição a ser trouxa e voltado ao assunto favorito dos últimos dias: Valentina. Eu tentei participar, mas olhava de cinco em cinco segundos para o celular, esperando receber uma mensagem de Andrei, qualquer palavra que me fizesse acreditar que ele ainda estava vivo, mas ele nunca interagia no grupo dos estagiários e havia desabilitado a opção "visualizado por último", então eu não sabia quando fora a última vez que ele decidiu dar as caras no Whatsapp. O seu Facebook continuava deserto, com apenas as suas pesquisas do TCC e alguns comentários engraçados de amigos que eu não conhecia.

Quando cheguei na editora, dei de cara com Victória no saguão de entrada. Ela parecia ainda estar de ressaca do sábado e sorriu para mim — fiquei com medo de que ela tivesse juntado os pontos da minha descrição do encontro com o sagitariano no blog, mas, aparentemente, quando as pessoas não desconfiam de nós, as pistas e evidências parecem não surtir efeito.

Subimos juntas no elevador, conversando sobre os acontecimentos da festa, e, quando as portas se abriram no nosso andar, eu dei de cara com Andrei. Ele estava sozinho e carregava um copo anormalmente grande de café em mãos. Não parecia muito... acordado.

— Isadora — cumprimentou ele num tom profissional.

— Andrei — respondi com a voz mais cordial que encontrei.

— Uau — comentou Victória, saindo atrás de mim do elevador —, adicione uma história ruim e um relacionamento abusivo e é quase como se estivéssemos dentro do livro *50 Tons de Cinza*!

Eu e Andrei nos entreolhamos, e ele sorriu discretamente. Quando abri a boca para pedir que ele ficasse, para pedir desculpas por estar agindo como uma criança (ou uma ariana, são sinônimos), para perguntar por que diabos ele ia apresentar os pais a Janaína, para tomar qualquer atitude que demonstrasse que eu queria que ele ficasse na minha vida, as portas do elevador se fecharam e ele desapareceu.

— Merda — sussurrei.

— Ei, não fica assim. — Victória me abraçou pelos ombros, e nós caminhamos juntas até a entrada da nossa repartição. — Eu não sei quem ele é, nem o que vocês dois têm, mas ele volta. Eles sempre voltam.

Trabalhei no automático. Santiago apareceu no nosso andar perto das três horas e conseguiu irritar Victória a ponto de eu ter que expulsá-lo discretamente, fazendo sinal para que ela se acalmasse. Ele ainda disse que tinha anotado o meu número de celular como "Isadora Bingo", e eu me lembrei de todas as mensagens cordiais do virginiano, da insistência do ariano e do silêncio magoado do canceriano — Santiago seria apenas mais um na lista de conversas que não iriam para a frente.

Pelo menos eu sabia que ele superaria a minha indiferença rapidamente.

Quase no final do expediente, eu estava de bobeira na minha mesa, sem absolutamente nenhuma cópia para tirar ou tabela no Excel para deixar bonitinha, então resolvi fazer algo que eu não fazia havia muito tempo: stalkear o meu ex-namorado.

Lucas não havia aparecido mais na minha porta com flores, mas a aparência de Amanda me deixou incomodada. Talvez os meus amigos estivessem certos e eu tivesse *mesmo* a tendência de perdoar os erros dos outros com muita facilidade, mas eles não precisavam saber da minha curiosidade beneficente.

Entrei primeiro no perfil dele. Nós ainda éramos amigos no Facebook, por mais que Marina tivesse tentado deletar ele da minha lista umas quinze milhões de vezes.

Desde a última vez que eu visitara a sua página, alguns detalhes haviam mudado. Primeiro, ele estava chegando perto dos 10 mil seguidores e muitas pessoas comentavam nos vídeos da banda, garotas em sua grande maioria, como eu pude perceber. Ele também passou a publicar frases reflexivas sobre o passado e músicas um pouco depressivas de bandas de que ele gostava. Mas a mudança mais drástica havia sido a interrupção das constantes fotos que ele postava com Amanda; no começo, era como se eles tivessem feito uma sessão de fotografia amadora juntos: fotos em shows, fotos na praia, fotos na casa dele, fotos na casa dela, fotos no parque, fotos no shopping, fotos em milhares de lugares diferentes. Porém, a última imagem que ele postara dos dois datava de alguns dias antes, e eles não pareciam particularmente felizes.

Ou talvez fosse só o meu cérebro sendo trouxa e criando ilusões que nada tinham a ver com a realidade. Sabe? Como pessoas apaixonadas costumam fazer?

Sentindo o estômago embrulhar de uma maneira esquisita, como se ele estivesse amargurado e ansioso ao mesmo tempo, resolvi acessar o perfil dela. Amanda havia me deletado, mas eu ainda podia ver algumas das suas publicações públicas, só que todas eram de antes dos dois começarem a namorar. Eu cliquei então na sua nova foto de perfil, uma em que ela sorria e a luz valorizava bastante os seus olhos claros, e, movida sabe-se lá pelo que, resolvi checar a lista de pessoas que haviam curtido. Mais de 300 nomes depois, eu ainda não encontrara o do meu ex-namorado. Haviam diversos comentários de "que linda" e "maravilhosa", mas um deles me chamou a atenção; uma de suas amigas escrevera "e ainda tem gente que não dá valor".

O que você pensa que está fazendo?, eu podia ouvir nitidamente a voz da minha prima ecoar pelas quatro paredes do meu cérebro. *Só estou fuçando, é natural do ser humano!*, argumentei mentalmente, porque, bem, era o que eu fazia, eu brigava com a Marina imaginária na minha cabeça — era engraçado e um pouco preocupante que a minha consciência tivesse incorporado a voz e a personalidade da minha prima. *Não, não é natural. Você está de novo procurando alguma brecha para acreditar que ele ainda possa gostar de você!* E eu me defendo, *Não, eu não estou!* Ela rebate, *Sim, você está! Pare com isso! Pare com isso agora!* Eu me canso. *Pare você de me dar broncas imaginárias, Marina, eu não sou mais uma criança! As suas atitudes dizem exatamente o contrário...*, diz ela.

— Isa?

Eu me voltei para trás, encontrando Victória parada na minha divisória.

— Sim?

— Você... hum, está falando sozinha.

Senti o rosto esquentar, fechando o navegador e suspirando.

— Você já sentiu como se estivesse presa ao passado e não conseguisse seguir em frente?

— Não — respondeu ela simplesmente. — Quem vive de passado é museu.

— Disse a escorpiana que quer se vingar do Santiago. — Eu não pude conter as palavras.

— Vingança é diferente de viver no passado — argumentou ela, apoiando-se nas paredes brancas de plástico. — Viver no passado é não dar uma chance para o presente, vingar-se de alguém é destruir qualquer chance desse passado continuar nos assombrando.

Eu fiquei em silêncio, digerindo aquelas palavras. Depois, concordei lentamente com a cabeça.

— Sei que você está certa, mas é difícil me desapegar de tanta história.

— Você é ariana — ela abanou o ar com as mãos —, tome uns porres, beije umas bocas, e daqui a alguns dias você nem vai mais se lembrar do nome de quem aparentemente partiu o seu coração! Aliás, você deveria fazer uma experiência e ficar com todos os signos do zodíaco, como a Valentina está fazendo!

Eu ri da ironia daquela situação — criar Valentina havia sido justamente um meio de superar Lucas, e agora eu estava recebendo o conselho de agir como Valentina para esquecer Lucas. Era quase como se a vida estivesse berrando "pelo amor de Santo Cristo, Isadora, você não pode querer mais sinais de que precisa superar esse garoto, não é mesmo?"

No metrô de volta para casa, ouvindo a minha playlist "transporte público", lotada de músicas raivosas para que eu acertasse as bolas de qualquer nojento que tentasse me agarrar, eu recebi uma mensagem no Whatsapp. Quando retirei o celular da bolsa, quase soltei um gritinho de felicidade ao ver o nome "Andrei Libra".

Preciso trocar esse nome para "Andrei Sem Signo", pensei antes de desbloquear a tela.

> Santiago do andar de baixo não para de dizer que está apaixonado pela "Isadora do Jornalismo", então eu perguntei a ele qual era o melhor filme do Harry Potter e ele disse que "nunca assistiu". Sinto muito pela sua perda.

Eu ri sozinha, imaginando Andrei deitado na cama, matutando sobre qual seria a melhor mensagem a se enviar para demonstrar que não estava enciumado, mas que também não havia desistido. Meu coração se encheu de esperança, mas eu não conseguia pensar em nada para responder, porque a imagem dele com Janaína no café se misturava às palavras do meu pai, e o seu futuro astrológico indefinido chocava-se com as palavras de Victória. Eu honestamente não sabia o que fazer, como reagir, se estava com raiva, ou apenas medo.

Então optei por não responder nada.

O destino já havia interferido muitas vezes na minha vida, e eu deixaria que ele interferisse de novo.

★ 30 ★

Era terça-feira, e eu não queria estar ali. Não era como se eu não estivesse aflita nem preocupada com a minha mãe, mas eu simplesmente odiava hospitais. As paredes brancas demais, os profissionais da saúde subindo e descendo as rampas de maneira rápida e impessoal, os faxineiros levando grandes sacos de lixo cheios de material contagioso sabe-se lá para onde, pessoas em macas passeando de elevador, crianças chorando, pessoas aflitas, lanchonetes muito caras... era tudo um pouco demais para mim.

Mas a Sra. Marta resolveu ser mais fitness no dia a dia, caiu da escada no trabalho e quebrou a perna, e era a minha função, como filha única e prestativa, resgatar a mãe engessada do pronto-socorro.

Eu já havia avisado ao meu chefe que não poderia trabalhar naquele dia, e ele concordou de maneira cordial, desejando melhoras para a minha mãe — existiam dois tipos de chefes de estagiários, aqueles que tratavam e exploravam os estudantes como profissionais CLT e aqueles que tinham um pouco de integridade e sabiam que nós nem deveríamos cumprir tantas horas de serviço assim. Felizmente, o meu chefe era do segundo grupo, e todos nós éramos muito gratos por tê-lo como superior. Alguns dos estagiários mais velhos diziam que ele costumava dar folgas durante a semana de provas. Mesmo que estivesse escrito na lei que era nosso direito, ele poderia muito bem ser um babaca quanto a isso, não poderia?

A minha mãe estava sendo engessada enquanto eu esperava sentada nos bancos duros de plástico azul, jogando xadrez no celular e perdendo de maneira humilhante para o computador. A cada partida espetacularmente perdida, mais eu me dava conta do quão "humanas" eu era.

Irritada depois da quinta derrota, enfiei o celular no fundo da bolsa e levantei o rosto. Parado na recepção e segurando uma pasta parda recheada de papéis, Andrei conversava com a recepcionista, que parecia bastante interessada no que ele falava.

Meu coração parou.

Eu sabia que você não me decepcionaria, destino.

Juntando toda a coragem que eu não havia conseguido reunir no dia anterior, caminhei até ele, estalando todos os meus dedos no curto trajeto entre os bancos e a recepção. Cheguei no exato momento em que ele agradecia à recepcionista, sabe-se lá por quê.

— ... eu sei que é um pedido exótico, mas obrigado pela ajuda!

— Andrei — disparei, antes que decidisse que aquela ideia era estúpida e que ele provavelmente devia me odiar por não ter respondido à sua mensagem.

Ele tomou um susto, virando-se rapidamente em minha direção. Abraçou os papéis que segurava de maneira paternal e arregalou os olhos. Naquela tarde, ele usava uma calça jeans surrada, camisa social branca enrolada nas mangas, tênis novinhos em folha e o cabelo penteado de maneira displicente para trás. Os óculos tartaruga haviam retornado também.

— Cacete, Isadora, vamos precisar colocar um sino em você! Assim, sempre que você estiver por perto, eu vou ouvir o barulho e não tomar um susto do caralho! — exclamou ele, curvando-se para beijar o meu rosto.

Andrei estava cheirando a loção pós-barba e chiclete de menta.

— Foi mal, não quis te assustar — comentei, tentando ignorar o fato de que eu havia agido como uma total psicopata da última vez em que conversamos; eu queria esquecer a cena com Janaína no café, mas ela continuava a voltar nos momentos mais inoportunos, e aquele era um deles.

— Então você falhou miseravelmente. — Ele tentou parecer sério, mas um início de sorriso enfeitava o seu rosto. — O que você está fazendo aqui?

— A minha mãe caiu da escada no trabalho e quebrou a perna.

— Nossa! Ela está bem?

— Bom, tirando o fato de que a perna dela está quebrada, acho que está tudo bem.

Nós nos encaramos por alguns instantes e depois caímos na risada. Era difícil demais ter que esconder a minha vontade de sorrir perto de Andrei.

— E você, o que está fazendo aqui?

Andrei apertou mais ainda os papéis contra o peito e deu de ombros.

— Por incrível que pareça, estou a trabalho — explicou, mas algo me dizia que estava mentindo. — Eu fui efetivado! Quero dizer, ainda não, porque preciso me formar, mas o meu chefe já fez o convite.

— Caramba, que legal! Parabéns!

— Meninos, vocês podem dar licença? — pediu a recepcionista, e eu reparei que uma fila havia se formado atrás de nós dois.

Caminhamos até onde eu estava sentada anteriormente e nos acomodamos. Andrei colocou a pasta dentro da bolsa carteiro de couro marrom e a pousou sobre os pés. Ele estava tão lindo que eu senti vontade de chorar.

Por que você vai apresentar aquela garota aos seus pais? A pergunta passou pela a minha mente, mas eu travei o maxilar para não deixá-la escapar. Andrei reparou na minha expressão de quem estava travando uma luta interna e, com um gesto inesperado, segurou as minhas mãos e suspirou.

— Ela é minha amiga — disse simplesmente. — É advogada, trabalha na editora e vai conhecer os meus pais porque eles são donos de um escritório de advocacia e pretendem contratá-la. Eu que insisti para ela fazer a entrevista, porque sei como ela é inteligente e uma ótima profissional.

O meu rosto esquentou. Eu tinha certeza absoluta de que estava parecendo um pimentão, mas aquela era a última das minhas preocupações. Como eu pude ser tão idiota? Eu já podia tatuar "imbecil" na testa?

— Eu deveria ter te explicado na hora, corrido atrás de você, mas confesso que fiquei com um pouco de raiva pela falta de confiança — continuou ele, e eu sentia os seus dedos quentes e macios contra os meus; eu não merecia que ele estivesse sendo tão legal comigo, eu merecia receber cem chibatadas nas costas. — Entendo agora que foi um mal-entendido digno de uma comédia romântica, e que você não tinha como saber. Me desculpe pela demora.

— Andrei, eu... foi mal — suspirei. — Eu sei que disse que deveríamos levar o nosso relacionamento numa boa, e que eu não tinha o direito de ficar enciumada; eu nem sou uma pessoa ciumenta! Mas depois do Lucas é difícil confiar de novo, e eu apenas pensei... não sei o que eu pensei, para ser bem sincera. E agora nem sei o que dizer, estou me sentindo tão estúpida, tão infantil...

— Ei, não precisa se sentir assim, eu deveria ter me explicado antes. — Ele se aproximou de mim, posicionando minhas mãos em sua nuca. — Eu quis te contar ontem, quando nos encontramos no elevador, mas você estava com a sua amiga, e eu achei melhor esperar. Para ser bem honesto, depois que a raiva passou, eu achei o seu ciúme muito fofo.

Mordi o lábio inferior, evitando sorrir como uma idiota, e Andrei aproximou os nossos rostos. Eu o beijei com calma, saboreando cada milésimo de segundo, e nós só nos soltamos quando ouvimos alguém pigarrear.

Quando levantei o rosto, encontrei a minha mãe a poucos centímetros de mim, sentada em uma cadeira de rodas e acompanhada por um enfermeiro corpulento e sorridente.

— Puta que pariu — sussurrei.

— Olha essa boca suja, Isa! — exclamou ela, mas a sua voz estava mole e descompassada.

— Ela tomou muitos analgésicos — explicou o enfermeiro.

— Andrei. — Ele estendeu a mão para a minha mãe, que a segurou em câmera lenta. — Sou um... amigo da sua filha.

— Na minha época, amigos não se beijavam na boca.

— *Mãe!* — murmurei, levantando-me, e Andrei soltou uma risada gostosa.

— Ela precisa descansar. — O enfermeiro assumiu uma postura profissional, estendendo-me um papel branco. — Esses são os remédios que o médico receitou. Não deixe ela saltitar por aí, e seria melhor que ela dormisse um pouco.

— Eu estou aqui — resmungou a minha mãe. — Não sou uma criança, posso ouvir tudo e sei me virar sozinha.

— Parece que o jogo virou, não é mesmo? — falei, agarrando os puxadores da cadeira de rodas. — O que mais ela não pode comer, enfermeiro? Sorvete e chocolate? E quando vamos dar a injeção na bunda se ela não parar de malcriação?

— Hilário — comentou a dona Marta, amargurada.

Troquei mais algumas palavras com o enfermeiro, e ele nos deixou. Virei-me então para Andrei, um pouco envergonhada por apresentá-lo à minha mãe naquelas condições, mesmo que não tivesse sido planejado.

— Nos vemos na editora, então? Ou na USP talvez, já que você parece frequentar todos os locais que eu frequento.

— Como vocês vão embora? — perguntou Andrei, olhando da minha mãe para mim com uma expressão preocupada.

— Uber — respondeu ela por mim, os olhos pesados de sono.

— Eu levo vocês. — Ele girou as chaves do carro no dedo indicador.

— Ah, não precisa, nós... — comecei, mas a minha mãe me interrompeu.

— Seria ótimo! Assim podemos passar no McDonald's, estou a fim de uma aventura.

Eu lancei um olhar fulminante na direção da dona Marta, mas ela apenas deu de ombros, os analgésicos tomando conta da sua personalidade. Andrei sorriu de maneira misteriosa e nos guiou até o carro. Minha mãe foi no banco de trás, com a perna esticada, e eu me sentei na frente. Nós conversamos sobre amenidades, a minha mãe perguntou quais eram as intenções de Andrei comigo ("as melhores possíveis", foi o que ele respondeu), nós passamos no drive-thru e voltamos para casa com 500 sacolas de comida.

Colocamos a minha mãe de volta na cadeira de rodas alugada, subimos com ela pelo elevador e comemos na sala de estar, então ela disse que iria se retirar para um "sono de beleza". Despediu-se de Andrei com o aviso de que ela havia jogado uma praga em Lucas por ele ter me magoado e logo os cabelos do meu ex-namorado começariam a cair, e nós finalmente ficamos a sós.

— São as drogas — comentei, depois que o silêncio que se instaurou começou a ficar desconfortável. — Geralmente ela é mais sensata.

— Gostei dela — disse ele simplesmente, olhando para mim. — Agora eu sei de onde saiu toda a sua irreverência.

— Irreverência? Que palavra mais chique!

— Sim, hoje eu decidi que vou conversar como um virginiano — falou Andrei, levantando-se.

Eu estranhei o comentário, mas em seguida ele parou na minha frente e estendeu as mãos. Eu as aceitei e ele me levantou, abraçando-me em seguida.

— Amanhã, quem sabe, eu posso te levar para viajar sem destino, como um sagitariano faria — continuou, e nós começamos a dançar pela sala, mesmo sem nenhuma música como trilha sonora. — E depois, no final de semana, nós vamos a um rodízio de pizza e eu vou comer como um taurino. E ainda vou poder pagar a conta por nós dois, porque trabalhei como um capricorniano a semana inteira!

— Eu não sabia que você gostava de astrologia — ronronei em seu ouvido, sentindo as mãos dele passearem pela minha cintura, o calor do corpo dele contra o meu.

— Eu não gostava — concordou ele, beijando o meu pescoço antes de continuar —, mas se a garota por quem o meu coração bate mais rápido é entendida no assunto, achei melhor dar uma pesquisada.

Fechei os olhos, porque estava com medo de que, se os mantivesse abertos, acordaria de algum sonho muito bom. As minhas mãos subiram até o cabelo macio e cheiroso de Andrei, e eu comecei a brincar com os fios da sua nuca.

— E qual é a sua conclusão?

— Eu acho que você acabou tirando a sorte grande — comentou ele, e eu ri.

— Por que você acha isso?

— Se eu não sei qual é o meu signo — ele me abraçou ainda mais apertado, e nós paramos de dançar —, eu posso ser do signo que você quiser que eu seja.

Aquilo foi um pouco demais para mim. Antes que eu começasse a chorar e estragasse o momento, separei os nossos corpos apenas o suficiente para que as nossas bocas se encontrassem, com a urgência que eu não havia percebido que estava ali desde o primeiro momento em que coloquei os olhos em Andrei; ele abaixou as mãos e agarrou a minha bunda sem nenhuma delicadeza, enquanto me beijava como se aquele fosse o nosso último dia na Terra.

Nós caminhamos a esmo pela sala, esbarrando em tudo e quase quebrando o vaso caríssimo que a minha mãe deixava exposto no aparador. Ele passeava com as mãos experientes pelo meu corpo, agarrando o meu cabelo sempre que sentíamos como se fôssemos cair.

— Quarto — conseguiu murmurar Andrei em um dos poucos momentos em que separamos nossas bocas.

O trajeto demorou o triplo do que demoraria se eu estivesse sozinha e andando em linha reta, mas enfim chegamos, e eu fechei a porta — nós podíamos ouvir os roncos da minha mãe, então estávamos a salvo por bastante tempo.

Andrei me jogou na cama, e eu soltei uma risada um pouco histérica. Ele pareceu não reparar, os olhos fixos em mim, e arrancou a camisa social pela cabeça, revelando o peito liso, magro e comprido. Eu nunca tinha reparado em como os seus ombros eram largos.

— Eu sei, preciso tomar um sol — comentou ele antes de se jogar em cima de mim.

Andrei arrancou a minha roupa com uma facilidade invejável — nem eu conseguia me despir tão rápido, e às vezes enroscava a minha cabeça na gola e saía pulando pelo quarto com as mãos para cima como um boneco de posto — e passou os olhos pelo meu corpo.

— Eu sei, preciso...

— Cacete, você é muito gostosa. — Ele me cortou, e era a primeira vez que Andrei deixava de lado a cortesia para usar uma palavra tão... *direta*.

Senti o corpo inteiro esquentar com a intensidade e a veracidade daquelas palavras. Eu não era fit, aliás, nunca nem tinha pisado dentro de uma academia na vida! O meu corpo era normal; eu tinha barriga, celulite e estrias, além de um peito menor que o outro e as coxas grossas, mas ele parecia tão encantado e excitado que eu apenas o puxei pelos ombros nus para mais perto e voltei a beijá-lo.

Demorei um pouco mais para deixá-lo nu, mas em nenhum momento nós nos preocupamos com a luz, ou com as imperfeições dos nossos corpos. Andrei tinha o toque tão quente e preciso que era como se eu não tivesse a capacidade de pensar em nada que não fosse aquele momento, a sua língua passeando pela minha pele, os seus dedos encontrando os lugares certos para me fazer enlouquecer. Os nossos corpos se uniram a princípio de maneira tímida e um pouco descoordenada, mas logo pegamos o ritmo um do outro e, um par de horas depois, caímos suados e risonhos em cima do colchão. Eu me sentia febril e satisfeita, tentando resgatar na memória alguma vez que havia me sentido daquela maneira e falhando alegremente.

Eu rolei para encaixar a cabeça no seu peito, e ele pegou uma mecha do meu cabelo ondulado entre os dedos, enrolando-a e desenrolando-a preguiçosamente. Nós não dissemos nada, ainda consumidos pelo que havia acabado de acontecer, relembrando cada ordem sussurrada, cada gemido entrecortado, cada beijo sorridente trocado.

— Escorpião — sussurrei depois de muitos minutos em silêncio.

— Hum? — perguntou ele, sonolento.

— Hoje você foi Escorpião.

★ 31 ★

O apito do micro-ondas me acordou, e eu sacudi a cabeça de maneira desligada; não estava conseguindo me concentrar em absolutamente nada, deixando a mente divagar para a tarde que passara com Andrei. Eu estava tão distraída que já havia queimado uma torrada e colocado sal no leite, amaldiçoando até a minha última geração depois de dar um gole generoso e cuspir tudo na pia.

Eu e Andrei ficamos deitados na cama até a minha mãe começar a dar sinais de que estava acordando. Ele me contou um pouco mais sobre a sua vida, sobre a irmã mais velha e médica, o irmão mais novo com problemas de aprendizado no colégio, a lagartixa Roberta e o escritório de advocacia dos pais, que eu descobri ser um dos maiores de São Paulo.

— Então você é rico! — deixei escapar, fazendo-o rir.

— Os meus pais são ricos, eu sou apenas um estudante de audiovisual e estagiário da editora onde você também trabalha.

Eu contei então sobre o encontro com meu pai, a rotina no estágio, as minhas aspirações como jornalista, os meus traumas e sonhos. Foram horas tagarelando e rindo, intercalando a conversa com beijos quentes e toques deliciosos. Quando ele me disse que precisava ir embora, eu deixei um resmungo sincero escapar.

— Não precisa ficar chateada, nós nos vemos amanhã, Isadora — prometeu ele, beijando a minha testa antes de entrar no elevador.

E lá estava eu. Tentando cozinhar para a minha mãe e me aproximando mais de botar fogo na cozinha.

Finalmente consegui esquentar o arroz e o feijão e fritei um bife, colocando o prato na bandeja com refrigerante e uma maçã. Entrei no quarto da minha mãe, que sorriu, abaixando o som da televisão.

— Não fique má acostumada — comentei, colocando a bandeja em seu colo.

— Aquele mocinho já foi embora? — quis saber, com garfo e faca em mãos.

— Foi. — Eu senti as bochechas corarem.

— Ele é seu novo namorado?

— Não, é só meu amigo.

— Isadora Mônaco, sou a sua mãe, eu sabia que você estava fazendo cocô só ao observar a sua expressão, acha mesmo que não sei quando está mentindo para mim?

Eu ri, sentando-me ao seu lado na cama.

— Não quero criar expectativas — expliquei.

— Então não crie. — Ela passou o dedo pelo meu queixo. — Ele parece ser um bom menino.

— Ele é um ótimo menino.

— Eu sei que você teve o coração partido, querida. — Abaixei o rosto, porque não queria que a minha mãe visse as lágrimas que haviam se formado embaixo dos meus olhos; a sua voz calma e tranquilizadora quando estávamos falando sobre algo triste sempre me deixava com vontade de chorar. — E me arrisco a dizer que não foi a primeira vez, nem será a última. Eu não sei se esse mocinho veio para ficar, e não quero me meter na sua vida, então só vou dizer isso: um dia você vai conhecer alguém que vai te fazer entender por que todos os outros não ficaram. Eu espero que possa ser esse tal de Andrei, mas, se não for, não é o fim do mundo.

— Eu só não queria ter que passar por toda aquela dor novamente — murmurei.

— Como diz aquele livrinho azul de que você gosta, "a dor precisa ser sentida" — respondeu minha mãe, citando *A culpa é das estrelas*, e eu ri, porque ela lia todos os meus livros e nunca decorava os títulos. — E o que é a vida se não um desfile de triunfos e fracassos? Se você já gosta dele, corre o risco de se magoar ficando ou não com ele. Por que não aproveitar?

— Mãe, você deve ter a lua em Peixes — comentei, e nós nos abraçamos de maneira carinhosa.

Depois que assistimos ao novo capítulo da novela (ela assistiu, eu fiquei ao seu lado mexendo no celular e esperando uma mensagem de Andrei), eu deixei a minha mãe comer e descansar e voltei para o meu quarto. Sentei-me na cadeira giratória da escrivaninha e liguei o notebook, batucando com os dedos indicadores no tampo de madeira impacientemente, como se aquele gesto pudesse fazer o aparelho funcionar mais rápido — às vezes, eu gostaria de ser menos impaciente. Quando ele finalmente resolveu cooperar, eu abri a minha caixa de e-mails, esperando receber a parte de um trabalho que eu deveria reescrever. Em vez disso, encontrei um e-mail cujo assunto era "para Valentina".

Ajeitei-me na cadeira feito coruja no toco e abri a mensagem; era a primeira vez que tentavam entrar em contato com a Valentina diretamente. Eu lia todos os comentários no blog, claro, em sua maioria positivos e divertidos, com algumas exceções machistas e ofensivas, mas era esquisito saber que alguém havia se dado ao trabalho de ler a aba "contatos" e caçar o endereço de e-mail que eu havia criado para a Valentina.

 Para: Valentina
De: Luís Felipe

Oi, Valentina, tudo bom?

Eu sei que isso pode parecer muito esquisito... e acredite, estou há alguns dias ponderando se envio ou não essa mensagem. Bom, acho que acabei me decidindo, porque você está lendo isso. E acho que estou me enrolando, então vamos lá.

Meu nome é Luís Felipe Gomes (pode pesquisar no Facebook, sou de verdade) e eu descobri o seu blog através de algumas amigas da ECA (eu curso Direito na USP também). Elas não paravam de falar de uma tal de Valentina, Valentina isso, Valentina aquilo, e fiquei curioso. Confesso que achei a ideia meio idiota no começo, mas, depois de alguns posts, descobri que estava viciado.

Eu não sei o que foi... acho que algo nas suas palavras me deu a esperança de que existem pessoas por aí abertas a se entregarem a um novo relacionamento. Algo na sua narrativa me fez crer que você foi magoada, que o seu coração está quebrado, e participar dessa experiência foi uma maneira de tentar contornar essa situação. E eu gosto de pessoas assim, que tomam uma atitude frente à tristeza.

Sim, eu sei que podia deixar essa mensagem no próprio blog, mas fiquei com medo de que ela fosse se perder. Só queria que você soubesse que eu acho a sua atitude muito legal, e estou aprendendo bastante sobre astrologia, porque você fala do assunto com tanta convicção que me vi intrigado a pesquisar.

Eu também queria dizer que, em um primeiro momento, fiquei chateado por você ter pulado o signo de Libra, porque eu estava ansioso para ler sobre a minha turma. Mas, depois, achei que fosse algum tipo de sinal... Não quero parecer presunçoso, mas tenho uma pequena esperança de que você ainda não tenha conhecido o seu "libriano perfeito", então, se quiser conversar com um candidato ao cargo, vou deixar o meu celular no final desse e-mail.

Acho que é isso. Desculpe a honestidade e o conteúdo esquisito dessa mensagem. Eu só... me sinto conectado a você.

Um abraço,

Luís Felipe

Eu não tive muito tempo para me recompor da leitura, porque o meu celular começou a tocar no instante em que eu li a última linha. O nome "Marina Mônaco" na tela não me acalmou, muito pelo contrário, só me deixou mais ansiosa.

— Isa! — berrou ela assim que eu coloquei o aparelho no ouvido e falei "alô". — Você está ocupada amanhã? Um amigo meu está voltando dos Estados Unidos e ele é capricorniano! Dá pra acreditar na sua sorte?

— É, parece que eu tenho muita sorte mesmo — murmurei, um pouco atordoada por tudo o que estava acontecendo nas últimas 24 horas.

— O que foi? Você não parece animada.

— Ah, eu estou cansada. A minha mãe quebrou a perna e o dia foi longo — falei, contando parte da verdade, porque, por mais que eu dividisse tudo com a minha prima, ainda queria preservar um pouco mais a minha tarde com Andrei e também o e-mail que havia acabado de receber.

Pelo menos até eu conseguir colocar a cabeça em ordem.

— Nossa! E você só me conta isso agora? Está tudo bem?

Contei toda a saga "mãe no pronto-socorro", omitindo as partes com Andrei. Ao final da narrativa, a minha prima estava rindo.

— É a cara da tia Marta quebrar a perna no primeiro dia em que resolve subir as escadas na empresa.

— Eu ainda preciso contar para o meu pai. Ele vai surtar.

O meu pai sempre ficava muito preocupado quando eu contava algo que saía da rotina da minha mãe. *"O quê? Ela tomou duas taças de vinho?"*, ele dizia com espanto. Eu não entendia o motivo da surpresa, mas depois do nosso último encontro, comecei a relembrar conversas antigas e tudo pareceu fazer sentido. Ele nunca havia superado a minha mãe e gostava de opinar sobre a sua rotina, mesmo que à distância.

— Vai mesmo — concordou Marina, pigarreando em seguida. — Isa, eu posso te pedir um favor?

— Não, eu não vou substituir a goleira do seu time de handball. Passei duas semanas sem conseguir sentar direito da última vez, e cheia de roxos pelo corpo. A minha mãe achou que eram chupões no meu pescoço, você não sabe o quão constrangedor foi...

— Não é nada disso. — A minha prima riu do outro lado da linha. — Você só... poderia não contar ao Rodrigo que nós vamos sair com o meu amigo capricorniano?

— Por quê? Ele tem ciúme dele?

— Não. Ele só... não precisa saber, ok?

— Eu não falo nada — respondi —, se você me contar o que está acontecendo.

Marina suspirou. Ela podia ser a voz da minha consciência, mas eu era a única pessoa capaz de saber quando ela estava mentindo ou omitindo a verdade.

— O Rodrigo não quer mais saber do experimento — começou ela de maneira cautelosa. — Eu não sei, acho que está defendendo o Andrei ou sei lá. Ele não quer me contar se eles dois conversaram sobre você, só me disse algo sobre "violar o *bro code*", e acha que você deveria parar com o projeto Valentina.

Eu fiquei em silêncio, esperando que ela completasse a própria fala com um "mas isso é bobagem", mas ela não fez isso.

— Você também acha — concluí.

— O que eu acho ou deixo de achar é irrelevante nessa situação — rebateu ela, parecendo irritada. — Você já utilizou todos os argumentos válidos para me convencer de que a Valentina está te fazendo bem, e é só isso que eu quero: te ver feliz. Se eu achar que você deve parar, vou te falar, você sabe que vou. Até lá, me comprometi a ajudá-la, e vou continuar ajudando.

A minha boca parecia colada com Super Bonder. Ao mesmo tempo que eu era grata por toda a ajuda e todo o incentivo, incomodava-me saber que a minha prima não estava mais 100% satisfeita com a ideia que ela mesma havia proposto. Sim, o que estava acontecendo entre mim e Andrei era ótimo, e eu não me sentia feliz do jeito que ele fazia eu me sentir havia muito tempo, mas eu também precisava concluir o que havia começado, e precisava que Marina compreendesse aquilo, porque, se ela começasse a ter dúvidas, eu sabia que era questão de tempo até a minha desistência.

Quero dizer, eu era ariana, e não costumava terminar absolutamente nada que eu começava, pelo menos não sem a ajuda da minha prima.

— Eu não vou contar para o Rodrigo — falei por fim.

— Obrigada. Pode me encontrar amanhã na Vila Madalena?

— Posso.

Assim que terminei a ligação com a minha prima, reparei em uma nova mensagem no Whatsapp. "Andrei Libra" brilhava na tela, e eu sorri.

"Eu amei te ver."

E, em seguida:

Não foi minha intenção parafrasear Tiago Iorc, que fique bem claro.
Quanto mais o tempo passa, mais aumenta a graça em te viver...
Agora foi.
Boa noite, Isadora.

Eu sorria tanto que meu rosto doía. Como era possível alguém ser capaz de fazer o meu coração querer saltar de dentro do peito e cometer suicídio?

Tem mais do que te mostro, não escondo quanto gosto de você...
Boa noite, Andrei.

★ 32 ★

Eu não vi Andrei no dia seguinte, como ele havia prometido. Ao meio-dia, recebi uma mensagem dele avisando que teria de passar o dia com o seu orientador do TCC, mas que eu não precisava chorar, porque ele tinha uma surpresa reservada para mim na quarta-feira. Ainda completou a mensagem com dois emojis lançando beijinhos de coração, o que claramente significava que ele estava apaixonado — ou pelo menos era o que eu gostava de imaginar.

Eu não me importei muito. Para ser bem sincera, achei até melhor. Primeiro porque eu estava com aquela expressão sonhadora e idiota que só pessoas apaixonadas possuem e temia que ele achasse que eu estava planejando assassiná-lo durante o sono, segundo porque eu havia concordado em sair com o capricorniano aquela noite, e, se visse Andrei horas antes, com certeza teria alguma síncope de surto de consciência no meio do encontro.

Na faculdade, fui obrigada a aturar horas de muitos "você transou, Isa, nem tente nos enganar!" e, no estágio, Victória passou a tarde inteira tentando arrancar de mim o motivo de eu estar cantarolando pelos cantos. Eu fui forte e inventei que havia tirado uma boa nota na prova de história do jornalismo II; não queria compartilhar o que estava acontecendo entre mim e Andrei com ninguém. Pelo menos por alguns dias, eu gostaria de aproveitar sozinha aquele sentimento de renovação.

Quando voltei para casa, encontrei a minha mãe ao telefone. Ela tomava uma taça de vinho, repousava a perna quebrada em uma almofada em cima do sofá e sorria. Quando ergui uma sobrancelha interrogativa, ela articulou "seu pai" sem emitir som.

Sorrindo sozinha, voltei para o meu quarto, tomei um banho e me arrumei. Quando saí, uma hora depois, ela ainda estava tagarelando. Avisei que iria encontrar Marina, e ela abanou o ar com as mãos em concordância.

Passei o caminho inteiro me perguntando se estava tomando a decisão correta. Por um lado, eu queria terminar o que Valentina havia começado, e sentia que deveria completar a experiência por mim e por mais ninguém. Por outro, estar com Andrei era tudo o que eu mais queria naquele momento.

Eu sabia que ele não se importaria se descobrisse sobre a Valentina; mesmo que nunca tivéssemos conversado sobre os limites do nosso "relacionamento", eu apenas sabia. Andrei era o tipo de cara que enxergava as mulheres como iguais, e não como donzelas indefesas prontas para serem protegidas, ou pior, como propriedade sem direito a diversão. Eu estava solteira e havia decidido ficar com todos os signos do zodíaco. Não acredito!, eu conseguia ouvi-lo dizer, entre risadas genuínas. *Qual deles te fez querer sair correndo?*

Então por que eu estava tão encanada em continuar o que havia começado e sair com o capricorniano?

Porque você está apaixonada. A voz de Marina ricocheteava pelos quatro cantos do meu cérebro e, pela primeira vez na vida, eu não sabia como rebater aquele argumento.

Porque era verdade. Eu estava apaixonada.

Quando cheguei no endereço que a minha prima havia me enviado pelo Whatsapp, encontrei-a parada na frente do bar, conversando com um moço alto que fumava. Eu ainda fiquei um tempo observando de longe, limpando os vestígios de Andrei da minha mente, vestindo a máscara de Valentina e me concentrando ao máximo em conhecer bem o capricorniano. Ele era... exótico. Tinha a pele café com leite, os olhos bem escuros, o cabelo mais escuro ainda e usava um blazer preto que parecia custar mais do que todo o meu armário.

Aproximei-me após alguns minutos, sentindo-me um pouco malvestida.

— Oi, Ma! — Eu acenei, e os dois viraram os rostos na minha direção.

A minha prima sorriu, mas o capricorniano permaneceu sério, analisando-me como se eu fosse a bolsa de valores ou um saco de ouro.

— Isa! — respondeu a minha prima, olhando enfaticamente para o garoto e levantando uma das sobrancelhas. — Carlos, essa aqui é a minha prima, Isadora. Isadora, esse é o meu amigo de infância, Carlos.

— Prazer em te conhecer, Carlos. — Eu estendi a mão para o garoto, que a apertou com firmeza e formalidade.

— O prazer é todo meu, Isa.

— Vamos entrar, então? Daqui a pouco não conseguiremos mais mesa, e eu quero que o Carlos tenha uma ótima primeira noite em terras tupiniquins — sugeriu Marina, e Carlos apagou o cigarro na sola do sapato fino, jogando-o no lixo em seguida (o cigarro, não o sapato).

Sentamos em uma mesa de canto. Marina era toda sorrisos, mas o capricorniano parecia ter sido esculpido em mármore. Ele não era mal-educado ou antipático, era apenas... sério.

Começamos a conversar amigavelmente, Marina intermediando o papo como uma juíza de debate. Contei um pouco sobre a minha vida, os meus hobbies e as minhas aspirações, e, apesar de ter encontrado em Carlos um ótimo ouvinte, acabei transferindo o foco da entrevista para ele, já que eu precisava recolher material para a Valentina.

— E você, Carlos? — perguntei quando acabei de contar sobre o meu estágio. Marina ouvia tudo em silêncio, participando vez ou outra; era engraçado estar na presença de dois capricornianos, porque eu me sentia como um palhaço enfrentando uma plateia particularmente azeda. — A Ma me contou que você voltou dos Estados Unidos, o que estava fazendo lá?

— Um MBA. — respondeu ele, tomando um gole do seu refrigerante antes de continuar (ele estava dirigindo e não iria beber, como deixou bem claro no começo da noite). — Sou formado em Administração de Empresas e trabalho na área há três anos, então decidi pedir demissão e me especializar.

— Arriscado — comentou Marina.

— Valeu a pena. — Ele deu de ombros. — Eu mal cheguei no Brasil e já recebi três propostas para ganhar bem mais do que estava ganhando antes de pedir demissão.

Eu e Marina trocamos olhares discretos. Ela entendia a ambição e a encarava com admiração, e eu só fiquei impressionada mesmo. Queria poder dizer que tinha especializações em outros países e gordas propostas de emprego, mas aquele mundo pertencia à Marina e ao Carlos; o meu era bem mais simples e literário.

— Foi bem difícil — continuou o capricorniano, o rosto misterioso, a expressão impassível. — Somos só eu e a minha mãe desde que me conheço por gente, e deixá-la sozinha por um ano foi a decisão mais difícil que eu precisei tomar em toda a minha vida.

— Também somos só eu e a minha mãe lá em casa. — Concordei com a cabeça, sentindo uma empatia imensa pelo capricorniano e por seu cuidado.

Nós pedimos uma porção de batatas fritas e continuamos a conversar. Apesar das minhas piadas não estarem surtindo muito efeito naquele contexto em especial, o papo era agradável e Carlos tinha um senso de humor sarcástico que eu adorei. Porém, de tempos em tempos, ele retirava o celular do blazer e respondia a algum e-mail — parecia ser bem mais adulto do que eu e Marina, mesmo tendo apenas quatro anos a mais que nós duas.

Muitas cervejas depois, eu já começava a me arrepender daquela ideia — quarta-feira de ressaca na faculdade e no estágio era tudo o que eu não precisava. Marina já estava com o riso frouxo, mas Carlos continuava intocável, sério, íntegro. E sóbrio.

A fantasia sexual de toda e qualquer leitora de romances eróticos. Eu inclusive.

Quem não gostava de um homem bem-sucedido, ambicioso e que parecia ser impenetrável (no bom e no mau sentido)? Quantas histórias não eram escritas baseadas nesse tipo de homem?

— Nós podemos ir dançar! — sugeriu Marina em determinado momento da noite, depois que nós duas já havíamos passado da conta, tanto nas cervejas, quanto nas batatas fritas. — Faz tempo que eu não saio para dançar! É, eu saio com o Rô para baladas, mas nós sempre acabamos em algum canto escuro nos...

— Acho que já entendemos, Ma — murmurei.

— Ah, não, não acho que seja uma boa ideia — comentou Carlos.

— Por que não? Vai ser divertido! — Marina puxou e empurrou a manga do capricorniano, arrancando-lhe um sorriso tímido.

— Eu tenho uma entrevista de emprego amanhã...

— Você é igualzinho desde que nasceu, Carlos, nunca faz nada espontâneo ou impulsivo! — A minha prima fez um bico, mas deu-se por vencida.

— Não é minha culpa que os seus planos espontâneos e impulsivos sempre acabassem em desastre. — Ele deu de ombros. — Eu prefiro planejar; é simples e eficiente.

— Você não precisa ser um administrador de empresas em todos os aspectos da sua vida — resmungou Marina.

Não, pensei comigo mesma, analisando o perfil seguro e masculino de Carlos, *ele não precisa ser administrador de empresas, mas acho difícil se livrar de ser capricorniano.*

Acabamos não indo dançar, mas ficamos no bar até os garçons começarem a descer as grades de ferro. Na hora de pagar a conta, apesar do capricorniano ser de longe o mais abastado entre nós três, ele não fez menção alguma de fazer a cortesia de cobrir a nossa parte. Eu não me importei, já que não gostava de me sentir inferior e era muito bem capaz de pagar pelo que havia consumido, mas Marina ficou reclamando que ele poderia ao menos ter pago pelas batatas fritas.

O metrô já havia fechado, então Carlos se ofereceu para nos levar em casa. Concordamos, eu porque precisava dormir, Marina porque queria nos deixar sozinhos, já que a casa dela ficava no caminho.

O carro de Carlos era uma extensão da sua personalidade: sedã, negro, caro e lindo. Eu entrei no banco de trás com estofado de couro e me senti no carro do Batman. Ele sintonizou na 89.1, a rádio rock, e nós fomos cantarolando até o prédio de Marina.

Quando Carlos estacionou, eu saí do carro para ocupar o banco da frente e Marina me agarrou pelo braço, sussurrando:

— Pelo amor de tudo o que é mais sagrado, você nem precisa ficar com ele, só dá um jeito de lamber aquele maxilar.

— Eu preciso ter uma conversinha com o Rodrigo — murmurei de volta, colocando a mão na maçaneta —, acho que ele não anda comparecendo muito.

— Ele comparece perfeitamente bem, mas uma garota pode reparar no maxilar de outro rapaz sem medo de ser julgada — respondeu a minha prima, dando-me um beijo no rosto e partindo para sua casa.

Quando voltei para o carro, percebi que estava indo para casa com um cara que eu conhecia bem pouco e que aquele era o cenário perfeito para uma desgraça — não me levem a mal, eu gostava de homens, mas, ao mesmo tempo, morria de medo deles.

O clima ficou um pouco desconfortável, mas, aparentemente, Carlos percebeu a minha tensão, porque abaixou o som do rádio e começou a conversar comigo. Primeiro, pediu o meu endereço para colocar no Waze, depois começou a contar sobre o seu antigo emprego.

Durante o tempo em que passamos no carro, eu percebi que o capricorniano era muito bem articulado e inteligente, mas compensava o charme com teimosia e um pouco de moralismo. Nós entramos em um argumento sobre a legalização da maconha (nem me pergunte de onde veio o assunto, porque eu não faço a menor ideia) e ele se mostrou um pouco antiquado e incapaz de dar o braço a torcer e entender a minha visão progressista. Como eu não queria entrar em discussões políticas pelo menos uma vez na vida, optei por mudar de assunto.

— Estados Unidos ou Brasil?

— Brasil — respondeu ele prontamente, e eu levantei uma sobrancelha em questionamento; não que eu não amasse o meu país, mas não esperava aquela resposta de um cara classe média formado em administração de empresas, um tipo que me parecia um pouco obcecado pela terra do Tio Sam. — O quê? Não acredita em mim?

— Acredito, só não era a resposta que eu estava esperando.

— Eu gostei de viver nos Estados Unidos, dá uma dimensão do quão atrasados nós estamos em alguns aspectos básicos, e eu sou muito fã da organização deles. — Ele deu de ombros, os olhos fixos na estrada. — Mas acredito em uma sociedade mais humanizada, e o estilo de vida deles não me atrai nem um pouco.

— Pensei que você fosse fã de trabalho e dinheiro — comentei, recebendo uma risada rápida em resposta.

— Eu sou. Mas também sou fã de um sistema de saúde gratuito para todos e de aproveitar férias justas e remuneradas pelo menos uma vez ao ano. Também sou ambicioso e visionário, e vejo mais potencial no Brasil do que jamais poderia enxergar nos Estados Unidos.

Carlos parou o carro na frente do meu prédio, e eu me voltei para ele. O seu blazer negro parecia reluzir com a luz dos postes, e seus olhos me lembravam duas pedras de ônix; ou talvez fosse só a admiração que eu estava sentindo pelo pensamento simples, direto e objetivo dele.

Eu amava o Brasil. E poderia beijar Carlos na boca só por aquela resposta.

E, bom, foi o que eu fiz.

Eu me curvei para a frente, e ele fez o mesmo, as nossas bocas se encontrando no meio do caminho. Ele cheirava a algum perfume caro e tinha gosto de hortelã, exatamente como eu esperava. As mãos dele ficaram firmes na minha nuca, do jeito que previ, e eu gostava da sensação de me sentir segura e protegida nos braços daquele homem com H maiúsculo. Ele não me surpreendeu com técnicas mirabolantes com a língua, nem com mãos bobas pelo meu corpo, e a sua calma e tranquilidade me encantaram mais do que muitos beijos pirotécnicos que havia provado.

Quem foi que disse que pessoas previsíveis não são emocionantes?

Quando nos separamos, eu estava ofegante, e ele continuava sério.

— Você não sorri nunca? — perguntei, porque o meu cérebro estava incapacitado de produzir algo inteligente ou misterioso.

Para a minha surpresa, Carlos sorriu.

— Eu sorrio quando algo genuinamente me faz sorrir.

Então eu sorri também.

— Boa noite, Isa — ele me deu um longo selinho antes de continuar —, espero poder manter contato. Pego o seu número com a Marina; acho meio perigoso ficarmos aqui na frente tanto tempo a essa hora da noite.

— Tudo bem — sussurrei, sentindo-me como uma garotinha indefesa. — Boa noite, Carlos.

Eu abri a porta do carro, e estava quase saindo quando Carlos me puxou novamente e nós trocamos outro beijo deliciosamente tranquilo.

No fim das contas, o capricorniano havia me surpreendido.

Quem disse que as características dos signos são imutáveis?

♥ Os 12 Signos de Valentina ✕

CAPRICÓRNIO

23h02, 24 de março de 2015
Postado por: Valentina

Senhoras e senhoras, por favor, não chequem as suas contas no banco, porque os seus saldos negativos talvez fiquem um pouco ofendidos pela descrição que veremos em seguida. Porque sim, ele chegou, o playboy do zodíaco, o bode montanhês que conquista o mundo, mas encontra-se sozinho ao chegar no topo, o introspectivo, sério e mal compreendido capricorniano.

palmas

Eu mal posso acreditar que encontrei um deles solteiro, porque a grande maioria já conquistou alguma sortuda pelo mundo e está em casa planejando o casamento e a construção de um império. Vocês deram sorte de eu me deparar com esse espécime raro, porque agora vou ensiná-las(os) como conquistar o signo de Capricórnio.

Mentira, eles são impenetráveis, boa sorte.

E para o pessoal que anda apostando dinheiro no bolão da Valentina: eu também apostei muita grana, e acho que vou levar tudo para casa, hein? Esse é o problema de fazer um bolão apostando em alguém que talvez esteja participando dele!

Queridos, eu realmente não sei por que vocês querem tanto assim saber a minha identidade. Vocês estão se divertindo, não estão? Estão conhecendo um pouco mais sobre o próprio signo e até sobre astrologia, não estão? Então por que caralhos importa saber o meu nome verdadeiro? Vai mudar alguma coisa na vida de vocês? Porque na minha vai, e *muito*, mas depois que a poeira baixar, vocês vão seguir com as suas como se nada tivesse acontecido, e eu vou ficar marcada pelo resto da graduação.

Os 12 Signos de Valentina ✕

Já pararam para pensar nisso? Eu acho que não. Então chega de encher o saco do professor Varela, tirem suas Dilmas desse bolão idiota, peçam para que o pessoal de Ciência da Computação desista de tentar invadir o meu blog e apenas aproveitem enquanto ele ainda existe!

Sem mais delongas, vamos aos fatos:

Pseudônimo: Zayn Malik, vem ter uma pillow talk aqui na minha cama.

Idade: 26 anos

Aniversário: 18 de janeiro

Música que define o signo: All I Do Is Win — DJ Khaled

Palavra mais usada: "Dinheiro"

Turn on: A ambição.

Turn off: A seriedade.

Qualidades: Esforçado, trabalhador, zeloso, preocupado com as pessoas que ama, ambicioso, inteligente, charmoso, misterioso, ai, esse homem...

Defeitos: Um pouco gelado, distante, extremamente sério, teimoso e moralista.

Eu fui com Zayn a um barzinho. Quando cheguei, encontrei-o fumando e conversando com a minha amiga, e logo soube que aquele era o tipo de homem que as garotas se rasgariam para conquistar. Com beleza clássica, charme requintado e vocabulário refinado, peguei-me presa naquela rede de sofisticação que nunca pensei que fosse me atrair.

O capricorniano foi responsável (ele estava dirigindo e não colocou uma gota de álcool na boca) e simpático. Nós conversamos por horas, e eu

Os 12 Signos de Valentina

descobri o seu lado humanitário e dedicado — dizem as más línguas que os capricornianos não são muito bons em demonstrar afeto (aliás, eles são terríveis), mas, por outro lado, são um dos poucos signos do zodíaco dispostos a matar e morrer pelas pessoas que amam.

Áries e Capricórnio não é a melhor combinação do zodíaco, porque um é idealista e o outro moralista, mas é bem difícil se apegar aos defeitos de alguém quando esse ele parece ser a pessoa perfeita para te deixar segura, confortável e feliz para o resto da vida.

Mas aí você para e pensa: eu não preciso que alguém me deixe segura, confortável e feliz, isso eu posso fazer sozinha! Quero dizer, as arianas e sagitarianas pensam assim, mas existem outros signos que não pensariam duas vezes antes de embarcar nesse modelo tão desejado de vida feliz.

O beijo do capricorniano é previsível, mas decidido. Existem beijos que te deixam com vontade de largar tudo e viver uma tórrida paixão, e existem outros que te fazem refletir e chegar à conclusão de que você não precisa viver uma tórrida paixão, pelo menos não enquanto estiver segura nos braços daquele homem. Capricórnio inspira confiança e segurança, e eu os aconselho para todas as mulheres do mundo que queiram se sentir valorizadas e respeitadas.

Claro que, se você não estiver a fim de dar com a cabeça na parede toda vez que ele começar com os discursos de 1940 dele, e de colocar a cabeça dentro de um forno aceso quando ele se recusar a dar o braço a torcer, mesmo quando estiver errado, talvez Capricórnio não seja o signo para você. E se você gosta de grandes gestos e demonstrações públicas de afeto e amor, saiba é mais provável que o capricorniano prefira mastigar prego — não é que ele não seja romântico, ele só demora para decidir se está mesmo apaixonado (as listas de prós e contras não são feitas do dia para a noite) e, até lá, você pode morrer de tanto esperar.

No final da noite, fui surpreendida por um gesto mais... ousado. E gosto de pensar que talvez ele tenha alguma ascendência em Sagitário ou

Os 12 Signos de Valentina ✕

Áries. Ou talvez seja apenas um capricorniano que gosta de inovar. Quem sabe?

Nos vemos no próximo post com um aquariano. Quero dizer, se eu conseguir chamar a atenção de um deles, não é mesmo?

Um beijão estrelado,

VALENTINA

★ 33 ★

Eu estava apoiada em uma mureta suja na frente do prédio da editora, conversando pelo Whatsapp com os meus amigos da faculdade sobre um trabalho atrasado. Claro que nós já havíamos desviado o foco e agora fofocávamos sobre o novo suposto namorado de Vitor enquanto ele defendia a sua vida boêmia com unhas e dentes, apenas para não dar o braço a torcer de que estava apaixonado. Em um dia normal, eu estaria tendo aquela conversa a caminho de casa, sacolejando dentro do metrô e lançando olhares ameaçadores (ou, pelo menos, eu esperava que eles passassem aquela impressão) a homens suspeitos, mas Andrei pediu que eu o esperasse para voltarmos juntos porque ele tinha uma "surpresa para mim", então ali eu estava.

Eu passei aquele dia inteiro um pouco introspectiva e com a cabeça nas nuvens. A minha vida estava... complicada. Quero dizer, não me leve a mal, tirando o fato de ser mulher, eu estava no topo da pirâmide social — branca, heterossexual, classe média, boa estrutura familiar, boas escolas, a melhor universidade; resumindo, o kit privilégio completo. Logo, a "complicação" da minha vida era bem mais emocional. Depois de meses e mais meses em um torpor quase confortável, tentando bloquear todos os meus pensamentos e apenas viver a fossa eterna, ter de volta todos aqueles sentimentos confusos me deixava um pouco atordoada. Por um lado, eu tinha a Valentina, que havia conseguido me tirar daquele lamaçal de decepções e havia proporcionado um novo sentido para a minha vida. Do outro, havia Andrei, o doce e sincero Andrei, disposto a tentar me fazer feliz. No meio do caminho, Rodrigo, contra o meu experimento; Marina, sempre ao meu lado, mesmo discordando; e Lucas...

Pensar no meu ex-namorado já não me trazia mais uma tristeza tão profunda que o meu estômago chegava a doer. Eu finalmente conseguia resgatá-lo na minha memória e começar a compreender que, apesar de todos os erros e todas as mágoas, o nosso relacionamento não havia sido uma perda de tempo. Nós nos amamos, passamos seis anos juntos, durante os altos e baixos da vida, e, no final, ele tomou uma decisão ruim, com medo de confrontar o fato de que não fazíamos mais sentido juntos. Eu ainda o culpava pela fraqueza de ter tomado o caminho mais fácil, mas já estava começando a finalmente... superar.

— "...eu não estou namorando, a rola dele só é mais bonita que todas as outras que eu já vi". — Eu tomei um susto, levantando o rosto e encontrando Andrei parado ao meu lado, lendo em voz alta a resposta de Vitor aberta no meu celular. — Awn, Isadora, que fofo! Obrigado pelo elogio.

— Eu não disse isso, foi o meu amigo Vitor! — exclamei, mas Andrei estava rindo, contagiando-me a rir também.

Ele se curvou e beijou o meu rosto; eu gostava do fato de que Andrei estava respeitando o meu espaço e tempo, mesmo depois da tarde que passamos juntos e de termos transado pela primeira vez — cumprimentar-me com um beijo no rosto, agindo como se fôssemos apenas amigos até que se provasse o contrário, só me dava mais certeza de que ele era especial.

Um cigarro estava aceso entre os seus dedos indicador e médio e o cabelo escuro voava para todos os lados por conta do vento do final da tarde. O dia já começava a escurecer, transformando-se gradativamente em noite, mas eu não me sentia cansada. Apenas feliz em estar ali, com Andrei.

— E então...? — questionei. — Onde está a minha surpresa?

— Um pouco longe daqui, mas não se preocupe, eu enchi o tanque e podemos ligar o ar-condicionado. — Ele apontou para o carro estacionado no meio fio, e eu concordei com a cabeça, seguindo-o até o veículo.

Andrei apoiou a mão na minha lombar, guiando-me até o carro, e era como se de repente todos os meus sentidos estivessem mais aguçados. Eu queria poder beijá-lo, agarrá-lo pela nuca e lamber o seu corpo inteiro, e fui pensando nas diversas posições que gostaria de tentar com ele durante o curto trajeto entre a editora e o carro.

— Seria legal avisar a sua mãe que você vai demorar para chegar em casa — comentou ele depois de manobrar para sair da vaga apertada —, não quero que ela se preocupe.

Sentindo o coração derreter em uma poça de arco-íris de Nutella, fiz o que Andrei sugeriu, e logo embarcamos em uma conversa animada sobre quem ganharia uma batalha entre Brienne de Tarth e Jaime Lannister, passando em seguida para assuntos mais profundos, como a mudança da consistência do nosso cocô no inverno. Eu não notei o tempo passar, não reparei no trajeto, nem olhei pela janela... só tinha olhos, ouvidos e boca para o meu nerd alto e charmoso.

Meia hora depois ele estacionou, e eu não tinha a menor ideia de onde estávamos. Olhei em volta e reparei que Andrei havia parado na frente do que parecia um galpão industrial.

— É aqui que você rouba o meu rim e eu aprendo a não confiar em garotos que conheci na rua Augusta? — quis saber, arrancando uma gargalhada dele.

— É aqui que eu roubo o seu coração — ele olhou para mim, um sorrisinho adorável no rosto —, e vendo no mercado negro.

Nós saímos do carro rindo, e eu segui Andrei para dentro do edifício, do qual, aparentemente, ele possuía a chave. Assim que entramos, porém, eu não encontrei um chão de fábrica abandonado, empoeirado e macabro, mas sim um estúdio musical moderno e equipado com instrumentos caros e tecnologia de última geração. O chão era revestido de carpete escuro, as paredes, preenchidas com isolamento acústico, e diversos quadros, pufes e sofás enfeitavam o local.

Eu estava tão maravilhada que nem reparei na aproximação de Andrei. Quando dei por mim, ele havia me abraçado por trás, enlaçando a minha cintura e apoiando a cabeça no meu ombro. O seu cheiro de sabonete e nicotina era incrivelmente viciante.

— Eu vou ganhar uma serenata? — perguntei, arrepiando ao ouvir a risada dele tão perto do meu ouvido.

— Não, a surpresa era só o estúdio mesmo — ele beijou a minha bochecha antes de continuar —, vou guardar o romantismo piegas para quando eu der alguma mancada.

— Você é um homem muito sábio, Andrei Neves. — Concordei com a cabeça.

Andrei me soltou e entrelaçou as nossas mãos. Caminhamos juntos até um dos sofás, onde eu reparei pela primeira vez em uma garrafa de vinho barato, uma caixinha de suco de uva e algumas besteiras, como batatinhas e gominhas sortidas.

— Vinho para a senhorita, suco de uva para mim que sou o motorista da rodada — brincou, enchendo dois copos plásticos e entregando o alcoólico para mim.

Nós brindamos e eu tomei um gole, sentindo todo o cansaço do dia letivo e laboral ir embora.

— O que é esse lugar? — perguntei, olhando em volta.

— É um estúdio que tenho em parceria com um amigo; eu entrei com a grana, ele entrou com a administração — começou a explicar Andrei, e nós nos sentamos juntinhos; ele ainda puxou as minhas pernas para o colo dele e eu chutei os meus sapatos sociais para longe. — Era o nosso sonho desde adolescentes.

— O sonho era ter um estúdio, e não uma banda de rock? — questionei, acariciando a sua nuca carinhosamente.

— Ah, não, o sonho sempre foi me tornar o próximo Renato Russo — ele riu, negando com a cabeça e olhando bem no fundo dos meus olhos —, mas aí a gente cresce e percebe que os nossos sonhos nem sempre são alcançáveis.

— Credo! Que pessimismo! Vamos agora contar para todas as criancinhas do mundo que o Papai Noel não existe e que a fada do dente é, na realidade, a sua mãe, que acorda de madrugada cansada, irritada e arrependida de ter tido filhos. Que tal? — Eu o empurrei com os ombros.

— Não é pessimismo! Eu só percebi que estrelas do rock dependem muito da sorte e da boa vontade das outras pessoas, e não quero ser o tipo de cara que depende da sorte para se tornar alguém importante.

— Você é homem, branco, rico, heterossexual e cisgênero, Andrei — comentei, e ele já começou a rir antes mesmo que eu terminasse o meu raciocínio. — Você é tão privilegiado que eu acho que vai precisar se esforçar muito para não dar sorte nessa vida.

— Um Deputado Estadual, no mínimo. — Ele concordou com a cabeça.

Nós rimos, e ele se aproximou mais de mim, colocando os copos em cima da mesa de centro e roçando os nossos narizes em um beijo de esquimó. Claro que um estúdio de gravação não era o lugar mais romântico da face da Terra, mas eu estava me sentindo tão feliz que poderia arrancar a roupa e fazer a coreografia de Sorry, que eu havia aprendido depois de semanas dançando na frente do computador com o meu pijama de flanela.

Ter aprendido a dança não significava que eu a reproduziria de maneira harmônica e correta, que fique bem claro.

— Você acabou comigo, Isadora Mônaco — sussurrou Andrei, a boca bem próxima da minha.

— Por quê, Andrei Neves? — perguntei, roçando bem de leve os lábios contra os dele enquanto conversávamos.

— Porque acho que estou apaixonado por você.

Eu sorri, e ele também, e logo estávamos envolvidos em um beijo ardente, cheio de profundidade e intensidade, enquanto mãos passeavam pelos pedaços de pele que ansiavam por serem tocados de novo, hoje, amanhã e sempre. Os dedos de Andrei eram quentes e macios contra a minha pele, trilhando caminhos desconhecidos e despertando sensações adormecidas.

Aos poucos e com carinho, Andrei deitou-se em cima de mim. As roupas foram embora lentamente, diferente da nossa primeira vez, quase como se tivéssemos todo o tempo do mundo. Andrei beijava a minha boca, lambia a minha pele e mordia de leve quando percebia que eu havia gostado. Eu, em contrapartida, tentava guardar a sensação do seu corpo contra o meu, armazenar o seu cheiro de homem, fazer com que ele sentisse pelo menos um terço do prazer que eu estava sentido.

Foi quente, demorado, prazeroso e delicioso e, quando acabou, nós nos encolhemos em uma conchinha de amor, recuperando os nossos fôlegos e as nossas energias, presos dentro de uma bolha de felicidade tão extrema que era quase física.

— Acho que eu também estou apaixonada por você, Andrei — sussurrei.

— Fácil dizer isso agora — murmurou ele perto do meu ouvido, acariciando o meu quadril devagar. — Depois da minha performance, quem não estaria?

Eu ri preguiçosamente, cobrindo os nossos corpos com a manta do sofá e agarrando, depois de certo esforço, o pacote de gominhas que estava no chão. Entreguei um ursinho vermelho para Andrei e comi outro verde.

— Toca para mim? — pedi, observando um violão repousado perto dos outros instrumentos.

— De novo? Me deixa descansar um pouco, Isadora, eu não sou uma máquina de prazer! — exclamou Andrei, e eu me chacoalhei para demonstrar insatisfação perante aquela piada de duplo sentido.

— Qualquer música! — insisti.

Andrei levantou-se, e eu vesti a sua camiseta enquanto ele colocava a cueca e a calça. Depois, se sentou de pernas de índio no chão com o violão no colo. Eu continuei deitada no sofá, com uma das mãos em seu joelho. Ele ficou algum tempo afinando o violão, mas logo ergueu o rosto em minha direção, parecendo um pouco tímido, quase como se estivesse com medo da minha reação.

— O que você quer ouvir?

— O que você quer tocar?

Andrei mordeu o lábio inferior em um instante breve de hesitação, então as mãos habilidosas foram para o violão e a sua voz preencheu o estúdio; ele conseguiu a incrível proeza de ficar ainda mais irresistível do que já era.

— "Deixa pra lá, que de nada adianta esse papo de agora não dá, que eu te quero é agora e não posso e nem vou te esperar, que esse lance de um tempo nunca funcionou pra nós dois..."

E eu fiquei ali, deitada, escutando a melodia da sua voz, observando o dedilhado no violão, meio sonhando, meio acordada, imaginando que não poderia ficar melhor do que aquilo.

— "Quero é te ver dando volta no mundo indo atrás de você, sabe o quê? E rezando pra um dia você se encontrar e perceber que o que falta em você... sou eu!"

Foi fácil fechar os olhos, perder-me naquele momento, fantasiar sobre o futuro. Mas também foi fácil perceber que eu estava, mais uma vez, depositando a razão da minha felicidade em outra pessoa. Esperando demais de alguém que era feito de carne e osso, e que podia estar tentando me impressionar, mas não estava excluído da possibilidade de cometer erros, de me decepcionar, de sentir o amor esvair-se pelos dedos.

Se eu fosse ficar com Andrei, seria apenas quando sentisse que a felicidade fazia parte de mim, e não de outro. Uma pessoa carente anula a felicidade do outro, mas uma pessoa completa e autossuficiente apenas a multiplica.

Mas não faltava muito para que eu me sentisse inteira novamente. Faltava pouco.

Bem pouco.

— Lindo — murmurei depois que Andrei tocou o último acorde e depositou o violão no chão, puxando a minha mão com carinho e beijando a ponta dos meus dedos.

— É que você não me viu cantando no chuveiro — gracejou ele, parecendo aliviado de ter terminado a canção e voltando para o sofá, puxando-me para mais perto.

Nós nos aconchegamos nos braços um do outro, e eu apoiei a cabeça no seu ombro enquanto ele afagava o meu cabelo.

— Isadora, posso te fazer uma pergunta?

— Não — respondi —, eu não tenho energia para transar de novo.

Andrei gargalhou, beijando a minha testa.

— Por mais que eu queira, todo o meu sangue está acumulado na cabeça de cima agora — comentou ele, e eu assenti para que ele prosseguisse com a pergunta. — Esses dias eu estava entreouvindo um papo meio humanas no bandejão da ECA e reparei que algumas meninas conversavam sobre um blog astrológico chamado OS 12 SIGNOS DE VALENTINA...

O meu coração parou.

— ... e eu fiquei curioso, porque queria entender um pouco mais sobre toda essa loucura de signo, ascendente, descendente, casa, planeta, mapa astral e tudo isso aí que você gosta, então resolvi acessar o blog...

O meu sangue gelou.

— ... e, quanto mais eu lia, mais eu... não sei, mais eu sentia que era você por trás daquelas palavras, porque o texto é tão original, divertido, único. Não me leve a mal, eu não estou te acusando de nada, nem sei se você ao menos conhece esse blog, só fiquei realmente curioso...

O meu estômago revirou.

— ... você é a dona do blog OS 12 SIGNOS DE VALENTINA?

★ 34 ★

Sorte que eu havia decidido cursar jornalismo justamente pela minha habilidade em comunicação, porque qualquer outra pessoa teria se entregado na hora. Depois de me recuperar do susto inicial, em vez de engasgar, ficar roxa e confessar, eu ri e abanei o ar com as mãos de maneira despreocupada.

— Quem me dera! — exclamei, ajeitando-me mais confortavelmente nos braços de Andrei e sentindo os seus dedos quentes percorrerem a linha da minha coluna em um carinho íntimo e gostoso. — Aquele blog tem o quê? Um milhão de acessos por mês? Eu já estaria rica!

Andrei deu uma risada sonolenta contra o meu cabelo.

— Você tem potencial para ter um blog com um milhão de acessos por mês. Eu leio os seus posts no Facebook e dou muita risada.

— Você só diz isso porque nós estamos transando sem compromisso e você quer garantir a próxima vez — resmunguei.

— O que é isso, Isadora? — Andrei remexeu-se até ficar com o rosto paralelo ao meu, sorrindo de maneira tão adorável que eu me peguei imaginando quem mais já tivera a sorte de receber um sorriso daqueles. — Você está reclamando do nosso relacionamento "deixa acontecer naturalmente"?

— Claro que não! Afinal, para ter uma DR, precisamos primeiro ter uma R — comentei, e ele riu, beijando a ponta do meu nariz antes de prosseguir.

— Eu ainda te convenço de que ruim comigo, pior sem mim.

Baguncei o cabelo já bagunçado de Andrei e beijei a sua boca de leve. Eu estava tão feliz que sentia que poderia vomitar arco-íris! Andrei não precisava saber sobre Valentina; em poucos dias, eu finalizaria a minha experiência antropológica e tomaria uma decisão — até lá, era melhor que ele não soubesse de nada.

Nós passamos o resto daquele começo de noite aninhados no sofá, ora fazendo coisas impróprias para o horário, ora apenas conversando, rindo e tocando violão — no caso, Andrei tocava e cantava, eu apenas me derretia como um sorvete de limão em Cuiabá.

Eu não fazia ideia se era dia ou noite do lado de fora quando a minha mãe mandou uma mensagem perguntando se eu ainda demoraria muito, porque ela não conseguia dormir até que eu estivesse em casa, e eu pedi para que Andrei me levasse de volta; ele passou o caminho inteiro com a mão no meu joelho, e eu preciso admitir que aquilo me deixou com vontade de largar tudo, comprar uma barraca de camping e viver no meio do mato com ele para o resto da vida.

A despedida foi rápida, porque Andrei ainda precisava atravessar a cidade para voltar para casa, mas nós trocamos promessas de que nos veríamos no dia seguinte, na editora. Ele foi embora, eu entrei no hall do prédio e, em um ímpeto de saudades que só os novos amantes conseguiam sentir após cinco segundos distantes, peguei o celular e liguei para ele.

Alguns toques mais tarde, a voz de Andrei inundou o meu cérebro de endorfinas.

— Meu nome é Andrei e eu sei soletrar hipopotomonstroesquipedaliofobia!

— Hã? — perguntei, mas logo em seguida a voz dele me interrompeu.

— Drei! Deixe uma mensagem após o sinal.

Rindo muito, eu desliguei o celular. Andrei devia estar sem bateria, mas até a mensagem na sua caixa de voz era engraçada, carinhosa e apaixonante. Querendo que ele soubesse que os meus pensamentos estavam todos nele, enviei uma mensagem pelo Whatsapp.

> Eu não sei qual é o seu signo, Andrei, mas sinto que, qualquer que seja, ele é o meu paraíso astral.

Satisfeita em conseguir ser carinhosa sem ser bruta ou engraçadinha (o que era uma vitória, levando em consideração o meu signo solar), eu entrei no elevador. Estava quase guardando o celular na bolsa quando Marina ligou. Animada e finalmente pronta para assumir o romance com Andrei, atendi, toda feliz.

— Minha prima favorita!

— Eita, por que o bom humor, minha ariana rabugenta? — brincou Marina.

— É porque estou usando meias novas — suspirei.

— Claro, e eu faço parte da Carreta Furacão. Vai, Isa, desembucha!

Eu mordi o lábio inferior, encarando o espelho do elevador, onde eu e Andrei havíamos trocado saliva uma vez.

— Eu estou apaixonada pelo Andrei.

— Oi? Como assim? Como é que você joga uma bomba dessas em cima de mim e nem me avisa antes? Eu gostaria de estar sentada em um momento como esse! Você finalmente superou o Lucas-pau-pequeno? É isso?

Eu ri e entrei em casa. A minha mãe estava dormindo no sofá enquanto o Programa do Jô passava na televisão.

— Só um minuto, Ma.

Eu a acordei, tomei uma bronca por estar chegando tarde em dia de semana e a levei para cama. Depois de cumprir o papel de boa filha, tranquei-me no quarto e me aconcheguei, sentindo todos os músculos doerem aquela dor gostosa de esforço físico bem recompensado. Marina ainda estava do outro lado da linha, como eu sabia que estaria.

— Então — voltei à ligação, arrancando os meus sapatos de qualquer jeito —, eu transei com o Andrei.

— *Você o quê?* — berrou ela do outro lado, e eu tive que afastar o celular do ouvido

— Ei, sua puritana, não precisa gritar, é só sexo — resmunguei, sorrindo de orelha a orelha ao lembrar do corpo de Andrei contra o meu.

— Me conta tudo! Ele é bom? E o tamanho? Como foi?

E eu contei. Contei que ele era maravilhoso, que o tamanho era satisfatoriamente agradável e que havia sido uma das melhores noites da minha vida. Contei também que era a segunda vez que nós havíamos transado, e ela passou quinze minutos me xingando por ser uma "péssima prima". Depois que eu consegui que ela me perdoasse, usando argumentos como "eu não queria contar porque estava com medo de quebrar a cara de novo", o que não era mentira, ela voltou a ser a sábia e conselheira Marina de sempre.

— Mas e aí? O que você vai fazer agora?

— Como assim "o que fazer agora"? Sexo gostosinho todos os dias!

— Você me entendeu, Isadora Mônaco — rosnou Marina do outro lado. — Em relação a Valentina!

— Nada! Valentina segue firme e forte.

Então a linha ficou muda.

Eu já esperava aquela reação de Marina, a eterna, pessimista e moralista Marina. Talvez por isso eu tivesse enrolado tanto para lhe contar sobre o meu "relacionamento" com Andrei. Ela continuava a me apoiar no projeto Valentina não porque sabia que a experiência estava me fazendo feliz, mas sim única e exclusivamente porque não queria mais me ver no estado em que fiquei pós-Lucas. Porém, a sua ideia inicial era me distrair (e com "distrair" leia-se "não ter mais tempo para pensar em Lucas") até encontrar "o libriano perfeito", e, para ela, Andrei era o meu libriano perfeito — mesmo que ele não fosse um. Para Marina, o "projeto Valentina" estava condenado ao fracasso desde o meu primeiro beijo com Andrei.

Para mim, por outro lado, seria um desperdício de investimento e tempo acabar com a Valentina aos 45 minutos do segundo tempo, principalmente porque ela havia feito com que eu recuperasse tudo o que eu perdera no final do namoro: a minha autoestima, a minha persistência e a minha felicidade. Eu havia sido a responsável pela recuperação da minha felicidade; Andrei era só um multiplicador dela.

— Isa, desculpa, mas não posso mais te apoiar nisso.

— Como não? Só faltam três signos agora! E se eu encontrar o meu libriano perfeito?

— Você não precisa de um libriano perfeito, você precisa colocar a cabeça no lugar e dar uma chance ao cara legal que tem ao seu lado! No começo foi divertido, e eu bem sei que fui a percursora dessa ideia, mas agora chega, já deu! Você não está mais fazendo a experiência por diversão, está obcecada por algo que julgou ter sido o responsável pelo término do seu namoro, mas deixa eu te contar uma novidade: a astrologia é só uma brincadeira, uma distração, uma fé cósmica, um assunto sobre o qual conversarmos quando não conhecemos ninguém na festa, não uma ciência exata! O seu namoro com o Lucas não acabou porque ele é de Peixes e você de Áries, acabou porque tinha que acabar, porque vocês dois não eram compatíveis, porque você era mulher demais para ele. Será que você não entende? Quando essa loucura por astrologia começou, o que eu te disse?

Fiquei quieta. Marina estava conseguindo acabar com toda a felicidade que eu estava sentindo com meia dúzia de palavras — eu odiava quando ela estava certa.

— O que eu te disse, Isa? — insistiu ela.

— Não me lembro — menti, porque me lembrava de cada palavra, vírgula e respiração.

— Eu disse que, por mais que ficasse feliz por você estar superando o término, não era saudável se agarrar à astrologia como um bote salva-vidas e transferir a sua obsessão!

— Uau, você anotou isso para jogar na minha cara semanas depois? — resmunguei como uma criança mimada, porque eu honestamente não tinha argumentos para competir com a racionalidade da minha prima.

Quero dizer, eu sabia que ela tinha razão. Mas eu queria terminar o experimento, concluir algo na minha vida cheia de muitos inícios e poucos finais.

Será que era tão difícil assim entender o meu lado?

— Beleza, se você vai começar a agir como uma criança, eu vou desligar o telefone, porque quero conversar com a minha prima de 22 anos, não com a de cinco.

— Perfeito, tenha uma ótima noite, então! — Eu me segurei para não berrar, finalizando aquela ligação com os dedos trêmulos.

Aquela foi uma das minhas muitas noites em claro, remoendo acontecimentos na cabeça e desejando ter o poder de desligar o meu cérebro de vez em quando. Marina estava brava comigo, muito possivelmente Rodrigo também, Andrei suspeitava do meu blog e eu estava dividida entre dar o desfecho merecido a Valentina ou largar tudo para ficar com ele.

E se Andrei me magoasse? E se ele fosse igual ao meu ex-namorado? O começo do meu namoro com Lucas havia sido tão mágico quanto o começo do meu relacionamento com Andrei; os dois tinham bom humor, sensibilidade e sabiam como me arrancar um sorriso. Além disso, eles foram amigos no ensino médio. E se Andrei não fosse a escolha dos astros para mim e eu estivesse insistindo e investindo na pessoa errada?

Eu estava conseguindo finalmente adormecer quando Andrei respondeu a minha mensagem de horas antes.

> Paraíso astral é o que eu faço com a minha língua, Isadora.

E lá se foram mais quinze horas de sono perdido, relembrando a língua de Andrei no meu corpo tão vividamente que era como se ele estivesse deitado ao meu lado, repetindo as coisas deliciosas que fizera mais cedo.

Acordar foi um tormento para mim, que tinha a sensação de só ter descansado os olhos por cinco minutos. Mesmo assim, levantei, tomei um banho e fui para a faculdade, sentindo que aquela sexta-feira seria longa, arrastada e terrível.

Minhas suspeitas foram comprovadas quando eu descobri que o meu grupo não havia finalizado um trabalho que deveríamos subir na plataforma até às 15h daquele dia. Xinguei Isabela, Vitor, Fabrízio e Mayara durante toda a manhã por eles não terem feito as suas partes decentemente e tive que ligar para a editora e avisar que iria faltar. Também avisei Andrei sobre a minha mudança de planos, e ele não se opôs, avisando que também teria um dia muito corrido.

Às 14h54, nós cinco estávamos na biblioteca da ECA, suando em bicas e colocando os pontos finais no pior trabalho que eu já havia feito em toda a minha graduação. Todos nós estávamos em um clima de inimizade, jogando a culpa pela irresponsabilidade nas costas uns dos outros, e cada um foi para o seu canto depois que carregamos o arquivo na pasta da professora.

Eu já havia perdido um dia de salário e não queria voltar para casa. Minha cabeça estava a mil, e eu queria apenas... esquecer dos meus problemas. Por isso, encontrei alguns livros perdidos sobre astrologia na biblioteca e comecei a ler. De tempos em tempos, me lembrava da pergunta de Andrei no dia anterior e começava a sentir que havia lidado de forma muita tranquila com aquele assunto — Andrei desconfiava de mim.

E se descobrisse que eu havia mentido?

Eu estava tão imersa no que eu lia e nos meus pensamentos conspiratórios que quase não reparei quando um garoto negro de dreads se sentou ao meu lado, ele próprio segurando um livro grosso e com aparência de antigo. Tentei não estranhar o fato de que existiam milhares de mesas vazias nas quais ele poderia se sentar e continuei com a minha leitura. Porém, alguns minutos depois, percebi que ele estava mais interessado no meu livro do que em seu próprio.

Levantei o rosto e o encarei.

— Eu tenho uma pergunta — soltou ele, como se fôssemos bons e velhos amigos. — Aquário é o paraíso astral de Peixes? Porque peixes vivem em aquários.

Eu abri a boca para responder, mas então percebi que ele estava tirando uma com a minha cara e franzi o cenho, fechando o livro com força. Reparei que ele tinha o par de olhos escuros mais curiosos que eu já havia visto.

— Aquário é o signo complementar e paraíso astral de Leão — respondi num tom sério de explicação científica, e o garoto concordou com a cabeça, como se estivesse assistindo a uma palestra sobre física quântica.

— Entendi.

Nós nos encaramos por mais alguns instantes.

— Eu sou de Aquário, por isso a pergunta — completou ele.

— Quer tomar um café e me contar um pouco mais sobre signos complementares?

★ 35 ★

— ...*beleza, beleza, mas*... e gêmeos?

— O signo?

— Não, irmãos gêmeos que nasceram quase na mesma hora e têm personalidades diferentes. Como a astrologia explica isso?

— Por que os céticos sempre fazem a mesma pergunta?

— Porque é uma pergunta lógica que faz sentido para os céticos.

Eu e André trocamos um olhar desafiador.

André era o aquariano da biblioteca, e nós estávamos no café superfaturado da Faculdade de Economia, Administração e Contabilidade da USP, gastando um terço dos nossos salários em doces árabes e cafés espumantes. Eu havia perdido a noção do tempo e espaço, esforçando-me para explicar as minhas crenças a ele, que não zombava delas, mas também não parecia querer acreditar sem receber uma explicação 100% racional.

Já havia sido uma luta explicar o porquê de signos complementares serem perfeitos uns para os outros, e eu fui obrigada a usar a teoria dos ímãs para funções didáticas. Quando pensei que ele fosse desistir de me contrariar, a famigerada pergunta dos gêmeos foi lançada na mesa.

Ah, os céticos. Sempre tão previsíveis.

— É muito simples explicar isso, jovem gafanhoto. — Ele riu, e a sua risada era sempre seguida de um pigarro desconfortável, como se ela contrariasse toda a sua pose de intelectual incompreendido.

— A astrologia não significa "fim do livre-arbítrio", mas sim "capacidade de prever determinados comportamentos". Eu posso pegar o mapa astral de uma criança e falar para os seus pais "o seu filho vai ter problemas de aprendizado", mas eu não faço a menor ideia do que ele vai fazer com esse problema, se vai desencanar da educação formal e se dedicar aos outros talentos com os quais nasceu ou se vai se esforçar para tentar se encaixar nos moldes tradicionais. Dois gêmeos podem ser escorpianos e terem predisposição a serem ciumentos, por exemplo, mas eles possuem o livre-arbítrio de escolher entre fazer cenas dramáticas ou engolir o ciúme.

André cruzou os braços, processando aquela informação. Depois que acabei o meu discurso, cheguei à conclusão de que entendia por que estava começando a ir mal nos trabalhos acadêmicos — todo o meu foco (que costumava ser obsessivo) estava na astrologia.

— Faz sentido — disse o aquariano finalmente.

— Eu sei que faz sentido, por isso acredito — respondi, orgulhosa.

André me analisou por alguns instantes antes de continuar.

— Me conta, o que você consegue dizer sobre mim baseando-se exclusivamente no meu signo?

Eu mordi o lábio inferior. O aquariano era tão bonito e misterioso que estava sendo difícil organizar os meus pensamentos direito. Ele era alto, tinha um cabelo estiloso que chegava à cintura, os olhos escuros e espertos, e covinhas nas bochechas.

Aquarianos. O que eu sei sobre aquarianos?

— Você é extremamente racional — comecei, depois de mastigar e engolir um pedaço do meu doce, que custou mais do que algumas pessoas recebem por mês —, geralmente se apaixona pelas suas melhores amigas, porque não acredita em amor à primeira vista, mas sim que o amor vem com o tempo e com a convivência, e namorar uma amiga é o caminho lógico e prático a se seguir, porque vocês já se dão tão bem, não é mesmo? Você tem dificuldade em se envolver e demonstrar afeto e acaba sempre afastando as garotas por ser frio demais, analítico demais ou honesto demais. Você gosta de conversar sobre tudo e mais um pouco, tem facilidade acadêmica e adora contrariar as pessoas; é quase como se acreditasse que é melhor do que os outros, e, por mais incrível que pareça, não de uma maneira arrogante. Além de, claro, ter um lado humanitário muito positivo.

O aquariano ficou alguns segundos sem resposta, olhando para a minha cara como se eu fosse um alienígena vegano torcedor do Santos. Eu não me importei; geralmente, as pessoas ficavam mesmo impressionadas quando começavam a se aprofundar na incrível ciência humana da astrologia.

— Beleza, eu vou fingir que não fiquei impressionado e concordar como se não estivesse com medo de ter sido *investigado* por você — respondeu André com seriedade, fazendo-me rir.

O meu celular vibrou e eu o tirei da bolsa correndo, jogando tudo em cima da mesa para conseguir alcançá-lo a tempo. Depois que as minhas expectativas foram frustradas pelo fato de a mensagem na tela não ser de Andrei (na realidade, era apenas a operadora de celular me avisando que eu havia utilizando 80% do meu plano de internet), repousei o aparelho em cima da mesa e percebi que André me olhava de maneira curiosa.

— Esperando uma mensagem do namorado?

Senti o rosto esquentar e neguei com a cabeça.

— Ah, não, não é meu namorado.

— Mas também não é apenas um amigo — o aquariano se inclinou por cima da mesa —, deixa eu adivinhar... ele é libriano?

Eu ri com uma mistura de diversão e rancor. Se ele ao menos soubesse...

— Eu não sei o signo dele.

— Então você está querendo me dizer que a louca dos signos está apaixonada por um cara e não sabe o signo dele? Isso não é algum tipo de blasfêmia dentro dos dogmas religiosos da astrologia?

— Eu não estou apa...

— ...ninguém fica tão aflito assim para achar o celular se não está apaixonado, Isa.

— E se alguém da minha família estivesse doente e internado e eu estivesse esperando por notícias?

— Se alguém da sua família estivesse doente e internado, você não estaria lendo tranquilamente sobre astrologia na biblioteca da ECA e, depois, tomando café comigo — respondeu simplesmente, levantando a caneca de café com leite na minha direção.

Malditas pessoas lógicas, resmunguei mentalmente.

— É uma história complicada — eu disse por fim, porque não queria um aquariano destrinchando a minha vida de maneira lógica, racional e direta.

Quero dizer, se ele colocasse tudo em perspectiva comparada, com certeza me faria mudar de ideia. E eu não queria mudar de ideia — queria terminar o que estava me fazendo feliz.

— Eu tenho uma história complicada para você, então. — Ele coçou o queixo antes de continuar me olhando, como se analisasse se eu seria capaz de resolver uma charada. — Um vigia noturno vivia dormindo no trabalho. O chefe dele então avisou que, se ele dormisse mais uma vez, seria demitido. Na noite seguinte, o chefe pegou o vigia sentado em uma cadeira com a cabeça apoiada nas mãos e os cotovelos sobre os joelhos. "Te peguei dormindo de novo!", ele disse. O vigia acordou assustado, pensou rápido e disse apenas uma única palavra para o chefe, que se desculpou e foi embora. Qual foi a palavra que o vigia noturno falou?

— Amém! — exclamei.

Eu gostaria que André acreditasse que eu era a rainha das charadas, mas o meu pai gostava de contar aquela sempre que bebia meio copo de whisky com gelo.

— Você já conhecia ou é extremamente inteligente?

— Gosto de pensar que eu posso dizer sim para as duas opções.

— Eu também acho que você pode, Isa. — Ele fez que sim discretamente com a cabeça. — Bom, tenho que voltar para o IME, daqui a pouco tenho um encontro com o meu orientador do doutorado.

— *Doutorado?!* — exclamei, quase cuspindo café em cima dele.

— Por que o espanto? Não tenho cara de bom aluno? Os dreads passam outra impressão? Eu sou aquariano, afinal de contas.

— Tem cara, jeito e papo de bom aluno, só não tem a idade!

— Eu me formei com 22 anos, terminei o mestrado aos 24 e estou com 26. — Ele deu de ombros, a tranquilidade no olhar de quem nunca deve ter pegado uma dependência na vida.

Nós pagamos a conta a saímos da FEA — já começava a escurecer e eu precisava ir embora, mas André era agradável e bonito, e decidi acompanhá-lo até o IME, com todas as intenções erradas na cabeça. No meio do caminho, me arrependi de não ter pegado uma blusa antes de sair de casa, já que um vento atípico serpenteava por entre as árvores e arrepiava até os pelos da minha nuca.

Frio repentino, entardecer, caminhada íntima... é agora ou nunca, pensei, abraçando o meu próprio tronco e friccionando os braços para gerar calor. Eu e André trocamos uma rápida olhadela, ele com a sua maravilhosa jaqueta forrada e outra blusa por baixo, eu com a minha camiseta velha do Oasis rasgada embaixo do braço direito.

— Você deveria ter trazido uma blusa — disse ele simplesmente, já mudando de assunto em seguida para sua tese de doutorado.

Eu tive vontade de rir e de socar a cara dele ao mesmo tempo por não me oferecer a jaqueta. Eu quis também enlaçar o seu braço no meu, apoiar a minha cabeça no seu ombro e fingir que éramos namorados. Não porque eu tivesse sentimentos por ele, mas sim porque André parecia tão avesso a qualquer tipo de contato físico e amoroso que seria delicioso romper aquela barreira.

Imagina só? Ser a garota que derreteu um coração aquariano?

— Se você pudesse ser a autora de algum grande furo jornalístico, qual escolheria? — perguntou ele depois que acabou de me contar sobre o seu doutorado, algo que envolvia números e que eu não achei interessante.

— Eu gostaria de ter descoberto o esquema de pedofilia dentro da Igreja Católica. Ou, não sei, algo tão gritantemente corrupto sobre o "trensalão tucano" em São Paulo que todos os envolvidos precisassem ser presos por segurança, para não serem linchados na rua.

— Uau, quanto rancor. — André riu baixinho.

— Não é rancor, é raiva pela indignação seletiva da população brasileira. — Dei de ombros.

— Eu não sei até que ponto é saudável ser tão apegado a ideologias políticas assim — divagou ele, mais para si mesmo do que para mim, e eu resolvi ignorá-lo, porque quem era André na fila do pão para dizer algo sobre as minhas ideologias?

Nós paramos em frente ao Instituto de Matemática e Estatística da USP. De repente, me dei conta de que o aquariano era um completo desconhecido e que, provavelmente, aquela despedida seria esquisita e desconfortável.

Como foi que conversamos como melhores amigos de infância a tarde inteira?

— É aqui que nos separamos, Isa dos Signos. — Ele fez uma mesura exagerada de brincadeira.

— É aqui que nos separamos, André, o Cético — respondi, com uma vontade imensa de passar a mão pelo seu rosto.

Acho que eu estava ficando viciada em jogos de sedução.

— Eu tenho uma última pergunta. — Ele se apoiou na parede gelada de tijolos.

— Não duvido.

André olhou em volta, certificando-se de que não havia ninguém por perto — a cidade universitária àquela hora parecia uma cidade fantasma. Eu gostava de caminhar pela USP ao entardecer, porque o clima era bom e não estava escuro e amedrontador, mas às vezes eu me sentia nas locações de The Walking Dead.

— Se você pudesse escolher apenas um signo do zodíaco para ficar, qual seria?

Eu mordi o lábio inferior, observando a boca de André da distância física e emocional em que estávamos; era como se ele adorasse a ideia de estar comigo, mas existisse algum impedimento corporal para que aquilo se tornasse realidade.

— Eu não sei, faltam alguns na minha lista ainda — respondi, mais por flerte do que por apego à verdade.

— Quais?

— Aquário, por exemplo.

André me olhou. Eu olhei para André.

Era engraçado como aquele tipo de flerte descarado e leve antes me parecia uma realidade distante, já que eu sofria diante da possibilidade de apenas dizer "oi" para os garotos por quem me interessava, mas, com a liderança de Valentina na minha vida, era como se eu fosse livre e segura para falar o que me vinha à mente.

Eu não sei se ele se inclinou primeiro, ou se fui eu que envolvi a sua nuca; só sei que beijar André era como estar presa em um universo paralelo, no qual nada mais fazia sentido a não ser aquele momento. Ele envolveu a minha cintura com os braços, que eu não reparei que eram tão fortes, e eu me perdi na mistura das nossas línguas.

Mas ele encerrou o beijo tão rápido quanto iniciou. Ou pelo menos aquela foi a impressão que eu tive — talvez eu só esperasse que ele durasse para sempre.

— Eu preciso entrar — disse ele simplesmente, como se separar um beijo de forma tão abrupta não fosse falta de sensibilidade o suficiente.

— Ah... beleza...

— A gente se encontra nas bibliotecas da vida, Isa dos Signos. — Ele beijou o meu rosto e subiu as escadas sem mais uma palavra.

E eu fiquei parada no mesmo lugar, observando, de boca aberta, o aquariano se afastar, entendendo finalmente o porquê da fama de "coração gelado" e desejando em segredo gritar com ele e perguntar se eu havia feito algo errado, se ele não gostava de mim, se nós poderíamos nos beijar de novo.

Eles eram bons, os aquarianos. Muito bons.

Voltei a caminhar distraída pela rua, uma mistura de signos, Andrei e Marina na cabeça, quando senti o celular vibrar no bolso da calça. Peguei o aparelho e desbloqueei a tela. Eu tinha recebido uma mensagem.

Era de Lucas.

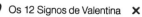

Os 12 Signos de Valentina   ✕

AQUÁRIO

23h02, 27 de março de 2015
Postado por: Valentina

Por que tão apaixonantes, aquarianos? Por que tão frios, aquarianos? Por que eu estou com vontade de beijar as vossas bocas e dar tapas em vossas caras ao mesmo tempo, aquarianos?

Eu não gosto de estereótipos de signos. Conheci sagitarianos fiéis e piscianos babacas, mas o aquariano que caiu no meu colo era tão aquariano que eu não vou ter como sair do senso comum de que eles te apaixonam em cinco segundos, mas demonstram que não têm paciência para amores mundanos nos cinco seguintes.

Eu gostaria de poder dizer que é tudo mentira, que eles são carinhosos e adoram demonstrações públicas de afeto, mas, se você está apaixonada por um aquariano, amiga, o seu amor vai ser da porta do quarto para dentro, porque da porta para fora ele veste a armadura de "intelectualmente superior".

Só um adendo a esse post: se você não gosta ou não acredita em astrologia, não precisa ficar tentando nos provar o contrário ou desmerecendo a nossa inteligência! Os ateus estão por aí tentando provar que Deus não existe aos religiosos há milênios e nunca, na história do planeta Terra, conseguiram converter um só cristão, então apenas... vivam as suas vidas não acreditando, e nós vamos viver as nossas pedindo o horário de nascimento dos crushes para fazer seu mapa astral e decidir se gostamos ou não daquela pessoa. A astrologia não faz mal a ninguém; aliás, é um ótimo assunto para rodas de amigos e uma ótima maneira de tentar conhecer melhor outra pessoa e, ao contrário da religião, nunca matou nem oprimiu ninguém.

Segurem esse reggae, controlem essa emoção e, da próxima vez que encontrarem um louco dos signos, apenas escutem o que ele tem a dizer. Que tal?

Mas vamos aos comparativos!

Os 12 Signos de Valentina ✕

Pseudônimo: Kendrick Lamar.

Idade: 26 anos

Aniversário: 2 de fevereiro

Música que define o signo: Elephant Gun — Beirut

Palavra mais usada: "Sei"

Turn on: A inteligência.

Turn off: Frio e calculista.

Qualidades: Inteligente, analítico, racional, lógico, divertido, engraçado, humanista, curioso, bom papo, bom rosto, bom corpo... eu posso continuar o dia inteiro.

Defeitos: Frio, calculista, distante, adora te contradizer (parem, aquarianos, apenas parem!) e, aparentemente, não possuem qualquer tipo de empatia pelos sentimentos dos outros (em especial quando esses outros estão apaixonados por eles).

Eu conheci o aquariano em uma biblioteca. Pois é, eu sei, o quão obviamente clichê é isso? Não me culpem, culpem os astros. A culpa não é minha se Kendrick resolveu me abordar e contradizer todas as minhas crenças astrológicas em questão de minutos, e depois me convidar para tomar um café.

Ou é?

Foi incrível. Sabe aqueles silêncios constrangedores que às vezes acontecem em encontros e que te fazem querer ter uma daquelas máquinas de apagar memórias do MIB Homens de Preto para deletar toda aquela noite com silêncios esquisitos? Eu acho que um encontro desses nunca rolaria com um aquariano. Eles sabem conversar sobre tudo! Física quântica? Eles já fizeram um curso. Idade Média? Provavelmente já escreveram um livro sobre o assunto. Geyse Arruda? Eles vão discursar sobre a problemática do bullying nas redes sociais

♥ Os 12 Signos de Valentina ✕

no século XXI. Não existe um só assunto pelo qual o aquariano não se interesse.

Mas, muito além de intelectuais, eles também sabem te envolver em uma redoma de "somos melhores do que todos os outros seres humanos", e é realmente difícil abrir a porta e voltar para o mundo real. Mas, bom, pelo menos eles são tão insensíveis que puxam o papel da cera quente sem dó nem piedade, te deixando até um pouco atordoado. Em um momento, ele está te beijando e fazendo você sentir que nasceu para ser o ser humano dourado que irá completar a alma perturbada do aquariano; no outro, você está parada no meio-fio, observando ele ir embora como se estivesse em um filme de romance de baixo orçamento.

O beijo foi incrível. Incrível mesmo! Claro que o fato do meu aquariano ser lindo ajudou bastante, mas a curiosidade da boca dele, a calma com que movimentava a língua, as investidas ora quentes, ora geladas, foi tudo muito... surreal. O meu coração está batendo rápido até agora! E é uma pena que esse signo seja um dos poucos que não vai me enviar mensagens apaixonadas pelo Whatsapp, em especial porque ele se mostrou completamente desinteressado em descobrir o meu número. #chateada

Aquário entrou na minha lista de signos apaixonantes, e é uma pena que pareça ser uma saga sem fim para que esse sentimento seja correspondido.

Ah, os aquarianos...

Bom, pessoal, nos vemos no próximo post! Só faltam dois signos, Peixes e o famigerado Libra, ambos muito... próximos ao meu coração. Talvez os próximos posts sejam maiores, ou talvez eu não consiga escrever uma linha sequer. Mas acho que saberemos apenas no próximo encontro.

Ansiosos?

Beijos estrelados,

VALENTINA

★ 36 ★

> Podemos nos encontrar esse sábado?
> Eu preciso muito conversar com você.

Por quê? Por que você não me deixa seguir em frente, defunto maldito?

Quando assistimos a comédias românticas, geralmente nos deparamos com a mocinha muito triste por um final de namoro logo nos primeiros quinze minutos de filme (ou apenas deprimidas por não conseguirem um novo amor — reparem que a vida das mulheres nesse tipo de filme gira sempre em torno de um cara; acho que talvez seja por isso que os homens acreditem que os seus pênis sejam presentes de Natal fora de época, o que, sejamos sinceras, na maioria das vezes não são), mas esses mesmos filmes nunca mostram quando o falecido decide retornar, enviar mensagens, tentar algum tipo de contato. O desenrolar dos acontecimentos em comédias românticas é sempre muito simples: mulher triste > mulher passa por altas confusões de sessão da tarde > mulher encontra um novo homem > mulher feliz.

Onde é que o ex-namorado que ainda mexe com os sentimentos dela entra nessa história? Quando é que "ser feliz sem precisar de homem algum" vai entrar na pauta dos roteiristas e cinegrafistas?

— Filha, por que é que você está resmungando sozinha?

Eu olhei em volta, sendo abruptamente acordada dos meus devaneios. A minha mãe estava embrulhada em um cobertor velho, comendo pipoca e olhando para mim, enquanto Melhor é impossível passava na TV.

— Eu estou?

— Está. Eu deveria me preocupar?

Respirei fundo. Estar de pijama na sala só com a minha mãe me trazia uma certa tranquilidade que era difícil de conseguir em qualquer outro lugar — era mais fácil pensar e chegar a certas conclusões nesse cenário. Mesmo assim, eu ainda sentia como se estivesse presa em um beco sem saída.

— Não... só estou preocupada com alguns trabalhos da faculdade, não é nada de mais — menti, porque chega um momento nas nossas vidas em que precisamos tomar decisões sem a ajuda de nossas mães.

Talvez aquele momento tivesse chegado para mim.

Foi difícil dormir com a mensagem de Lucas no meu celular. Foi mais difícil ainda admitir que eu queria encontrá-lo. Não daquele jeito doentio que seria se ele tivesse me chamado para sair algumas semanas antes, e sim por causa de um sexto sentido me dizendo que algo estava errado e que ele precisava da minha ajuda. Quase como... um faro jornalístico.

É mentira. Você quer ver o seu ex-namorado deprimido, triste, na merda... *Quer ter a certeza do que já suspeita: que ele se arrependeu de ter te trocado por outra garota. Você quer estender a mão para ele e ser a pessoa superior.*

— Você vai sair hoje? — A minha mãe voltou a olhar para a tela da televisão, enfiando um punhado de pipocas na boca.

— Acho que sim — suspirei. — Por quê?

— Ah, nada... O seu pai vem aqui, aí pensei em jantarmos todos juntos, mas se você vai sair, jantamos só nós dois.

Algo no tom de voz da minha mãe sugeria que ela estava quase aliviada por saber que eu não passaria o sábado em casa, o que era bem atípico, já que ela costumava ser bem ciumenta comigo. Eu olhei então para a dona Marta, que evitava qualquer tipo de contato visual comigo. Aos poucos, as suas bochechas começaram a ficar vermelhas...

— *Mãe!*

— *O quê?* — exclamou ela, colocando a mão no peito de maneira ofendida.

— Você está de rolo com o meu pai?

— Olha só o respeito, Isadora! Eu não estou "de rolo" com ninguém! Nós só estamos... nos conhecendo.

— Vocês foram casados por 10 anos, o que mais tem para conhecer?

A minha mãe riu, e eu fui contagiada pela sua risada; logo, nós duas estávamos rindo a ponto de doer a barriga. Sentindo necessidade de colo, deitei-me ao seu lado no sofá maior, e ela me cobriu, envolvendo os meus ombros em um abraço carinhoso.

— Eu fico feliz por vocês dois — murmurei.

— Não estou criando nenhuma expectativa, só eu sei pelo que passei enquanto fui casada com o seu pai, mas ele parece... mudado.

Concordei com a cabeça, sem saber o que dizer; sempre achei as histórias de segundas chances no amor as mais bonitas.

— E aquele mocinho que nos trouxe para casa depois que eu quebrei a perna? Andrei?

— Ele é incrível — suspirei.

— É com ele que você vai sair hoje?

O meu coração ficou gelado.

A mensagem que recebi de Andrei algumas horas depois da de Lucas dizia:

> Tem um filme francês pedante passando no cinema. Vamos? Podemos imitar o sotaque durante o filme inteiro.

Eu não conseguia responder nem um, nem outro.

— Não, acho que vou sair com o pessoal da faculdade — menti outra vez.

Minha mãe olhou no fundo dos meus olhos, como se soubesse que eu não estava falando a verdade, mas resolveu ignorar, e nós terminamos de assistir a Melhor é impossível enroladas em uma pequena bola de amor.

Quando o filme acabou, fui tomar um banho, porque sempre tinha boas ideias embaixo do chuveiro. Porém, minutos depois, quando saí molhada e enrolada na toalha, eu ainda não sabia o que fazer.

Agarrei o meu celular e olhei para as duas mensagens recebidas. Primeiro a de Andrei, o doce e sincero Andrei, com as suas piadinhas bem pensadas e a sua boca deliciosa. Depois a de Lucas, o cara que amei por longos seis anos, com quem passei momentos imensamente felizes, mas extremamente dolorosos também.

É só um encontro casual. Ele só quer conversar. A última conversa de vocês foi bem tensa, talvez ele *apenas queira terminar tudo de uma vez numa boa, sem mágoas.*

Sim, talvez. Ou talvez, me baseando apenas no meu sexto sentido, ele estivesse arrependido pra caralho.

> Oi, Lucas. Sim, podemos nos encontrar. Onde?

> Oi, Andrei. Podemos adiar para domingo? Hoje eu tenho um compromisso.

As respostas vieram em questão de segundos, na mesma ordem enviada.

> Eu passo aí para te pegar em uma hora. Pode ser?

> Sem problema... quem sabe domingo não podemos assistir a algum enlatado americano como todos os outros casais?

Desci para o hall do prédio alguns minutos antes do horário combinado. A minha mãe ainda estava tomando banho, e eu achei melhor que ela não soubesse dos meus planos — por mais que tivesse sido uma boa sogra para Lucas durante longos seis anos, com certeza voaria no pescoço dele na primeira oportunidade agora.

Mães costumavam ser menos trouxas que as suas filhas.

Antes de descer, porém, desenterrei uma carta lacrada que estava no fundo da minha gaveta de roupas íntimas e a observei por algum tempo... Tentando não racionalizar muito as coisas, guardei-a na bolsa e saí de casa.

Lucas chegou em um carro diferente daquele no qual passamos ótimos momentos do nosso relacionamento. Quando entrei no banco do carona, ele me olhava por trás dos óculos de sol, mas, apesar disso, continuava tão lindo como no dia em que nos conhecemos. Talvez um pouco mais velho, mas a idade havia feito bem a ele.

— Oi, Isa. — Ele deu um sorriso triste.

— Oi, Lucas — respondi, e nós ficamos em silêncio, sem saber se um beijo no rosto seria uma boa ideia.

Lucas era alto, bem alto. Tinha os olhos esverdeados, o cabelo escuro e estava sempre com uma leve barba por fazer — por mais que ele se barbeasse de manhã, pela tarde o seu rosto já estava coberto de pelos. Ele não era forte, mas também não era magro, e havia adicionado mais uma dúzia de tatuagens no braço desde que tínhamos terminado, pelo que eu pude reparar.

Uma delas dizia "redenção

— Aonde vamos? — perguntei, estalando os dedos de nervosismo.

Lucas olhou para as minhas mãos inquietas e depois para mim.

— Quer comer o nosso x-salada?

O "nosso x-salada" era um hambúrguer delicioso que comíamos pelo menos uma vez ao mês, como uma tradição. A lanchonete ficava no shopping, e nós tínhamos uma mesa reservada pelo próprio dono, que nos tratava como clientes VIP.

— Não existe mais nada *nosso*, Lucas — murmurei.

— Não é porque terminamos que temos que apagar as memórias.

Eu engoli em seco.

— Tudo bem, vamos comer o maldito x-salada.

Lucas suspirou e arrancou com o carro.

No caminho, conversamos sobre amenidades de maneira desconfortável, tentando preencher os silêncios magoados — será que era daquele jeito que a minha mãe se sentia ao conversar com o meu pai?

Lucas me contou que a banda estava indo bem, concorrendo para fazer parte da trilha sonora da próxima novela das oito. Explicou que comprou o carro novo com o dinheiro que ganhara em shows. Gabou-se de tudo o que tinha conquistado desde que havíamos terminado, mas, em nenhum momento, mencionou Amanda.

Estacionamos na garagem do shopping e subimos pelo caminho de sempre. Era estranho não estar de mãos dadas, nem rindo ou conversando sobre as novidades do nosso dia a dia, antigamente tão entrelaçados que era como se pudéssemos prever o que aconteceria um com o outro.

Quando chegamos à lanchonete, o dono estava no caixa. Ao nos ver, abriu um sorriso de orelha a orelha.

— Meu casal favorito! — exclamou, dando a volta no balcão para nos alcançar. — Vocês sumiram! Pensei que haviam me trocado por outra lanchonete, chorei por duas semanas seguidas!

Eu e Lucas trocamos um olhar envergonhado.

— Nós não somos mais um casal, seu Euclides — eu me adiantei em explicar.

O dono do bar não se deixou abalar, negando veementemente com a cabeça.

— Não é possível! Mas isso não pode ser verdade! Vamos, a mesa de vocês está vaga, vocês vão poder colocar a conversa em dia e esquecer essa loucura de que não são mais um casal!

Ele nos empurrou até a mesa, e nós nos sentamos. Eu estava me sentindo ansiosa e triste, e não pensei que aquele encontro fosse me abalar tanto. Na minha cabeça, Lucas já era uma página virada, mas mergulhar tão fundo na nossa vida passada havia mexido demais comigo.

— Dois x-saladas, uma Coca-Cola e uma Fanta Uva saindo! — exclamou o seu Euclides com a voz de trovão, nos deixando a sós.

Eu não gosto mais de Fanta Uva, pensei em dizer, mas eu não gostava mais de tantas coisas depois do término que era quase como se estivesse vivendo uma vida diferente.

Eu ainda estava estalando os dedos quando senti a mão quente de Lucas sobre as minhas. Os nossos olhares se cruzaram e o meu estômago afundou.

Ele precisava ser tão lindo?

— Você rói as unhas quando está ansiosa e estala os dedos quando está nervosa — comentou. — Não precisa ficar assim. Eu não quero brigar. Só quero dizer que sinto muito. Por tudo.

Abaixei o rosto, porque era difícil demais não cair no choro quando ele me olhava como se pudesse ler a minha alma. Eu havia sentido tanta a falta daquele conhecimento, daquela tranquilidade.

— Você sabe que, por mais que eu te perdoe, nós nunca mais vamos ser os mesmos, e é isso que acaba comigo — falei, negando com a cabeça; era tão injusto que o meu conto de fadas tivesse terminado daquela maneira.

— Eu não quero que sejamos os mesmos, Isa, nós podemos construir uma nova história. — Lucas levantou o meu rosto pelo queixo, e eu estreitei os olhos em sua direção.

O que ele estava querendo dizer com "nova história?"

— Você já construiu uma nova história com outra pessoa. Eu não tenho mais espaço na sua vida, e nem você na minha.

— Não diga isso. — Ele aproximou a cadeira da minha, ficando preocupantemente próximo demais. — Eu e a Amanda... nós não somos compatíveis. Ela não é você, e eu não sei onde estava com a cabeça! No começo, eu me empolguei, confesso; era uma novidade no meio da nossa crise, e eu acabei tomando o caminho mais curto e fácil... Mas, conforme o tempo foi passando, eu percebi que não queria uma história nova com alguém que não amava, só queria poder recomeçar a nossa.

— Eu não sou a sua psicóloga, não preciso saber dos seus problemas no relacionamento, não quero saber de nada disso... Você não percebe o quão injusto é jogar tudo isso nas minhas costas agora?

— Eu não estou jogando nada nas suas costas, eu só...

— Está sim! Eu passei meses e mais meses desejando que você se arrependesse, que viesse falar comigo, que esquecesse toda essa loucura e me pedisse para voltar. Eu engoli o meu orgulho, entrei na pior depressão da minha vida, desejei em todos os malditos dias que você voltasse para mim, e, quando finalmente estou bem, estou feliz, estou pronta para seguir em frente, você aparece marcando encontros em lugares familiares e achando que vai ser simples assim?

— Me desculpe, Isa. Pelo término, pela traição, pela briga de algumas semanas atrás, por tudo — pediu ele, e eu conhecia o meu ex-namorado o suficiente para saber que ele estava sendo dolorosamente sincero nas suas palavras. — Eu fui um garoto, um garoto mimado e idiota, e acabei perdendo o melhor que já aconteceu na minha vida. Agora estou tentando ser homem e consertar tudo isso.

— E como você pretende consertar tudo isso?

Eu não posso dizer que fui pega de surpresa. Lucas se aproximou lentamente, como eu sabia que ele gostava de fazer quando nós brigávamos e ele queria fazer as pazes; primeiro, uma das suas mãos subiu lentamente pela minha coxa, enquanto a outra envolveu a minha nuca no lugar exato que me fazia amolecer. A cada centímetro que o seu rosto se aproximava do meu, eu perdia mais e mais a razão, os olhos fixos nos seus lábios, as mãos largadas no colo sem qualquer utilidade ou intenção de interrompê-lo. Quando o beijo finalmente aconteceu, eu desejei que ele estivesse diferente, sem emoção, parado, morto, enterrado... mas era o mesmo beijo que sempre soube me acalmar e me animar ao mesmo tempo.

Eu retribuí. As minhas mãos criaram vida e envolveram a nuca dele, eu cruzei as pernas para que os nossos corpos se encaixassem melhor, e o beijei de volta, com vontade, com saudade. Mas, ao contrário do que estava esperando quando criei milhares de desculpas esfarrapadas para vê-lo uma última vez, eu não senti como se a minha vida estivesse completa de novo.

Para ser bem sincera, eu não senti absolutamente nada.

E talvez eu pudesse ter analisado aquela situação de maneira mais racional e colocado um ponto final na minha história com Lucas nos últimos suspiros daquele beijo. Porém, uma sucessão de coisas aconteceu no espaço de tempo entre a separação dos nossos rostos e o meu nirvana.

Primeiro, o seu Euclides bateu palmas e berrou para a lanchonete inteira "o meu casal favorito está de volta!", depois o garçom colocou as nossas bebidas em cima da mesa e, com o susto, eu acotovelei a minha latinha e derrubei toda a Fanta Uva na calça jeans de Lucas e, enfim, uma voz conhecida chegou aos meus ouvidos e o meu coração gelou.

— Parece que os três mosqueteiros se encontraram novamente.

Andrei estava parado na frente da nossa mesa.

★ 37 ★

— **Andrei?** — **Foi tudo** o que eu consegui balbuciar, como uma idiota.

Ao contrário do esperado, ele estava sorrindo. Mas não era agradável e feliz, ou mesmo o sorriso tímido que parecia mostrar só para mim. Era um sorriso... decepcionado. Como uma máscara que ele havia vestido para me impedir de saber exatamente o que ele estava sentindo.

Mas eu sabia. Porque estava sentindo o mesmo.

Você merece o título de pior mulher do mundo, era a única frase que eu conseguia pensar naquele momento; acho que lembrar de uma letra do Wesley Safadão no meio de uma das situações mais constrangedoras da minha vida dizia bastante sobre a minha personalidade.

— Boa tarde, Isadora. Lucas. — Andrei fez uma mesura exagerada, tirando sarro daquela situação.

O cinema, pensei, odiando-me milhões de vezes por ter sido tão relapsa. *Ele veio ao shopping para ir ao cinema.*

— Eu queria dizer que posso explicar. Posso mesmo, mas você não vai gostar da explicação — murmurei, envergonhada.

— O que está acontecendo aqui? — Lucas havia voltado da sua missão de limpar a calça jeans com papel-toalha e nos olhava sem entender nada, mas entendendo tudo ao mesmo tempo.

— Acho que eu gostaria de receber essa explicação mesmo assim, Isadora. — Andrei cruzou os braços na frente do corpo e ignorou a intervenção do meu ex-namorado, quase como se ele não existisse naquele momento; sua mágoa era direcionada à minha mentira, e não ao que eu havia acabado de fazer. — Não como um homem traído, porque você nunca me prometeu exclusividade, mas como um homem que tenta entender como alguém pretende superar uma pessoa se encontrando com ela e trocando beijos apaixonados.

— Nós estamos conversando sobre o nosso... — Lucas começou a dizer, mas foi interrompido por Andrei.

— A minha pergunta foi direcionada para a Isadora, Lucas, e acho que ela tem total capacidade de me responder sem a sua ajuda.

E, se antes a situação já estava ruim, ela começou a piorar. Os melhores amigos do ensino médio se estranharam, e Lucas apoiou a mão no meu ombro — a sensação foi a mesma de receber uma descarga elétrica que percorreu o meu corpo inteiro.

E não de uma maneira gostosa.

— É o blog — apressei-me em dizer, porque não queria ter que apartar uma briga; só eu sabia o quão ansiosa ficava ao presenciar agressões físicas. — Você acertou, eu sou, sim, a autora de OS 12 SIGNOS DE VALENTINA, e estou fazendo isso pelo blog.

Andrei descruzou os braços e se apoiou em uma cadeira livre.

— Que blog? Aquele de astrologia em que a menina resolveu ficar com 12 caras diferentes? *Esse* blog? — perguntou Lucas, me olhando como se tivesse acabado de levar um soco no estômago.

— Você só está piorando a sua situação, Isadora — comentou Andrei, a voz calma e robotizada; eu queria que ele estivesse gritando comigo, berrando para os quatro cantos do shopping como eu era uma megera sem coração, mas era a sua decepção estampada nos olhos que estava me matando. — Primeiro porque mentiu para mim, segundo porque está mentindo de novo agora.

— Eu não estou mentindo, eu...

— Você não precisava ter saído com ele de novo para preencher a ficha de Peixes. Ou precisava? — perguntou Andrei, e eu odiava o fato de ter me apaixonado por um cara tão inteligente.

— Não, mas é que...

— Bingo! Duas mentiras em uma só. Estou impressionado!

— Beleza, Andrei, já deu, pode ir embora, eu e a Isa estamos conversando. — Lucas levantou a voz, demonstrando que não estava mais para brincadeiras.

Eu e Andrei trocamos um olhar longo e magoado.

— Beleza, eu preciso mesmo ir. — Ele concordou com a cabeça, quebrando a nossa conexão. — Foi um prazer te conhecer, Isadora. Espero que você possa ser muito feliz... Eu tentei te ajudar nessa missão, mas acho que só podemos ser realmente felizes quando estamos bem com nós mesmos, e você claramente tem alguns assuntos mal resolvidos na sua vida.

Andrei começou a se afastar, e eu senti uma pontada doída no peito, me perguntando se estaria enfartando aos 22 anos de idade. Alguns dias atrás, estávamos trocando carícias apaixonadas e juras de amor. Como é que eu havia transformado aquele sentimento gostoso em um rio de merda?

— Otário — murmurou Lucas ao meu lado, e eu percebi que ele teve a intenção de que Andrei escutasse.

Andrei parou no mesmo lugar, de costas para nós dois. Então, subitamente, se virou e se aproximou a passos largos e rápidos.

— Eu sou um cara da paz, Lucas, você sabe disso — declarou ele enquanto caminhava até a nossa mesa em uma velocidade surpreendente —, mas isso é por ter magoado uma pessoa incrível.

O soco que ele desferiu no nariz de Lucas foi tão potente que eu precisei afastar a cadeira para não ser atingida pelos respingos de sangue. O meu ex-namorado, em um primeiro momento, ficou completamente desnorteado, enquanto Andrei massageava os nós dos dedos com a mão oposta, fazendo uma careta de dor, quase como se não acreditasse na própria força. Porém, no instante seguinte, os dois estavam rolando pelo chão e eu gritava para que eles parassem.

Era uma cena patética. E também desesperadora e terrível.

— Parem com isso! Vocês são dois homens agindo como garotinhos! — berrei, tentando agarrar o braço de Andrei e sendo repelida por ele.

Os dois estavam tão concentrados em tentar socar a cara um do outro que eu tive a impressão de que talvez aquela rixa já existisse de verões passados.

Por sorte, os seguranças agiram rapidamente, porque eu não sei o quão estragados Andrei e Lucas ficariam se os homens tivessem demorado mais um pouco. Um deles agarrou Lucas pelos braços e o colocou de volta na cadeira, enquanto o outro deu uma chave de pescoço em Andrei.

— Vocês vão ter que se retirar do shopping — disse o mais grandalhão deles com a voz grave e autoritária.

— Beleza, beleza, eu saio, me solta. — Andrei dava tapinhas sofridos no braço do segurança; apesar de alto, Andrei era magro, e parecia um palito de churrasco nos braços do homem.

Depois de livre, ele ainda cuspiu um pouco de sangue do novo corte da boca e foi embora sem dizer uma palavra, seguido de perto pelo grandalhão. O outro segurança ficou parado ao nosso lado, pronto para nos escoltar também.

— Precisava disso? — perguntei, enfiando uma montanha de papel no nariz sangrento do meu ex-namorado sem nenhuma delicadeza e o fazendo estremecer. — Honestamente, precisava disso?

— Ele que começou! — exclamou Lucas, a voz anasalada.

— Realmente, é de uma maturidade inigualável responder dessa maneira, Lucas.

Ele tentou envolver a minha cintura com os braços, mas eu me desvencilhei.

— Eu cometi um erro vindo até aqui hoje — admiti, enfiando a mão no meu cabelo ondulado e jogando-o todo para trás, um tique nervoso que eu tinha quando tentava organizar os pensamentos; os erros que eu havia cometido estavam cristalinos como água agora, me parecendo tão óbvios que eu senti vontade de chorar.

Como pude me deixar levar pelo canto da sereia do meu ex-namorado? — Eu tinha duas opções: ficar com o Andrei e esquecer OS 12 SIGNOS DE VALENTINA, ou ficar com a Valentina e esquecer o Andrei. Eram duas opções válidas, mas eu tentei conciliar as duas e ainda enfiei você no meio dessa história. Logo você! Que deveria estar morto e enterrado.

— Eu estou tentando...

— Por mais que eu estivesse feliz com a minha vida, algo dentro de mim ainda perguntava "e se". "E se o Lucas voltasse para mim?" — continuei, ignorando completamente a interrupção do meu ex-namorado; a sobrancelha dele começou a sangrar, mas eu ignorei aquilo também. — "E se nós tentássemos de novo?" Eu não tenho a pretensão de que você entenda pelo que eu passei e ainda estou passando, porque você não teve sequer a empatia de se colocar no meu lugar quando resolveu me trair, mas esses questionamentos estavam muito frescos e incômodos dentro de mim, como uma ferida que nunca sara.

— Nós podemos tentar de...

— Mas é aí que está o problema dessa história toda, Lucas. — Eu peguei mais um guardanapo e o pressionei contra sua sobrancelha. Lucas fez outra careta de dor, e o segurança se remexeu de maneira desconfortável ao nosso lado, ouvindo tudo como um mediador silencioso. — Eu não quero tentar de novo. Hoje consegui finalmente me livrar do "e se" e posso dizer, com cem por cento de certeza, que não quero você de volta.

— Por favor, Isa, me perdoa. — Lucas segurou a minha mão e olhou nos meus olhos de maneira desesperada; a cabeça dele estava na altura da minha cintura, e eu acariciei a sua nuca.

— Eu te perdoo. Finalmente estou bem comigo mesma o suficiente para dizer que te perdoo por tudo o que você me fez passar. — Ele soltou a mão da minha e envolveu a minha cintura com os braços, apoiando a cabeça na minha barriga e manchando a minha blusa de sangue. — Mas quase um ano se passou. Eu me conheci melhor, me reinventei, fiz algo por mim e, finalmente, consegui me apaixonar de novo. Não sou mais a Isadora de 16 anos que você conheceu, e você não é mais o Lucas de 20 por quem me apaixonei.

— Eu cometi o pior erro da minha vida... eu preciso de você! — Lucas estava chorando com a bochecha colada na minha camiseta, e eu mesma senti uma lágrima solitária escorrer pelo rosto.

— Ninguém precisa de ninguém nessa vida, o sentimento de necessidade por outra pessoa não é saudável. — Eu beijei o topo da sua cabeça e continuei, com a boca pousada ali. — Você foi o meu primeiro amor e eu sempre terei um carinho imenso pela nossa história. Mas acho que finalmente chegou a hora de virar a página. A minha e a sua.

O meu ex-namorado negou com a cabeça diversas vezes, recusando-se a acreditar que, depois de quase um ano naquele "chove, mas não molha", nós estávamos nos despedindo de vez. Emocionada e também um pouco abalada por enfim colocar um ponto final na nossa história, eu distribui vários beijos pelo cabelo cheiroso de Lucas, tirei a carta de dentro da bolsa e a entreguei a ele.

— Eu escrevi isso algum tempo depois que terminamos — expliquei, secando as lágrimas com as costas da mão. — Não tive coragem de te entregar antes, mas acho que resume bem o que eu quero dizer desde aquele dia no restaurante japonês.

Ele pegou a carta e a guardou no bolso da calça. Depois, se levantou.

— Lucas, por que você me disse que eu estava com quem havia iniciado a nossa história? — perguntei de repente, ainda curiosa desde o nosso último encontro no hall do meu andar.

Lucas riu com ironia, fungando devido às lágrimas.

— Achei que você soubesse. — Ele deu de ombros. — Era o Andrei que iria tocar no churrasco em que nos conhecemos. Foi ele quem me deu um bolo, e foi por isso que nós paramos de nos falar.

Senti um arrepio percorrer todo o meu corpo, incrédula; se eu tivesse conhecido Andrei seis anos antes, aquela história teria sido muito diferente.

— Por que Valentina? — Foi a vez de Lucas perguntar. — Porque era o nome que daríamos à nossa filha, se tivéssemos uma?

— Sim. — Concordei com a cabeça.

Então nós apenas nos olhamos.

— Eu te amo — murmurou ele, a voz embargada.

— Eu também te amo. — Sequei as lágrimas dos seus olhos com delicadeza. — Mas o meu amor por você ficou no passado, não tem mais espaço para ele no meu futuro.

Nós nos abraçamos mais forte, e eu ouvi fungadas ao meu lado. Virei o rosto rapidamente, esperando encontrar um Andrei pronto para conversar; em vez disso, deparei-me com o segurança enxugando as lágrimas dos olhos.

Levantei uma sobrancelha inquisitiva.

— Eu me separei da minha esposa mês passado — disse ele simplesmente, dando de ombros.

Subitamente, como se não aguentasse mais carregar a dor de ter cometido um erro, Lucas me soltou, secando o rosto com cuidado para não esbarrar nos machucados e hematomas. Sem olhar para mim, envergonhado pelas lágrimas, ele beijou a minha testa e se afastou. O segurança se recompôs e foi atrás dele, deixando-me sozinha na mesa da lanchonete.

Apressada, recuperei o celular dentro da bolsa e procurei por "Andrei Libra". Primeiro, mudei o nome dele para "Andrei Neves", depois lhe enviei uma mensagem, sem pretensões de que ele respondesse por enquanto — ele precisaria de um bom tempo para esquecer a raiva que estava sentindo de mim.

Se é que algum dia iria esquecer.

> Eu finalmente tive o meu encerramento. Será que algum dia você vai poder me perdoar?

★ 38 ★

No caminho de volta para casa, sacolejando no metrô, me peguei pensando na carta que entregara para Lucas, que já havia decorado depois de lê-la e relê-la mais de 500 vezes ao longo de todos aqueles meses.

Será que ela faria tudo ficar bem?

Lucas,

Demorei cerca de cinco minutos para escrever o seu nome nesse documento de Word, não porque estou sendo dramática e emotiva, ouvindo as músicas do nosso relacionamento, molhando o lençol com lágrimas e lembrando cada bom momento, e sim porque fiquei na dúvida sobre como me dirigir a você, principalmente agora que tudo está tão... complicado. Quero dizer, como eu deveria te chamar? Querido e amado Lucas? Maldito canalha que partiu o meu coração? Algum meio-termo entre esses dois sentimentos que guardo dentro de mim?

Para ser bem honesta, eu ainda não sei se vou te entregar essa carta. Gostaria de fazer isso, e gostaria mais ainda que você lesse tudo o que eu tenho vontade de dizer desde que nós terminamos e se sentisse muito mal pelo que me fez passar — porque, como você bem sabe desde aquele dia em que eu cortei todas as cordas da sua guitarra porque você esqueceu o meu aniversário (e depois descobri que era apenas encenação para uma festa surpresa), eu posso ser bem vingativa quando quero —, mas a Marina ameaçou a minha integridade física se eu tentasse me comunicar com você. "Isadora, eu estou falando muito sério agora, mais sério do que já falei em toda a minha vida: se você escrever uma carta para ele, eu juro que te assassino com uma colher de sopa!", foram as exatas palavras dela quando me viu digitando furiosamente no notebook. "Por favor, Marina, estamos no século XXI, quem ainda escreve cartas?", foi a resposta que consegui bolar na hora.

Bom, aparentemente, eu ainda as escrevo.

Essa é a segunda carta que te escrevo na vida, e é quase irônico que as duas tenham sido escritas em momentos tão antagônicos, mas eu tenho tanta facilidade em escrevê-las que acho que fui esposa de um soldado na guerra em alguma vida passada, porque sempre me imaginei sentada à escrivaninha com o cabelo em ondas perfeitas, oleoso pelo produto que utilizei para deixá-lo daquela maneira, derramando lágrimas no papel perfumado enquanto conto o quanto sinto saudade do meu amor — meses depois, a única coisa que retorna dele é a medalha com o número de identificação do Exército e a mesma carta perfumada e suja.

Ou talvez eu só consiga me expressar através da escrita.

"Isa, meu amor, por favor, eu estou atrasado, você pode chegar logo ao ponto?", eu quase posso te ouvir dizer, olhando as horas no celular e jogando o cabelo para trás como sempre fazia quando: a) estava atrasado, b) estava ouvindo as minhas divagações ou c) estava ouvindo as minhas divagações e atrasado ao mesmo tempo.

Porque é isso, Lucas. Eu te odeio. Eu te odeio pelo que você fez. Eu te odeio por ter destruído um relacionamento de seis anos. Eu te odeio por ter me trocado. Eu te odeio pela traição, pelo silêncio, pela indiferença, por você ter tocado a sua vida como se nada tivesse acontecido enquanto eu definhava (e ainda definho) em um poço de autopiedade e tristeza, mas eu era uma versão melhor de mim mesma ao seu lado; você colocava os meus pés no chão e eu te ajudava a sonhar. Eu te odeio agora, mas eu era completa antes.

Até você me partir ao meio.

Você me conhece, Lucas. A única vez que eu chorei em todos esses anos do nosso namoro foi quando arranquei os quatro sisos de uma só vez e derrubei o meu sorvete de "boa menina, você vai sofrer como uma condenada por um mês, mas toma aqui a sua recompensa" no chão — e você riu desse acontecimento por quase um ano. Então, se eu estou dizendo que você acabou comigo, acredite, você acabou comigo.

Eu não consigo entender. Eu quero, me forço a entender, passo e repasso todos os indícios de que nós estávamos afundando e consigo reconhecer as pistas, os detalhes, tudo o que não foi dito, todos os nossos problemas e como não soubemos lidar com eles, mas eu não consigo entender a traição, porque nós sempre dizíamos que traição era imperdoável. Porque você me falava todos os dias que eu era o amor da sua vida. Porque nunca te vi olhando para o lado. Porque eu nunca desconfiei de você. Porque eu te dei a liberdade que você deu a mim. Porque nós vivíamos na nossa bolha feliz de amor. Porque ela era minha amiga. Porque você era o meu namorado havia seis anos. Porque a primeira vez que vocês se viram, ela disse que você era um pouco esnobe, e você comentou que ela cheirava a ração de cachorro. Porque eu não posso acreditar que tudo acabou, da maneira que acabou.

Quero dizer... quando foi que essa estranheza inicial de vocês dois virou um tórrido caso de paixão que durou meses pelas minhas costas? Qual foi a pista que eu perdi? Quando deixei de ser o suficiente? Quando você começou a ser um imbecil sem coração ou empatia? Em qual momento eu te perdi? Em qual momento você me perdeu?

E, o mais importante: será que eu merecia isso mesmo?

Falando racionalmente, durante os momentos sóbrios dessa minha fossa interminável eu tenho a certeza cristalina de que não merecia; aliás, quem merece ser traído? Mas esse negócio de término de relacionamento traumático mexe com a gente de uma maneira muito escrota. Antes, a existência da minha barriguinha de cerveja era apenas lembrada nos dias da TPM em que eu me odiava e odiava o mundo, mas agora não consigo ficar pelada na frente do espelho sem me perguntar se você me trocou por conta dela. Ou será que foi o meu cabelo sem graça? Talvez os meus seios pequenos já estivessem chegando ao fim do prazo de validade, e os dela, fartos e bonitos, fossem mais interessantes.

Mas se fosse só a destruição da minha autoestima, Lucas, acho que eu ainda estaria feliz. O problema é que você fodeu com o meu psicológico também, e eu não consigo mais me livrar dessa sensação estúpida de que nunca mais vou ser feliz.

A minha mãe diz que eu vou. Marina me manda ter vergonha na cara e parar de chorar. O meu pai aconselha que eu dê tempo ao tempo. Os meus amigos da faculdade querem que eu exponha os seus nudes. E eu?

Eu queria você de volta. Queria a risada gostosa que você dava toda vez que eu te contava algo engraçado. Queria os seus dedos acariciando a minha nuca. Queria o som que saía do seu violão nas tardes preguiçosas de domingo. Queria as aulas de direção nas quais você rezava pela sua vida, mas seguia me ensinando mesmo assim. Queria os seus conselhos de quem já havia passado pelo que eu estava passando, desde o estresse do primeiro ano da faculdade até fritar um ovo pela primeira vez. Queria as suas músicas despretensiosas sobre a gente, com rimas ricas como "Rio de Janeiro" com "padeiro". Queria aquele hambúrguer com cebola agridoce que só você sabia fazer. Queria os seus beijos, abraços, carinhos, momentos íntimos, viagens, sonhos, planos. Queria o meu namorado de volta, aquele por quem eu moveria montanhas, aquele com quem fantasiei uma vida juntos, aquele que jurei ser o grande amor da minha vida.

Você entende o quão fodida a minha cabeça deve estar para que eu esteja admitindo que queria você de volta? Você me traiu durante meses com a minha amiga da faculdade, eu descobri a traição de maneira pública no meu aniversário de 22 anos, você não teve a decência de pedir desculpas até hoje, passados cinco meses do ocorrido, e eu ainda penso em você todos os dias, sem exceção. Eu ainda penso em nós dois. Ainda penso em como colocar nessa carta algo que possa tocar o seu coração o suficiente para que você, ao menos, me dê uma explicação sobre o que aconteceu.

Eu ainda te amo, apesar de tudo. Gostaria de não amar, e peço todas as noites para um Deus no qual eu não acredito aliviar a minha dor, mas ela não vai embora. Então decidi te escrever, porque achei que fosse ser bom colocar para fora tudo o que estou sentindo e pensando, mas não está sendo bom e eu vou acabar quebrando o meu computador de tanto que estou chorando em cima dele e, porra, eu não choro! Eu não chorei nem assistindo a Antes de Partir no meio de uma sala inteira aos prantos, então você deve saber que isso é incomum e que eu odeio muito o fato de estar agindo como uma carente irracional, porque eu não sou assim.

Tem aquele poema bonito que diz que o amor é fogo que arde sem se ver, mas a real é que uma decepção amorosa é fogo que arde no esôfago e faz todas as comidas terem um gosto esquisito, e eu posso até um dia te perdoar pelo que você fez, mas nunca vou conseguir te perdoar por ter feito com que eu perdesse o prazer em comer.

Já comecei a enrolar de novo, e você não está aqui para me apressar e dizer que está atrasado, então acho que posso responder à questão levantada no primeiro parágrafo dessa carta que você talvez nunca leia: querido e amado Lucas você não é mais, maldito canalha que partiu o meu coração foi em quem você se transformou, mas que não sumariza todos os seis incríveis anos que passamos juntos.

Então hoje eu te chamo apenas de Lucas.

Assinado: *Isadora Mônaco*

P.S.: eu quero o meu CD do Pink Floyd de volta.

Talvez ela não fizesse tudo ficar bem. Mas Lucas merecia saber o que eu havia sentido depois do término, assim como eu tinha o direito de ser feliz de novo.

♥ Os 12 Signos de Valentina ✕

PEIXES

14h13, 03 de abril de 2015
Postado por: Valentina

Oi, pessoal, tudo bom?

Sei que estou sumida há mais de uma semana, e ouço todos os dias em sala de aula o quão ansiosos vocês estão para saber o desfecho desse experimento.

Vai ser difícil escrever essa publicação, e, provavelmente, ela será um pouco mais longa do que as usuais. Peço desculpas se algum signo se sentir depreciado ou menosprezado, mas eu preciso botar pra fora alguns sentimentos, e muitos deles envolvem o signo de Peixes, então... vamos lá.

Por alguns dias, pensei em não escrever. Desistir da Valentina, tentar consertar os estragos que acabei causando, jogar tudo para o alto e viver das coisas que a natureza nos dá. Muito aconteceu na minha vida em um curto período de tempo, e eu acabei tomando decisões erradas, com a intenção de acertar. Acho que nada disso vem ao caso, pelo menos não por enquanto, mas eu preciso que vocês entendam o contexto dessa publicação e por que eu andei sumida.

O signo de Peixes foi o propulsor da criação de OS 12 SIGNOS DE VALENTINA, o causador de toda minha dor e revolta (eu sei que pode parecer curioso que o pisciano esteja bem e a ariana sofrendo, e é a astrologia provando mais uma vez que nada é imutável). Não vou dizer quando, onde, nem por que, mas eu tenho uma história muito antiga com um peixinho em particular. Acho que o fato de Peixes ser o último signo do zodíaco talvez tenha causado toda essa confusão (porque se ele fosse o primeiro, eu poderia ter tido o meu "encerramento" bem antes), ou talvez eu esteja apenas tirando a culpa dos meus ombros e jogando-a em outro lugar, como tenho a tendência de fazer. Apesar disso, também foi uma sorte grande o

Os 12 Signos de Valentina ✕

ter deixado para o final, porque, depois de tudo o que passou e de tudo o que eu aprendi, hoje posso dizer com plena certeza: odeie a pessoa, não o signo.

Mas eu não odeio nem pessoa, nem signo. "Ódio" é uma palavra muito forte, e temos que reservar esse sentimento para ocasiões muito especiais. Toda a análise do signo de Peixes feita hoje será baseada em um relacionamento antigo, sem nenhum juízo de valor, levando em consideração a minha experiência enquanto ainda estávamos juntos, quando ainda estávamos bem, quando ainda dormíamos pensando um no outro. Tudo o que aconteceu depois, toda a mágoa e a decepção, eu vou fingir que não existiram; pelo menos enquanto estiver analisando os piscianos astrologicamente.

Eu te perdoei, Peixes, e a nossa história chegou ao fim.

Pseudônimo: Adam Levine

Idade: 26 anos

Aniversário: 21 de fevereiro

Música que define o signo: Cry Baby — Melanie Martinez

Palavra mais usada: "Sinto"

Turn on: O altruísmo.

Turn off: A submissão.

Qualidades: Criativo, sentimental, empático, inteligente, bondoso, humanista, artista, espiritual... É basicamente aquele cara de humanas que fica viajando na sala de aula, fazendo uns desenhos que ninguém entende.

Defeitos: Sentimental demais, apegado demais, ingênuo demais, bondoso demais... trouxiane demais, não é, amigos? Além disso, os piscianos têm uma dificuldade imensa em

Os 12 Signos de Valentina ✕

resolver os próprios problemas — eles sempre acabam esperando que a solução caia do céu, ou acabam fugindo e evitando lidar com os próprios demônios.

Adam me conquistou aos pouquinhos... em um primeiro momento, eu acreditava se tratar do famoso caso "tesão pelo músico desempregado e incompreendido", mas, com o passar do tempo, ele me mostrou que existia muito mais a se admirar. A sua criatividade ultrapassava o limite do normal, e eu queria ter pelo menos um terço da paixão dele por projetos pessoais. Além disso, era como se ele fosse o sentimento que me faltava, e eu era a coragem que ele precisava para colocar os seus planos em prática.

Apesar de sermos o inferno astral um do outro, eu sentia como se vivesse o meu próprio paraíso particular — se inferno é gostar tanto de alguém que o seu coração chega a doer, eu vou continuar pecando para o resto da vida.

Chega a ser engraçado como somos tão focados em nós mesmos que às vezes nem percebemos quando magoamos alguém. É sempre a nossa dor, o nosso desconforto, os nossos problemas. E, de todos os signos do zodíaco, Peixes é o único capaz de ouvir e dizer "eu te entendo, estou do seu lado para o que der e vier, quero te ver feliz". Ele nunca vai falar "ah, nossa, mas isso não é nada, você não sabe o que aconteceu comigo". Para Peixes, não existe uma competição de quem sofre mais, e ele até evita despejar os próprios problemas nas outras pessoas, porque gosta de ouvir, compreender e ajudar. Eu gosto de pensar que Peixes é o psicólogo do zodíaco, e por isso mesmo que parece sempre tão aéreo; é difícil ouvir o desabafo das pessoas o dia inteiro e não perder a cabeça, não é mesmo?

Por outro lado, existe a manipulação. Não, eu não estou tirando o trono dos cancerianos de manipuladores emocionais, porque eles fazem tudo com plena consciência, porém, os piscianos te deixam sem dormir de culpa sem ao menos terem a intenção. Eles são tão frágeis e se ofendem tão fácil que qualquer bom-dia atravessado é motivo de uma DR que dura semanas.

♥ Os 12 Signos de Valentina ✕

O beijo dos piscianos é um sonho. Não existe outra maneira de explicar! É uma viagem emocional, uma montanha-russa psicodélica, uma imersão tão grande que, quando acaba, você tem dificuldade de lembrar por que vocês dois estavam brigando minutos antes; não é que os piscianos sejam brigões — pelo contrário, eles parecem um pouco avessos a confrontos —, mas eles são tão sensíveis e fáceis de magoar que a vida ao lado de um pisciano é um eterno pedido de desculpas.

Eu, honestamente, poderia passar o dia inteiro falando sobre Adam e o signo de Peixes, em especial porque tenho muitos anos de experiência. O problema é que talvez eu possa começar a misturar o signo com a pessoa, e não quero fazer isso. Se isso aqui fosse um blog pessoal, eu poderia escrever com mais detalhes, mas eu quis apenas fazer um apanhado das características aquáticas que encontrei nesse pisciano muito importante na minha vida.

Para finalizar esse post, eu gostaria de passar duas mensagens para duas pessoas que sabem exatamente quem elas são:

Peixes, eu te perdoo.

Lagartixa Roberta, por favor, responda às minhas mensagens; eu quero compensar os erros que cometi.

Então por hoje é só, pessoal. Pode ser que o signo de Libra aconteça, pode ser que eu acabe com o projeto antes, tudo vai depender do desenrolar dessa história caótica — claro que qualquer decisão que eu tomar será passada para vocês, porque agora nós somos amigos e confidentes, e sinto que devo uma explicação aos meus leitores. Um lado do meu coração quer acabar o projeto, o outro lado quer parar agora e tentar consertar tudo o que acabei quebrando no meio do caminho. Espero que, qualquer que seja a minha decisão, vocês possam me perdoar.

Beijos estrelados,

VALENTINA

★ 39 ★

 Para: Valentina
De: Luís Felipe

Boa tarde, Valentina.

Apesar de não ter recebido uma resposta ao e-mail que enviei — o que é bem compreensível, e agora eu vejo o quão esquisito e stalker eu posso ter parecido —, eu li o seu último post e gostaria de te chamar para tomar um café.

Posso não ser o seu libriano perfeito (honestamente, eu não acredito que existam pessoas perfeitas umas para as outras), mas dizem por aí que sou um ótimo ouvinte, e talvez você esteja precisando de alguém para conversar. Não sei, posso estar sendo muito intrometido, mas parece que você não está muito legal.

Você já tem o número do meu celular. Se quiser me encontrar e bater um papo, é só mandar uma mensagem.

Um abraço,

Luís Felipe

A graça da vida é que nem sempre recebemos aquilo que pedimos, mas, muitas vezes, ganhamos o que precisamos.

Depois que eu me apaixonei pela astrologia do dia para a noite, passei a esperar pacientemente pelo meu libriano perfeito. Em vez disso, recebi de presente um garoto maravilhoso que não sabia a data exata do seu nascimento, e esse garoto me fez muito feliz. Porém, eu não estava pronta para honrar o relacionamento que ele estava disposto a ter comigo, porque o meu coração estava machucado demais para que eu me entregasse sem pensar duas vezes; depois que eu consegui estragar tudo o que nós tínhamos, a vida resolveu me presentear com aquilo que eu pedi desde o começo — só que eu já não queria mais.

Mesmo assim, resolvi encontrar o futuro advogado Luís Felipe. Não por ser o que eu mais desejava do fundo do meu coração, mas porque, talvez, aquilo fosse o que eu precisasse naquele momento; eu já havia ignorado os sinais uma vez, não seria negligente ao ponto de fazê-lo novamente.

Depois do meu post em "Os 12 Signos de Valentina" na sexta-feira, o meu grupo da faculdade estava bombando, e eu estava recebendo ligações de todos os meus amigos mais próximos — acho que eles haviam finalmente ligado os pontos e parado de pensar que eu não pegava nem gripe, mas eu ainda não estava pronta para revelar a verdade ou conversar com eles sobre o assunto, então apenas os ignorei.

Marina, por outro lado, continuava me tratando com um silêncio magoado.

— Luís? — Eu sorri, avistando o garoto na última e mais aconchegante mesa do Starbucks, e ele sorriu de volta.

Eu já havia fuçado o perfil dele no Facebook e constatado que ele era um cara normal. Apesar disso, marquei o encontro no local mais movimentado em que eu pude pensar: um café na Alameda Santos. Sim, ele tinha cara de bom moço, mas eu conhecia muitos casos de "bons moços" que não eram tão bons assim.

— Valentina! — respondeu ele, beijando o meu rosto. — Eu confesso que estava de coração aberto para encontrar qualquer garota, porque gostei da sua personalidade e não da sua aparência, mas preciso dizer que estou muito feliz por você ser tão bonita.

Nós ficamos de frente um para o outro, e eu pude reparar que ele era um palmo mais baixo do que eu. Aquilo não pareceu abalar a confiança do libriano, o que me surpreendeu bastante; quero dizer, quem não gostava de pessoas seguras de si?

— É Isadora, na verdade — corrigi —, mas eu prefiro Isa.

— É um prazer te conhecer, Isa. — Ele concordou com a cabeça.

Então aqui finalmente está você, pensei enquanto nos sentávamos nas poltronas confortáveis do café e eu o observava de perto. *O cara que os astros dizem ser o certo para mim.*

— Obrigado por me encontrar. — Ele empurrou um copo de café fumegante e um brownie de chocolate na minha direção. — Tomei a liberdade de te comprar isso. Não sei se você gosta de chocolate, mas, bom, eu não poderia confiar em uma pessoa que não gosta de chocolate.

— Nossa! Obrigada! Eu estava mentalmente cansada só de pensar em pegar aquela fila. — Eu segurei o café pelo protetor de copo, com medo de queimar os dedos.

O libriano era moreno, tinha os olhos escuros e uma expressão amigável e receptiva que passava a impressão de que ele era o melhor amigo de todo mundo. Eu achei a atitude dele muito agradável, principalmente porque estava morrendo de fome, e mordi o meu doce com vontade.

Luís me observou mastigar com um sorrisinho muito foto nos lábios.

— *O quê?* — perguntei, engolindo rapidamente.

— Nada, nada. — Ele abanou o ar com as mãos. — É só que você é bem diferente daquilo que eu imaginei.

— E o que você imaginou?

— Não sei. Alguém menos... — ele riu — tranquila.

— Você deve pensar que eu sou louca — comentei, sentindo o rosto esquentar.

— E por que eu pensaria isso?

— Sei lá, toda essa história de astrologia, ficar com um cara de cada signo... Eu estava tão imersa na situação que não tentei enxergar as coisas de uma perspectiva externa. Parece mesmo uma loucura sem fim, não é mesmo?

— Eu gosto de pessoas apaixonadas pelo que fazem. — Luís deu de ombros. — Se você fosse apaixonada por passar lama no corpo e fingir ser uma estátua na praça da Sé, eu ainda te apoiaria 100%. É tão difícil encontrar algo que nos dá prazer de verdade nessa vida... quem sou eu para julgar o seu gosto por astrologia?

Elogios. Apoio à impulsividade. Tranquilidade. Café de graça. Fazia sentido que o libriano fosse perfeito para mim.

— Você quer conversar? — disse, ajeitando-se na poltrona. Ele parecia estar querendo perguntar isso desde que colocou os olhos em mim. — Sobre... o seu último post no blog?

Eu queria; só eu sabia o quanto queria conversar sobre a confusão sentimental que a minha vida havia se tornado. Porém, por outro lado, eu sentia que fazer isso apenas me confundiria mais. Se eu tinha uma decisão para tomar, era melhor que a tomasse sozinha.

— Acho melhor não — respondi sem floreios. — Quem sabe não podemos deixar esse encontro mais leve?

— Você tem razão — concordou ele, mudando de assunto bruscamente e evitando que a conversa ficasse constrangedora. — As minhas amigas ficariam muito putas se soubessem que eu estou tomando café com a famosa Valentina. Você é quase uma entidade lá na ECA!

— Eu não sei até que ponto acho isso interessante — comentei, cruzando as pernas e relaxando na poltrona; o libriano era o tipo de pessoa que te deixava à vontade sem muita dificuldade. — Se eu não tivesse um pseudônimo, estaria no mesmo patamar de uma subcelebridade que expõe a vida pessoal em troca de fama. Não te parece um pouco... vazio?

Eu não sabia exatamente o porquê de estar expondo as minhas angústias para ele, mas era reconfortante falar sobre os meus problemas com alguém que parecia interessado em me ouvir sem julgamentos.

— O que me parece vazio é viver uma vida nos privando daquilo que queremos fazer porque estamos muito preocupados com o que os outros vão pensar — filosofou ele, e eu quis passar por cima da mesa e beijá-lo na boca.

Arianos? Impulsivos?

Acho que não.

— Eu não me importo com o que os outros vão pensar — respondi em vez disso —, eu me importo com o que o meu "eu do futuro" vai pensar do meu "eu do presente".

— Vergonha alheia, provavelmente — comentou Luís, fazendo-me rir. — Mas acho que faz parte. Às vezes, antes de dormir, eu fico pensando nas idiotices que eu já fiz na vida e sinto vontade de bater com a cabeça na parede.

Eu me lembrei do meu número musical no acampamento de férias, vestida de saia jeans, camisa social e gravata vermelha, dançando ao som de RBD, e pude entender muito bem o argumento de Luís.

Talvez o que tire o nosso sono atualmente seja motivo de gargalhadas no futuro, mas, até esse dia chegar, tudo parece ser tão intenso.

— Você tem razão.

— Eu sempre tenho razão — disse Luís antes de morder um pedaço do seu *muffin* de banana —, pelo menos é o que gosto de pensar.

Tive uma tarde agradabilíssima com Luís. Não sei se foi o rostinho de cachorrinho que caiu do caminhão da mudança, o vasto conhecimento sobre bandas das quais eu nunca tinha ouvido falar ou o talento em flertar despreocupadamente, só sei que, ao final da tarde, eu entendia perfeitamente por que Áries e Libra eram a combinação perfeita; ele era o vento que aumentava o meu fogo.

De uma maneira totalmente não sexual.

Quando começamos a receber olhares mal-humorados por estarmos há muito tempo ocupando a mesa sem comer nada, resolvemos ceder os nossos lugares e sair para tomar um ar. Do lado de fora, paramos na calçada, cientes de que aquele encontro já estava chegando ao fim.

— Por que direito? — eu quis saber, com medo de que o assunto acabasse e nós passássemos para o lado físico de um encontro;

pela primeira vez, eu não estava nem um pouco ansiosa por aquele momento.

Luís mordeu o lábio inferior, ponderando a sua resposta.

— Passei a vida inteira sendo advogado dos meus irmãos dentro de casa — respondeu ele enfim, o olhar perdido como se revivesse os momentos narrados. — Os meus pais eram a promotoria, meus irmãos, os acusados, eu, o advogado, e meus avós, o júri. Pode parecer piada, mas era como eu me sentia... nem sempre é fácil ser o mediador de uma família de lunáticos.

— Quantos irmãos você tem?

— Cinco. Contando comigo, seis.

— Caramba! — exclamei. — Eu sou filha única e os meus pais são separados. Não consigo imaginar dividir a minha vida com mais cinco pessoas!

— É legal, mas um pouco caótico. — O libriano deu de ombros. — De qualquer maneira, depois que eu cresci, passei a me interessar por séries criminais tipo Law & Order e Cold Case, então acho que a escolha pela faculdade de direito é uma mistura de talento com ficção.

— Você vai ser o advogado mais lindo do Brasil. — O comentário escapou da minha boca, e o libriano ficou vermelho.

— Delegado — murmurou ele, pigarreando para continuar com a voz mais firme. — Sonho em combater o crime agora. Tipo o Batman de São Paulo.

Eu ri, e ele também. Então os braços dele envolveram a minha cintura e eu acordei daquele sonho.

Luís era maravilhoso. Luís teria sido o signo que eu escolheria ao final do experimento. Luís era tudo o que eu procurava em um homem.

Mas Luís não era Andrei.

— Você é incrível. — Eu pousei as mãos no peito dele, olhando bem no fundo dos seus olhos escuros. — Incrível mesmo. E justamente por você ser um cara tão legal, não sei se consigo fazer isso. Eu... conheci outro cara.

O libriano riu, negando com a cabeça.

— Acho que no fundo eu já sabia. O seu último texto no blog deixou algo do tipo no ar, e eu deveria ter entendido o recado quando você não quis conversar sobre o assunto. — Luís soltou a minha cintura respeitosamente e deu um passo para trás. — Caramba, que sorte a minha, hein? Quando você finalmente encontra um libriano, conhece outro cara. Ele também é libriano?

— Não. Ele é adotado e não sabe o dia em que nasceu.

Luís franziu o cenho, e nós nos encaramos por algum tempo antes de cairmos na risada. A situação seria cômica, se não fosse trágica.

— Caramba, Isa, a sua vida parece um romance do Nicholas Sparks!

— Eu só espero que o final seja feliz.

O libriano me abraçou com força, e eu afundei o rosto no seu cabelo, sentindo o cheiro doce de shampoo.

— Quem sabe nós não fiquemos juntos na próxima encarnação? — sugeri.

— Vou esperar pacientemente por isso, então — concordou ele, e nós nos separamos.

Luís caminhou com tranquilidade até um carro estacionado no meio-fio e, quando passou por mim, buzinou e acenou animadamente, demonstrando que não havia guardado nenhum rancor. Eu ainda fiquei algum tempo parada no mesmo lugar, com o olhar perdido para o nada.

Então algo pareceu acender dentro de mim. Como se tivesse levado um choque, saí correndo pela rua e peguei o metrô na Avenida Paulista. Minutos depois, eu estava tocando o interfone de Marina sem parar; ela atendeu após algum tempo, um pouco sonolenta.

— Sou eu — falei simplesmente.

Sem falar nada, ela abriu o portão, e subi até o décimo quinto andar de escada, porque o elevador estava interditado. Bati na porta da minha prima precisamente 500 vezes até ela abrir, descabelada e com os olhos vermelhos de sono.

— Eu errei — foi o que eu disse, jogando-me nos braços de Marina como se ela fosse a minha única salvação e respirando fundo para normalizar a minha respiração. — Eu... deveria... ter te ouvido. Eu sou... tão... idiota!

— Isso todos nós já sabemos. — Ela deu palmadinhas fraternais nas minhas costas como se tivesse feito um curso com o Sheldon sobre como confortar as pessoas. — Aliás, isso eu sei desde que te conheço por gente.

— Eu não era... uma criança idiota! Eu fiquei... idiota... com o passar do tempo. — A minha boca estava encostada no ombro ossudo de Marina, e eu me perguntava se Rodrigo era capaz de deitar ali e tirar uma soneca.

— E essa idiotice é culpa da impulsividade ariana?

— Não, é minha culpa, mesmo.

Nós nos separamos, e Marina olhou dentro dos meus olhos.

— Vamos para o meu quarto, então você me conta o que aconteceu.

E eu contei. Contei do encontro com Lucas, da briga dele com Andrei, de como Andrei não me respondia havia alguns dias, apesar das minhas mensagens diárias, do meu encontro com Luís e da conclusão de que, independentemente do signo de Andrei, era com ele que eu queria ficar.

Marina ouviu tudo em silêncio, não me interrompendo em nenhum momento ao longo da narrativa. Quando terminei, apesar de ser verdade e até um pouco satisfatório, ela não disse "eu te avisei" ou "você deveria ter me ouvido"; a minha prima apenas segurou a minha mão e perguntou.

— E como você pretende consertar isso agora?

— Eu não sei. — Sentia vontade de chorar, não de tristeza, mas de desespero. — O Andrei precisa entender que eu errei, mas que estou 100% disposta a consertar esse erro. Eu queria... eu queria contar para o mundo o quanto gosto dele, e o quanto eu me arrependo!

Marina estreitou os olhos em minha direção.

— Sério mesmo que nada te vem à cabeça, Isa?

Eu pisquei algumas vezes.

Marina era um gênio!

♥ Os 12 Signos de Valentina ✕

OS 12 SIGNOS DE ISADORA
LIBRA E A DESPEDIDA

14h20, 05 de abril de 2015
Postado por: Valentina

Isadora? Quem é Isadora?

Prazer, leitores e leitoras de OS 12 SIGNOS DE VALENTINA, o meu nome é Isadora Mônaco. Eu tenho 22 anos (quase 23, faço aniversário dia 15 de abril), sou do signo de Áries, com ascendente em Câncer e Lua e Vênus em Peixes. Estou no terceiro ano de jornalismo na ECA-USP (Escola de Comunicação e Artes) e criei esse blog única e exclusivamente para voltar a ser feliz.

E também para passar na matéria de jornalismo online, mas eu não deveria me revelar até o final do semestre, então acho que esse objetivo já pode ser riscado da lista, não é mesmo?

"Mas como assim voltar a ser feliz, Valentina/Isadora?"

Eu explico.

Vocês se lembram da minha última publicação, sobre o signo de Peixes, não lembram? Pois bem, eu namorei aquele pisciano descrito por seis anos. Passei por experiências únicas com ele, amei-o com todo o meu coração, mas o nosso final não foi feliz. Não vou entrar em detalhes, mesmo porque, quem me conhece, sabe da história, e quem não me conhece, não precisa saber. O que eu posso dizer é que fiquei muito mal. Triste mesmo, trancada no quarto, com medo de ver a luz do dia outra vez. E pensei que fosse ficar daquele jeito para todo o sempre (eu não tenho nada em Sagitário, mas gosto de fazer um drama, vai entender): o coração trancado a sete chaves, uma vida infeliz e sem cor.

❤ Os 12 Signos de Valentina   ✕

Até que resolvi encher a cara para afogar as minhas mágoas e conheci duas pessoas muito importantes nessa história toda: a moça da faxina e o Andrei.

A moça da faxina, mais conhecida como "luz da minha vida", também conhecida como Marisa, me viu jogada na sarjeta em um banheiro sujo na rua Augusta e resolveu puxar conversa — na verdade, acho que ela só queria que eu saísse de cima da pia para que ela pudesse terminar logo o serviço e ir para casa, mas prefiro acreditar na primeira opção, porque me soa muito mais humanitária e romântica. E então eu abri o meu coraçãozinho magoado para Marisa e contei toda a minha história com o pisciano; conversa vai, conversa vem, e ela chegou a uma conclusão que eu nunca teria chegado sozinha: era óbvio que nós não havíamos dado certo, já que eu era do signo de Áries, o meu ex-namorado era do signo de Peixes, e rolava um fenômeno chamado "inferno astral" entre nós dois.

Claro que fiquei obcecada! Eu precisava de um motivo, precisava deixar de sentir que era tudo minha culpa e transferi-la para algo tangível, algo com que eu pudesse lidar objetivamente. Eu não sabia lidar com todas as minhas dúvidas e com o tiro na minha autoestima, mas com a astrologia eu tinha uma chance.

Nesse mesmo dia, também conheci Andrei. O doce e querido Andrei, amigo do namorado da minha prima, que ficou até o final da festa me procurando e me deu dicas valiosas de como curar a ressaca no dia seguinte. Eu deveria ter visto, deveria ter entendido que, talvez, eu só precisasse dar outra chance a outro alguém para ser feliz novamente (aquele velho conselho sábio das mães: "só um novo amor cura um coração partido"), mas eu estava tão quebrada e fragmentada por dentro que era como se uma cegueira houvesse tomado conta de mim.

Marisa e Andrei me deram dois rumos e serem seguidos nessa história, e eu, querendo abraçar o mundo, resolvi seguir os dois. De um lado, a pesquisa astrológica, a sede de autoconhecimento e a necessidade de me sentir inteira outra vez; do outro, a deliciosa sensação de me apaixonar novamente e a possibilidade de dividir uma nova vida com

Os 12 Signos de Valentina ✕

uma pessoa incrível. Estava claro como água cristalina que eu tinha que escolher uma das opções, mas, com a imaturidade que só o signo de Áries pode proporcionar, achei que poderia seguir com as duas e "ver no que ia dar".

É claro que deu merda.

A minha prima, que no começo me incentivou a criar o blog e a passar o rodo no zodíaco, foi a primeira a tentar abrir os meus olhos para o fato de que eu estava um pouco obcecada demais por esse papo de astrologia, e que o que era para ser uma brincadeira, algo para me distrair, havia se tornado uma muleta. Ela entendeu, bem antes de mim, que eu estava descontando todas as minhas frustrações do término de namoro na pesquisa antropológica, e que aquilo não estava mais sendo saudável.

Eu paguei o preço, como estava óbvio que pagaria; fiquei tão aficionada pela astrologia, tão imensamente curiosa em saber se a teoria batia com a realidade, que acabei ferindo os sentimentos daquele que estava disposto a ficar do meu lado, me completando, e não me anulando. Além disso, acabei envolvendo sentimentos antigos e possibilidades futuras, e fiz uma bagunça tão grande que foi preciso a criação desse texto e a revelação do meu pseudônimo para que eu pudesse ter a chance de começar a me desculpar.

Quando eu e a minha prima pensamos em fazer esse blog, a minha ideia de "voltar a ser feliz" estava toda embasada na possibilidade de conhecer um garoto de Libra, porque, segundo teorias astrológicas, a pessoa que carrega o signo complementar ao seu pode ser a sua alma gêmea. Passei por todos os signos do zodíaco esperando encontrar o meu libriano perfeito, e hoje eu me encontrei com ele.

Vamos chamá-lo aqui de Josh, ou talvez de Peeta. Peeta é, sem dúvidas, o yin do meu yang, a tampa da minha panela, o clichê mais terrível do século: a pessoa certa na hora errada. Peeta seria a pessoa certa para mim, em outra encarnação, porque nessa eu não consegui beijá-lo. Não porque ele não é lindo, cheiroso e gente boa, mas porque ele não

Os 12 Signos de Valentina ✕

é Andrei, e finalmente eu entendi que, talvez, a pessoa com quem você deva ficar não é aquela que os outros afirmam ser a certa para você, mas aquela por quem o seu coração bate mais rápido. Aquela que te faz rir, que te completa nas suas diferenças, que te respeita, que quebra a cara do seu ex-namorado traidor por você; aquela que faz você sentir que é a pessoa certa, e por quem você ignora signo, credo, classe social, série favorita e ideologia política.

Bom, talvez não ideologia política, não é mesmo?

Eu posso ter demorado para entender isso, porque sou humana, cheia de falhas e defeitos. Mas a ficha finalmente caiu, e eu gostaria de usar esse blog, que tocou tantas pessoas e incentivou tantas outras a seguirem as próprias vontades, como um meio de consertar o que quebrei.

Por favor, Andrei, vamos nos encontrar sábado que vem, às 14h, no lugar onde eu disse que estava apaixonada por você? Porque eu estou, e preciso me desculpar pessoalmente, já que aprendi com um cara muito especial, dentro do elevador de uma editora, que pessoas importantes nas nossas vidas merecem pedidos de desculpas sinceros e planejados, e eu já estou preparando o meu discurso.

Por favor. Me dê mais uma chance.

Beijos estrelados,

ISADORA

P.s.: como respeito a todos os que me acompanharam até aqui, eu elaborei uma ficha do signo de Libra. O beijo eu vou ficar devendo, mas, bem, dizem por aí que Libra tem tantas experiências amorosas que, com certeza, a técnica deve ser perfeita.

Pseudônimo: Josh Hutcherson (Peeta <3)

Idade: 24 anos

Os 12 Signos de Valentina ✕

Aniversário: 16 de outubro

Música que define o signo: Se... — Djavan

Palavra mais usada: "Amo"

Turn on: A simpatia.

Turn off: O pluralismo emocional (mais conhecido como galinhagem).

Qualidades: Justo, calmo, inteligente, focado, lindo, divertido, engraçado, amante das artes e das manifestações belas desse mundo, bom com as palavras, ótimo ouvinte... Se eu disser que Libra é tudo de bom, os outros signos vão ficar enciumados?

Defeitos: Não consegui encontrar muitos, mas dois são marcantes: indeciso e 100% poliamor; eu honestamente acho que Josh saiu do encontro comigo e foi se consolar nos braços de outro alguém.

★ 40 ★

Quando os personagens principais de um filme marcam de se encontrar depois de tudo o que deu errado na história deles, somos sempre agraciados por uma trilha sonora emocionante e sentimos a certeza de que os dois vão comparecer e tudo vai dar certo. Claro que rola um suspense, mas ele é tão falso que acaba arrancando um sorrisinho pretensioso dos nossos lábios e o mesmo pensamento arrogante: *Como se uma comédia romântica fosse separar os mocinhos no final!*

Quase sempre a garota chega primeiro, porque eles querem mostrar por A mais B que as mulheres são desesperadas e carentes. Ela fica parada no local combinado, olhando por cima do ombro, esperando o príncipe encantado chegar. Um, dois, três minutos. Ela olha para o relógio, desolada, com a famosa expressão de "ele não vem" no rosto, e a música se torna mais dramática. Começamos então a pensar que talvez aquela comédia romântica queira inovar, e o suspense falso que estava no ar até então se torna em parte verdadeiro.

Será que ele não vai aparecer?

Até que o destino — e o roteiro — dá uma guinada e o cara aparece, atrasado, descabelado e sorrindo. A música assume um tom feliz, a mocinha fica em êxtase e eles se beijam. E, apesar da nossa ânsia por histórias que inovem e fujam do clichê, não existe nada mais gostoso do que assistir a um final feliz.

Só que os roteiristas dos filmes aparentemente nunca perguntaram para pessoas reais como é de fato esperar que alguém apareça no local e horário combinados depois que um dos dois lados fez uma merda colossal, e eles não têm ideia do quão desesperadora pode ser essa situação; principalmente quando não há trilha sonora e está fazendo um calor do cacete.

E lá estava eu, parada na frente do galpão/estúdio de Andrei que, pasmem, estava aberto e operante! Bandas inteiras passavam por mim, os seus integrantes carregando instrumentos pesados, todos tatuados e fumantes — os componentes da banda, não os instrumentos —, olhando para mim com certa curiosidade, e eu me senti a pessoa mais estúpida da face da Terra com o meu vestido florido na altura do joelho e a consciência de que a minha playlist favorita no Spotify era composta por One Direction e Anitta.

Não que eles tivessem como saber daquilo, mas eu sabia, e já era o suficiente.

Além disso, havia o fato de que estava tão quente que eu estava suando pela cabeça, e pequenas gotículas mornas escorriam pela minha nuca e entravam pela gola do meu vestido, incomodando-me como se eu estivesse sob algum tipo de tortura chinesa. A única sombra do lugar estava ocupada por um vendedor de sorvetes, e eu nem tinha dinheiro para comprar um, apenas o cartão de débito que ele obviamente não aceitava (eu tinha certeza daquilo porque já havia perguntado).

Mas, para ser bem sincera, aqueles desconfortos estavam me distraindo do fato de que já passava das 14h30 e Andrei ainda não havia aparecido nem dado sinal de vida. Nenhuma mensagem, nenhum áudio, nenhum pombo-correio, nada. Apenas o silêncio ensurdecedor de quem estava magoado demais para pensar em encontrar-se com a razão da sua mágoa.

Eu queria ser uma pessoa madura e entender. Apenas sair dali, voltar para casa e aceitar que havia perdido aquela batalha, mas não a guerra. Mas a parte predominantemente infantil do meu cérebro não me deixava arredar o pé dali, e incomodada, suada e ansiosa, eu fiquei.

O meu celular não parava de vibrar havia uma semana, desde que eu resolvera revelar a identidade da Valentina para o mundo, e andar pelos corredores da ECA se tornou um inferno. Eu apareci na segunda, tentei de novo na terça, forcei-me a aguentar a quarta, mas decidi passar quinta e sexta-feira de molho em casa, sendo paparicada pela minha mãe — mais ou menos, porque ela não conseguia andar direito com a bota na perna quebrada, então eu meio que precisei fazer tudo pelo apartamento; mas ela me deu muito apoio moral, e ainda deixou que eu me fizesse de vítima por algumas horas, antes de gritar comigo e dizer que eu havia causado tudo aquilo.

Os meus amigos queriam me usar como consultora astrológica (depois que eles pararam de ficar bravos comigo por eu não ter contado sobre a Valentina antes, já que haviam perdido muito dinheiro no bolão), os alunos da USP me paravam de cinco em cinco segundos para surtar, tirar fotos ou elogiar o blog, e era como se eu fosse um animal em um zoológico; alguns calouros até passaram a assistir às aulas do terceiro ano só para ficarem perto de mim. Eu, que nunca gostei de atenção, odiei cada segundo. Sem contar com os comentários machistas que eu recebi no blog, de "magoou o único cara que algum dia vai te querer" até "vagabunda do zodíaco". Pelo menos o professor Varela estava me dando a maior força, e decidiu que a minha nota final ainda estava de pé — ele disse que não seria capaz de manchar a minha média ponderada perfeita, principalmente porque era fã de histórias de amor e esperava que Andrei me perdoasse.

"Se ele não te perdoar", afirmou, apoiado jovialmente na mesa da sala de aula, "é um idiota!"

Mas acho que o mais surpreendente da repercussão de ser a dona de OS 12 SIGNOS DE VALENTINA foi ser abordada por Amanda — uma atitude que eu achava ser impossível vindo dela e do seu coração de gelo. Com os olhos vermelhos e as mãos geladas, ela me parou na quarta-feira no caminho da ECA até o ponto de ônibus, e a cena foi uma calamidade pública. Primeiro, ela chorou e pediu perdão. Depois, gritou e disse que sabia que eu e Lucas tínhamos nos encontrado. Por último, disse que era fã do blog e que a publicação sobre o signo de Peixes havia mexido muito com ela; aparentemente, ela e Lucas não estavam mais juntos, e ela chegou a me pedir dicas de como reconquistá-lo. Graças ao bom Senhor dos Encontros Constrangedores Com as Ex-Namoradas dos Nossos Ex-namorados Evitados, o meu ônibus chegou no exato momento daquele pedido descabido, e eu fui embora correndo.

Eu estava tentando justamente ignorar as mensagens dos meus amigos, que queriam administrar OS 12 SIGNOS DE VALENTINA e a minha trilha certa para a fama (nas palavras deles), quando, às 14h47, avistei o carro de Andrei virar a esquina. O meu coração foi parar na boca; se não vomitei de nervosismo naquele momento, eu tinha plena certeza de que nunca mais vomitaria.

Andrei parou de qualquer jeito no meio-fio e saiu do carro, batendo a porta com mais força do que o necessário. Ele usava uma calça jeans de aparência cara, camiseta branca sem estampa (o que era inédito), tênis novos e óculos escuros redondos. Estava tão lindo que, por alguns instantes, eu esqueci como se respirava.

Abri a boca para dizer alguma coisa, *qualquer coisa*, mas Andrei foi mais rápido. Seguro e decidido, ele envolveu a minha cintura com os braços, puxou-me sem nenhum cuidado para mais perto e me beijou de maneira tão apaixonada que eu demorei alguns segundos para assimilar o que estava acontecendo. Passado o susto, enfiei as mãos no seu cabelo escuro e me apoiei completamente nele, beijando-o com todo o meu corpo.

Mas acabou rápido, e logo eu me vi parada na calçada como uma idiota, a boca aberta e o coração martelando nas costelas.

— Pronto — disparou Andrei, ofegante, afastando-se de mim —, agora eu posso tomar uma decisão racional sem ser traído pela minha vontade de te beijar.

E lá ia todo o meu discurso por água abaixo. O meu cérebro entrou em pane, e eu esqueci tudo o que havia preparado para falar. *Decisão*, pensei, as mãos geladas apesar de todo o calor que estava fazendo, *ele vai tomar uma decisão baseado no que eu disser aqui hoje*. Para mim, só o fato de ele ter aparecido já significava que ficaríamos juntos e felizes para sempre.

Bom, aparentemente não.

— Desculpa — falei repentinamente, tendo um pequeno insight de como levar aquela conversa e agarrando as mãos quentes e macias de Andrei.

Ele foi pego de surpresa, olhando para as nossas mãos entrelaçadas e depois para mim.

— Só isso? — Ele levantou uma das sobrancelhas em uma expressão de descrença.

— Eu posso te encher de explicações. Posso recitar todo o discurso que preparei, posso reler o post que escrevi semana passada, justamente para que você entendesse um pouco mais da minha cabeça e de por que eu fiz o que fiz, mas nada disso vai te fazer mudar de ideia, então só... desculpa. Eu sinto muito. Eu sinto muito mesmo. Eu sinto tanto que não consigo dormir pensando em como pude estragar o sentimento mais honesto e bonito que senti e recebi nos últimos anos.

Andrei permaneceu mudo, olhando para os nossos dedos trançados. Por um instante, pensei que ele fosse começar a chorar, mas então os seus olhos se encontraram com os meus e eles estavam secos.

E decididos.

— Sabe por que eu desapareci, Isadora?

Eu fiz que sim com a cabeça.

— Por quê? — insistiu.

— Porque eu menti para você sobre o blog. Porque eu tive uma recaída com o meu ex-namorado babaca. Porque nós estávamos mais ou menos juntos e eu continuei com o experimento dos 12 SIGNOS DE VALENTINA.

— Por nenhum desses motivos. — Andrei negou com a cabeça, e eu franzi o cenho, sem entender. — Eu desapareci porque estava muito decepcionado. Decepcionado por ter te prometido ser um cara relaxado e levar o nosso relacionamento numa boa e não ter conseguido cumprir. E mais decepcionado ainda porque eu escondi os meus reais sentimentos atrás de uma cortina de "está tudo bem, eu sou uma pessoa tranquila, eu não quero te pressionar". E *eu sou* uma pessoa tranquila, mas gosto tanto de você que toda a minha tranquilidade foi pelo ralo quando você disse que não queria nada sério.

— Você... não está bravo comigo?

— Sim! Eu estou bravo com você! — exclamou ele, meio rindo, meio sério. — Você mentiu para mim. Mas hoje eu estou bravo, amanhã não estarei mais, e assim caminha a humanidade. Mas como eu vou lidar com o fato de que não posso te dar o que você quer de mim?

Eu abaixei o rosto, sem saber se havia entendido direito.

— Então você não ficou com ciúmes quando me viu com o Lucas?

— Acho que você não está me entendendo, Isadora — resmungou Andrei. — É claro que eu fiquei, eu fiquei com tanto ciúme que quebrar a cara do seu ex-namorado foi a única maneira que eu encontrei para conseguir dormir à noite. Mas então voltamos à mesma questão: eu prometi ficar de boa e relaxado, te dar espaço para consertar a própria vida e curar o coração partido sozinha, e não consegui cumprir essa promessa. Sou apenas mais um babaca que não respeitou o seu único pedido e te tratou como se você me devesse alguma satisfação, então por que é que eu sou melhor que o Lucas?

Aquilo me atingiu em cheio. Nunca, em um milhão de anos, eu poderia imaginar que Andrei estivesse me ignorando por aquele motivo: ele havia assumido parte da culpa daquela situação toda, e eu, honestamente, não sabia que ele poderia ser tão... incrível.

— Sabe por que você é melhor que o Lucas? — Eu soltei as mãos de Andrei e passei os dedos pelo seu braço, aproximando-me devagar; ele negou com a cabeça, aparentemente perdendo a habilidade de se comunicar por palavras. — Porque você é sempre honesto. Porque você teve a sensibilidade de compartilhar essa preocupação comigo. Porque você me ouviu, sem julgamentos, e entendeu o que eu estava precisando. Mesmo que não tenha conseguido agir da maneira que gostaria, você *entendeu*.

Os meus dedos se entrelaçaram na nuca de Andrei, e ele envolveu a minha cintura novamente; dessa vez, de forma calma e comedida.

— Quando você apareceu, a minha vida estava um caos — murmurei, aproximando a boca da dele —, mas agora está tudo bem. Vai ficar tudo bem.

Eu não sabia se ia ficar tudo bem, porque não havia nascido com a habilidade de prever o futuro, mas, enquanto eu pudesse abraçar Andrei e sentir que a minha vida finalmente voltara aos trilhos, eu estaria feliz.

Encostei as nossas bocas, mas Andrei esquivou-se do beijo com uma última pergunta.

— Nós estamos juntos, então? Eu posso sentir ciúme sem peso na consciência se te ver beijando outro cara?

— Pode — concordei, roçando os meus lábios aos dele com o movimento. — Mas se começar a regular as roupas que eu visto ou com quem eu saio...

— Se eu fizer isso, Isadora, você pode me dar um pé bem merecido na bunda — completou ele, finalmente me beijando.

Quem nos separou, depois que nós dois perdemos a noção do tempo em um beijo que só posso descrever como "maravilhoso", foi um cara imenso e barbudo.

— Eu não permito demonstrações de afeto na frente do meu estúdio — disse ele, a voz encorpada combinando com o seu físico de armário.

Andrei me soltou e cumprimentou o grandalhão com um abraço fraternal.

— Primeiro que é o *nosso* estúdio, segundo que eu não tenho culpa se a sua namorada prefere passar mais *tempo* com os peixes do que com você, Alex. Quando ela volta de Fernando de Noronha, aliás?

— Em novembro — respondeu o cara vagamente, olhando de maneira curiosa para mim. — Não vai me apresentar à sua nova namorada?

— Ela não é minha... — Andrei foi dizendo, mas eu o cortei e estendi a mão.

— Isadora, mas todo mundo me chama de Isa. — Lancei um olhar terrível na direção de Andrei (ou pelo menos tentei), enquanto Alex chacoalhava a minha mão e, consequentemente, o meu corpo inteiro.

— É um prazer, Isa. Vocês vão ficar se agarrando aí na frente ou vão entrar para o ar-condicionado?

Eu olhei para Andrei, mas ele negou com a cabeça.

— Não. Eu preciso mostrar uma coisa para a Isadora.

— E com "coisa" você quer dizer "pênis"?

Eu ri, e Andrei deu um soco amigável no ombro do armário à nossa frente.

— Nós vamos, mas não pense que eu esqueci que amanhã preciso fazer a auditoria nas finanças — avisou ele, mas o seu tom de voz dizia o exato oposto; os dois provavelmente iriam tomar litros de cerveja, passar um som e cagar baldes para o lucro do estúdio.

Nós nos despedimos de Alex, e Andrei apontou para o carro estacionado no meio-fio, guiando-me delicadamente pela lombar.

— E aonde nós vamos exatamente? — eu quis saber.

— É segredo — respondeu ele, misterioso.

Claro que os quinze primeiros minutos dentro do carro foram monopolizados por uma sessão incrível de beijos e mãos bobas, embalados pela trilha sonora de uma banda que eu não conhecia, mas que Andrei parecia gostar. Depois que nós prometemos transar na primeira oportunidade que aparecesse, ele saiu com o carro da vaga e, muitos minutos depois, de conversas, risadas e beijos roubados nos faróis, chegamos à Marginal Tietê.

— Estou muito curiosa — comentei, sem conseguir me conter.

— Acalme-se, jovem gafanhoto.

Mas o próprio Andrei não parecia mais calmo. Tentando disfarçar, ele repousou a mão livre na minha perna e nós voltamos a conversar. De tempos em tempos, ele olhava para o relógio no pulso esquerdo e parecia ficar mais ansioso a cada segundo, e aquilo começou a me deixar angustiada e preocupada.

Ele estava me contando algo sobre o seu TCC, quase como se quisesse se distrair, quando saímos da Marginal Tietê e entramos no meio de uma comunidade carente; eu estranhei, mas não disse nada, porque ele estava tão compenetrado em contar a sua metodologia de pesquisa e tão despreocupado quanto à nossa localização que parecia 100% ciente de onde estávamos.

Quando a história do TCC finalmente acabou, assim como a nossa conversa, o silêncio que se instalou no carro começou a me incomodar muito.

O que estava acontecendo?

— Hum... Andrei? — chamei, e ele desviou os olhos da rua para mim, parecendo acordar de um transe. — Aonde nós estamos indo?

— Ah, é logo ali — explicou ele, apontando com a cabeça para uma viela estreita, sinistra e sem asfalto.

Andrei nos enfiou na ruela, inclinou a cabeça para conseguir ler a numeração e parou no número 34, um casebre malcuidado, com partes de tijolos e de cimento sem acabamento, caindo aos pedaços. Um garoto estava sentado no chão imundo a alguns metros dali, com a cabeça dentro de uma sacola, e eu não queria saber o que ele estava fazendo.

Eu olhei para Andrei, que ficou vários segundos observando a casa antes de se voltar para mim. Os seus olhos estavam vermelhos.

— Acho que finalmente vamos poder tirar toda essa história de astrologia a limpo, Isadora — disse ele, a voz distante e vaga. — Seja bem-vinda à casa da minha mãe biológica.

★ 41 ★

— O quê?

— É isso aí, eu encontrei a minha mãe — repetiu ele, concordando com a cabeça como se quisesse reafirmar aquela loucura para si próprio também. — Bom, tecnicamente, "a mulher que me jogou no lixo". A minha mãe é quem me achou e me adotou.

— *Andrei!* — exclamei, tapando a boca com as duas mãos e prosseguindo com a voz abafada. — Eu juro por Deus que, se você me disser que foi atrás da sua mãe por minha causa, eu dou um soco no seu saco!

Eu consegui o fazer rir, mesmo que não tivesse a intenção. Negando com a cabeça, Andrei afastou as minhas mãos da boca e beijou os meus dedos com carinho antes de continuar.

— Chega a ser fofo como você realmente acha que o mundo gira em torno do seu umbigo, Isadora — comentou. — Eu vivo assombrado pelo fato de que existe uma pessoa no mundo que tem o meu sangue correndo nas veias desde que descobri ser adotado, *mas não*, na verdade eu passei por todo esse estresse porque queria saber se era o seu libriano perfeito!

A ironia ácida de Andrei me fez rir, e eu relaxei um pouco.

— E como foi que você chegou à conclusão de que era hora de ir atrás dela? — perguntei, lisonjeada e assustada por estar fazendo parte daquele momento tão especial na vida dele.

— Eu sempre quis ir atrás dela — confessou ele, olhando bem fundo nos meus olhos. — Conhecê-la, entender quais foram os motivos que a levaram a fazer o que fez, mas nunca reunia a coragem necessária. Tudo bem, eu admito, você foi o empurrão que eu precisava para começar a procurar, mas é um desejo meu, algo que eu sempre quis, mesmo que não conseguisse admitir.

— Foi difícil encontrá-la? — continuei a investigação, remoendo-me de curiosidade.

O garoto com a cara na sacola sentado a alguns metros de nós dois levantou os olhos vermelhos, encarou o carro fixamente por alguns instantes e voltou a fazer sabe-se lá o que ele estava fazendo.

— Foi um longo processo — admitiu Andrei, analisando novamente a casa da mãe biológica pelo vidro embaçado. — Primeiro, eu chantageei a minha amiga Janaína para que me ajudasse, porque ela é uma das pessoas mais inteligentes que eu conheço e já trabalhou no setor jurídico de um hospital.

— Janaína? Aquela que vai trabalhar para os seus pais?

Andrei engoliu em seco antes de continuar, olhando para mim.

— Ela não vai trabalhar para os meus pais.

— Você...

— Eu menti. — Ele desviou os olhos, envergonhado. — Eu não queria que as pessoas soubessem que eu estava procurando a minha mãe biológica, porque existia a imensa possibilidade de não dar certo, mas você estava enciumada por conta da Janaína e eu tive que inventar uma história.

— Olha só, se não é o senhor "você mentiu para mim" cheio de mentiras! — Eu estapeei o braço dele.

— Foi mal, foi mal. — Andrei se defendeu, meio rindo, meio sério.

— Então quando ela disse que estava animada para conhecer os seus pais, ela...

— ...estava realmente animada para conhecer os meus pais. — Ele deu de ombros. — Os biológicos.

— Eu não acredito!

— E quando nós nos encontramos no hospital, eu não estava lá a trabalho, estava buscando alguns registros perdidos — continuou, aparentemente jogando tudo em cima de mim antes que perdesse a coragem de contar a verdade.

Então eu comecei a juntar as peças do quebra-cabeça. Como Andrei se atrapalhou todo com os papéis que carregava quando me viu na catraca da editora, as vezes em que ele desmarcou os nossos encontros porque precisava "encontrar o orientador do TCC", quando ele sumia por alguns dias sem dar notícias e sem falar nada pelo Whatsapp... O garoto por quem eu estava apaixonada estava conduzindo uma dolorosa cruzada por informações, da qual não podia fazer parte.

Mas não fiquei brava, nem me senti traída. Eu fiquei... feliz! Feliz por ter sido o empurrão necessário para que Andrei tivesse coragem de procurar o seu passado, a sua história.

— E foi muito difícil?

— Foi. — Ele concordou com a cabeça. — Parecia que ela havia desaparecido da face da Terra! A Janaína teve que usar toda a sua influência e *expertise* para rastrear os primeiros vestígios, um mandado de prisão emitido alguns dias depois que eu fui encontrado na caçamba de lixo. Depois, quando tudo estava finalmente caminhando bem, os meus pais descobriram e quiseram sabotar os meus planos. Então nós tivemos uma daquelas conversas profundas e cheias de choradeira, e eles decidiram que se eu queria procurá-la, era um direito meu.

— Presa?! — exclamei, repetindo a parte da narrativa que mais me chamou a atenção.

— Nem foi porque ela me abandonou em uma caçamba de lixo — respondeu ele com certo rancor. — O mandado era por assalto à mão armada.

Nós dois ficamos em silêncio, e eu sentia o meu coração bater como louco dentro do peito — parecia que todos os nossos problemas emocionais de horas antes eram infinitamente estúpidos e infantis perto dos problemas da vida real que estavam sendo revelados ali.

— Eu não sei o que dizer — declarei, sincera, depois de um longo período sem abrir a boca.

Andrei abriu um sorriso que carregava todas as dúvidas do mundo.

— Um desejo de "boa sorte" viria a calhar.

— Boa sorte — sussurrei, beijando de leve a sua boca.

Andrei saiu do carro e trancou as portas com a chave, e eu fiquei do lado de dentro, observando ele bater na porta podre do casebre onde morava a sua mãe biológica. Ela não saiu, mas alguém gritou algo lá de dentro e, olhando uma última vez para mim, Andrei entrou.

Então eu fiquei sozinha. Eu e o garoto com a cabeça no saco.

Gostaria de ser uma pessoa 100% desconstruída. Uma pessoa que não fica desesperada quando passa pela crackolândia. Uma pessoa que não usa a palavra "crackolândia". Uma pessoa que não morre de medo quando entra em uma comunidade carente sem antes ser avisada. Uma pessoa que entra em comunidades carentes com outros motivos que não "o GPS me mandou passar por aqui".

Mas eu não era uma pessoa 100% desconstruída. Eu tentava ser um pouco mais a cada dia, mas reconhecia que estava há muito tempo imersa nos meus privilégios e que alguns comportamentos ainda me deixavam cheia de medo.

Como o garoto com a cara na sacola.

Ele era branco, maltrapilho e estava com o rosto todo sujo, como quem não tomava banho havia semanas. Devia ter uns 12 anos, talvez menos, talvez mais, e não parecia mais estar na nossa dimensão. Eu sentia uma mistura de pena, angústia e raiva pela injustiça de uma criança se encontrar naquela situação.

Queria poder ajudar. Queria poder mudar aquela realidade. Queria que mães como a de Andrei não jogassem as suas crianças no lixo por não terem nenhum amparo dos seus companheiros, do Estado e da sociedade, e também queria que elas não fossem obrigadas a manter a gravidez para depois colocarem um ser humano no mundo que seria negligenciado por todos aqueles que incentivaram o seu nascimento.

A sociedade perfeita na minha cabeça era linda e bem distante daquela em que eu estava inserida, e o choque de estar ali e saber que o cara por quem eu estava apaixonada poderia ter sido criado naquele mundo e nunca ter me conhecido — pela distância social que poderia ter nos separado e por todos os preconceitos embutidos nisso — só me deixava triste pelo fato de que eu era tão privilegiada em um mundo tão desigual.

Eu não sei quanto tempo fiquei ali, apenas observando o garoto. Talvez minutos, talvez horas. Uma ânsia de fazer algo por ele se misturava com o medo de sair de dentro do carro, e eu permaneci estática onde estava.

Quando Andrei saiu do casebre, ele segurava um papel dobrado nas mãos e parecia tranquilo, mas os seus olhos estavam vermelhos, como se ele tivesse chorado. Ele entrou no carro e, sem dizer nada, puxou-me para perto, afogando-me em um abraço necessitado.

— Como foi? — perguntei, minutos depois, quando ele me soltou. — Qual é o nome dela?

— Ah, eu não tinha dito? É Julieta — respondeu Andrei, ajeitando-se no banco do motorista. — Foi... estranho.

— Estranho como?

— Ela não... parece muito lúcida. — Ele escolheu as palavras com cuidado, e eu senti a tristeza na sua voz.

— Mas vocês conversaram? Ela... — eu engoli em seco. — Ela te contou o motivo de ter feito o que fez?

— Foi como eu imaginei pelos registros que encontrei. Ela engravidou aos 13 anos, o namorado descobriu e se mandou; ela já havia vendido tudo o que tinha e o que não tinha para comprar crack. — Andrei suspirou, apertando as têmporas com o dedão e o indicador. — Foi presa alguns dias depois de me deixar na caçamba por assalto à mão armada e passou quatro anos na prisão.

— Ela me parece bem lúcida se te contou tudo isso — comentei.

— Quem contou foi um cara que estava lá dentro, acho que é o namorado dela, ou talvez o traficante. Ela só ficou me olhando.

Eu puxei Andrei para mais perto ao mesmo tempo em que o garoto da sacola se levantou em câmera lenta e caminhou para longe, cambaleando.

— Você está bem? — Eu beijei o topo da sua cabeça enquanto ele passava o dedão pela minha perna descoberta.

— Acho que sim. — Ele assentiu. — É só... muito triste.

— Ela não falou nada? — eu quis saber.

— Disse apenas que tenho os olhos do meu pai. — Andrei olhou para o próprio reflexo no espelho retrovisor. — O escroto deixou ela na mão, viciada e grávida aos 13 anos, e ela olhou para mim e se lembrou dele. Ela ainda *pensa* nele. Que tipo de manipulação mental nojenta ele fez para que ela tenha passado por tudo o que passou e ainda lembrar que ele existe? Como é que pode existir tanto canalha desgraçado nesse mundo?

— Sim, existem muitos. — Eu concordei com a cabeça, e percebi que Andrei estava com as mãos trêmulas, olhando fixamente para o maço de cigarros perto do câmbio. Eu segurei o seu rosto pelo queixo e o virei para mim. — Mas para cada mil homens escrotos, existe um maravilhoso como você, e, se essa proporção crescer ao longo do tempo, quer dizer que estamos no caminho certo.

Andrei riu sem humor, negando com a cabeça.

— Eu fico pensando... imaginando que essa poderia ter sido a minha realidade... e é a realidade de milhões de pessoas ao redor do mundo, e que eu nasci de uma pessoa que nunca teve a oportunidade de ver o que a vida tem para oferecer, e eu só...

— Sinto muito — murmurei, sincera, percebendo que Andrei não conseguiria continuar sem começar a chorar. — Eu sinto muito que tenha sido assim.

Ele concordou, e nós ficamos em silêncio, apenas absorvendo todas aquelas informações e o fato de que éramos pequenos demais para conseguir fazer algo que interrompesse aquele ciclo vicioso.

E, no final do dia, homens continuavam a abortar sem medo das retaliações penais e psicológicas, e mulheres continuavam a carregar o peso do mundo nas costas.

— Ah — Andrei pareceu lembrar-se de algo importante, ajeitando-se no banco do motorista e desdobrando o papel que trazia nas mãos, tentando deixar o clima mais leve —, os registros que eu encontrei no hospital eram inconclusivos, mas ela anotou o dia em que eu nasci.

Observei enquanto ele desamassava o papel e, em um súbito acesso de consciência, arranquei ele das mãos de Andrei. Sob os seus protestos, abaixei o vidro e coloquei a mão para fora.

— Não — determinei. — Eu não quero saber.

— Como não?! — exclamou ele, tentando recuperar o papel das minhas mãos. — Vamos poder finalmente descobrir se eu sou o cara certo para você!

— Você é o cara certo para mim, independentemente do seu signo! — Eu senti lágrimas se acumularem nos meus olhos e me senti estúpida, mas continuei a falar mesmo com a voz embargada; aquele havia sido um dia muito emocional. — Eu acredito na astrologia, e acredito que o universo esconda mistérios que influenciam as nossas vidas intimamente, mas não quero ficar presa a isso como se minha felicidade dependesse de um jogo de azar. Os seus pais biológicos poderiam ser 100% compatíveis de acordo com a astrologia, e ele ainda fez o que fez, porque o caráter é nosso, e não da influência dos planetas. Eu estou apaixonada por você, e não pelo maldito dia em que você nasceu, e não quero que a data escrita nesse papel possa abalar ou influenciar o que eu sinto. Então, não, eu não quero saber.

Andrei ficou me olhando por vários minutos como se eu fosse louca, mas depois me abraçou, e eu escondi o rosto na sua camiseta, limpando as lágrimas no tecido com o cheiro delicioso dele. Sorrateiramente, ele estendeu o braço até o meu e roubou o papel que estava na minha mão.

— Andrei!

— Eu juro pelos meus pais adotivos que nunca vou te contar o dia em que nasci — prometeu, dobrando novamente o papel e colocando-o no porta-treco do lado do motorista. — Mas eu gostaria de não precisar voltar aqui para saber o dia exato em que nasci, e eu sei que isso é uma possibilidade, porque tenho a memória de um peixinho dourado.

Eu ri em meio às lágrimas, e Andrei passou o dedão embaixo dos meus olhos, secando-os delicadamente.

— Você é incrível, Isadora Mônaco — afirmou ele, aproximando os nossos rostos —, e eu sou incrivelmente louco por você.

Então ele me beijou.

E foi como se todos os planetas tivessem se alinhado.

★ 42 ★

"Feliz Aniversário, Isa!"

O cartaz estava esticado na minha sala de estar, com balões vermelhos segurando as suas extremidades. Todas as pessoas que eu amava estavam lá — minha mãe, meu pai, Marina, Rodrigo, o pessoal da faculdade, os meus colegas de trabalho e alguns familiares.

Só *ele* ainda não havia chegado.

Eu estava sentada no sofá, tomando uma cerveja já quente e agindo como se não estivesse tendo uma síncope de ansiedade. Será que eu havia passado o horário errado? Será que ele se perdera no caminho? Será que não gostava mais de mim?

— Isa, pelo amor de Santo Cristo, pare de balançar as pernas. — Marina revirou os olhos, segurando os meus joelhos com firmeza.

— Cadê ele? — perguntei baixinho, porque não queria que todas aquelas pessoas pensassem que eu não estava feliz por tê-los na minha vida.

Porque eu estava.

Mas Andei ainda não havia chegado, e eu já tinha um péssimo histórico de decepções nos meus aniversários.

Marina e Rodrigo estavam agindo de maneira esquisita o dia todo e pareciam saber de algo que eu não sabia — no começo, tentei parecer despreocupada, mas, àquela altura do campeonato, estava a ponto de estrangulá-los.

Para a sorte da integridade física dos meus primos, as luzes se apagaram de repente e eu dei um pulinho de susto no sofá. Em uma das paredes brancas, um projetor se acendeu, mostrando uma foto minha com Andrei um dia depois que descobrimos sobre a sua mãe biológica, a nossa primeira foto juntos.

Ele estava com cara de sono, e eu sorria tanto que o meu rosto parecia uma lua cheia.

A ansiedade tomou conta de mim — eu não era muito fã de surpresas e apresentações desde o meu aniversário do ano anterior, mas Marina segurou a minha mão e sorriu em incentivo, e eu tentei respirar normalmente.

— Boa noite, senhoras e senhores. — A voz de Andrei saiu pelas caixas de som nas quais até então nós ouvíamos música, e eu o vi parado perto da porta de entrada pela primeira vez.

Andrei usava o mesmo blazer azul do nosso primeiro jantar, estava de lentes de contato e havia penteado o cabelo como um jovem adulto responsável.

— Para os que não me conhecem, meu nome é Andrei Neves e eu sou o cara que está em todas as fotos novas da Isadora no Facebook — continuou ele, me fazendo rir.

Mas na verdade eu estava com vontade de chorar.

O que diabos estava acontecendo?

— Como muitos de vocês sabem, esse ano a Isadora começou um blog chamado OS 12 SIGNOS DE VALENTINA, na busca implacável por um novo mozão para chamar de seu. — As pessoas riram e, ao fundo, eu pude ver a minha mãe sendo abraçada pelo meu pai, os dois com taças de vinho nas mãos. — Depois de muito drama, porque o que é a nossa vida sem um pouquinho de drama, ela chegou à conclusão de que eu tinha o necessário para ocupar esse cargo.

Mais risadas. Andrei saiu de perto da porta e parou ao lado da projeção. Ele sorriu para mim, e eu fiz o mesmo para ele. Meu coração estava inchado de felicidade.

— Mas existe um problema nessa equação: eu não sabia qual era o meu signo e, quando finalmente descobri, ela me impediu de contar. — Ele deu de ombros, recebendo algumas vaias como resposta; todos os meus amigos estavam loucos para saber o signo de Andrei. — Então eu decidi acatar a decisão. Mas não me dei por vencido, porque a nossa aniversariante da noite merece ter os doze signos do zodíaco só para ela.

Alguns "awn" foram disparados, e eu percebi que Marina tinha lágrimas nos olhos.

Manteiga derretida...

— Nesse tempo em que eu tive o prazer de conviver com a Isadora e conhecê-la melhor, pude, discretamente, demonstrar que eu não estava brincando quando disse que poderia ser o signo que ela quisesse que eu fosse. — Andrei trocou a foto para uma na qual eu e ele estávamos comendo costelas de porco como se não houvesse amanhã. — Como vocês podem ver por essa foto, eu posso levá-la para comer como um taurino faria.

As pessoas riam e suspiravam, mas eu continuava estática, sem saber o que fazer.

— E, por essa foto aqui — ele apertou um botão, revelando os nossos corpos brancos e esquisitos no parque do Ibirapuera —, eu demonstro que sou capaz de levá-la para novas aventuras, atitude digna de um sagitariano.

Agora eu também estava chorando.

Manteiga derretida...

— Também posso demonstrar sentimentos como um canceriano. — A foto seguinte havia sido tirada depois que saímos do cinema onde assistimos a Velozes e Furiosos 7; Andrei estava vermelho de tanto chorar e eu mantinha um olhar cético depois de ter sido obrigada a ver aquele filme pavoroso.

Quero dizer, como eles permitiam que existissem *sete* filmes daquele?

Mais uma rodada de risadas, inclusive minhas.

— Posso ser estiloso como um leonino — a foto seguinte mostrava Andrei usando um óculos de sol espalhafatoso de Marina no dia em que fomos juntos ao Ibirapuera —, viajado como um pisciano — uma foto em que eu e ele estávamos no chão, começando a montar um castelo de lego — e organizado como virginiano — Andrei havia construído o castelo com cada ala de uma cor, enquanto eu estou no canto da foto observando como se ele fosse de outro planeta.

Eu agora estava balançando a cabeça — toda a rejeição por apresentações de slide havia sido enterrada no fundo da minha memória.

— Às vezes, fui indeciso como um geminiano — eu desembestei a rir ao ver uma foto em que Andrei usava uma camisa social e uma bermuda havaiana para um dos nossos passeios —, mas também fui espontâneo como um ariano — Andrei apareceu com cara de quem ia vomitar depois que se pendurou em uma das barras de alongamento do Ibirapuera.

— Amiga — sussurrou Vitor baixinho no meu ouvido —, ainda bem que ele não é viado, porque eu furaria o seu olho sem nem pensar duas vezes.

Eu ri e chorei, porque o que mais eu poderia fazer?

— Nós ganhamos dinheiro como dois capricornianos — ele mostrou uma foto na qual segurávamos as fichas que ganhamos jogando poker com Marina e Rodrigo —, eu estudei como um aquariano — uma foto de Andrei fazendo o TCC enquanto eu o irritava — e a beijei como um escorpiano.

Aquela foto era a minha favorita, tirada por uma sorrateira e incentivadora Marina — eu e Andrei nos beijávamos na piscina do meu prédio, agarrados como dois pombinhos.

"Uuuuu", os meus amigos fizeram, e eu fiquei um pouco envergonhada em saber que os meus avós estavam assistindo àquilo.

— Finalmente, eu posso não ser o libriano perfeito dessa ariana tão incrível — concluiu Andrei, trocando a foto e revelando uma imagem tosca de um ursinho de pelúcia segurando um coração; eu soltei uma gargalhada, secando as lágrimas que não paravam de cair —, mas posso prometer todo o meu coração a ela. Se ela quiser.

A última foto era uma do próprio Andrei — ele fazia dois joinhas com as mãos e estava rindo, com os óculos pendurados na ponta do nariz; era a intenção ser idiota, e era por todos aqueles motivos que eu estava perdidamente apaixonada pelo garoto sem signo.

Uma flecha apontava para Andrei na imagem e, na outra extremidade, eu pude ler "Os 12 Signos de Valentina em um só homem".

— Isadora, eu queria te desejar um feliz aniversário. — Andrei deixou o microfone de lado e se aproximou de mim, estendendo as duas mãos em minha direção; eu as aceitei e fiquei de frente para ele. — E queria também pedir que você me deixasse continuar tendo a honra de ser todos os signos que você merece, namorando comigo.

A sala explodiu em gritos de pessoas bêbadas, e mais uma lágrima escorreu pela minha bochecha esquerda.

Eu concordei com a cabeça e nós nos beijamos.

Porque, afinal, Andrei era os doze signos de Isadora.

★ Epílogo ★

— **Andrei, nós vamos** *nos atrasar e você sabe disso!* — berrei, parada à porta de entrada da casa dos pais do meu namorado.

Fazia um dia maravilhoso, com o típico calor gostoso e abafado do final do ano, e o sol queimava as minhas costas.

— Eu não vou sair de São Paulo antes de dar um jeito nesse lixo ambulante que eu chamo de carro, Isadora. — Andrei segurava uma mangueira vermelha, apontando-a para o porta-malas do automóvel que um dia havia sido preto, mas que agora estava marrom de sujeira.

— Nós estamos indo para a praia, Andrei, ele vai voltar pior do que está indo. — Eu arrastei as nossas malas em sua direção; a dele, pequena e surrada, a minha, grande e lotada.

No meio do caminho, ele fez sinal para que eu parasse.

— Não se aproxime, humanoide, ou vai levar água no meio da fuça!

Eu fui obrigada a rir, jogando as malas no segundo degrau da entrada e sentando-me no meio-fio.

Era dia 26 de dezembro e estávamos nos preparando para a nossa primeira viagem juntos. Marina e Rodrigo iriam também, depois de meses e mais meses de um trabalho árduo para convencer a minha prima de que era seguro alugar uma casa em Ubatuba para passarmos o Ano-Novo — era difícil demais persuadir uma capricorniana a gastar o seu tão suado dinheiro. Os meus amigos da faculdade se juntariam a nós no dia 31 para a virada, e eu estava tão animada que não conseguia dormir havia três dias.

Por sorte do destino, eu e Andrei conseguimos tirar férias no período do Ano-Novo pelo sorteio de recesso da editora — eu como estagiária, ele como recém-efetivado, já que havia apresentado o seu TCC em junho e se formado com louvor, além de ter recebido uma proposta para publicar o trabalho de conclusão de curso em uma revista importante na área.

Apesar de eu ainda estar estagiando, depois do sucesso estrondoso de OS 12 SIGNOS DE VALENTINA, fui incentivada pelos meus amigos da ECA a criar um canal de Astrologia no YouTube, e já acumulava algo em torno de 100 mil inscritos; eu já estava começando a ganhar dinheiro com o canal, mas a ideia era sair do estágio apenas quando atingisse meio milhão de inscritos. Em um primeiro momento, Andrei me ajudou com a edição dos vídeos, mas depois nós começamos a discordar do rumo que o canal tomaria e ele pediu demissão — foram os dois meses mais estressantes do nosso recente namoro.

Apesar do pequeno contratempo profissional, estávamos indo muito bem como casal, e Andrei havia até me ajudado a lidar com os onze caras que se sentiram expostos pela revelação da Valentina. Augusto, o ariano, despejou a sua vasta coleção de palavrões em cima de mim; Caio, o canceriano, utilizou-se da manipulação emocional para me deixar com peso na consciência; Leonardo, o leonino, ofendeu-se por não ter sido escolhido como o melhor signo do zodíaco; e Carlos, o capricorniano, pediu participação nos lucros.

Foram meses loucos, que passamos a chamar de "pós-revelação", mas nós conseguimos superá-los com paciência e muito vinho, e toda a situação havia nos aproximado mais ainda.

— *Você fica lindo molhadinho, Andrei!* — gritei com as mãos em concha em volta da boca, observando enquanto ele dava banho no carro como se o automóvel fosse um bichinho de estimação.

— *Grita mais alto, Isadora, os meus pais ainda não ouviram!* — berrou ele de volta.

A casa de Andrei era tão estupidamente grande que seria quase impossível que os seus pais ouvissem qualquer barulho que acontecesse na entrada; porém, apesar da fachada de milionários, eles eram o casal mais incrivelmente fofo e humilde que eu já havia conhecido, munidos de ideologias igualitárias e com projetos humanitários incríveis, e eu passara um Natal maravilhoso com os Neve, já que os meus pais haviam decidido viajar para Cuba.

Juntos. Como namorados.

Eu estava tentando me acostumar à ideia de que os meus progenitores, que um dia foram casados, estavam namorando novamente, mas ainda era um tanto quanto esquisito para mim vê-los aos sussurros e risinhos na sala de estar. Mesmo assim, eu os incentivava muito, porque fazia anos que eu não os via tão felizes.

— Eu posso filmar você sendo sexy desse jeito? — perguntei, aproximando-me do meu namorado e sacando a minha nova câmera profissional do estojo, que eu tinha ganhado de Andrei como presente de Natal (a câmera, não a capa).

Nós estávamos juntos havia 10 meses, e a felicidade era tanta que às vezes eu sentia umas pontadas no peito; era possível enfartar de amor?

— Por favor, Isadora, não seja esse tipo de *vloggeira* — pediu ele, colocando a mão na lente e me puxando pela câmera para mais perto. Ele enlaçou a minha cintura e eu envolvi a sua nuca, recebendo um beijo carinhoso antes de continuar a frase —, você tem um canal de astrologia e é uma produtora de conteúdo, não está vendendo a sua vida pessoal.

— Eu vivo dizendo que o meu namorado é o cara mais lindo do mundo e não posso nem o mostrar no meu canal. — Eu fiz um beicinho infantil, devolvendo a câmera para o seu estojo.

— Você já mostra ele no Instagram, no Twitter e no Facebook, já está de bom tamanho. — Andrei colocou um ponto final no assunto, beijando a minha testa. — Agora, vai guardar essa câmera. Não adianta nada ficar reclamando que vamos nos atrasar e não me ajudar com o carro.

Eu voltei xingando baixinho até a minha bagagem e guardei a câmera na mochila. Quando voltei para perto de Andrei, ele estava ensaboando o capô. Abracei-o por trás, e ele encostou a nuca na minha testa, envolvendo os meus braços com os dele, molhados e gelados.

— Nem adianta tentar me seduzir, você ainda vai ter que me ajudar com o carro.

Eu resmunguei e beijei a sua nuca, soltando-o e pegando uma bucha velha e carcomida do balde azul no chão. Comecei a esfregar o teto do carro e resolvi verbalizar algo que eu estava tentando arrancar de Andrei havia algum tempo, mas não sabia como.

— Você não sabe o que eu descobri!

— Não sei mesmo — respondeu ele, distraído.

— Eu descobri que entendi tudo errado. Libra é o meu signo complementar, mas isso não quer dizer que é o signo ideal para mim... Aliás, o meu paraíso astral é...

— Isadora... — resmungou Andrei, olhando para mim de soslaio.

— O quê? Eu só estou falando que... — Eu dei de ombros, ainda esfregando o teto.

— Nós não combinamos que eu não iria revelar o meu signo de jeito nenhum? Você não chorou no meu peito e pediu por favor para que eu não estragasse o nosso relacionamento?

— Eu sei, mas é só...

— Eu não jurei pelos meus pais adotivos que não iria te contar? — Ele voltou a prestar atenção no capô.

O cabelo de Andrei estava molhado e caindo no rosto, e ele era tão alto e lindo e charmoso que eu mal conseguia acreditar na minha sorte.

— Sim, mas eu...

— Então é isso. — Ele esguichou um pouco de água em mim, me fazendo soltar um gritinho agudo; a água estava gelada pra cacete. — Você não vai tentar arrancar pistas falsas baseadas nas expressões do meu rosto. *E eu sei que é isso o que está tentando fazer!* Faz 10 meses que aquela conversa no carro aconteceu, não 10 anos, a minha memória não é tão ruim assim.

— Eu odeio o quão bem você me conhece — reclamei.

Mesmo que Andrei falasse do dia em que conheceu a mãe biológica com bom humor, conhecê-la havia impactado muito a sua vida. Depois de meses de negociação com os pais adotivos, eles marcaram um encontro todos juntos e decidiram intervir. Julieta então passou por uma bateria de exames nos melhores hospitais e estava atualmente internada em uma clínica de reabilitação; a relação dela com Andrei havia se estreitado bastante, e eles tinha uma viagem marcada para Minas Gerais, onde Andrei conheceria os avós e ela reencontraria os pais. Eu não podia deixar de ficar feliz, mas os dois ainda tinham um longo caminho para percorrer antes da redenção.

Depois que acabamos de ensaboar o carro, Andrei me despachou para o lado de dentro, pedindo que eu retirasse todo o lixo do porta-luvas e porta-trecos, se não "Marina ia surtar", nas palavras dele. Enquanto eu fazia aquele trabalhinho cretino, ele enxaguava o sabão da lataria.

Primeiro, recolhi o lixo em volta do câmbio, principalmente fósforos usados — Andrei ainda não havia parado de fumar, mas era uma árdua tarefa na qual eu estava trabalhando. Depois, eu libertei o porta-luvas de todas as tranqueiras socadas lá dentro havia anos, desde um GPS quebrado até um boneco do Cavaleiros do Zodíaco sem uma das pernas. Finalmente, comecei a passar o pente-fino nos papéis do porta-trecos da porta do motorista.

Andrei estava lavando a roda traseira do outro lado do carro como se ela fosse a sua amante, enxaguando como ele provavelmente nunca enxaguou o próprio corpo, e era difícil não rir daquela cena dantesca. Eu, por outro lado, estava analisando todas as notas fiscais e guardanapos fechados do Subway, com medo de jogar alguma coisa importante fora, quando um papel branco e dobrado milhares de vezes me chamou a atenção. Eu desdobrei cuidadosamente para ler o conteúdo e encontrei apenas uma data escrita, "05/03/90". Curiosa, eu abri o vidro, coloquei o braço para fora e estendi o papel na direção do meu namorado.

— Andrei, isso aqui é importante ou eu posso jogar fora?

Ele levantou o rosto, a testa suada e os óculos escuros escorregando pelo nariz. Primeiro, olhou sem entender para o retângulo branco e amassado, depois ergueu as sobrancelhas em uma expressão surpresa e preocupada na minha direção.

Eu olhei de Andrei para o papel, do papel para ele.

Os nossos olhares se cruzaram.

E a minha ficha caiu.

★ Agradecimentos ★

São tantas pessoas que deveriam ser agradecidas pela existência desse livro, desde o garoto que causou a minha primeira desilusão amorosa e que me fez sentir necessidade de escrever, até aos inúmeros sites, páginas e livros sobre astrologia, que me fizeram amar o assunto, mas eu vou tentar ser breve – o que significa que eu vou falar pra cacete.

Gostaria de começar agradecendo aos meus pais, Solange, a mulher mais incrível que eu conheço, e Lourival, o meu super-herói, que são a base de tudo o que eu faço nessa vida e que, consequentemente, funcionam como o meu norte, já que antes de começar qualquer coisa, eu sempre penso "isso vai deixar os meus pais orgulhosos?" – se a resposta for sim, fecho os olhos e vou. Também gostaria de agradecer aos meus irmãos, Bruno e Felipe, por me transformarem nesse poço de competitividade, palavrões e senso de humor que eu sou hoje. Para fechar o ciclo familiar, agradeço especialmente a minha tia Lúcia pelas piadas e apoio incondicional, a minha avó Zilda por me mostrar que o mundo é feito de histórias para serem contadas e o meu primo Fabrízio pela companhia e inspiração constante. Para o resto dos Tavares e dos Jacobucci, tanto os que já se foram quanto os que ainda estão aqui, eu agradeço por fazerem parte essencial de quem eu sou hoje.

Agradeço do fundo do meu coração, das profundezas da minha alma, das paredes do esôfago, duas mulheres que fizeram esse sonho se tornar realidade: Mi Batista, a escritora iluminada que marcou a editora do selo Galera em um post desabafo do meu Facebook (gente, segue ela lá no Wattpad, @MiBatista, vocês não vão se arrepender) e a Ana Lima, editora supracitada, que gostou da história, acreditou no meu potencial e, consequentemente, realizou o meu maior sonho. Agradeço também a todas as pessoas que participaram da construção desse livro, revisores, diagramadores, designers e todos que deixaram "Os 12 Signos de Valentina" o livro mais lindo do universo!

Agradeço para todo o sempre a Editora Record e o selo Galera pela chance e pela confiança – é incrível fazer parte de uma empresa tão dedicada a transformar ideias em histórias e histórias em experiências únicas para as pessoas.

Os amigos são muitos, porque diversas pessoas chegaram para somar ao longo desses 24 anos de vida, então dedico um beijo na testa de todos os meus companheiros do colégio, do bairro onde moro, da UNIFESP, da USP, da Espanha, da Disney, da Prefeitura de São Paulo e da EY: os de verdade sabem quem são.

Agradeço especialmente às quatro mulheres maravilhosas que me inspiraram ao longo de toda a escrita de "Os 12 Signos de Valentina" e que continuam me inspirando até hoje: Isadora, Marina, Isabela e Mayara – criar personagens com os seus nomes é o mínimo que eu posso fazer depois de todo o apoio, amor, risadas e carinho que vocês me dão desde o dia em que eu as conheci; agradeço todos os dias pela vida e pela USP ter colocado mulheres tão incríveis no meu caminho.

Não poderia deixar de agradecer a banda McFLY por ser tão incrivelmente foda que acabou criando o fandom com o maior número de escritoras talentosíssimas por metro quadrado e que me impulsionou a começar a escrever, afinal, Galaxy Defenders stay forever.

Às minhas companheiras, amigas e condifentes do falecido Clube das Autoras e atual Universo Paralelo, tanto as que já saíram quanto as que ficaram, eu dedico uma imensa parte do meu coração: compartilhamos juntas do mesmo sonho há tanto tempo e eu sinto tanto orgulho do que cada uma de vocês conquista a cada dia que às vezes eu gostaria que morássemos todas na mesma casa para viver de literatura, Nutella e amor.

Finalmente, gostaria de agradecer a todos os meus leitores e leitoras por todos esses anos de dedicação constante – por cada lágrima que vocês ajudaram a secar, por cada decepção que vocês não deixaram me atingir, por cada sonho que vocês me ajudaram a acreditar, por cada comentário, estrela, conversa, postagem, cada madrugada virada morrendo de rir, cada amizade criada no grupo do whats, cada tweet surtado no meio da noite, cada abraço que eu já dei e ainda vou dar, cada assinatura torta em folhas de papel, cada foto que eu saí cagada, por cada vez que vocês me buscaram por ajuda e eu pude ajudar, por cada "não desiste, Ray", por cada um de vocês: eu sou quem eu sou por todo esse amor que venho recebendo há 11 anos e não seria absolutamente nada sem vocês – os amo e as amo com todo o meu coração, não deixem nunca de acreditar nisso. Esse livro foi feito para vocês e eu espero que possam sentir todo esse carinho em cada linha da história da Isadora.

Este livro foi composto nas tipologias Auburn, Averia Serif, Dead Man's Hand WF, Helvetica Neue LT Std, ITC Souvenir Std, Trebuchet MS, Verdana e Wingdings, e impresso em papel off white, no Sistema Cameron da Divisão Gráfica da Distribuidora Record.